LE MASQUE
Collection de romans d'aventures
créée par
ALBERT PIGASSE

Blanche fait le ménage

BarbaraNeely a d'abord écrit de nombreuses nouvelles, parues aux États-Unis dans diverses anthologies. Son premier roman, *Blanche tire sa révérence,* a été récompensé par un Agatha et un Macavity Award. Elle vit à Jamaica Plain dans le Massachusetts, aux États-Unis, où elle met au point le prochain mystère Blanche White...

DU MÊME AUTEUR DANS LE MASQUE :

Blanche tire sa révérence

Blanche et les seigneurs

BarbaraNeely

Blanche fait le ménage

Traduit de l'anglais par Stéphane Trieulet

LIBRAIRIE DES CHAMPS-ÉLYSÉES

CE ROMAN A PARU SOUS LE TITRE ORIGINAL :

BLANCHE CLEANS UP

Dédicace

Ce livre est dédié aux personnes qui ont littéralement rendu son existence possible : Andrea, ma très chère Babs Bigham, Beb Baldini, Denise Barry, Diane Bird, Donna Bivens, Alan Brush, Dick Cluster, Peggy et Peter Dickey, Priscilla et Junie Dickey, Lisa Dodson, le département de sciences économiques de l'Université du Massachusetts de Boston, Nancy Falk, Roz Feldberg, Deborah George, Charlene Gilbert, Gladys, Hilary Gomolin, Hattie Gossett, Gloria Harris, Chanel Hunt, Ms Janie, Lisa Kirchner, Deborah McGregor, Terri Malloney, Steve Mentzer, Alberta Neely, la géniale miss Ann, Bernard Neely, Bryan Neely (médaille d'or absolue dans la catégorie frangin), mon neveu Rasheen Neely, et ma merveilleuse sœur Vanessa Neely, Claes Nillson, James Page, Barbara Reeves, Liz Roberts, Elaine Thomas, Charles Tolbert, Sukie Tye, Pauletta et les collègues, Gwen et Tommie Williams, Emani Wilson, les femmes et les hommes de lla & b (et plus spécialement Judy et Jay), Chu-Han Zhu, pour finir, et avant tout et pour toujours à Jeremiah Cotton qui a fait tout cela avec grâce, courage et amour.

Remerciements

Un grand grand merci aux personnes qui m'ont permis d'améliorer ce roman : Babs Bigham, Dick Cluster, Juanita Guidry Copeland, Jeremiah Cotton, Pamela Dorman, Deborah George, Charlene Gilbert, Mimi Hersh, Amy Manson, Ann et Vanessa Neely, Alice Roberts, Terri Small-Turner, Phyllis Wender, et Kate White, et un remerciement spécial à ma chère amie, Jocelyn Moody.

1

Premier jour – Jeudi

Blanche s'extirpa du taxi à hauteur de la boîte à lettres portant le numéro 1020. Elle ignora le petit vent piquant qui frappait ses mollets — à Boston, le printemps pouvait souvent passer pour l'hiver —, et s'engagea dans l'allée en pente. Elle s'arrêta à mi-chemin. Tout en jetant un coup d'œil à la maison des Brindle, elle posa sans réfléchir les mains sur ses hanches.

La maison lui rappelait celle de Ms Alicemae, une amie de sa mère qui portait des corsets et des culottes bouffantes aux genoux, à la mode en 1902. C'était une maison en brique à l'ancienne, aux volets et aux moulures d'un vert intense. Elle s'élevait du sol, telle une diva sublime dans toute sa splendeur.

— Aussi prétentieuse que Ms Alicemae, murmura Blanche.

Elle rajusta la bretelle de sa combinaison et continua à descendre l'allée.

Comprendre les maisons faisait partie intégrante de son travail. Tout comme un bon chirurgien n'ouvre pas un patient sans l'avoir examiné, elle n'ébauchait pas le ménage ou la cuisine dans une maison, avant d'en avoir fait autant. Elle ne se souvenait pas de la première fois où elle avait compris à quel point les maisons étaient « parlantes » mais, désormais, elle prenait en compte ce genre d'information.

Elle éprouva un sentiment de malaise, mais elle n'aurait pu dire si c'était dû à cette maison, au travail qu'elle avait promis d'y accomplir, à ses habitants, où à toutes ces choses mises bout à bout. Elle se demanda si la maison renfermait un secret, comme ces petits verres de gin Beefeater que Ms Alicemae dissimulait aux quatre coins de sa demeure.

Blanche n'appréciait pas ce genre de travail. Être gouvernante *et* cuisinière lui provoquait des sueurs froides au beau milieu de la nuit. Ça ne l'effrayait pas. Depuis vingt-six ans qu'elle exerçait cette profession, elle excellait dans toutes formes de tâches domestiques. Grâce à son aptitude à cuisiner, coudre, briquer, faire le linge, servir à table, et tout le reste, elle pouvait nourrir et habiller les enfants de sa défunte sœur. Un des inconvénients du poste de gouvernante, c'est que Blanche n'avait jamais aimé commander — ça faisait un peu trop surveillante. Elle espérait que Carrie, la femme de chambre, et Wanda, la femme de ménage, n'avaient pas besoin qu'on passe derrière elles : deux gosses à la maison lui suffisaient.

Elle devait cet emploi à cousine Charlotte. Samedi dernier, aux aurores, Charlotte avait débarqué au domicile de Blanche avec un de ses sempiternels chapeaux incliné sur le côté gauche de la tête.

Est-ce qu'elle les garde aussi pour dormir ? se demandait Blanche.

Ce jour-là, elle portait un chapeau du style « comment recycler votre vieille vaisselle » : deux soucoupes recouvertes de feutre gris crasseux se chevauchaient sous une grande plume nerveuse et chatoyante, qui avait dansé la gigue, tandis que cousine Charlotte expliquait ce qu'elle attendait de Blanche :

— Tu vas remplacer mon amie Inez, afin que nous puissions partir à Farleigh, en Caroline du Nord.

— Tu ne peux vraiment pas trouver quelqu'un d'autre ? avait demandé Blanche.

Elle s'était montrée assez diplomate pour ne pas déclarer à quel point Inez lui tapait sur les nerfs, avec ses histoires pénibles au sujet de ses merveilleux employeurs blancs et de leur fils modèle.

— Blanche, je n'ai pas de temps à perdre à essayer de te convaincre, lui avait répondu cousine Charlotte. Si tu n'as pas la politesse toute simple de rendre service à la plus ancienne et la plus chère de mes amies, une pauvre femme qui de toute sa vie n'a jamais pris de vraies vacances, de me faire plaisir à *moi*, la cousine de ta propre mère, alors je...

Blanche n'avait pas écouté la suite. La cause était pratiquement entendue — en dehors des hurlements — et perdue d'avance.

Et pas même un petit merci !

Bien sûr, cousine Charlotte n'avait pas à la remercier : trois ans auparavant, elle avait recueilli en catastrophe Blanche et les gosses débarquant à Boston. De plus, Mama aurait assené à Blanche des remarques bien senties, si elle avait refusé de rendre service à sa cousine préférée.

Blanche espérait seulement que ses employeurs habituels seraient satisfaits du travail de Larissa, la nièce de cousine Charlotte. D'après cette dernière, Larissa travaillait pour une entreprise de nettoyage. Mais cela ne voulait pas dire pour autant qu'elle connaissait bien son boulot. Blanche avait prévenu ses employeurs qu'elle se ferait remplacer pendant une semaine. Elle prendrait note de ceux qui se plaindraient afin de *les* remplacer. Tout employeur incapable de comprendre un cas de force majeure finirait, tôt ou tard, par causer des problèmes. Si elle travaillait à la journée, c'était en grande partie pour pouvoir, suivant son humeur, accepter ou laisser tomber des clients. Ainsi, on ne lui prenait pas la tête, et elle n'en demandait pas plus.

Elle s'introduisit dans la maison des Brindle avec la clef d'Inez. Elle était venue de bonne heure, afin d'avoir un peu de temps pour s'imprégner de l'atmosphère du lieu. Elle abandonna son sac et sa veste sur une patère à l'office. La maison semblait encore endormie, mais Blanche traversa le rez-de-chaussée en jetant un coup d'œil dans chaque pièce, afin de s'assurer que les Brindle étaient toujours à l'étage.

C'était une demeure spacieuse : cinq chambres avec salle de bains, deux grandes suites et une autre salle de bains, réparties sur les deux étages supérieurs ; un salon, une petite salle à manger avec verrière, une salle de réception, une bibliothèque, un bureau, deux salles de bains, la cuisine et la buanderie au rez-de-chaussée. Chacune des pièces principales presque aussi grande qu'un studio dans le quartier de Blanche.

La maison était meublée dans un style que

Blanche nommait « luxe discret » : coffres et tables en bois brillant, ornés du genre de détails « fait à la main », canapés et chaises qui semblent avoir poussé dans la pièce, tapis orientaux plus âgés que sa grand-mère et tableaux, sans aucun doute des originaux hors de prix, tant ils étaient hideux. La lumière entrait à flots par une grande fenêtre et éclairait les marches jusqu'au deuxième étage. La bibliothèque, avec son pouf fortement éprouvé et les coussins écrasés du canapé, devait être la pièce la plus utilisée. Le bureau dispensait des relents d'odeurs masculines et de tabac.

Blanche retourna à la cuisine pour se préparer un tasse de thé. Elle observa la pièce où, durant la semaine à venir, elle allait passer le plus clair de son temps. Ce n'était ni la plus moderne, ni la plus vaste, ni la mieux aménagée des cuisines où elle avait travaillé : un four à micro-ondes, mais pas de four à convection ; assez de place sur le plan de travail entre l'évier et la cuisinière, mais Blanche préférait les billots de boucher au centre de la pièce, surtout sur roulettes. Les appareils électroménagers n'étaient pas, eux non plus, de première jeunesse. Elle n'avait pas utilisé un four nécessitant que l'on se baisse pour l'ouvrir depuis un bon bout de temps. Quant au lave-vaisselle, il avait au moins dix ans.

Le plus impressionnant dans cette cuisine était la manière dont Inez l'avait organisée : les bouteilles et boîtes étaient rangées par taille, les épices classées par ordre alphabétique, et les étagères étiquetées, afin de ne pas perdre de temps à chercher des haricots là où on ne trouvait que des boîtes de fruits au sirop. Il n'y avait, apparemment, guère de produits de luxe, ce qui convenait parfaitement à Blanche. Ça faisait moins de travail.

Elle emporta son thé et le mot de Inez dans ce qui était déjà son coin préféré : la verrière attenante à la petite salle à manger. Elle aimait toujours utiliser l'avant de la maison — une façon de se rappeler qu'elle était l'égale de ses employeurs. Elle respira un grand coup et eut la sensation que ses pores absorbaient une partie de l'humidité. Des palmiers et des caoutchoucs touchaient presque le plafond de verre incurvé ; des *Nephrolepis cordifolia* commençaient à faner et tombaient sur le sol en fines colonnes. Un *Asplenium bulbiferum* aux feuilles plus larges que ses mains occupait tout un coin. Un *Arum* avec, au centre de sa fleur rouge aplatie, une sorte de pénis en érection, surplombait un guéridon à cinq niveaux avec un *Chlorophytum*, une *Tolmiea menziesii*, et plusieurs autres plantes qu'elle ne put identifier. Un autre guéridon de forme arrondie accueillait au moins une vingtaine de Saintpaulias dodues de toutes les couleurs. Les sièges, drapés de toile à voile blanche, semblaient flotter parmi les plantes. Elle s'enfonça dans un fauteuil et envoya promener ses chaussures. Sous ses pieds, le sol carrelé était chaud.

Elle but une petite gorgée de son thé et parcourut la note de quatre pages d'Inez. Elle indiquait les heures des repas : 8 h 30 pour le petit déjeuner.

Blanche regarda sa montre : elle disposait d'une heure pour tout préparer.

Déjeuner : 13 heures ; rafraîchissements dans la bibliothèque : 16 h 30 ; dîner : 19 heures. Ensuite venait la liste des repas de la semaine et le nom de l'épicier, si nécessaire. Inez lui rappelait que Mr Ted Sadowski, qui travaillait pour Mr Brindle, arrivait normalement à l'heure du petit déjeuner — il possédait sa propre clef —, et déjeunait s'il se trouvait sur place. Allister Brindle en personne s'occupait des plantes dans la véranda. Suivait l'emploi du temps des Brindle, y compris les nombreux déjeuners et dîners pris à l'extérieur. Tant mieux pour elle.

Parmi le personnel, Carrie prenait son dimanche et une demi-journée le mercredi ; Wanda Jackson, la femme de ménage, venait le mardi pour faire le rez-de-chaussée et le jeudi pour les étages — ce qui voulait dire qu'aujourd'hui elle travaillerait à l'étage. Blanche reprenait les jours de congé habituels d'Inez : le samedi après-midi et la journée du mardi. Le prof de gym de Felicia Brindle devait venir lui aussi aujourd'hui, et sa masseuse, demain. Inez et Carrie étaient payées le vendredi ; Wanda recevait son chèque chez elle.

Blanche disposait de peu d'informations sur la famille. Elle avait rencontré la femme, Felicia Brindle, la veille, lorsque Inez lui avait fait visiter la maison.

« Inez prétend que ce sont des gens charmants,

avait assuré cousine Charlotte quand Blanche l'avait interrogée au sujet des Brindle. Ils ont même engagé son fils, mais ça n'a pas duré. Il n'était pas aussi... On aurait cru qu'il venait passer un petit bout de temps avec sa mère et... Mais je ne vais pas me mettre à parler de Ray-Ray. Qu'est-ce que j'étais en train de dire ? Ah, oui. Inez est au service des Brindle depuis des lustres. Elle a dû te dire combien ils l'estimaient. »

Tout à fait.

D'après l'expérience de Blanche, plus un domestique croyait que l'estime était une composante de ses rapports avec ses employeurs, plus ceux-ci lui demandaient des services que seule l'estime peut justifier. *Comment savoir ce qu'Inez peut bien faire pour ces gens ?*

Blanche pensa à cette femme, à Farleigh, qui disait régulièrement à sa bonne combien elle l'estimait et tenait à ce que celle-ci l'appelle *Auntie*[1] — privilège dont la jeune femme s'était vantée. Cette femme faisait ses besoins dans un pot de chambre et la bonne devait prendre en note la description de son contenu. Blanche doutait qu'Inez en soit arrivée à ce genre d'extrémités. Et, de toute façon, que ce boulot lui plaise ou pas, elle allait devoir faire avec.

Enfin, ce n'était que pour une semaine !

Elle but le reste de son thé et poussa un soupir.

Lorsque Carrie arriva, essoufflée et pestant contre le retard de l'autobus, Blanche coupait les gâteaux.

— Je m'occuperai de servir le petit déjeuner ce matin, Carrie. Je n'ai pas encore vu Allister Brindle. Ni même ce Ted qui travaille pour lui.

— Faites comme vous voulez. C'est vous la patronne ! dit Carrie qui semblait ne pas en penser un mot.

Super ! Une sister *antipathique. Merci, cousine Charlotte ; merci, Inez.*

Blanche lança un regard aiguisé à Carrie. C'était une femme au visage quelconque, à la peau marron foncé — loin d'être aussi foncée que celle de Blanche —, avec des rides sur le front et un menton

1. Ma tante.

aussi rond qu'une balle de ping-pong. De ses yeux noirs très enfoncés et protégés par d'adorables petites lunettes aux montures en métal, elle toisa Blanche d'un air soupçonneux.

Quel âge peut-elle bien avoir ? Entre 50 et 80 ans, estima Blanche.

Des cheveux défrisés, parsemés de mèches grises étaient visibles à travers le fin filet noir recouvrant sa chevelure, le haut de ses oreilles et la partie supérieure de son front. Sa moue laissait penser qu'elle venait d'avaler un cocktail à base de vinaigre. Blanche n'avait jamais vu une femme aussi grincheuse que celle-ci.

Elle doit être constipée.

— Est-ce qu'en servant le petit déjeuner, je marche sur vos plates-bandes ? demanda-t-elle en posant le couteau.

— C'est pas mon problème.

Blanche attendit, persuadée que Carrie avait d'autres mensonges à ajouter sur le sujet.

— C'est pas mon boulot, pas du tout. C'est le boulot de Ricardo.

— Qui est Ricardo ?

— Il travaille ici, répondit Carrie en baissant les yeux.

OK, alors c'est comme ça, comprit Blanche. *Si je ne me renseigne pas, elle ne dira rien. Est-elle en rogne parce qu'un étranger vient lui dire ce qu'il faut faire ? Ou est-elle comme ça de nature ?*

— Bon, où est Ricardo ?

— Mr B. les a renvoyés, lui et Elena, chez eux, en Argentine.

— Parce que...

— Jusqu'à la fin des élections. C'est pour ça qu'Inez a dit que je pourrais servir à table et ouvrir la porte. Si je le fais pas, c'est pas grave.

— Pourquoi les a-t-il renvoyés chez eux ?

— Mr Ted pense que pour quelqu'un qui se présente au poste de gouverneur, ça ne se fait pas d'avoir des domestiques comme ça à notre époque.

— Qui se présente au poste de gouverneur ? voulut savoir Blanche.

— Mr Brindle ! répondit Carrie sur le ton de l'évidence.

— Et donc, Elena est la domestique de Felicia,

et Ricardo fait office de valet et de majordome de monsieur ?

— Exact, acquiesça Carrie à voix basse.

— En quoi consiste le travail d'Elena ?

— Je suis censée aider Mrs B. à faire sa toilette, mais elle a pas l'air d'avoir beaucoup besoin de moi, alors je m'occupe juste du service à table et... je me limite à faire ce qu'Inez me demande. C'est pas sorcier.

— Bon, d'accord.

Blanche croisa les bras et regarda Carrie fixement.

— Bon, mais il peut y avoir des changements, répondit Carrie en rejetant la tête en arrière.

C'est déjà mieux, songea Blanche.

— Eh bien, chérie, tu vas continuer à servir à table, mais pas ce matin. Ce matin, je veux voir à quoi ressemble la famille. Après ça, tu t'en occuperas.

Carrie acquiesça d'une façon presque imperceptible. Elle n'avait pas l'air heureuse, mais elle s'en alla dresser la table sans rien ajouter.

Mon Dieu !

Si elle avait su qu'elle allait devoir se battre avec la femme de chambre, elle se serait reposée un peu plus.

Et quel hypocrite ce Brindle, renvoyer ses serviteurs ! Comme si quelqu'un pouvait croire qu'un type vivant dans ce style de maison était « Monsieur tout le monde ».

Au petit déjeuner, Blanche examina les deux hommes. Ted Sadowski — aucun doute là-dessus — lui fit penser à un écolier ayant enfilé le plus beau costume de son père. Il était assis sur le bord de sa chaise. Ses yeux bleus brillants étaient plein de vivacité.

Des yeux avides, constata Blanche.

Allister Brindle ressemblait à ce qu'elle appelait le *Leader* : un visage carré, des cheveux grisonnants à la Kennedy et des yeux atteints de strabisme. Existait-il un institut de beauté, spécialisé dans la transformation des hommes blancs en politiciens, ou était-ce un truc dans les gènes ?

Les deux hommes parlaient et gloussaient ensemble. Quelque chose chez eux lui fit penser à deux chiens qui se reniflent et s'ébattent dans un parc. Felicia Brindle ne montrait aucun intérêt ni pour l'un ni pour l'autre.

— Bonjour, M'dame, messieurs.

Felicia leva les yeux de son journal. Mince aux traits anguleux, elle rappelait à Blanche ces rubans de pâte d'amande tout en courbes et clinquants. Sa peau de nacre, sa combinaison rouge et ses cheveux blond-roux ne faisaient qu'accentuer cet effet. Aussitôt, elle regarda Blanche droit dans les yeux et lui sourit.

— Bonjour, Blanche. Je prendrai simplement un jus de fruit et un café, merci. J'espère que cela vous fait plaisir de travailler chez nous, même si ce n'est que pour quelque temps.

Plaisir ?

Si elle tenait à lui faire plaisir, elle n'avait qu'à la payer plus pour moins d'heures. Cependant, Blanche avait un faible pour les employeurs qui la regardaient droit dans les yeux.

Les deux hommes ne s'adressèrent pas à elle, ne regardèrent même pas dans sa direction. Elle songea à les saluer d'une manière forte et enjouée qui les aurait obligés à répondre, mais elle savait que passer inaperçue comportait des avantages. Toutefois, leur manque de savoir-vivre ne tolérait aucune excuse. Dorénavant, elle ne les saluerait plus la première.

Ted Sadowski vérifiait l'emploi du temps de son patron pour la journée.

— Le déjeuner devrait se passer comme sur des roulettes, monsieur. Ensuite, il y a la table ronde, suivie par une interview de vous et Mrs Brindle pour le journal télévisé et une petite réception au *Plaza*. Ce soir, dîner de la Drake Society. Ça sera plutôt informel.

— Excellent, excellent, acquiesça Allister Brindle en se frottant les mains.

Les deux hommes fondirent sur les petits pains, le jambon, les œufs au curry et les tranches de mangue. Mais rien, pas même la cuisine de Blanche, ne parvint à endiguer leur flot de paroles.

— Nous allons leur offrir un bon gueuleton, leur faire sentir qu'ils sont importants. Ils en ont bien besoin, vous savez. Comme des enfants !

Allister Brindle s'exprimait en expert.

— Oh, tout se passera bien, monsieur. Vous les avez dans la poche. Ils sont derrière nous à cent pour cent.

— C'est pour cela que je vous ai engagé, Ted, dit Brindle en tendant le bras pour donner une tape dans le dos à Sadowski. Même moi je vous crois, quand vous débitez ce genre de conneries. (Le sourire de Brindle s'effaça.) Ne soyons pas trop sûrs de nous, Ted. On ne peut en aucun cas leur faire confiance. Vous devez toujours garder cela à l'esprit. (Il secoua légèrement l'épaule de Sadowski pour mettre l'accent sur ce qu'il avait à dire.) Nous n'avons pas les mêmes valeurs. Au final, ils sont dans la poche de ceux qui leur graissent le mieux la patte.

Blanche repartit vers la cuisine. Elle se demanda à qui Brindle et Sadowski faisaient allusion — les Noirs, les femmes, les gays, les Portoricains, les handicapés ? Peu importe. Ce qui importait, c'est que Brindle et Sadowski croyaient en *eux*, parlaient d'*eux*, comme si *eux* vivaient sous une lunette de W-C. *Est-ce qu'Inez entend ça tous les jours ? Pauvre Inez. Mon Dieu, pauvre Inez !*

Pauvre Blanche.

Lorsque la sonnette de la porte d'entrée retentit, Blanche s'attendit à ce que Carrie, où qu'elle soit, se précipite pour s'acquitter de la tâche de Ricardo. La sonnette retentit à nouveau. Toujours pas de Carrie.

— Carrie ! La porte ! cria Blanche en direction de la blanchisserie.

— Je suis dans la salle de bains !

Blanche traversa l'entrée et regarda par la longue vitre étroite de la porte. L'homme de l'autre côté était couleur très vieil or. Il aurait pu s'agir d'un mulâtre ou d'un latino, mais vu l'aisance avec laquelle il se tenait en short et tee-shirt devant la porte d'entrée d'un riche Blanc, elle fut convaincue que c'était un homme de race blanche. Elle le regarda de bas en haut.

Hum, des cuisses de footballeur.

Elle ne connaissait rien à ce jeu mais, à l'occasion, elle regardait des matchs à la télé à cause des beaux garçons sexy — en particulier pour leurs jambes longues et musclées, proches de celles des jeunes filles, et pour leurs fesses bien fermes.

Elle ouvrit. L'homme ramassa son sac de sport et se tourna vers elle, la regardant comme si elle était le centre du monde, et que le reste servait juste de décor. Il lui sourit, un sourire taciturne qui ajouta encore de la chaleur dans ses yeux bleus.

— Salut, je suis Saxe Winston. Le prof de gym de Felicia.

Il tendit la main, avant d'ajouter, d'une voix profonde et chaude :

— Et vous êtes ?

— Blanche, répondit-elle en imitant involontairement sa façon de parler.

Elle se dégagea de sa poignée de main et s'écarta pour le laisser entrer. Il la gratifia à nouveau d'un sourire de Joconde.

Je parie que sa bite ondule quand il bande, pensa-t-elle.

Tous les hommes à bite ondulée qu'elle avait connus exhalaient le sexe par tous les pores de la peau, comme ce garçon. Non, ce n'était pas un garçon. Les rides autour de ses yeux et de sa bouche n'étaient pas entièrement imputables à son sourire. Il devait avoir 35 ou 40 ans. Elle referma la porte derrière lui.

— Saxe, c'est vous ? demanda Felicia du haut de l'escalier.

Saxe se tourna vers Blanche et lui lança un regard plein de regrets, comme si le devoir l'appelait loin de ses vœux.

Bon sang de bonsoir !

Jusqu'à quel point contrôlait-il ce sex-appeal qui transpirait de tout son être avec la force d'un torrent en crue ? Cherchait-il à se présenter comme amuse-gueule potentiel à toutes les femmes qu'il croisait, ou était-ce involontaire ? Les deux, peut-être.

Quel dommage que, pauvre cruche, je n'ai rien à voir avec ces femmes-là ! Bon allez, zou ! Blanche, enlève-toi ces idées lubriques de la tête. Enfin, ça remonte à combien de temps ?

Elle arriva à deux ans et s'arrêta de compter.

Carrie sortit de la salle de bains située près de la cuisine et demanda, avec l'air de quelqu'un dont les numéros viennent de sortir au Loto, mais qui a oublié de valider son bulletin :

— C'était Mr Saxe, non ?

— Ouais, et on peut dire que dans son cas, ça vaut le coup d'aller ouvrir.

Carrie prit un air détaché.

— Hum. Ce n'est sûrement pas pour lui que je tiens à aller ouvrir la porte. Je fais ça uniquement pour remplacer Ricardo. Je trouve que Mr Saxe est gentil, c'est tout.

— Gentil ? Je ne sais pas s'il est gentil, mais je parie qu'il vous fait mouiller vos dessous, avant même que vous n'ayez eu le temps de les retirer.

Carrie parut aussi choquée que si Blanche avait soulevé sa robe pour vérifier l'état de sa petite culotte.

— Qu'entendez-vous par là ? demanda-t-elle en ajustant bien sa robe sur ses hanches. Je ne retirerais pas... Je ne veux pas... J'ai des petites culottes à... enfin, je veux dire, des draps à plier.

Carrie détala tel un lièvre dans la blanchisserie et referma la porte derrière elle.

Blanche secoua la tête.

La pauvre femme ne veut même pas admettre qu'une partie de ces battements de cœur viennent de plus bas. Il est même probable qu'elle se refuse à écouter ces doux battements-là.

Elle mit l'eau à chauffer, puis tourna le dos à la cuisinière pour faire face à la porte de service, devinant que celle-ci allait s'ouvrir. Ce talent remontait à tellement loin qu'elle ne se demandait même plus d'où il venait.

Lorsque la femme entra, Blanche ignorait absolument qui elle était. Wanda Jackson, la femme de ménage, devait arriver d'un moment à l'autre, mais il y avait peu de chance que cette femme blanche soit Wanda Jackson.

— J'imagine, ma biche, que vous êtes la remplaçante.

Elle devait peser à peu près le même poids que Blanche, en un peu plus petite. Elles avaient toutes deux des hanches larges, un gros popotin et une forte poitrine. Cependant, dans sa jeunesse, Blanche se serait damnée pour les jambes bien proportionnées de cette femme. Elle portait, elle aussi, des tresses — non pas, comme Blanche, deux grosses tresses racines, mais un cercle de nattes grises autour de sa tête. Son visage était aussi rose que celui de Blanche était noir bleuté. Ses rides rappelèrent à Blanche les craquelures, fines comme des toiles d'araignée, de très vieux tableaux vus dans des musées ou chez des employeurs beaucoup plus riches.

— Wanda Jackson, annonça la femme en tendant la main. Et toi, c'est quoi ton nom, ma biche ?

— Blanche. Blanche White.

Wanda lui serra la main en donnant l'impression de ne pas vouloir la lâcher. Elle pencha la tête de côté.

— Sacré duo de noms pour quelqu'un comme toi, hein ?

Blanche fut impressionnée. Une Blanche qui mettait la couleur sur le tapis sans bégayer, trembler, ni raconter que certains de ses meilleurs amis étaient noirs, pour montrer qu'elle n'était pas raciste ! Quelle agréable surprise.

— En parlant de noms, c'est la première fois que je rencontre une Wanda blanche.

Wanda ôta deux pulls et une écharpe en laine.

— Eh bien, vous êtes la cinquième ou la sixième personne de couleur à qui je dois expliquer que Wanda est un vieux prénom polonais dont j'ai hérité de mon arrière-grand-mère, du côté de ma chère mère défunte ; ensuite j'ai épousé un *British* de Liverpool, répondant au nom de Jack Jackson. Qui a choisi ton prénom, ma biche ?

— Mon arrière-grand-mère, Ruth. Elle n'a jamais dit pourquoi, et elle n'était pas du genre à se laisser gentiment interroger.

— Tout à fait le genre de femme que j'essaie d'être, approuva Wanda.

Elle s'assit et changea ses chaussures basses à bouts renforcés contre une paire de pantoufles à motifs cachemire, qu'elle sortit de son fourre-tout.

— Thé ?

— Avec toi, ma biche, c'est quand même autre chose qu'avec Inez. Ça lui fait déjà mal de donner un peu d'eau, alors je ne parle même pas d'une tasse de thé.

Blanche mit la théière bedonnante à chauffer et alla chercher une boîte de petits gâteaux dans le garde-manger.

Wanda demeura penchée sur sa tasse en silence, sucrant son thé et humant la vapeur odorante. Pour elle, se préparer à boire un thé semblait aussi savoureux et agréable que de le siroter. Elle s'installa confortablement sur son siège, comme quelqu'un qui n'aurait pas eu l'intention de faire le ménage à l'étage ce jour-là.

— J'espère que ce que j'ai dit sur Inez ne vous a pas blessée, reprit Wanda. J'avais pas l'intention de faire de mal. C'est une femme bien, même si elle garde un peu trop souvent ses lunettes Brindle devant les yeux.

— Ses lunettes Brindle ?

— Celles qui font voir la vie en rose, ma puce. Tu vois ce que je veux dire.

— Ah, celles-là ! Moi, j'ai dix sur dix à chaque œil, en tout cas en ce qui concerne le boulot.

— Mieux vaut voir qu'être vu, comme disait ma grand-mère, répondit Wanda avec un clin d'œil.

— Wanda, ma chérie, tu m'as l'air d'un sacré numéro.

— Et tu te laisses emballer à ce point par ton jugement, ma puce ? demanda Wanda en posant sur Blanche un long regard franc.

— Ça arrive, avoua Blanche. (Elle songea à la discussion qu'elle avait entendue dans la petite salle à manger.) Mais je vois où tu veux en venir.

Peut-être les *Anciens* avaient-ils mis Wanda sur son chemin pour lui rappeler de ne pas tomber, elle aussi, dans l'impasse du *eux*.

Wanda souffla sur son thé et but une gorgée, but une autre gorgée et souffla.

— Une bien belle maison, tu ne trouves pas ? Même si je ne peux pas toujours en dire autant de son propriétaire.

Blanche comprit qu'on essayait de l'amener là où elle voulait justement en venir.

— Qui sont ces gens, d'ailleurs ?

Wanda s'enfonça dans son siège.

— Au départ, des barons du crime. Ils faisaient passer l'opium en fraude aux pauvres Chinois avec le grand-père de Franklin Roosevelt, ensuite...

— Tu veux dire le grand-père du président Franklin Delano Roosevelt ?

— Celui-là même, ma biche. Ça ne s'est pas arrêté là, d'ailleurs. Les Brindle étaient aussi de mèche avec le vieux Kennedy et faisaient dans le whisky en fraude pendant la prohibition. Il paraîtrait que le père de l'actuel Brindle était un type bien. Il s'occupait des pauvres, essayait de faire voter des lois en faveur des gens comme nous. Je l'ai rencontré une fois... façon de parler. Il était venu s'installer quelques temps ici. Ça remonte à des années, avant que je ne travaille ici régulièrement. À l'époque, on me faisait venir pour donner un coup de main dans les noubas. En ce temps-là, le vieux bonhomme, c'était pas seulement après le travail bien fait qu'il courait. C'était carrément à mon petit trésor qu'il en voulait, là, au beau milieu du hall d'entrée. Puis la fois...

— Une minute, une minute, l'interrompit Blanche en tendant la main. J'en suis encore à ton *petit trésor*. J'ai entendu appeler ça par pleins de noms, ma chérie, mais, là, c'est *nouveau*.

Wanda haussa les épaules.

— Bon, donc, l'actuel Mr Brindle est bien plus à droite que son cher vieux papa.

— Carrie dit qu'il est candidat au poste de gouverneur.

— C'est exact, ma puce, il paraît même que c'est juste un galop d'essai en vue d'une élection future à Washington.

— Et sa femme ? demanda Blanche en faisant passer la boîte de petits gâteaux à Wanda.

— Question personnalité, elle est un peu du genre pisse-froid. N'empêche, elle vaut quand même mieux que lui, au moins elle a un bon fond.

— Comment tu sais ça ?

— J'ai vu son nom dans un journal. Pas un quotidien, une lettre d'information. On disait qu'elle donnait beaucoup à une de ces organisations pour les sans-abri.

— Les riches donnent de l'argent pour des raisons qui n'ont rien à voir avec le fait d'avoir ou pas un bon fond, répliqua froidement Blanche.

— Pas de l'argent, ma puce, du temps. C'est du temps qu'elle leur consacre.

Wanda acquiesça devant le regard surpris de Blanche.

— Elle appartient aussi à un de ces groupes de dames patronnesses. Enfin, leur gentillesse à des limites, ajouta-t-elle. Y sont pas du style à vouloir partager leurs richesses avec les gens comme nous, ou un truc dans le genre. C'est plutôt ambiance chaussettes pour les pauvres gosses et contraception pour leurs mères. (Elle balança trois petites cuillerées à café de sucre dans son thé et attrapa la crème.) Pourtant, je sais de source sûre qu'elle continue à envoyer des chèques à Lucy, qui faisait le ménage ici avant moi. C'est elle qui m'a refilé le job quand elle a dû s'en aller. Renversée par un conducteur qui a pris la fuite, alors qu'elle se rendait au supermarché. Depuis elle est dans un fauteuil roulant. Il y a deux ans de ça.

D'après ses déductions, Blanche n'était pas étonnée par les opinions politiques d'Allister, mais la générosité de Felicia, c'était une surprise.

— Ça en fait des chèques. T'es sûre que c'est pas la voiture de Felicia qui lui est rentrée dedans ?

— Blanche ! C'est un tantinet cynique ça, ma fille !

— Non, se défendit Blanche, réaliste, c'est tout. Tu as dit que c'était une pisse-froid.

— Je vois où tu veux en venir. Le monde serait bien terne si les gens se limitaient à faire ce qu'ils sont censés faire, hein ?

— Et la famille de Felicia ? demanda Blanche.

— Du genre mondain. Elle a fait un bon mariage, pour assurer ses arrières, mais elle est pleine de fric. Sa famille ne traîne pas dans le coin. Je crois qu'elle descend de perruquiers ou un truc dans le genre, alors que du côté de sa mère à lui, ils sont arrivés sur le *Mayflower*, il me semble. Les parents de Felicia venaient dîner de temps en temps, mais ils sont morts tous les deux désormais. Comme ceux de Brindle.

— Et l'argent d'Allister ?

— Une vieille fortune, dit Wanda en écartant les bras, mais ce n'est plus ce que c'était. Son vieux en a perdu une bonne partie, je crois. Sa mère possédait une vraie fortune familiale. D'après Lucy, une grande partie de celle-ci avait été mise de côté pour leurs descendants.

Wanda regarda sa tasse quasiment vide, poussa un soupir, mais s'opposa à ce que Blanche la remplisse de nouveau.

— Il va peut-être falloir que je m'occupe du premier.

Blanche parcourut le menu d'Inez pour le buffet de midi : jambon, rosbif froid, salade de pommes de terre, salade de crevettes, salade de pâtes, salade verte et un plat de restes froids. Tout était prêt, grâce à Inez, excepté la salade verte. Pourtant, cela ne ressemblait pas selon Blanche à un *bon gueuleton*. En dehors de la quantité, c'était le genre de repas que les gens comme les Brindle servent aux invités qu'ils ne cherchent pas à impressionner.

Amplement suffisant pour eux, *sans doute.*

— *Just a Closer Walk with Thee*, chantonnait Carrie d'une voix nasillarde, entre la cuisine et la salle à manger.

Elle fit un détour par le hall d'entrée et en revint avec les yeux tellement remplis d'étoiles que Blanche sut qu'elle venait de raccompagner Saxe à la porte. Felicia Brindle entra d'un pas nonchalant dans la cuisine, avant que Blanche ait eu le temps de taquiner Carrie au sujet de Saxe.

— Je venais juste m'assurer que les choses avançaient, dit Felicia en regardant par-dessus l'épaule de Blanche pour voir ce qu'elle faisait.

Comme si elle pouvait y changer quelque chose si tel n'était pas le cas !

— Tout se passe bien, madame, répondit Blanche en empêchant Felicia de regarder, par pur esprit de contradiction.

Blanche appelait toujours ses employeurs madame et monsieur. Cela mettait entre eux la distance nécessaire, et lui servait de couverture quand elle ne se souvenait pas de leur nom.

La curiosité — sous couvert d'aider Carrie à servir les canapés — entraîna Blanche dans la bibliothèque, où les invités s'étaient réunis pour prendre un verre avant le repas.

En général, Blanche était ravie de tomber sur un groupe de Noirs, mais son estomac se serra lorsqu'elle vit que le *eux* auquel Brindle avait fait allusion correspondait à ceux qu'elle appelait « les leaders du Ghetto » : les Noirs à qui s'adressaient les huiles blanches quand elles avaient besoin de personnalités noires influentes, pour soutenir les dernières coupes dans les programmes sociaux, ou pour dire *amen* à des racistes planqués, dans le genre de Brindle.

Tous les Brindle du monde s'imaginent-ils que nous sommes assez bêtes pour gober que la merde est en or, simplement parce c'est un Noir qui le dit ?

Elle reconnut Ralph Gordon, le nouveau responsable du centre médical de Roxbury. Deux mois auparavant, lorsque les autorités l'avaient engagé — après avoir renvoyé la femme qui dirigeait le centre depuis des années —, on avait vu son visage dans tous les journaux. L'erreur de cette femme était de se plaindre publiquement des coupes du budget. Gordon parlait avec James McGovern, le responsable de l'association des cadres afro-américains. Il continuait à faire parler de lui dans la presse en se plaignant des mesures anti-discriminatoires dans le recrutement et en mentant, au sujet des femmes noires qui prendraient le travail des hommes.

Jonathan Carstairs, avocat candidat au poste de conseiller municipal à Roxbury, engloutissait le contenu d'un verre à cocktail. La suppression des allocations familiales aux mères célibataires, en cas d'enfants à problèmes, faisait partie de son programme de campagne. Naturellement, il avait perdu les élections. Pour Blanche, il montrait parfaitement à quel point le racisme rend les Noirs fous. Un homme grand et gras — *sans doute une belle ordure ayant un bon poste dans une banque* —, ainsi que deux autres que Blanche ne reconnut pas, tournaient autour de Felicia Brindle.

Blanche observa Allister Brindle arpenter la pièce, serrant des mains et distribuant des tapes dans le dos. Était-ce son côté bidon qui donnait à ce point l'impression qu'il était en carton ? Ses invités fondaient devant lui, comme du beurre sous un couteau chaud. La conversation s'articula en partie autour du sport, mais aussi autour d'un plaidoyer de Brindle contre les homos, les mères célibataires bénéficiant de l'aide sociale et les jeunes vendeurs de drogue qui mettaient le Commonwealth et le pays en péril. Blanche attendait qu'un des invités réagisse. Aucun ne le fit.

Sans surprise, elle constata l'absence de toute personne réellement utile à la communauté. Ce n'était guère étonnant qu'aucun d'eux ne traîne avec quelqu'un d'aussi à droite qu'Allister Brindle. Ce dernier l'avait dit lui-même : la sauterie allait payer. Chacune de ces poires attendait quelque chose en échange de sa compromission — une place dans un quelconque conseil d'administration, des photos en compagnie du gouverneur à accrocher dans son bureau et sa maison pour souligner son importance, ou bien une citation en tant que leader noir dans la presse. Détail important, car personne ne suivait ces leaders-là ! Si ce n'est l'un d'entre eux.

Que faisait le révérend Maurice Samuelson, fondateur du Temple de l'Édification Divine, dans les parages ? Lui, en tout cas, n'était pas un leader sans public. Blanche était passée près de son temple à deux reprises, juste avant le début du service. Elle avait dû changer de trottoir, tant le public — principalement des femmes — qui essayait d'entrer à l'intérieur était nombreux. Samuelson était probablement le seul parmi ces *leaders* à vraiment habiter Roxbury, là où vivent la plupart des Noirs de Boston. Dans tout Roxbury, des panneaux vantaient les activités du Temple en faveur des personnes âgées et des jeunes. C'était aussi le plus connu à l'extérieur de Boston. Samuelson avait eu droit à un article dans *Jet magazine*, disant que son Temple était une religion afro-américaine d'un nouveau type, où se mêlaient les enseignements des livres saints chrétiens, juifs et musulmans. Blanche le regarda, tout en faisant circuler le plateau dans la pièce.

C'était un homme de petite taille qui essayait de se faire passer pour plus grand qu'il n'était en marchant les épaules remontées jusqu'aux oreilles et en portant des chaussures à talonnettes, ce qui lui donnait l'air d'un gangster du temps passé. Sa brillantine transformait ses cheveux frisés en une coiffure ondulée, rebiquant sur l'arrière de son col. Son costume bleu foncé laissait penser qu'Allister Brindle et lui faisaient appel au même tailleur, et son nœud papillon à pois bleu et crème s'accordait parfaitement à sa chemise en soie crème. Bien sûr, son allure n'avait aucune importance pour Blanche. Elle se montrerait méfiante à l'égard de quiconque ferait la promotion de trois religions rassemblées en une seule.

Et Samuelson était-il le seul ministre du culte présent ? Dans cette ville, les politiciens blancs et les ministres du culte noirs paraissaient s'entendre comme cul et chemise. En période d'élections, les premiers venaient chercher la bénédiction des seconds afin de s'attirer le vote noir, sans avoir à s'acquitter, auprès de la communauté noire, du genre de promesses qu'ils réservaient à East Boston, Charlestown et les autres quartiers de Boston peuplés majoritairement de Blancs.

Blanche entendit un homme marmonner :

— Je n'élèverais même pas un chien à Roxbury.

Mais elle se retourna trop tard pour voir qui il était. Elle le maudit, cependant, lui et tous ceux qui l'écoutaient : personne n'avait réagi.

Brindle alpagua l'épaule de Maurice Samuelson et l'entraîna dans un coin tranquille. On aurait dit deux jeunes vauriens en train de préparer un mauvais coup. Blanche se rapprocha de manière à entendre ce qu'ils se disaient.

Brindle posa son verre sur le rebord de la cheminée.

— À propos des élections (Brindle donna une petite tape sur l'épaule de Samuelson), j'ai vraiment besoin de ton aide à Roxbury, Maurice.

— T'inquiète pas, t'inquiète pas, le rassura Samuelson. Aunt Jemina[1] et Uncle Ben savent où est leur intérêt. Et s'ils ne le savent pas, c'est à moi de leur rappeler.

Les deux hommes éclatèrent de rire.

Blanche fut envahie par la colère. Jusqu'alors, elle n'avait jamais entendu un Noir promettre de tenir les nègres en main pour les élections dans le Massachusetts. Les bras tremblants, elle se retint de coller son plateau de hors-d'œuvre sur la tête de Samuelson. Une envie si forte qu'elle voyait déjà des morceaux de saumon fumé dans ses cheveux. Elle s'efforça de respirer lentement, de rester calme, de tout simplement s'éloigner tranquillement. Mais, avant de pouvoir s'en empêcher, elle fit volte-face et décocha un coup de coude brutal dans le bas de la colonne vertébrale du pasteur, qui perdit l'équilibre et renversa le contenu de son verre sur sa chemise.

Tiens, prends ça, sale lèche-cul ! C'est de la part d'Aunt Jemina et Uncle Ben !

Samuelson tituba encore un peu, avant de retrouver l'équilibre. Il sortit vite fait un mouchoir et tamponna la tache.

1. Marque de produits alimentaires.

— Oh ! Je suis sincèrement désolée, je vous prie de bien vouloir m'excuser, mentit Blanche.

Elle tourna la tête, afin que seul Samuelson puisse voir qu'elle n'en pensait pas un mot. La brève lueur d'incertitude qu'elle croisa dans le regard de cet homme la ravit. Se demandait-il si elle avait fait exprès ? Elle espérait bien que oui.

Samuelson reprit vite le dessus.

— Y a pas de mal, *sister*. Y a pas de mal.

Il tendit la main pour lui donner une petite tape sur le bras.

Blanche recula. S'il la touchait, elle allait lui mettre une tête au carré, et son regard lui fit passer le message. Il retira sa main.

— Tout se passe bien ? demanda Felicia Brindle avec une voix d'hôtesse.

Elle s'adressait à Samuelson, mais ses yeux étaient fixés sur Blanche qui fut parcourue d'un frisson.

Deux autres hommes courtisaient Brindle. Il leur raconta une blague au sujet d'un juif, d'un gay et d'une vieille femme noire bloqués dans un ascenseur, tout en les entraînant vers la salle à manger. Blanche se dépêcha de quitter la pièce. Son sang bouillonnait. Encore une insulte et elle allait exploser.

Elle se laissa tomber sur une chaise de la cuisine, aussi surprise par son geste que Samuelson l'avait été. Qu'est-ce qui avait bien pu lui passer par la tête ? Ce n'était pas la première fois qu'elle se mettait en colère. Il lui était même arrivé d'être affreusement blessée, au point de laisser glisser son doigt dans le verre de quelqu'un, de mettre trop de sel ou de piment rouge dans les œufs rancheros, ou d'ajouter une cuillère à café ou deux de nourriture pour chats dans le bœuf bourguignon. Mais un truc pareil, jamais !

Bien entendu, elle ne pouvait pas nier la bouffée de plaisir que lui avait procurée sa réaction. Samuelson l'avait bien mérité, aucun doute là-dessus.

Pourtant, son attitude n'était pas du tout professionnelle — c'était même le genre de comportement qui vous fait perdre votre place — et cette place à perdre n'était même pas la sienne. Alors pourquoi avait-elle agi de la sorte ? Avait-elle franchi le point de non-retour ? Ou perdu la souplesse nécessaire pour encaisser les coups que l'on prend dans ce type de boulot ? Ou peut-être était-elle malade à en crever de voir que des connards de *blacks* concluaient des pactes avec le diable au nom du peuple noir.

Chef spirituel, mon œil !

Elle s'occupa en ruminant, déplaça des casseroles de l'évier au lave-vaisselle, vida la bouilloire, essuya le plan de travail, fit n'importe quoi pour dépasser ce dernier outrage. En même temps, elle était déprimée, car il n'y avait rien de bien étonnant dans l'attitude de Samuelson. Elle savait que toutes ces années de haine, pour rien d'autre qu'une histoire de couleur de peau, avaient fini par convaincre certains Noirs du bien-fondé du racisme. Samuelson se détestait-il autant qu'il détestait ceux qu'il appelait Aunt Jemina et Uncle Ben ? Ou peut-être que le fait d'être un homme d'église le transformait en Blanc à titre honorifique ?

Elle n'entra pas dans la salle à manger, mais écouta derrière la porte l'annonce par Brindle de sa candidature au poste de gouverneur. Il remercia aussi ses invités, des hommes qui, il en était sûr, allaient l'aider à « convaincre vos semblables que le libéralisme à l'ancienne doit faire place au pragmatisme moderne ». Si Brindle était élu, les quelques miettes distribuées aux Noirs miséreux disparaîtraient donc — pour leur bien, cela va de soi. Brindle s'exprima dans un style chantant à la Martin Luther King, dont elle avait déjà entendu Ted Kennedy user à la télévision, en s'adressant à des Noirs. Elle aimait à penser qu'un consultant noir, au sens de l'humour tordu, avait proposé la stratégie du « parler *black* ». Des applaudissements saluèrent la fin du discours. Blanche retourna à la cuisine en se demandant ce que leurs mères et leurs enfants allaient penser d'eux.

Des voix venant de l'entrée lui firent savoir que les invités s'en allaient. Felicia s'avança dans la cuisine en vacillant, comme si elle s'efforçait de se remémorer le bon fonctionnement de ses jambes. Elle se tint dans l'embrasure de la porte en regardant fixement dans la direction de Blanche, mais les yeux posés sur quelque chose qu'elle seule pouvait voir.

— Je peux vous aider, madame ?

— Nous serons de retour pour l'apéritif... mais nous dînerons dehors.

Blanche aurait pu garer une voiture dans l'espace qu'il y avait entre chaque mot de Felicia comme si, avant de parler, elle avait dû chercher chacun d'eux et s'interroger sur la manière de les prononcer. Blanche se demanda où avaient disparu ses angles acérés. Il avait dû se passer quelque chose. Felicia avait l'air dilué de quelqu'un qui vient de subir un choc sérieux. La curiosité poussait Blanche à lui demander ce qui n'allait pas, mais son sens de l'à-propos lui conseilla de n'en rien faire. Après tout, qu'elle apporte ou non du réconfort, elle toucherait le même salaire.

Elle aida Carrie à ranger la bibliothèque et mit le lave-vaisselle en marche.

— Alors, plus de charmant je-ne-sais-qui Saxe avant samedi, dit Blanche pour la taquiner.

Carrie renifla et fit un mouvement brusque de la tête.

— Rien à faire des gens qui vont et viennent dans cette maison, pas même celle qui fait les massages. *Elle* débarquera ici demain, à l'heure juste. *Elle* n'est jamais absente. *Elle*...

— *Elle* n'a pas de nom ?

— Parce que Dieu veut pas que les femmes fassent comme elle.

— Elle est lesbienne, c'est ça ?

Carrie avait-elle légèrement pâli ? Blanche était persuadée avoir vu le sang lui monter au visage.

— C'est un péché. C'est dit dans la Bible.

— Mais qu'est-ce que ça peut te faire ?

— C'est pas mes oignons. Mais mon pasteur affirme que ce n'est pas naturel. C'est impie ! siffla Carrie.

— Je ne comprends pas. Vous, les chrétiens, vous prétendez que Dieu est à la base de toute création, ce qui doit inclure les lesbiennes. Mais ensuite, vous dites qu'elles sont impies. Ma chérie, j'ai l'impression que toi, ton pasteur et ton Dieu, vous êtes franchement pas clairs.

Carrie la regarda comme si des cornes venaient de pousser sur sa tête.

— Je vais t'inclure dans mes prières, dit-elle avant de se précipiter dans la buanderie.

Blanche l'entendit hurler un cantique parlant d'être délivré du mal. C'était si peu mélodieux que Blanche soupçonna Carrie de le faire exprès.

Wanda descendit par l'escalier de service chargée de ses outils — aspirateur, seau, balai éponge, vapos et éponges — jusque dans le réduit, et en ressortit son fourre-tout et ses pulls.

— Bien. Ma biche, ce fut un immense plaisir. Ça me fera vachement plaisir de te revoir, vraiment, dit-elle avant de disparaître.

Blanche s'assit à la table de la cuisine, pensant à Ardell, sa meilleure amie, en Caroline du Nord, et à ce qu'elle lui avait dit au sujet de Samuelson. Elle songea aussi à passer au *Y*, faire un tour dans le sauna, à appeler chez elle pour voir ce que faisaient les gosses. Mais pour le moment, elle n'avait pas assez d'énergie pour bouger. Ses paupières se baissèrent ; les muscles de son cou et de ses épaules se détendirent ; ses mains se joignirent au-dessus de son ventre. Elle était à deux doigts de s'endormir.

D'un coup, elle fut de nouveau complètement éveillée. Pourquoi ? Elle se redressa et regarda autour d'elle. Carrie était toujours dans la buanderie, Wanda et les Brindle étaient partis. Elle se dirigea vers le hall d'entrée. Il y avait quelqu'un dans la maison. Quelqu'un qui venait de passer dans le hall, d'après l'odeur de déodorant ou de parfum. Elle ne songea même pas à monter à l'étage. Si quelqu'un là-haut était en train de voler les merdes des Brindle, elle n'avait pas l'intention d'aller risquer sa peau pour l'en empêcher. Mais elle n'eut pas besoin de monter.

— Qu'est-ce que tu fais là ? se demandèrent en chœur Blanche et Ray-Ray.

Vu sous cet angle, le fils balèze d'Inez faisait, plus encore que d'habitude, penser à un char nappé de chocolat. Blanche ne s'intéressait pas aux hommes trop musclés ; elle avait toujours vu dans ce surplus un moyen de compenser un pois chiche à la place du cerveau, ou un tout petit pénis et pas assez d'imagination pour faire avec. Ray-Ray était une exception. Lors de leur première rencontre, Blanche avait eu du mal à croire qu'un être humain puisse s'aimer à ce point, et être tellement persuadé que toutes les bonnes choses de la vie lui étaient dues. Puis elle y avait réfléchi. Qui en Amérique, plus qu'un Noir, avait besoin de confiance en soi ? De plus, Ray-Ray était intelligent et trouvait toujours un moyen de la faire rire. Mais il y avait des limites.

— Je suis à ma place, lui dit-elle. Toi, non. Qu'est-ce que tu foutais là-haut ?

— Ah, c'est vrai. C'est cette semaine que maman est absente. J'étais monté pour voler tes maîtres blancs, bien sûr, répondit-il pour la taquiner.

— Tu veux dire les maîtres blancs de ta mère.

— Touché, *Ms* Blanche, touché.

Ray-Ray dévala les dernières marches et l'embrassa sur la joue. Comme d'habitude, il s'arrangea pour bouger de façon à mettre ses muscles en valeur.

— Qu'est-ce que tu pouvais bien faire là-haut, Ray-Ray ?

— Je venais chercher ma chemise. (Il la lui montra.) Je l'ai laissée là quand j'ai réparé la vitre au troisième étage. Tu vois ? Mes initiales.

Ray-Ray se dirigea vers la porte d'entrée.

— Comment as-tu fait pour entrer ? demanda Blanche en se plantant devant lui.

— Par la porte, comme tout le monde. (Il lui lança un regard amusé.) Tu fais quand même pas la gueule pour ça ? Je passe toujours par la porte principale. J'ai joué dans cette maison. Et je ne laisserai aucun Blanc m'obliger à passer par la porte de service. Ça, jamais.

Blanche lui souhaita bonne chance, mais étant donné la diversité de formes que pouvait prendre la porte de service, il avait déjà dû en franchir une ou deux sans s'en apercevoir. Était-ce d'ailleurs possible d'éviter la porte de service, lorsqu'on était un pauvre Noir ayant grandi en Amérique ?

— Mon chou, ça ne m'intéresse pas de savoir par quelle porte tu es passé : je veux juste savoir comment tu as fait pour entrer.

— À l'endroit habituel, sous le paillasson, dit Ray-Ray en tendant une clef. Je la remettrai à sa place en sortant.

— Bon, je dirai aux Brindle que tu es passé.

Ray-Ray fit volte-face.

— Ce n'est pas la peine. Ils risqueraient de ne pas apprécier l'idée que tu me laisses monter en leur absence. (Il lui adressa un franc sourire.) Fais comme si tu ne m'avais pas vu.

— Ray-Ray, je ne veux pas d'ennuis avec ces gens au sujet de boutons de manchette en or qui manquent ou...

— T'inquiète pas, Blanche, affirma Ray-Ray. Tu ne regretteras pas ma visite, crois-moi.

Il ouvrit la porte et sortit discrètement.

Eh, merde !

— Ray-Ray !

Il était déjà parti.

Blanche courut à l'étage. Elle eut le sentiment qu'il s'était rendu dans les appartements d'Allister, mais fut incapable de dire si quelque chose avait changé de place. Elle fit le tour des appartements de Felicia. Elle ne pouvait dire si Ray-Ray était venu là, car la pièce empestait l'humidité, l'odeur d'ammoniaque que prend la sueur des corps propres, le liquide vaginal et le sperme. Vu son sex-appeal, Saxe devait attiser le désir mais, apparemment, il ne se limitait pas à des promesses. Elle se demanda si Allister était au courant, et pourquoi Felicia paraissait si déprimée, juste après s'être tapé l'un des meilleurs antidépresseurs du monde.

Blanche retourna à la cuisine, sortit la nourriture qu'elle avait mise de côté pour son déjeuner et celui de Carrie et frappa à la porte de la buanderie.

— L'impiété peut s'infiltrer à travers le bois, chérie ! Tu ferais mieux de sortir de là et de venir m'aider à manger tous les restes du buffet.

Blanche ne voulait pas parler de la visite inattendue de Ray-Ray à Carrie, mais elle ne parvenait pas à le chasser de son esprit.

— Tu connais Ray-Ray, le fils d'Inez ? demanda-t-elle lorsqu'elles furent à table.

— Hum, hum. Avant, y faisait des trucs un peu bizarres ici, répondit Carrie en remplissant son assiette.

— Pourquoi est-il parti ?

Carrie secoua la tête et porta la fourchette à sa bouche.

— Que s'est-il passé ? demanda Blanche

Carrie continua à mâcher. Ses yeux errèrent sur le plat au centre de la table.

— Goûte-moi ce jambon. Il est délicieux, dit

Blanche en en glissant une grosse tranche dans l'assiette de Carrie.

— Il traînait toujours dans le coin, qu'il travaille ou pas.

— Tu veux le dernier morceau de rosbif ? (Blanche poussa le plat pour le rapprocher de Carrie.) Qu'est-ce qu'il venait faire ici, s'il ne travaillait pas ?

Carrie planta sa fourchette dans la viande.

— Il venait voir monsieur Marc. Quand ils étaient gosses, Mr Brindle les amenait tous les deux à des matchs et des trucs comme ça.

Un truc de Blancs, songea Blanche. *Rendre service pour prouver son savoir-vivre.*

Elle était cependant surprise. Wanda avait dit qu'il venait d'une vieille famille. D'habitude, ces gens-là ne se joignent pas à ces débauches de bons sentiments. Cela ne cadre pas avec leur intime conviction d'avoir tout autant mérité ce qu'ils possèdent que les pauvres d'être pauvres.

— Ça serait malheureux de gaspiller tout ça, dit Blanche. Vais-je arriver à te convaincre d'en ramener chez toi ?

Alors qu'elle acquiesçait en basculant sa tête d'avant en arrière, Blanche vit, pour la première fois, un large sourire illuminer le visage de Carrie.

Blanche alla chercher quelques sacs en plastique et du papier aluminium pour emballer la nourriture.

— Alors, comment se fait-il que Ray-Ray ait arrêté de travailler ici ?

— Semblerait qu'il y ait eu des embrouilles entre lui et Mr B.

Et merde ! Ray-Ray est peut-être monté à l'étage pour découper les vêtements d'Allister en morceaux.

— Du genre ? demanda Blanche en se penchant en avant.

— J'en sais rien, répondit Carrie en haussant les épaules. Ça s'est passé un jour où j'étais de repos. Inez a simplement dit qu'ils étaient brouillés et que Ray-Ray ne reviendrait plus travailler ici.

— Ça remonte à combien de temps ?

Carrie s'essuya la bouche.

— Un an environ. (Elle replia sa serviette et la posa près de son assiette.) Bon, je ferais mieux de retourner bosser.

Blanche resta assise à la table de la cuisine, heureuse d'avoir utilisé la nourriture des Brindle et non la sienne pour soutirer ces bribes d'information.

— J'y vais ! cria Carrie avant que la sonnette de la porte d'entrée ait fini de retentir.

Lorsqu'elle revint, quelques minutes plus tard, ses yeux étaient plein d'étoiles.

— C'était Mr Saxe.

Les hommes vont et viennent dans cette maison comme dans un claque ! pensa Blanche.

— Que voulait-il ?

— Il cherchait ses photos.

— Quelles photos ?

— Celles que j'ai posées sur la commode de madame Felicia, j'imagine.

— Quel genre de photos ?

Carrie haussa les épaules.

— Une de ces pochettes du drugstore.

— Où l'as-tu trouvée ?

— Par terre, devant la chambre de madame Felicia.

— Et donc, tu as pensé que c'était à elle ?

— Je les ai mises sur sa commode, acquiesça Carrie.

— Saxe les a reprises ?

— Il est monté les chercher, mais il a dit qu'elles n'étaient plus là. Madame Felicia a dû les ranger.

Ou quelqu'un d'autre les aura déplacées, songea Blanche. *Quelqu'un prétendant avoir été chercher sa chemise. Mais pourquoi ?*

— Des photos de quoi ?

— J'en sais rien.

— Tu veux dire que tu ne les as pas regardées ?

— Elles n'étaient pas à moi, dit Carrie en remettant sa coiffure en place. Je n'avais aucun droit de les regarder...

Blanche essaya de se représenter une personne capable de trouver une pochette pleine de photos sans y jeter un œil. Carrie se sentirait certainement mieux si elle avait menti, mais vu le personnage, Blanche fut surprise qu'elle ait osé ramasser la pochette. Elle hocha la tête d'un air songeur et alla préparer l'apéritif dans la bibliothèque.

La note d'Inez précisait que l'après-midi Allister aimait boire un Daïquiri glacé et que Felicia prenait une olive et un oignon dans son Martini.

À son retour, Allister semblait fatigué mais de bonne humeur.

— Tout s'est très bien passé, tu ne trouves pas ? demanda-t-il à sa femme.

Felicia haussa les épaules : visiblement c'était le dernier de ses soucis.

Blanche l'observa un peu mieux. Sa coiffure et ses vêtements étaient impeccables, mais quelque chose lui donnait un air négligé, comme une mouche écrasée sur une vitre. Felicia se passa la main dans les cheveux. Cela ne changea rien.

Ce sont ses yeux qui ont besoin d'être arrangés, songea Blanche.

— Où avais-tu disparu ? demanda Allister à Felicia.

— Quoi ?

— Pendant la réception. J'ai regardé partout et je ne t'ai pas vue.

— C'est toi qui es candidat à un poste, Allister, pas moi. Je n'ai pas besoin d'être là en permanence.

Lorsqu'elle prit son verre sur le plateau, la main de Felicia trembla. Elle leva les yeux sur Blanche, puis les détourna aussitôt.

— Il arrive que l'épouse d'un candidat soit plus importante que son programme. Tu le sais. Tu as promis que tu...

Felicia se leva, son verre de Martini toujours à la main.

— Blanche, veuillez monter le shaker au premier, s'il vous plaît.

Elle quitta la pièce et prit l'escalier en ignorant totalement Allister.

Ce dernier ferma les yeux, posa la tête contre le dos de son fauteuil et laissa s'échapper un soupir qui s'apparentait presque à une plainte. Puis, lui aussi se leva et sortit.

Blanche s'attendait à ce que Felicia l'appelle pour lui demander où étaient les photos de Saxe. Elle fut soulagée que ce ne soit pas le cas. Peut-être faisait-elle fausse route. Ray-Ray avait certainement pris quelque chose à Allister, comme elle le pensait au départ.

Allister se trouvait dans la petite salle à manger lorsque Blanche se rendit à la cuisine. Elle attendit trente secondes avant de repasser à nouveau devant la petite salle à manger. Allister était à présent dans la véranda, penché sur le guéridon de Saintpaulias. Elle ne voyait pas son visage, mais elle observa ses mains. Tranquillement et avec délicatesse, il enlevait les feuilles fanées, déplaçait les pots, et frôlait les fleurs du bout des doigts. Son corps paraissait plus doux, plus rond, comme s'il avait raidi sa colonne vertébrale et rentré son bide, jusqu'en cet instant où il se croyait seul. Comme tout le monde, Allister avait plusieurs facettes. Mais c'était sans importance. Un crotale à ce point assommé était-il moins dangereux qu'un crotale en chasse ?

Lorsqu'Allister monta finalement se changer pour le dîner, Blanche attendit, de nouveau, mais en vain, qu'on crie au cambriolage. Soit Ray-Ray n'avait rien piqué de flagrant à Allister, soit sa première intuition était la bonne ; il s'était emparé des photos de Saxe, mais Felicia n'avait toujours pas remarqué leur disparition.

À l'heure où Blanche quitta son travail, le vent était retombé. Malgré l'air toujours frisquet, elle sentait le printemps sur le point de débouler. Elle remonta l'allée et s'engagea dans Cottage Street — une route à une voie et à sens unique.

En dehors de Boston Common et des jardins du centre, c'était le coin de la ville le plus vert qu'elle ait jamais vu. On se serait cru à la campagne. Tout comme celle des Brindle, les quelques autres maisons bordant la route se trouvaient toutes en contrebas, enfouies dans une sorte de vallée et protégées des regards par des clôtures en bois ou des murets. Suivant les instructions d'Inez, elle tourna à gauche en haut de la colline et suivit une chaussée à deux voies jusqu'à Perkins Street, et au lac qu'elle avait remarqué le matin. Elle dépassa un panneau sur lequel on lisait BROOKLINE et réalisa alors que la maison Brindle ne se trouvait pas dans Boston, mais trois pâtés de maisons au-delà.

Un autre panneau indiquait que son lac s'appelait Jamaica Pond : elle devait se trouver dans le quartier de Jamaica Plain.

Habituellement, son boulot la conduisait à South End, Back Bay et Beacon Hill mais, jusqu'alors, elle n'était jamais venue ici ni dans d'autres quartiers comme East Boston, Charlestown, South Boston ou le North End. Quelqu'un lui avait dit qu'autrefois certains de ces coins étaient des villes indépendantes. D'après ce qu'elle avait pu lire et entendre, aujourd'hui ces noms servaient principalement à entretenir la méfiance et une certaine distance entre les gens des différents quartiers. Et elle savait que certaines communautés à Boston faisaient preuve d'hostilité envers les gens venus de l'extérieur, en particulier les Noirs, les basanés et les Jaunes.

De là où elle se trouvait, elle ne pouvait pas voir l'autre côté du lac. Des bernaches du Canada et des canards rasaient sa surface, des gens flânaient, couraient et promenaient des poussettes sur le petit chemin au bord de l'eau. Blanche tendit les bras vers les arbres verdoyants et les flots bleus. Tout ceci manquait à Roxbury. Dans les rues, il y avait bien quelques arbres, mais en dehors des piscines municipales et des flaques de boue, elle n'avait jamais entendu parler d'une étendue d'eau dans le quartier.

Elle vivait à Boston depuis presque trois ans, mais ayant dû se faire une clientèle, s'occuper des enfants et de la maison, sans parler des hivers nécessitant qu'elle reste le plus possible à l'intérieur, sa connaissance de la ville se trouvait réduite à environ six mois d'exploration. Elle n'avait pas vraiment choisi de venir s'installer ici. Il s'agissait moins là de son idée que de sa seule alternative : elle avait dû quitter Farleigh en quatrième vitesse, et cousine Charlotte s'était montrée prête à lui donner un coup de main. Sans Taifa et Malik, Blanche aurait déjà quitté Boston. En trois ans, ils étaient passés par trois établissements scolaires. Cela ne semblait pas être une bonne idée de leur demander de changer une fois encore.

Au croisement de Jamaica Way et de Perkins Street, où les voitures foncent comme sur une autoroute, elle attendit que le feu change de couleur. Elle regarda Jamaica Way avec d'un côté ses immenses demeures et de l'autre le lac.

Charmant.

Lorsque le feu passa au vert, elle se dépêcha de traverser et marcha en direction de Centre Street, où elle prendrait le bus. C'était un trajet assez long. Inez lui avait proposé d'utiliser sa voiture toute cabossée mais, vu la circulation, Blanche ne voulait pas se retrouver sur la route si elle n'y était pas obligée. De toute façon, cet exercice ne ferait pas de mal à sa vieille carcasse qui approchait à grande vitesse des 55 ans.

Elle remonta Perkins Street, passa devant de vieilles demeures transformées en appartements, traversa Centre Street, où les enseignes des magasins et les discussions dans la rue étaient en espagnol, puis dépassa les cités de Bromley Heath pour rejoindre, non loin de là, le dépôt d'autobus de Jackson Square. Elle était maintenant au sommet de Roxbury. Elle prit le bus 44 et laissa défiler dans son esprit les autres événements de sa première journée.

Mon Dieu !

Avait-elle vraiment poussé cet homme ? Elle eut le sentiment qu'elle allait en entendre parler.

Merde !

Quant à Ray-Ray, il avait un sacré culot et c'était probablement pour ça que, malgré elle, elle l'aimait bien. Un Noir miséreux qui manquait de culot était un Noir mort. Cependant, elle n'approuvait pas qu'il se soit introduit chez les patrons de sa mère pour y voler quelque chose. À ses yeux, c'était la seule chose qui puisse expliquer sa discrète visite dans les étages.

D'après ce qu'avait dit Carrie, il était tout sauf un étranger dans cette maison. Pourtant, s'il n'avait pas travaillé depuis au moins un an pour les Brindle, pourquoi Carrie ou Wanda n'avaient-elles pas donné sa chemise à Inez pour qu'elle la ramène chez elle ? Où Ray-Ray avait-il voulu en venir en lui disant qu'elle ne regretterait pas sa visite ? Elle ne savait toujours pas ce qu'il était venu faire chez les Brindle, mais sa foutue chemise n'avait certainement rien à voir là-dedans. Par contre, les photos de Saxe avaient un rapport avec cette histoire — bien qu'il fût difficile de concevoir comment Ray-Ray aurait pu savoir que Saxe les avait laissées là. Elle en parlerait à Ray-Ray la prochaine fois qu'elle le verrait. Et Carrie ! Elle, son pasteur et son attitude envers « Mr Saxe » ! Mon Dieu ! elle en avait des choses à raconter à Ardell.

Blanche descendit du bus à Humboldt et remonta la rue jusqu'à Rudigere Homes, pressée de se retrouver chez elle.

2

Premier jour – Jeudi (suite)

Même après plusieurs mois, Blanche était toujours déprimée par cette grande cour carrée en ciment, entourée d'un trottoir étroit qui faisait à la fois office de parking et de terrain de jeu. Le côté campement de caravanes de l'endroit, la façon dont les maisons étaient recroquevillées sur la cour, comme pour encercler le reste de la communauté, la mettait mal à l'aise.

Elle savait que ce n'était qu'une impression. L'association des locataires organisait des rencontres et des événements pour la communauté — par exemple le carnaval des gosses et le barbecue dans le parc — avec ceux de Warren Gardens et d'autres associations de locataires de logements sociaux des environs.

Ce n'était pas vraiment l'endroit en soi qui posait problème ; elle regrettait seulement de ne plus habiter dans une rue où les gens viennent flâner et ralentissent en voiture pour regarder les fleurs dans un bout de jardin ou un bac à fleurs, ou pour gueuler après un ami. La chose qui lui plaisait le plus était que Rudigere Homes était une copropriété. Elle appréciait le côté semi-propriété : cela signifiait qu'on n'allait pas lui demander de déménager parce que la petite copine du cousin du propriétaire avait besoin d'un logement, ou parce que le bâtiment allait être transformé en appartements de standing.

Elle aimait aussi l'ensemble des maisons en brique rouge, leurs façades penchées et alertes et leurs hauts perrons étroits. Chaque maison avait son carré d'herbe de la taille d'un timbre-poste et les portes d'entrée étaient flanquées d'un arbrisseau. Mais le côté franc de ces baraques sans fioritures la faisait s'y sentir en sécurité. Ces maisons donnaient l'impression de n'être pas prêtes à laisser le désordre s'installer.

Elle n'en était encore qu'aux « bonjour-bonsoir » avec les quatre ou cinq personnes de la cité appartenant au club de « ceux qui ne font que passer » — des gens qui, manifestement, ne voyaient en Rudigere Homes qu'une étape en attendant une maison à Milton, Dedham ou une autre banlieue, et donc ne perdaient pas leur temps avec des personnes ayant l'intention de rester là.

Elle s'entendait bien avec les autres habitants, y compris avec Joanie, sa voisine, une femme dodue se déplaçant avec lenteur. Comme Blanche, Joannie avait élevé les deux enfants de sa défunte sœur, mais les siens étaient désormais à l'université et recevaient une bourse. Jack et Evelyn Carson — un jeune couple avec deux enfants — habitaient juste de l'autre côté de la cour. Plus d'une fois, Blanche avait entendu des cris venant de chez eux et s'était postée devant la fenêtre, à temps pour voir Jack sortir comme une furie et claquer la porte derrière lui. Les trois Saintes *Pointer Sisters* vivaient côte à côte. Elles n'étaient pas vraiment sœurs, et vu la manière dont elles hurlaient sur leurs gosses, Blanche avait des doutes quant à leur sainteté. Les trois femmes et deux de leurs aînées chantaient dans un groupe gospel qui se produisait en tournée. En revanche, lorsqu'elles répétaient chez elles, invariablement elles chantaient *Shaky Flat Blues* et *Love in Them There Hills*.

Parmi les autres familles de la cour, on comptait aussi les Porter, un vieux couple de frère et sœur, et Ms Murphy et son grand fils, Tongues. Ms Murphy passait pas mal de temps à crier après les gosses qui jouaient devant chez elle, et faisait une bonne partie de ses courses chez Warren Liquors. Mr et Mrs Addison vivaient dans la dernière maison. D'après Joanie, ils approchaient les 90 ans. Chaque soir, qu'il pleuve ou qu'il vente, ils faisaient tranquillement cinq fois le tour de la cour en se tenant par la main et en riant, comme tous les amoureux.

Et il y avait Karen.

Blanche accéléra en passant au niveau de la maison située à trois portes de la sienne ; elle marcha presque sur la pointe des pieds, dans l'espoir de passer sans avoir à payer ce qu'elle appelait déjà la « subvention Karen ». Mais Karen regardait par la fenêtre ou alors possédait un sixième sens la prévenant qu'un donateur se trouvait dans la zone d'emprunt. Elle sortit d'un pas lourd, dans une robe de chambre si défraîchie que ses motifs n'étaient déjà plus qu'un souvenir. Elle se dirigea vers Blanche, traînant des pieds dans ses chaussons déglingués. Blanche s'apprêta à répondre un « Non ! » franc. Elle était toujours prête à offrir une tasse de ceci ou de cela à ses voisins, surtout s'ils étaient moins riches qu'elle. Mais le mari de Karen et son aînée, qui vivait à la maison, gagnaient tous deux leur vie, et de plus Karen touchait une pension d'invalidité. Cependant, les choses qu'elle empruntait, et ne rendait jamais, devenaient toujours plus importantes, d'un peu de farine de maïs à des tranches de bacon, du sel à des tampons.

— Ça roule, Blanche ? J'allais justement venir chez toi. Un de mes gosses a mal à la gorge. T'aurais pas du miel ?

Blanche la regarda fixement.

Zut !

Comment pouvait-elle dire non à un gosse malade ? Elle fronça les sourcils, mais lui fit signe de venir. Au lieu de l'inviter à entrer, elle la fit patienter sur le perron.

On se doit de faire ce qu'on peut pour résister.

Ce n'était pas encore l'heure de dîner : elle prit donc la décision de cuisiner, au lieu de laisser les enfants manger la soupe et les sandwiches qu'ils auraient eus si elle n'était pas rentrée tôt à la maison. Elle prit son saladier préféré, une poêle en fer et un gros moule à cake. Rentrer tôt à la maison signifiait aussi être là au moment où Shaquita viendrait.

Le seul aspect positif dans le remplacement d'Inez, c'était Shaquita, la petite-fille de cousine Charlotte. Elle vivait chez sa grand-mère et cousine Charlotte n'avait pas l'intention de laisser une fille de 16 ans seule à la maison pendant une semaine, même si celle-ci prétendait être assez grande pour se débrouiller toute seule. Shaquita habitait donc chez Blanche, qui était heureuse d'avoir la jeune fille à la maison pour montrer à Malik et Taifa la manière dont une adolescente responsable se comporte.

La présence de Shaquita garantissait aussi que quelqu'un se trouvait à la maison avec Malik et Taifa avant et après l'école. Blanche décida de donner un peu plus d'argent à la jeune fille, en complément de ce qu'elle lui donnait déjà pour son aide à Taifa en espagnol et à Malik en anglais.

Blanche éplucha et coupa en quatre huit pommes de terre qu'elle mit dans une casserole avec un peu d'eau salée. Elle jeta un coup d'œil à l'horloge. Elle avait le temps de discuter pendant environ vingt minutes avant le retour des gosses — pour un petit bavardage, c'était suffisant.

Elle composa l'indicatif 919, puis la moitié du numéro d'Ardell, avant de se rappeler que sa vieille copine était partie jouer les nurses sur un yacht quelconque. Elles étaient toujours restées en contact téléphonique, même lorsque Blanche fuyait la police et Ardell, son espèce de cinglé d'ex-mari. Blanche bouda quelques minutes, puis elle entendit Ardell lui dire de s'en remettre.

Blanche venait de couper un oignon et deux gousses d'ail en cubes et s'apprêtait à les faire revenir, quand elle se rendit compte qu'elle n'était plus seule dans la maison. Si elle s'en était tenue à sa seule ouïe, elle n'aurait pas su que Malik était rentré et monté directement dans sa chambre. Seule sa capacité à ressentir la présence des êtres chers la poussa à monter à l'étage. Bien que la porte de sa chambre fût ouverte, il la regarda comme si elle l'avait surpris en train de faire quelque chose d'interdit. Ces derniers temps, chaque fois qu'elle le voyait, elle était choquée. Il y a un an encore, c'était un petit garçon grassouillet et costaud avide de câlins, qui n'allait jamais se coucher sans un gros bisou. Désormais, il était grand et maigre, et elle reconnaissait à peine sa voix. Et elle ne se sentait pas encore prête à imaginer qui il pouvait bien embrasser.

— Salut, M'man.

Ou tout du moins, c'est ce qu'il lui sembla l'entendre dire.

— T'as faim ? demanda-t-elle en s'avançant sur un terrain sûr.

Il opina et continua à vider son sac à dos sur son

lit. Elle le regarda quelques instants depuis le pas de la porte, sa tête baissée, son cou plié, si vulnérable, si jeune. Elle le revit courbé, pendu à ses lèvres alors qu'elle lui lisait une histoire ; elle le revit apprenant l'alphabet et lisant fièrement tout seul une histoire pour la première fois. Sa chambre était désormais pleine de livres dont elle n'avait jamais entendu parler. Il allait bientôt avoir 13 ans. Est-ce qu'elle lui apportait ce dont il avait besoin pour franchir cette nouvelle étape, pour parcourir la course d'obstacles menant de l'adolescence à l'âge adulte ? Il ignorait encore tant de choses au sujet du temps qui passe, des filles, de l'amour-propre et de la souffrance. Elle espérait que le jour voulu, elle saurait trouver les mots justes.

À peine eut-elle fermé la porte qu'elle entendit de la musique s'échapper de sous celle-ci. Elle retourna à la cuisine.

Au moins, je sais où il est, pensa-t-elle tandis que la batterie faisait vibrer les murs.

Elle fit revenir les oignons et l'ail et les balança dans son grand saladier, y ajouta de la dinde et du bœuf hachés.

— J'suis rentrée ! lança Taifa si fort que les voisins auraient pu l'entendre même la porte fermée — ce qui n'était pas le cas.

Blanche attendit le claquement de la porte. Cela prit tant de temps, qu'elle se mit à soupçonner Taifa de traîner dans son sillage une de ses copines jumelles — à l'allure et aux vêtements interchangeables, toutes arborant des cheveux aussi raides que de la paille et assez de boucles d'oreilles pour ouvrir une bijouterie.

Blanche entra à grands pas dans la salle à manger. Taifa savait que les devoirs passaient avant les copines. Mais à défaut de copines, elle trouva Taifa en train de trimbaler un carton de barres chocolatées — le dernier projet de son école pour sauver l'enseignement sportif et artistique. Taifa embrassa Blanche sur la joue, puis tira le carton jusqu'à la penderie. Blanche estima qu'il devait bien contenir une centaine de barres chocolatées, mais elle ne se plaignit pas. Taifa aurait été capable de vendre des poux à un chien, et de le faire revenir pour qu'il en achète d'autres à un prix encore supérieur. Blanche l'avait vue convaincre leur voisin le plus radin d'acheter des bonbons qu'il prétendait ne pas aimer. Mais cela remontait à l'an dernier, quand Taifa n'avait encore ni sa nouvelle voix de stentor, ni son bagout.

De retour à la cuisine, elle ajouta deux cuillerées à soupe de purée de tomates et une goutte de lait dans le saladier, tandis que Taifa allumait la radio dans la salle à manger et se mettait à chantonner des « oh baby » d'une voix stridente et haut perchée.

— M'man ! cria-t-elle pendant la coupure pub.

Blanche se demanda ce qui allait se passer, elle aurait aimé être moins inquiète au sujet des changements chez Taifa. Elle préférait aussi quand les enfants l'appelaient « Mama Blanche » au lieu de « M'man », qui semblait désigner une fonction que n'importe qui aurait pu occuper sans qu'aucun des enfants ne s'aperçoive vraiment du changement.

Le téléphone sonna.

— C'est pour moi ! cria Taifa.

Blanche ajouta au jugé du cumin et de la poudre de chili dans le saladier et dressa l'oreille lorsque la voix de la jeune fille passa du mégaphone à un chuchotement si discret qu'elle n'aurait pas pu en discerner un mot, même si elle avait été juste à côté.

Taifa entra dans la cuisine en dansant et ouvrit le réfrigérateur.

— M'man, tu pourrais me ramener des nouveaux bigoudis quand tu feras les courses ? (Elle regarda l'intérieur du réfrigérateur comme un écran de télé.) J'ai vu un nouveau genre de bigoudis, *y s'raient* mieux que...

En entendant « y s'raient mieux » Blanche poussa un soupir, mais laissa couler. Elle savait que Taifa était bilingue. Elle savait aussi que Taifa essayait de *déracailliser* les filles qui avaient passé toute leur vie dans ce quartier. C'était sa façon à elle de compenser, pour avoir suivi les cours d'une école privée durant sa première année à Boston. Le conseiller d'éducation avait dit à Blanche que l'enfant surmonterait cette étape, une fois qu'elle se serait adaptée et fait des amies. Pourtant, Taifa faisait désormais partie de l'équipe de volley, du journal de l'école, et avait plus d'amis que Blanche et

Malik réunis. Mais Blanche ne voyait toujours aucun changement dans son attitude.

— ... des bigoudis super *top*. Ça me fera une coiffure géniale !

Taifa allait plonger dans le Frigidaire, mais Blanche l'envoya se laver les mains.

— Maman ! T'as entendu ? demanda-t-elle en sortant le lait et le beurre de cacahuète du réfrigérateur.

Comme si elle avait pu ne pas l'entendre ! Ne l'avait-on pas entendu jusqu'en Ohio ?

— J'ai compris, Taifa. Mais je te l'ai déjà dit des centaines de fois, si tu veux des nouveaux bigoudis, achète-les avec ton argent. Si tu veux faire frire tes cheveux comme des côtes de porc, je ne tiens pas à y être mêlée. En revanche, si tu veux des tresses ou une coiffure naturelle, je serais heureuse de...

— M'man ! T'es pas dans le coup. Je veux dire franchement, totalement, carrément pas dans le coup ! (Taifa se prépara un rapide sandwich et s'affala sur la table de la cuisine.) T'as dit que je pouvais me coiffer comme je voulais, mais tu me laisses rien faire.

Blanche jeta un peu de mie dans la préparation du pain de viande, pendant que Taifa lui décochait un regard aussi acide que du lait ayant dépassé depuis un mois la date limite de consommation.

— Ce que j'ai dit, c'est que tu pouvais faire ce que tu veux de tes cheveux, à trois conditions : pas de teinture, pas d'extensions et tu paies avec ton argent.

— Tu veux que j'aie l'air d'une tarée, répondit Taifa en faisant la moue. T'en as rien à faire si mes copines se moquent de moi, parlent de moi derrière mon dos et tout ça.

Elle mordit dans son sandwich.

Blanche se lava les mains, puis malaxa les ingrédients du pain de viande, en essayant de ne pas penser à la tendre gorge de Taifa.

Elle respira un grand coup.

— Je ne suis pas bien sûre de savoir ce que *tarée* signifie, et je ne veux pas que quelqu'un te ridiculise, mon bébé, surtout pas toi-même, et c'est ce que tu ferais si tu devenais une femme noire persuadée que pour être beaux, ses cheveux doivent être décrêpés ou recevoir des extensions Dacron.

Blanche se donna mentalement une tape dans le dos pour paraître raisonnable et d'humeur égale. Elle mit le pain de viande dans un plat et ajouta un peu d'eau sur les pommes de terre avant d'ajouter :

— S'il ne tenait qu'à moi, tous les Noirs du monde auraient des coiffures naturelles, au lieu de se ridiculiser en imitant les coiffures des Blancs.

— Oh, M'man ! Ces trucs raciaux sont *tellement* dépassés ! J'arrête pas de te dire que ça n'a rien à voir avec les Blancs. Je...

— Ouais, ouais. C'est ça. Moi je crois que ça a un rapport avec les Blancs. Je crois que ça veut dire avoir honte de ses cheveux crépus.

— Ouais, mais les mères de mes copines ne...

Blanche sentit que sa patience était à bout. La scène lui rappelait l'époque où sa propre mère lui disait de suivre un peu plus l'exemple des filles de Ms Mary ou Ms Caroline, qui seraient heureuses de lécher le sol de la cuisine sans même attendre que leur chère mère leur demande de le nettoyer.

— ... et la mère de Rasheeda a dit qu'elle ne la laisserait jamais sortir de la maison ébouriffée comme une espèce de...

C'en était assez ! Blanche fit volte-face et se pencha au-dessus de la table, de façon à ce que son visage touche presque celui de Taifa.

— Je t'ai laissée défriser tes cheveux. Je t'ai même laissée faire une permanente. Si ça ne te convient pas, mets-toi un sac sur la tête et arrête de me casser les pieds avec ça.

Taifa regarda Blanche comme si elle venait d'inventer le concept d'enfants martyrs.

Bon Dieu ! Elle avait tellement bien réussi à jouer à la mère patiente, là, pendant quelques minutes. La plupart du temps, elle se rappelait l'importance de l'enfance et s'efforçait d'agir en conséquence, mais cela ne fonctionnait pas toujours. Taifa tourna le dos à Blanche, qui balança le pain de viande dans le four et régla la minuterie.

— Je vais aller voir Ms Barker. Quand la minuterie sonnera, j'aimerais que tu sortes le pain de viande du four et que tu y mettes les patates.

— Pourquoi est-ce que je dois tout faire ? Pourquoi Malik ne pourrait-il pas sortir le pain de viande du four ? Pourquoi est-ce que je dois toujours...

— Blah, blah, blah, marmonna Blanche.

Elle enfila son pull et décrocha son sac à main de la patère. Elle fut dehors avant même que Taifa eût fini de se plaindre.

Sur le chemin, quatre petites filles sautaient à la corde :

— *Miss Mary Mack, Mack, Mack*

All dressed in black, black, black...

Leurs voix étaient aussi légères et aiguës qu'un chant d'oiseaux. Les orteils de Blanche tressautèrent au souvenir des parties de corde à sauter. Si elle n'avait pas dû se rendre quelque part, elle aurait joué avec les fillettes. Elle fit un signe à Evelyn qui promenait son bébé dans la cour. Le vigile les salua, alors qu'il faisait demi-tour sur le parking. Le lotissement avait engagé une agence de gardiennage, mais quel que soit le vigile en faction, il semblait passer 90 pour cent de son temps sur la colline et au *McDonald's* du coin. Cependant les locataires avaient son numéro de portable, au cas où...

Comme d'habitude, ML King Boulevard ressemblait à une piste d'essais des 500 miles d'Indianapolis, tant la circulation était dense. Une musique assourdissante sortait d'une voiture sur quatre, généralement conduite par quelqu'un en âge de faire ses devoirs à la maison. Un long et lent convoi funèbre amena presque la circulation à rouler au pas. Les voitures venant en sens inverse réduisirent elles aussi leur vitesse.

— C'est ce garçon, Franklin, dit un passant à un autre. Quel gâchis ! Je ne comprends pas ce qui peut bien passer par la tête de ces gosses.

La lumière du soleil vint se refléter sur le capot et les pare-chocs du corbillard, le transformant en un bouclier d'argent qui dissimulait le chagrin d'une pauvre mère.

Encore un enfant tué par un enfant. Quatre meurtres en huit semaines ! Comme si les quatre garçons arrêtés pour les meurtres avaient eux-mêmes déclaré l'ouverture de la chasse.

Elle savait que ce n'était pas définitif. Les meurtres d'adolescents étaient moins nombreux ces deux dernières années. La police s'en félicitait, mais les flics seuls ne pouvaient rien contre. Visiblement, les enfants comprenaient qu'on ne gagnait rien à voir un si grand nombre de ses amis mourir. Mais de temps en temps survenait une explosion, rappelant que certains ados faisaient toujours parler les balles pour régler leurs différends. Bien sûr, il était plus facile pour eux de se procurer des armes ou de vendre de la drogue que de trouver un emploi. À Washington, certains semblaient tout étonnés à l'idée que la CIA puisse être impliquée dans la fourniture de drogue aux communautés noires.

Comme si les Noirs ne savaient pas ça depuis des lustres !

Une chose était sûre : ces gosses ne transportaient pas la marchandise par avion à travers le pays. Peu importe qui avait commencé ou qui perpétuait cela : les gamins s'entretuant effrayaient Blanche plus que tout. Taifa et Malik lui avaient fait un tas de reproches parce qu'elle leur demandait de passer un coup de fil au moindre changement dans leurs plans. Mais elle décelait aussi une lueur de soulagement dans leurs regards. C'était vrai, les ados voulaient qu'on leur donne des limites. Cependant, Blanche ne se souvenait pas avoir eu ce désir à leur âge. Elle traversa la rue, une fois le cortège passé, se retenant de faire demi-tour et d'aller voir au plus vite ce que les gamins fabriquaient.

Elle remonta le pâté de maisons jusqu'à la boutique de Ms Barker, s'étonnant comme à l'accoutumée de voir le bâtiment encore debout. Son unique étage gris prenait appui sur la maison voisine. Les deux marches menant à ce lieu minuscule s'affaissaient comme si elles portaient tout le poids du monde. À l'intérieur, la boutique sombre et humide sentait la poussière, le bonbon desséché et la vieille paperasse. Ms Barker était assise derrière la caisse, sur son tabouret haut. En dehors de son regard, tout était immobile.

— Alors, Ms Barker. Ça va aujourd'hui ?

Ses paupières parcheminées répondirent par un battement aussi lent qu'un lézard prenant un bain de soleil.

— J'ai pas à me plaindre, ma sœur. J'ai pas à me plaindre. (Elle changea de place sur son tabouret.) Je suis contente de ce que tu fais pour le moment. Je sais que c'est pas pour Inez Brown que tu le fais.

Blanche ne fut pas étonnée que Ms Barker sache

qu'elle remplaçait Inez. Ms Barker était au courant de tout, et presque avant les premiers concernés eux-mêmes. Mais Ardell était la seule personne à qui Blanche se souvenait d'avoir dit ce qu'elle pensait d'Inez. Il était inutile de demander à miz Barker d'où elle tenait ses informations. Elle se serait contentée de vous dévisager comme si vous étiez un cafard qui parle.

— C'est vrai, Inez n'est pas franchement ma préférée, mais...

— Oh, je sais, je sais. La famille, c'est la famille. Et Charlotte n'est pas le genre de femme à qui on dit non.

Comment Ms B. pouvait-elle bien être au courant de sa conversation avec cousine Charlotte ? Blanche se contenta de hocher la tête en souriant.

— Moi aussi, j'ai un peu de mal à trouver Inez sympathique, mais j'ai toujours bien aimé son gamin, malgré ce qu'on raconte sur lui.

Aujourd'hui, Blanche ne se sentait pas vraiment d'humeur à chanter les louanges de Ray-Ray, elle mit en pratique ce que ses gosses lui avaient appris — à savoir ne pas se sentir obligé de répondre à la moindre remarque — et se tut. Elle parcourut la boutique du regard, puis :

— Tout est déjà remis en place.

— J'ai terminé hier soir. J'espère que ces petits voyous vont me laisser tranquille maintenant.

C'était aussi ce que souhaitait Blanche. La boutique de Ms Barker avait été cambriolée et saccagée à trois reprises depuis qu'elle en interdisait l'accès à une bande de gamins qu'elle avait surpris en train de voler.

— Tu ferais bien de protéger tes arrières ! Désormais, ces voyous vont traîner autour de chez toi, Ms Blanche !

— Pourquoi ça ?

— T'es pas au courant de grand-chose, n'est-ce pas ? (Ms Barker gratifia Blanche d'un regard plein de pitié.) Mais tu finiras bien par savoir. C'est pas à moi de...

— Ms Barker, s'il y a quelque chose au sujet de Taifa et Malik...

— Ça n'a rien à voir avec tes mômes. Je te le dirais, si c'était le cas.

— Alors, quoi ?

— Cette fille habite chez toi, non ? Qu'est-ce que tu t'imagines ? Les mecs aiment toujours les filles, d'après ce que j'ai entendu dire.

— Shaquita ? Je doute qu'elle soit assez dévergondée pour ces types-là.

— Je donnais des bonbons à ces petites racailles quand ils étaient gosses. Maintenant...

Ms Barker semblait si frêle et si déçue que Blanche eut envie de la serrer dans ses bras — un désir bien différent de celui que la vieille femme avait tout d'abord éveillé en elle.

Avant que Blanche n'acquière une part dans la copropriété, ils vivaient dans un appartement tout proche de la boutique de Ms Barker. Les deux femmes avaient eu des mots un jour où, en revenant de la boutique, Taifa avait rapporté à Blanche ce que Ms Barker racontait à propos des *blacks* douteux envoyant leurs enfants dans des écoles privées, pour qu'ils grandissent en pensant qu'ils valaient mieux que les autres Noirs. Blanche s'était rendue à la boutique et avait exprimé son point de vue à Ms Barker, lui expliquant que l'endroit où Malik et Taifa allaient à l'école ne la regardait en aucune façon, sauf si elle avait l'intention de payer leurs études.

Cette conversation semblait avoir convaincu Ms Barker qu'il valait mieux qu'elles soient amies. Elle avait pris Blanche et les enfants sous sa coupe, ce qui signifiait qu'elle se mêlait de leurs affaires et donnait des conseils sur tout : du genre de sous-vêtements que Blanche devait acheter à Taifa au meilleur déodorant pour Malik.

Blanche demanda une boîte de cure-dents et un bidon de détergent, bien qu'elle n'eût besoin ni de l'un ni de l'autre. Comme beaucoup de gens dans le quartier, elle fréquentait la boutique de Ms Barker pour qu'elle continue d'exister, plus que par nécessité. La vieille femme acariâtre vendait des produits inutiles, à des prix plus élevés que les supermarchés. Pourtant, sa boutique survivait depuis près de soixante ans. Joanie, la voisine de Blanche, racontait que c'était là qu'elle et ses amis d'enfance avaient échangé leurs premiers bonbons, et que Ms Barker avait été l'adulte de la dernière chance pour pas mal d'enfants difficiles. Eux-mêmes reconnaissaient, aujourd'hui, qu'elle les avait aidés à éviter la prison ou même pire.

Tandis que Ms Barker rassemblait et mettait nonchalamment dans un sac les achats de Blanche, celle-ci se demanda ce que pouvaient bien contenir les boîtes recouvertes de poussière au sommet du rayonnage de la boutique. Elles étaient là-haut depuis si longtemps que la poussière et les ans avaient fini par leur conférer, à toutes, un ton marron sale uniforme.

— Vous savez, ma petite-fille va venir vivre ici. C'est pas moi qui en ai eu l'idée.

Blanche eut l'air de compatir, mais ce n'était pas vraiment le cas. Quelqu'un à la maison et à la boutique, c'était tout ce qu'il fallait à Ms Barker à l'heure actuelle. Pour l'instant, les gamins qui traînaient devant la boutique étaient partis, mais ils reviendraient. Où pourraient-ils aller ? Les centres de loisirs étaient pleins à craquer, les terrains de basket bondés, et Blanche doutait de leur participation aux activités parascolaires.

— Elle est toute retournée par ces cambriolages. Elle pense que j'ai besoin d'un ange gardien, j'imagine. Comme si j'avais pas assez de bon sens pour rentrer quand il pleut. Je suis pas une môme !

Blanche connaissait Pam, la petite-fille de Ms Barker, depuis l'an dernier. Elle l'avait tout de suite trouvée sympathique.

— Elle doit vous aimer beaucoup pour chambouler sa vie et venir s'installer quelque temps avec vous ; pour faire passer la famille avant le reste. Vous devez être vraiment fière d'elle.

— Hum. Ferait mieux de se trouver un homme et d'avoir des gosses, au lieu de me materner.

Blanche fit un pas en direction de la porte sans répondre. Elle avait dit ce qu'elle devait dire. La vie était trop courte pour essayer encore d'adoucir cette vieille femme coriace.

— Attends ! Je vais fermer maintenant. Je vais repartir avec toi.

Dans le quartier, on racontait tout un tas d'histoires au sujet du caractère indépendant de Ms Barker : elle refusait qu'on la reconduise en voiture alors qu'il pleuvait ; elle ne voulait pas qu'on la raccompagne chez elle, même en hiver par temps glacial, quand il faisait nuit à l'heure où la boutique fermait. Visiblement, les cambriolages avaient effrayé la vieille femme à un point que Blanche n'aurait pas pu imaginer. Elle l'accompagna au bout de la rue et remonta le pâté de maisons jusqu'à chez elle.

Lorsque Blanche rentra à la maison, la valise de Shaquita était posée au pied de l'escalier. La jeune fille sortit de la cuisine.

— Eh, ma puce, ça va ?

— Salut, tante Blanche, dit Shaquita en la serrant dans ses bras. Ça roule. Et toi ?

— Je suis heureuse de te voir, ma douce.

Elles se rendirent bras dessus, bras dessous dans la cuisine.

— Alors, vous deux ?

— Salut, maman, dit Taifa qui mettait la table.

— *Hi*, m'man, fit Malik en mettant le pain de viande dans un plat.

Elle jeta un œil à la table, à la purée que préparait Shaquita et aux légumes verts réchauffés, prêts à être servis. Shaquita avait même confectionné une sauce.

— Ma puce, je constate que ça va être un vrai bonheur de t'avoir à la maison.

Le sourire de Shaquita donna envie à Blanche de la serrer dans ses bras. Elle avait des joues rondes, un nez camus et quelque chose de fragile dans le dessin de sa bouche qui pouvait passer pour de la timidité.

— Je veux pas que tu deviennes la bonne de ces deux-là, dit Blanche en tranchant le pain de viande. La liste de leurs tâches est sur le réfrigérateur. Ne te laisse pas embobiner, et ne les laisse pas sortir tant qu'ils n'ont pas accompli leur mission. Même chose pour les devoirs. Et si l'un deux t'en fait voir de toutes les couleurs, n'hésite pas à me le dire. (Elle lança un regard d'avertissement en direction de Malik et Taifa.) Je te donnerai plus d'argent pour que tu les surveilles.

— Nous surveiller ! crièrent à l'unisson Malik et Taifa, que l'indignation réunit momentanément.

La similitude de leur expression souligna leurs ressemblances : visage terre de sienne et regard noisette de leur père, pommettes saillantes de leur mère.

— Je n'ai absolument pas besoin d'être surveillée ! dit Taifa en posant une main sur sa hanche. Je vais me trouver un job où c'est moi qui surveillerai les gens. Comme responsable dans un bureau ou...

— Tu as déjà du mal à être responsable tout court ! lança Malik.

— Archéologue. Voilà ce que je veux faire, annonça Shaquita. Dommage que pour ça je sois obligée d'aller en fac. Si seulement je pouvais simplement...

— Beuh ! Creuser la terre et toucher des gens morts depuis longtemps, et tout ça ! T'es cinglée ! s'écria Taifa. Je préférerais encore être animatrice de talk-show ou mannequin.

— Mannequin ? ricana Malik. Avec cette tête-là ? Ils recherchent des guenons ?

— Tu n'es pas non plus la septième merveille du monde, tu sais, lui répliqua Taifa en roulant des yeux.

— Mais réfléchissez un instant, reprit Shaquita. Je pourrais peut-être découvrir le tombeau d'une reine africaine où personne n'a pénétré...

— Ouais ! s'emballa Malik. Il pourrait être rempli de bijoux et de trucs lui ayant appartenu et les murs recouverts de peintures et...

— Ça serait quand même crade. Et y ferait chaud. Très peu pour moi ! Je veux un boulot où y a l'air conditionné.

Blanche doutait que Taifa devienne un jour animatrice de talk-show — elle aimait trop monopoliser la parole — ou même mannequin, sauf si les hanches revenaient à la mode. Mais elle était à peu près sûre que quoi qu'elle fasse, il y aurait l'air conditionné.

Quand Blanche sortit de la cuisine, Malik et Taifa se disputaient au sujet de la vaisselle. Shaquita monta défaire sa valise. Malik et Taifa savaient que si à 21 heures la vaisselle n'était pas faite, ils seraient tous les deux privés de sortie pendant trois jours — sans musique et sans téléphone. Ils jugeaient cette sanction cruelle et peu commune, mais ça réglait le problème de la vaisselle sans que Blanche s'arrache les cheveux.

La sonnette retentit, et Blanche se dirigea vers la porte d'entrée, en se préparant à dire qu'à cette heure-là Malik et Taifa ne recevaient plus de visites.

— Ray-Ray ! J'avais justement envie de te parler. Entre, dit-elle en s'écartant pour lui céder le passage.

Ray-Ray paraissait excité et encore plus vif qu'à son habitude. Il ne tenait pas en place sur le perron, comme s'il allait se mettre à courir ou Dieu sait quoi.

— Non merci, Blanche. (Il piétinait sur place, bandant les muscles de ses bras qui semblaient trop gros, comme si une piqûre d'épingle pouvait les faire éclater comme des saucisses trop cuites.) J'aimerais que tu me rendes un service.

— Je voudrais d'abord qu'on parle de cet après-midi. Je n'apprécie vraiment pas que tu te pointes sur mon lieu de travail, le lieu de travail de ta mère, comme un voleur de poules. Qu'est-ce qui ce serait passé si quelqu'un t'avait pincé ? Inez aurait pu se faire virer à cause de tes conneries !

— Oh, Blanche, ça va.

— Rien du tout ! Tu as eu tort et tu le sais. (Elle marqua une pause pour donner du poids à ses mots, puis ajouta :) Maintenant, dis-moi ce que tu as pris ?

— Non, Blanche, je ne pense pas que ce soit une bonne idée. Tu...

— Tu as pris les photos de Saxe ? Ou s'agit-il d'autre chose ? Dis-moi la vérité, Ray-Ray.

Il redescendit d'une marche.

— Les photos ? Quelles photos ? (Il sortit de la poche de son blouson une enveloppe carrée de couleur crème.) Donne ça à Allister.

Sur le recto de l'enveloppe était imprimé le nom d'Allister.

Sans savoir pourquoi, Blanche ne voulut pas la toucher. Elle regarda l'enveloppe, puis Ray-Ray.

— Ça a un rapport avec ce que tu as pris dans la maison ? Que se passe-t-il, Ray-Ray ? Pourquoi ne peux-tu pas lui donner toi-même ? Ou pourquoi ne la déposes-tu pas dans la boîte aux lettres ?

Il arrêta de se trémousser et la regarda droit dans les yeux.

— C'est mieux ainsi. Plus rapide. Et je ne veux pas remettre les pieds là-bas pour l'instant. Contente-toi de lui dire que tu l'as trouvée devant la porte. (Il lui tendit l'enveloppe). S'il te plaît.

— Ray-Ray, qu'est-ce que tu mijotes ?

— Tu vas adorer, Blanche, dit-il en la gratifiant d'un sourire diabolique. Crois-moi. Ce sera bien pour tout le monde dans le Massachusetts — et peut-être même dans tout le pays.

Il la regardait droit dans les yeux, persuadé de ce qu'il disait. C'est peut-être ce qui lui donna confiance. Peut-être en avait-elle simplement envie. Il lui tendit à nouveau l'enveloppe. Cette fois, elle la prit.

— Mais qu'est-ce qu'il y a dedans ? lui demanda-t-elle.

— On ne peux pas parler de ce qu'on ne sait pas !

Il lui fit un signe de la main et dévala les marches du perron.

Blanche referma lentement la porte tout en continuant de regarder l'enveloppe. Quelque chose lui disait qu'elle allait le regretter. Elle glissa l'enveloppe dans son sac à main.

Plus tard, toujours inquiète pour Ms Barker, elle songea à lui téléphoner, puis se souvint qu'elle ne vivait plus seule : sa petite-fille, Pam s'occupait d'elle désormais. Mieux valait ne pas fâcher la vieille dame par trop de surveillance...

3

Deuxième jour – Vendredi

— Faudrait appeler ça la maison Prozac, marmonna Blanche.

La maison Brindle était au bord de l'ébullition. Carrie arriva par l'escalier de service et fit glisser sur le plan de travail le plateau du petit déjeuner de Felicia, tout juste entamé.

— Ms Felicia veut te voir, Blanche. Elle a demandé qu'on lui remonte du café.

Et voilà ! songea Blanche.

En chemin, elle s'était demandé ce qu'allait faire Felicia au sujet de Samuelson. Elle était certaine qu'elle l'avait vue. Dans le bus, elle avait songé à la manière d'affronter cette situation, elle était donc prête : elle aurait simplement voulu éviter ça. Prenant une profonde inspiration, elle frappa à la porte de la chambre.

Felicia était assise à son bureau et feuilletait des journaux. En observant la position de sa tête, ainsi que son apparente concentration, Blanche se dit qu'elle faisait semblant d'être occupée.

— Bonjour, madame. Vous vouliez me voir ?

Elle posa le plateau à l'autre bout du bureau.

Pendant quelques instants, Felicia continua de tourner les pages, puis fit pivoter son fauteuil. Elle posa les yeux sur Blanche et détourna rapidement le regard.

— Bonjour, Blanche.

Elle semblait avoir passé la nuit avec cinq hommes en rut, lui ayant fait sauter des haies quand ce n'était pas elle qu'ils sautaient. Même sa coiffure était défaite.

— Ce soir, c'est le grand soir, vous savez. Le

grand homme va tenter de s'emparer de grandes fonctions. Que de grandeur, n'est-ce pas ?

Elle se servit un café et en but une gorgée. Blanche fit mentalement un pas en arrière. Ce n'était pas la conversation à laquelle elle s'attendait. Peut-être Felicia ne l'avait-elle pas vue pousser Samuelson ?

Felicia ramassa une feuille de papier sur son bureau et changea de sujet, pour aborder les bouleversements dans le programme. Samedi et dimanche, Allister serait en campagne à Springfield et ne rentrerait pas avant lundi matin. Ce jour-là, ils ne prendraient pas leur déjeuner ni leur dîner à la maison.

Si la candidature d'Allister au poste de gouverneur ne servait pas franchement l'intérêt des plus démunis, le fait qu'il soit accueilli à bras ouverts à l'extérieur allait faciliter le travail de Blanche. Ne craignant plus trop de se retrouver sur la sellette, elle baissa sa garde et écouta d'une oreille distraite, jusqu'au moment où elle se rendit compte qu'elle était le centre de la discussion.

— Le mot d'Inez précise qu'aujourd'hui vous devez partir de bonne heure, Blanche. (Il y eut un tremblement presque nerveux dans le sourire de Felicia.) Mais ce n'est pas pour ça que je vous ai fait appeler.

Je vois, Madame aime jouer avec les gens. J'aurais dû m'en douter. Avoir besoin d'une bonne poire est chose courante chez les femmes traitées comme des jouets par leurs influents maris.

Elle lança un regard interrogateur à Felicia.

— Oui, M'dame ?

— J'ai remarqué le... disons l'incident entre vous et le révérend Samuelson. Qu'avez-vous à dire pour votre défense ? demanda Felicia en évitant le regard de Blanche.

Blanche dut prendre sur elle pour ne pas éclater de rire. S'agissait-il d'une plaisanterie ? *Qu'avait-elle à dire pour sa défense* ? Felicia croyait-elle qu'on était à l'école, qu'elle était la maîtresse ?

Je devrais lui balancer « va te faire ». C'est tout ce que j'ai à dire pour ma défense.

Elle se contenta de regarder fixement Felicia, comme si elle avait une moitié d'avocat collée au beau milieu du front.

— Eh bien ? demanda Felicia en croisant les bras.

— Eh bien, quoi, madame ?

Sans y être invitée, la main droite de Blanche vint se poser sur sa hanche.

— Je vous prie de ne pas avoir ce genre de comportement avec moi, Blanche. J'aurais pu vous renvoyer au moment même où vous l'avez touché. Et j'en ai toujours la possibilité.

— Madame, vous avez tout à fait le droit de choisir les gens qui travaillent pour vous, mais vous ne pouvez pas me renvoyer, car cette place n'est pas la mienne. C'est la place d'Inez Brown. Je crois bien qu'elle travaille pour vous depuis plusieurs années. Bien sûr, vous pouvez faire venir quelqu'un d'une agence de placement en attendant le retour d'Inez, ça ne me dérange absolument pas. J'espère seulement que vous n'avez pas l'intention de renvoyer Inez pour une chose dont vous semblez me tenir pour responsable, même si je ne vois pas très bien ce que je suis censée avoir fait... madame.

Blanche observa Felicia en train d'imaginer toutes les complications pour lui trouver une remplaçante.

Felicia hocha la tête à deux reprises.

— Vous savez vous défendre, je le reconnais. (Elle laissa ses mains retomber sur ses genoux.) Vous n'avez pas l'intention de me dire la vérité, n'est-ce pas ? À votre place, je ne le ferais pas. Mais laissez-moi vous dire ceci : j'ai vu ce que vous avez fait au révérend Samuelson. Je ne sais pas de quoi vous l'accusez, mais les hommes étant ce qu'ils sont, j'imagine. Quoi qu'il en soit, je ne peux tolérer un tel comportement sous mon toit. Est-ce que c'est bien clair ?

Blanche songea que tout allait bien, jusqu'à cette dernière question. Là, c'était le retour à l'école primaire. Mais Felicia n'avait pas fini.

— Vous pensez que je ne comprends rien à rien, n'est-ce pas ? (L'espace d'une seconde, elle regarda Blanche droit dans les yeux.) Vous pensez que parce que je suis... Vous pensez que je ne sais pas ce que ça fait, quand quelqu'un vous manque de respect au point que vous ne pouvez vous empêcher de...

Elle n'est quand même pas en train d'essayer de

me persuader qu'elle connaît quelque chose à la vie, non ? se demanda Blanche. *Pour elle, se voir manquer de respect signifie subir un retardataire à un dîner.*

Blanche n'avait pas l'intention de se confesser, mais le cas échéant, le coup du « je comprends ce que vous ressentez » lui aurait fait changer d'avis. Se confesser était une chose qu'elle réservait aux personnes en qui elle plaçait sa confiance, aux personnes qui s'intéressaient vraiment à elle. Des gens de son milieu, qui se trouvait à des années-lumière de celui de Felicia. Seul l'un d'eux avait déjà pris le vaisseau spatial « transports en commun » pour se rendre sur la planète de l'autre. La tentative de Felicia, de l'amener à se poignarder dans le dos, tendait à prouver que seule l'une d'elles vivait dans la réalité.

Blanche observa attentivement Felicia, en attendant qu'elle termine sa phrase. Lors de leur première rencontre, Blanche avait remarqué que Felicia faisait partie de ces employeurs qui vous regardent vraiment dans les yeux et vous parlent franchement, au lieu de s'adresser à vous comme à une machine à préparer les repas ou à laver les caleçons. Mais aujourd'hui, Felicia évitait de la regarder dans les yeux et agissait comme si leur discussion était importante. Dans les moments de silence, Blanche sentit que Felicia pensait à quelque chose de plus urgent — ce qui lui donnait l'apparence d'un vampire.

— Enfin, effectivement, ce n'est que temporaire, conclut Felicia.

Elle donna à Blanche deux petites enveloppes — une au nom de Blanche, l'autre à celui de Carrie. Blanche mit son salaire dans sa poche. Comme elle ne travaillait que depuis deux jours, elle ne s'y attendait pas, mais elle apprécia que, malgré tout, Felicia la paye le jour convenu.

— Autre chose, madame ?

— Non, Blanche, c'est déjà amplement suffisant.

À la cuisine, Blanche fut heureuse de se retrouver seule, pour se réprimander comme Felicia n'aurait pu le faire. Elle se laissa tomber bruyamment sur une chaise et s'accouda à la table. Comment avait-elle pu se montrer si étourdie ? Elle ne s'était même pas donné la peine de regarder autour d'elle. Samuelson l'avait foutue dans une telle rogne ! Malgré tout, elle aurait dû se montrer plus prudente.

Anticipant qu'on allait frapper à la porte de service, elle se leva.

— Salut ! Je suis Mick Harper, la masseuse de Mrs Brindle.

Sa peau était de cette couleur brun rouge dont Taifa et Malik avaient hérité de leur père créole.

Blanche recula pour laisser entrer Mick.

— Blanche White, dit-elle. Enchantée de faire votre connaissance. Je remplace Inez pendant ses vacances.

Si la coupe de cheveux masculine, la poignée de main fracassante et la démarche virile de Mick Harper ne délivraient pas suffisamment le message, son tee-shirt violet s'en chargeait : *Je ne pense pas bien* était placardé sur sa poitrine en lettres rose bonbon. Elle faisait partie de ces femmes de taille moyenne qui, par leur manière de bouger, arrivent à paraître plus grandes et plus massives. Blanche fut ravie. Instinctivement, elle sut qu'en prenant une masseuse ouvertement lesbienne, Felicia voulait flanquer une bonne gifle à ce cul-béni d'Allister.

— J'adore votre tee-shirt, dit-elle.

Mick sourit et repoussa ses lunettes de grand-mère sur son nez couvert de taches de rousseur. Elle baissa les yeux, et Blanche comprit que sous ses airs bravaches, elle n'était pas aussi impressionnante et méchante que ça.

— Elle est prête à me recevoir ? demanda Mick.

Elle indiqua l'étage d'un signe de tête, exactement comme Wanda et Blanche.

Et probablement, comme des centaines de milliers d'autres femmes chaque jour, en parlant de leurs employeurs, songea Blanche.

— Si pour vous être prête signifie avoir un regard fuyant et paraître angoissée, dans ce cas je crois qu'elle l'est.

— Elle a déjeuné ?

— Façon de parler.

— Ils se sont disputés ? Ça leur arrive souvent quand elle doit jouer le rôle de la femme du politicard. Il avait un déjeuner de campagne électorale hier, non ? Hier matin, elle voulait que je vienne tôt, mais j'étais occupée. Bon, j'y vais, dit-elle avant d'aborder d'un pas lourd l'escalier de service.

Lorsque Mick redescendit, la table de la cuisine était garnie de trois tasses et de trois assiettes. Au centre trônait un bon gros gâteau de carottes, flanqué d'un plateau de sandwiches à la dinde, au saumon fumé et au fromage aux herbes.

— Super, à manger ! lança Mick, ne cachant pas sa surprise. Je ne suis pas certaine que Inez approuverait, sauf si vous avez l'intention de me faire payer. On jurerait qu'ici c'est elle qui paie les courses de sa poche.

— Bon. Eh bien, je ne lui dirai rien si vous ne lui dites rien. (Blanche fit signe à Mick de prendre une chaise.) Carrie devrait finir d'un instant à l'autre. Je ne pense pas qu'elle nous en voudra si on commence sans elle.

— Vous ne croyez quand même pas que Carrie va s'asseoir à cette table et manger avec moi, non ? demanda Mick en lui lançant un regard sceptique.

— Je vous parie cinq *cents* que la nourriture triomphera de la bêtise.

— Ça marche.

Mick s'assit à califourchon sur une chaise et se servit deux sandwiches. Blanche la laissa grignoter quelques instants avant de se mettre à lui poser des questions. En fait, ce repas n'était pas totalement gratuit. Elle n'avait encore jamais rencontré de masseuse noire, et se sentait dévorée par la curiosité.

— Vous faites ce genre de job depuis longtemps ?

Mick plissa son nez retroussé et ses lèvres minces, semblant réfléchir, puis elle remit une nouvelle fois ses lunettes en place.

— En gros, huit ans. (Elle prit une énorme bouchée et parla bouche à moitié pleine.) J'ai débuté avec une copine suédoise.

Elle lança un regard provocateur à Blanche et hésita un instant.

Ce regard devait avoir un rapport avec la couleur de la petite copine suédoise : elles avaient déjà dépassé le stade de la préférence sexuelle. Elle attendit que Mick continue.

— Ingrid était branchée massage, et elle m'a amenée à m'y intéresser. J'ai suivi un stage de massage à Waltham, j'ai eu mon diplôme et j'ai quitté mon emploi à la compagnie du téléphone.

Mick prit un autre sandwich.

— Et alors, ça marche les affaires ?

— Je m'en sors bien. Je suis mon propre patron, je gère mon emploi du temps, ça compense ce que je perds question salaire.

— Je comprends ce que vous voulez dire. (Blanche remplit la tasse de Mick.) Bien sûr, vos clients vous recommandent probablement à d'autres gens, tout comme moi. Je sais que ça aide.

— Oui, bien sûr. Je travaille désormais pour tous les amis de Felicia.

— Elle a l'air plutôt sympa.

— Felicia ? C'est quelqu'un de bien, je pense.

Blanche attendit qu'elle en dise plus, mais Mick termina son sandwich en silence.

— Alors comme ça, Felicia est une bonne patronne ? insista Blanche.

Mick haussa les épaules :

— Elle est pas mal, quoi, j'imagine.

Elle avait plein de miettes au coin de la bouche.

— Ça, tu me l'as déjà dit. Mais ce n'est pas très explicite.

Blanche ne parvint pas à dissimuler son irritation. Que pouvaient bien faire les Brindle pour obtenir le silence de leurs employés ? D'abord Carrie, et maintenant Mick.

Mick trifouilla en silence sa tasse à café. Si la politesse ne parvenait pas à la faire parler, peut-être qu'une provocation...

— Bien sûr, tout le monde ne sait pas s'informer sur ses employeurs.

— Oh, je sais très bien comment m'y prendre, souffla Mick. Simplement, je ne suis pas sûre de devoir discuter des histoires de mes clients.

— Eh bien, je ne sais pas comment ça se passe chez toi, mais chez moi, l'information c'est comme une casserole ou un balai ! Un truc de plus dont je me sers dans mon travail, pour satisfaire les deux parties concernées. Tout comme ça t'est utile de savoir si ton client à des problèmes de dos ou les reins fragiles. Et de toute façon, je travaille pour Felicia aussi. Alors, ce n'est rien d'autre qu'une petite conversation à propos d'un client commun.

Mick rit.

— Bon, maintenant dis-moi tout.

Blanche se tortillait presque sur sa chaise, tant elle était curieuse.

— Tout quoi ?

— Eh bien, comment ces deux-là se sont-ils débrouillés pour se retrouver ensemble ? Tu n'en sais rien, peut-être ? demanda-t-elle d'un ton de défi.

— Si, bien sûr, Blanche. Le problème n'est pas de savoir ou pas.

— Alors ?

— Felicia a rencontré Allister en fac, lors d'un rassemblement contre la guerre au Vietnam. Cela peut paraître étrange, maintenant qu'Allister est devenu *Mister* Droite chez les républicains. Mais c'est la vérité. Felicia avait un rôle important dans le mouvement Femmes Contre la Guerre, ou un truc dans le genre. Et Allister a brûlé son ordre d'incorporation.

— C'est ça ! grogna Blanche. Je parie qu'il tenait plus à sauver ses petites fesses qu'à faire cesser la guerre.

— Évidemment ! Mais Felicia a réellement cru que c'était l'homme de sa vie. Elle a dit qu'il était magnifique. C'est le mot qu'elle a employé.

— Et ensuite, qu'est-ce qui s'est passé ? Elle a l'air de ne plus trop pouvoir l'encadrer.

— Allister a changé après qu'ils se sont mis en ménage et ont eu un enfant. Au départ, elle a cru que le virage à droite était un truc d'Allister pour faire de la lèche à son grand-père, afin d'être sûr de mettre la main sur l'héritage du vieux. Du moins, c'est ce que m'a dit une amie de Felicia. En fait, Allister montrait enfin qui il était en réalité. Il n'est pas redevenu libéral après la mort de son grand-père. C'est ce que j'ai du mal à comprendre : pourquoi une belle femme intelligente avec un max de fric, qui se dit contre la guerre et la pauvreté, féministe et tout, reste avec un homme qui désormais déteste tout ce en quoi il croyait, tout en ce quoi elle croit encore.

— Eh bien, il y a croire et croire, dit Blanche. Peut-être croit-elle un peu plus à son statut de Mrs Classe Supérieure qu'à la paix et au féminisme.

— Tu as probablement raison, approuva Mick d'un air dégoûté. C'est sûr, ça ne lui pose aucun problème de vous faire comprendre — avec beaucoup de tact, bien sûr — qu'elle fait partie des gens qui comptent dans la ville. Allister est en contact avec les gens qui possèdent cet État. Ou peut-être devrais-je dire, les gens qui ont tué les Indiens et ont volé leur terre. Républicain ou en smoking, être sa femme veut dire quelque chose. Être son ex-femme, ça ne veut pas dire grand-chose, et de nos jours, être libéral, ça ne veut rien dire nulle part.

Blanche songea à la différence entre cette vision de Felicia et la description de Wanda. Pour elle, ces deux versions étaient vraies. Comme tout le monde, Felicia était reconstituée à partir de pièces appartenant à des puzzles différents : un morceau d'arbre, la moitié d'une patte de cheval et une petite portion de lac réunis ne voulaient pas dire la même chose que pris séparément.

— Mon ange, je me suis trompée sur ton compte. T'es sacrément au courant des histoires de ces gens-là !

Rien de telle que la flatterie pour que les langues continuent à se délier.

— Oh, Felicia n'est pas ma seule source. C'est vraiment drôle. Pendant que je les masse, Felicia et ses copines me racontent des choses idylliques concernant leur vie, et des histoires tristes et croustillantes concernant leurs amis. En toute sympathie, bien sûr, en apparence tout du moins. Mais ça t'amène à te poser des questions...

» Quoi qu'il en soit, j'ai très peu d'informations à la source, mais j'en ai par contre des tonnes de la part des copines. Si trois d'entre elles me racontent la même histoire, j'en déduis que ça doit être vrai. Et, bon Dieu, avec elles les histoires ce n'est pas ce qui manque ! Je pense même écrire un livre un de ces jours.

— J'espère que tu prévois de prendre un bon avocat.

— Et deux gardes du corps, aussi ! dit Mick en riant. Ces filles de la haute ont horreur de voir leurs saloperies devenir publiques.

Blanche n'était pas prête à s'attarder sur la possible reconversion de Mick.

— Et leur fils ? demanda-t-elle en coupant une part de gâteau.

— Marc, c'est le fils ; Allister et lui se disputent

beaucoup. Marc habite juste au-dessus, à Arlington, à même pas une demi-heure d'ici. Ce n'est pas très loin, mais il ne vient jamais.

— Je me demande bien pourquoi ils se disputent.

Mick baissa la tête et ramassa les miettes dans son assiette.

— Les trucs père-fils habituels, j'imagine.

Elle sait quelque chose, songea Blanche, en se demandant ce que Mick pouvait bien cacher.

— Felicia déjeune avec Marc deux fois par mois. Je pensais que c'était juste pour faire chier Allister. Mais elle parle de Marc comme ma mère parle de mon frère — comme s'il y avait un truc spécial entre eux.

Carrie arriva par l'escalier de service et regarda d'abord fixement les sandwiches et le gâteau, ensuite Blanche et Mick.

— Tu arrives au bon moment. Assieds-toi, dit Blanche en retenant son souffle.

Carrie fit un pas en avant puis un pas en arrière. Elle enfonça ses mains dans les poches de son tablier puis les ressortit. Elle regarda une nouvelle fois les sandwiches. Blanche pouvait presque sentir Mick ajouter une nouvelle couche de protection autour de la partie la plus sensible de son moi.

— Tu vas adorer ces sandwiches au saumon. Tu veux un jus de fruit ou un café ? demanda-t-elle, comme s'il était évident que Carrie allait se joindre à elles.

Carrie se laissa délicatement glisser sur la chaise devant elle. Sous la table, Blanche donna un petit coup de genou à Mick et tendit la main pour recevoir les cinq *cents*. Mick fouilla dans sa poche et donna une pièce à Blanche. Blanche esquissa un sourire et offrit les sandwiches à Carrie. Le partage du pain avec une lesbienne ! Un pas dans la bonne direction, même si Carrie ne parvenait pas à regarder Mick dans les yeux. Blanche se demanda si Mick allait changer de sujet de conversation, mais elle fut ravie de constater que non.

— La première fois qu'il m'a vue, j'ai cru qu'Allister allait avoir une attaque ! s'esclaffa Mick. Ouais, ça je m'en souviendrai toujours.

— Tu crois que c'est pour ça qu'elle t'a engagée ?

— C'est ce que j'ai cru, quand je me suis aperçue à quel point Allister était un connard de droite. Au début, chaque fois que je venais, elle s'arrangeait pour qu'il me voit. J'avais l'impression d'être là pour le faire chier. C'était avant que je ne me rende compte à quel point je fais bien mon boulot. Maintenant je lui demande plus d'argent parce que je travaille dans un milieu hostile.

Elle tendit la paume de sa main et Blanche la frappa en riant.

— Je prie pour lui chaque soir, dit Carrie sans lever les yeux de son sandwich. Je prie pour que Dieu ne le fasse pas trop souffrir.

— Tu ferais mieux de prier pour que ce salaud n'ait que ce qu'il mérite. (Mick se leva et remercia Blanche pour le déjeuner). À lundi.

Blanche donna sa paie à Carrie avant que celle-ci ne sorte mettre la table, puis s'apprêta à passer le déjeuner des Brindle au micro-ondes — chose qu'elle faisait rarement, mais elle n'avait pas envie de suer sang et eau au-dessus d'une cuisinière brûlante pour Allister Brindle. De toute façon, peu de gens faisaient la différence entre cuit au four et passé au micro-ondes.

Lorsque la vaisselle du déjeuner se retrouva dans le lave-vaisselle, les Brindle et Sadowski avaient déjà quitté la maison. Ils étaient partis depuis à peu près une heure quand l'une des trois lignes téléphonique sonna. Allister et Felicia possédaient chacun une ligne branchée sur un répondeur. La ligne de la maison était la seule à laquelle Blanche devait répondre. Elle alla voir si c'était celle-là qui sonnait. C'était bien elle.

— Résidence Brindle.

— Inez ?

— Non. Qui est à l'appareil ?

— C'est Marc, Marc Brindle.

— Oh. Je suis Blanche White. Inez n'est pas là. Je la remplace cette semaine. Vos parents sont tous les deux absents. Voulez-vous laisser un message ?

Silence, excepté un bruit de respiration.

— Allô ?

— Vous... vous ne sauriez pas où je peux joindre le fils d'Inez, Ray-Ray, par hasard ? Il a laissé un message sur mon répondeur, mais il n'a pas dit... J'ai appelé chez Inez, mais il n'y avait personne, alors...

Blanche ouvrit la bouche pour dire que Ray-Ray était justement passé hier, mais elle changea d'avis.

— Je suis désolé, je n'ai pas son numéro.

Autre silence.

— Vos parents sont sortis tous les deux. Voulez-vous laisser un message ?

— Euh, non, ce n'est pas grave. Merci.

Plus personne à l'autre bout du fil.

— Et au revoir à vous aussi, dit-elle à la tonalité.

Mick avait dit que Marc et Felicia s'entendaient bien, mais quel genre de relation pouvait-on avoir avec un fils qui appelait votre gouvernante et n'adressait même pas un petit « salut » à votre intention ?

Les Brindle rentrèrent seuls, les traits tirés, les yeux plissés et cet air hébété que Blanche avait souvent vu chez d'autres employeurs, après de longues heures d'effusions publiques. Ils burent un verre en silence — pas ce genre de silence qui suit une dispute, ou ce silence agréable entre deux personnes assez proches pour ne pas avoir besoin de longs discours, mais le silence grinçant. Tant de choses n'avaient pas été dites depuis tant d'années, qu'aucune des parties ne saurait par où commencer si elle osait le faire.

Il valait peut-être mieux ne pas parler du coup de fil de Marc à Felicia. Il n'avait pas laissé de message — alors, à quoi bon attirer son attention, vu la prise de bec du matin ? Mais, comme souvent, la curiosité de Blanche prit le dessus.

— Votre fils a appelé, madame.

— Quand ? Qu'est-ce qu'il a dit ?

— Il cherchait à parler à Inez.

— Qu'est-ce qu'il voulait à Inez ?

— Il cherchait Ray-Ray. Il n'a pas laissé de message.

Allister les avait ignorées jusqu'au prénom de Ray-Ray.

— Ray-Ray ? Marc a eu le culot d'appeler ici pour rechercher ce...

— Allister, je t'en prie, tu ne crois pas que tu as déjà assez causé d'ennuis ?

Felicia prit son verre et remonta l'escalier en vitesse. Pour téléphoner, songea Blanche.

Lors du trajet de retour, les pensées de Blanche s'entrechoquèrent en un tourbillon mental. Comment les choses allaient-elles se passer entre elle et Felicia après cette matinée ? Elle aimait bien Mick, qui lui faisait penser à un iceberg ou à une montagne sous-marine dont seul le sommet était visible. Et Carrie était loin d'être aussi coriace qu'elle ne se l'était imaginée.

— Adoucie grâce à des sandwiches, gloussa-t-elle.

Merde ! Elle avait oublié le mot de Ray-Ray pour Allister. Elle allait devoir s'en occuper demain.

À la maison, Taifa et Malik se chamaillaient pour savoir qui avait renversé son lierre suédois et cassé le pot. Toute pensée au sujet de la maison Brindle disparut rapidement.

— M'man, miss Carson veut qu'on amène l'argent demain pour l'excursion au musée, dit Taifa qui fit éclater une bulle de chewing-gum au visage de Blanche en venant l'embrasser.

— Ça sert à rien de dépenser du fric dans un musée pour cette gamine inculte, fit remarquer Malik de sa nouvelle voix.

— Gamine ? gamine ? Qui tu traites de gamine ? Je suis plus vieille que toi, morveux ! Je suis ton aînée et je le resterai, que ça te plaise ou non.

— Je serai peut-être toujours ton frangin, c'est toi qui vois. Mais tu ne seras peut-être pas toujours ma frangine. Je pourrais changer de nom, aller à l'autre bout du monde, et oublier jusqu'à ton existence.

Malik ramassa son livre et quitta la pièce. Taifa lança un regard affolé à Blanche, et lui demanda d'une voix qui n'était plus qu'un murmure :

— Il ne ferait pas ça, quand même ?

Blanche savait ce que Taifa voulait entendre. Elle savait aussi que Malik faisait acte d'indépendance rien qu'en émettant la possibilité de disparaître. Ses mots produisaient aussi une fêlure dans son cœur à elle. Une fois encore, elle se retrouvait face à une contradiction majeure : être débarrassée de ses gosses et remplir son rôle de mère du mieux possible, aussi longtemps qu'ils auraient besoin d'elle. C'était comme vouloir être à la fois un aigle et une pierre. Elle étreignit Taifa sans répondre.

Shaquita fit griller de bonnes côtes de porc. Les

épinards à l'ail de Taifa étaient délicieux, et les patates douces de Malik cuites à point, tout en restant moelleuses. Ayant passé la journée à manipuler de la nourriture, Blanche n'avait pas très faim. Elle essaya néanmoins de montrer de l'enthousiasme en picorant dans son assiette.

Durant le repas, Taifa parla sans arrêt — de la pièce à l'école, de ce que sa copine A avait raconté à sa copine B au sujet du garçon C, et de sa dernière chanson favorite. En dépit du bavardage de Taifa, Blanche s'intéressa plutôt à Shaquita, bien différente de la future archéologue guillerette de la veille. Ses épaules et ses lèvres semblaient ployer sous un poids invisible, ses yeux étaient rouges, aussi. Avait-elle pleuré ?

— Ça va ? lui demanda Blanche quand Taifa lui laissa l'occasion d'en placer une.

— Je parie qu'elle et son mec...

— Occupe-toi de tes oignons, Taifa, ordonna Shaquita d'un ton péremptoire.

Des problèmes de cœur, songea Blanche.

Si elle interrogeait Shaquita à ce sujet, elle devrait non seulement l'écouter raconter ses déboires sentimentaux, mais en plus sembler y accorder autant d'importance que Shaquita. Était-elle prête ?

Elle fut presque heureuse quand Malik lui rappela la réunion écolo à laquelle il voulait assister ce soir. Presque. Elle aurait préféré prendre un bon bain chaud et se coucher tôt, mais Malik tenait à cette réunion, et elle n'avait aucune intention de le laisser y aller seul. Elle ne faisait pas partie de ces parents assez idiots pour croire que leur enfant n'était pas du genre à s'attirer des ennuis. Il n'y a pas de genre pour ça.

Ni l'un ni l'autre ne seraient allés à la réunion sans miss Wagner, le professeur de sciences humaines. Quand Malik avait choisi de faire son exposé d'écologie sur Roxbury, miss Wagner avait affirmé que l'écologie n'intéressait pas les Noirs des quartiers déshérités. Malik était rentré de l'école bien décidé à trouver des Noirs de Roxbury préoccupés par la pollution. C'était la troisième fois que Blanche l'accompagnait à une réunion écolo. Les deux autres groupes étaient décevants. L'un d'eux était dirigé par des Blancs monopolisant la parole pendant que les Noirs écoutaient ; l'autre réunion avait commencé avec presque une heure de retard, et les interlocuteurs — bien que noirs — n'avaient pas grand-chose à dire.

La réunion de ce soir était annoncée dans *Dudley Square*. Ni Malik ni Blanche ne connaissaient ce groupe ; Blanche voulait interroger Ms Barker à ce sujet, mais elle avait oublié.

Ils prirent le bus 28 en direction de Blue Hill Avenue, passant devant la mosquée et le restaurant *Ma Dixon*. À Columbia Road, ils descendirent puis se mirent à chercher l'adresse. Malik se promenait soit trois pas derrière soit trois pas devant Blanche, comme Taifa depuis l'an dernier. Blanche l'avait mal supporté, jusqu'au moment où elle s'était rappelée qu'elle sortait du collège par la porte de derrière pour éviter sa mère, qui l'attendait devant l'entrée principale pour la raccompagner à la maison.

Ils faillirent manquer l'endroit. À la place d'un immeuble de bureaux ou d'une vitrine de magasin, le local du Projet de Réveil Communautaire se trouvait en haut d'un escalier étroit, dans un appartement, en face d'un distributeur. Un panneau écrit à la main les invitait à entrer.

Quatorze personnes étaient déjà là. Six d'entre elles étaient blanches — le plus grand rassemblement de Blancs que Blanche ait jamais vu à Roxbury, en dehors des flics. Tous assis, ils affichaient de petits sourires pincés, leurs mains jointes sur les genoux comme des élèves face à un professeur sévère. S'ils se sentaient si mal à l'aise, pourquoi étaient-ils venus ? Elle prit le prospectus à Malik et lut la réponse au bas du document, écrite en lettres minuscules : *avec la collaboration de la Coalition Multiculturelle de l'Environnement*.

Blanche et Malik s'assirent au dernier rang sur des chaises pliantes. Malik sortit son carnet. Les sièges se remplissaient, à l'exception d'un cercle resté vide autour de l'îlot des Blancs. Blanche se demanda s'ils ressentaient la nervosité des minorités : avaient-ils l'impression que tout le monde les regardait ? Ressentaient-ils des vibrations négatives de la part de certains membres de l'assemblée ? Se demandaient-ils s'ils allaient pouvoir rentrer chez eux sains et saufs ? Ressentaient-ils cette pointe de tension que connaissent les Noirs dans un pays majoritairement blanc et faisant souvent preuve de méchanceté ?

Elle observa une jeune *black* avec des dredlocks, retenir ses cheveux dans une main et de l'autre fouiller dans son sac. Elle sortit une paire de baguettes et s'en servit pour attacher ses cheveux au sommet de son crâne. Lorsque une paire de dredlocks égarées tombèrent sur son visage, elle les envoya promener en arrière d'un mouvement brusque de la tête qui fit sourire Blanche.

Le Ballet Capillaire n'était pas propre aux Blanches : les filles *blacks* aussi ramenaient d'un mouvement de tête leurs cheveux sur les épaules, les soulevaient pour aérer leur nuque ou les rejetaient en arrière, d'une façon peu habituelle chez les femmes portant des postiches ou des cheveux décrêpés.

Et finalement, n'était-il pas amusant qu'après toutes ces années de crin de cheval, de cheveux naturels, de tresses en Dacron, de perruques, d'extensions, les cheveux frisés des femmes noires soient devenus plus qu'à la mode ? Comme Lady Day le chantait : *Dieu bénisse l'enfant qui est lui-même.*

Blanche ferma les yeux et prit une profonde inspiration — beurre de cacao, parfum, eau de Cologne piquante, chewing-gum, verdure... Elle se brancha sur le débat.

— Ouais, mais il est de quinze ans son cadet. Elle doit être complètement frappée !

— Peut-être que c'est l'endurance qui l'intéresse, répondit-on en riant.

— Et mon cul c'est du poulet ! répliqua-t-on dans un autre coin.

Elle écouta les échos jazz, gospel, *rythm and blues* et rap des voix qui l'entouraient. Quelque chose se dénoua au plus profond d'elle-même. Elle se laissa détendre par la mélodie comme un enfant sur les genoux de sa mère.

— Salut, Blanche !

Joanie, la voisine de Blanche, casa son popotin dans le siège à côté de celui de Malik.

— Alors Malik, quoi de neuf ?

Elle posa la question comme si la réponse lui importait — une des raisons pour lesquelles

Blanche l'appréciait. Elle prenait les jeunes au sérieux.

— J'ai un exposé à faire. Sur l'environnement. Je veux aussi que ça parle de Bury.

Il lui expliqua ses divergences avec son professeur.

— Un bon point pour toi, lui répondit Joanie. Tous les gens dans cette ville disent du mal de Roxbury et la plupart d'entre eux ne savent même pas comment y aller depuis le centre-ville. Je suis contente que tu prennes notre défense.

Une femme s'assit face à Malik et s'adressa à Joanie.

— Ce sont mes voisins de palier, Blanche et Malik, lui annonça Joanie.

La femme tourna tout d'abord son visage étroit et anguleux vers Blanche.

— Salut, dit-elle en tendant sa main par-dessus le dossier de sa chaise. Je suis Lacey Monroe, travailleuse du sexe.

— Blanche White, provisoirement chaste.

Malik écarquilla les yeux, mais prit sur lui de saluer Lacey lorsqu'elle se tourna vers lui.

Une petite femme au teint noix de pécan, et au physique anguleux passait l'assistance en revue. Maurice Samuelson l'accompagnait, de même que deux Blancs et l'un des Noirs que Blanche avait vus au déjeuner des Brindle sans être en mesure de l'identifier.

La femme fit un pas en direction du public et frappa dans ses mains.

— Les membres de notre comité sont tous là, nous allons donc commencer.

Elle lança un regard circulaire sur la salle sans sourire. Des ombres se dessinaient autour de ses yeux enfoncés dans les orbites et sous sa lèvre inférieure charnue.

— Je suis Aminata Dawson, du Projet de Réveil Communautaire. Ce soir, notre réunion a pour but de nous assurer que la communauté a bien conscience des menaces que représentent, pour nos vies et celles de nos enfants, la pollution, les déchets toxiques, et plus spécialement l'empoisonnement par le plomb.

» J'ai créé cette association il y a presque un an, lorsque mon fils unique a été envoyé à Walpole après avoir tiré sur son meilleur copain. Mon gamin élevé dans le respect de la vie, l'amour de la vie, ce gosse si gentil et si doux, un ange... a changé après avoir été empoisonné par le plomb de notre appartement. Même ses professeurs ont noté le changement. Ils me demandaient s'il y avait des problèmes à la maison, comme si c'était ma faute si le petit se battait et ne voulait plus écouter. Tout le monde se fichait de savoir si les médicaments allaient réparer les ravages causés par le plomb dans son esprit. Tout le monde s'en fiche encore aujourd'hui. Les docteurs ont essayé de me dire que l'empoisonnement par le plomb n'amène pas nos gosses à s'entre-tuer. Mais je pense différemment. Je pense que ce médicament n'a pas suffi à empêcher mon fils de devenir quelqu'un capable de tuer son meilleur copain. Mon gamin était si gentil et si doux quand il était petit, qu'il aurait pu être un ange. Demandez à tous ceux qui l'ont connu. Je l'ai élevé dans le respect de la vie, l'amour de la vie. Mais il a changé après avoir été empoisonné par le plomb. Même ses professeurs ont noté le changement. Ils me demandaient...

Un bourdonnement parcourut la pièce lorsqu'Aminata se mit à répéter l'histoire de son fils. Les pieds s'agitaient et les gens se tortillaient sur leurs sièges. Sur le côté de la salle, un grand Noir massif, portant un brassard orange avec le mot « sécurité », fit un demi-pas en direction d'Aminata. Aminata le regarda et cligna des yeux, comme si elle émergeait d'un état de transe. Ou d'un cauchemar.

Blanche attrapa la main de Malik. Il la lui laissa tenir pendant une demi-seconde — assez pour se rendre compte que l'histoire l'avait ému aussi.

— Beaucoup de nos enfants souffrent d'empoisonnement par le plomb, reprit Aminata. Qui sait si tous ces gosses qui s'entre-tuent ne sont pas comme mon gamin ? Mon gamin si gentil et...

L'homme au brassard toussa.

— Nous devons faire quelque chose, tous ensemble, continua Aminata. C'est un génocide. Ce système raciste a trouvé le moyen idéal de se débarrasser de nous : donner des armes et de la drogue à nos enfants qui ne vont pas à l'école ; donner des drogues légales, comme la Ritaline, à ceux qui vont à l'école, pour qu'ils se contentent de rester assis sagement devant des professeurs qui, du moment où ils se tiennent tranquilles, n'en ont rien à faire de savoir s'ils apprennent ou pas ; et empoisonner nos bébés avec le plomb qu'il y a dans nos maisons. Roxbury est le quartier de Boston où le taux de plomb est le plus élevé. Nous devons agir, et maintenant. Un de nos intervenants vous expliquera à quel point il est facile d'effectuer un test de dépistage sur vos enfants. En plus c'est gratuit. Mais vous devez le faire maintenant. Lorsque le poison leur donnera des maux d'estomac, les rendra fatigués, méchants et irritables en permanence, alors il sera trop tard pour empêcher ce qui est arrivé à mon fils.

Aminata marqua une pause.

Blanche regarda autour d'elle. Cette fois, il n'y avait pas d'agitation ou de gens se tortillant sur leur siège.

— Prends ton temps, ma sœur ! lança une voix.

— Ce soir, nous entendrons des personnes qui peuvent nous dire ce que nous devons faire pour protéger nos familles de l'empoisonnement par le plomb.

Le premier intervenant fut un homme blanc qui portait une chemise et un pantalon aussi froissés qu'un vieux pyjama. Il appartenait à l'un des sponsors de la soirée mentionnés sur le prospectus. Il demeura perplexe devant les rires dans la salle, lorsqu'il expliqua aux gens qu'ils devaient remplir un formulaire et faire une demande d'adhésion pour entrer dans le groupe, alors que lui ne les respectait même pas assez pour repasser ses vêtements. Mais personne ne rit quand il parla du taux de plomb dans les vieilles peintures et les tuyauteries, et des méfaits que le simple fait d'inhaler de la poussière de plomb pouvaient causer chez un jeune enfant, et même chez un fœtus.

Le Noir que Blanche ne connaissait pas était le sous-directeur du centre médical de Roxbury, où les enfants pouvaient faire gratuitement un test de dépistage du saturnisme.

Le deuxième Blanc avait des yeux si pâles que son regard paraissait vide. Il appartenait à l'organisme d'État chargé de faire disparaître le plomb, et parla des lois et règlements qui rendaient les propriétaires et agents immobiliers responsables du nettoyage. Mais lorsqu'il reprit pour la troisième fois « ce que vous, en tant que citoyens, devez faire... », les gens se parlaient comme s'il n'avait jamais été là.

Puis ce fut au tour de Samuelson.

— Maintenant, vous êtes au courant, dit-il. Pas un de vous ne pourra dire : « Je savais pas ». Vous avez été prévenus et vous savez ce qui vous reste à faire. Nous devons, comme toujours dans ce coin diabolique, prendre le pouvoir, prendre le pouvoir, prendre le pouvoir !

» Le Temple de l'Édification Divine se trouve en première ligne, en première ligne de l'attaque de ces ordures racistes qui souillent notre communauté avec leurs sales...

C'était une belle tirade, si l'on aimait la langue de bois. Blanche y prêtait peu attention, ayant toujours l'impression que l'on essayait de lui faire avaler des couleuvres. Elle était plus préoccupée par les dégâts que toutes ces paroles en l'air de Samuelson causaient à la couche d'ozone.

Elle écouta plus attentivement, quand Samuelson énuméra les différentes façons dont le Temple travaillait sur les problèmes d'environnement.

— ... ne lâcher la pression ni sur le maire ni sur le gouverneur, et rappeler à tous ces Blancs du corps législatif que nous sommes là, que nous sommes forts et que nous sommes formidables ! C'est pourquoi vous devez non seulement faire pratiquer un test de dépistage du saturnisme sur vos enfants, mais aussi vous inscrire pour voter et rejoindre la Campagne de nettoyage de la communauté du Temple !

Blanche attendit qu'il invite Aunt Jemina et Uncle Ben à voter pour Brindle, mais il ne le fit pas. Lorsqu'il s'assit, les gens applaudirent. Pas Blanche.

L'homme qui avait aidé Aminata à terminer son discours se leva, avec cette sorte de grâce des hommes costauds qui rappelait toujours à Blanche son ex-amant, Leo.

— Mon nom est Othello Flood. La plupart d'entre vous me connaissent. J'ai grandi dans le coin. Y a des chances que j'ai volé quelque chose à la moitié des gens qui se trouvent dans cette pièce. (La salle rit de bon cœur avec lui.) Mais un jour j'ai levé les yeux, j'ai compris que je m'étais trompé, mais aussi de quoi j'avais besoin pour devenir un type bien. Avec une paire de frères, on a donc mis en route l'association « Ex-taulards pour la sécurité du quartier ». Notre groupe essaie d'amener ceux sortant de taule à nous aider pour rendre notre quartier sûr, éviter à nos jeunes frères de passer par la case prison.

» En ce qui concerne l'empoisonnement par le plomb et les questions d'environnement, notre patrouille écolo s'occupe des décharges illégales. Nous nous assurons que les bâtiments désaffectés ne soient pas utilisés par des junkies ou des vendeurs de drogue. Nous assurons aussi la sécurité des réunions comme celle-ci, des escortes pour nos anciens et ceux qui en ont besoin. Actuellement, en collaboration avec des jeunes, nous mettons au point pour l'an prochain un programme de petits déjeuners pour les plus petits. Merci.

De l'assistance s'éleva un chœur de « Amen » et autres « C'est bien, mon frère ».

Quand tu veux tu me protèges, mon beau, songea Blanche.

Elle croisa ses jambes et essaya de se concentrer sur le discours de cet homme, plutôt que sur ses mains et la façon dont la lumière effleurait ses pommettes. Il répondit aux applaudissements par un grand sourire qui le rendit on ne peut plus craquant. Blanche se lécha les babines.

Après la réunion, quelques personnes firent la queue pour signer le formulaire de volontariat et ramasser les brochures sur le saturnisme.

Elle devait peut-être s'impliquer avec les enfants. Après tout, si l'environnement était en jeu, rien d'autre ne comptait. Ça lui donnerait aussi une activité avec Malik et Taifa sans avoir à leur donner des ordres ou à les punir à tout bout de champ. Ils transformeraient ainsi toute cette énergie en œuvre utile. D'un autre côté, elle ne pensait pas que cette association fût la bonne. Trop de pathos.

Le devant de la salle se transforma rapidement en buffet, garni d'énormes bouteilles de soda à l'orange et de cola, et des montagnes de sandwiches séparés par des pyramides de fruits frais. Malik s'excusa et se dirigea vers Aminata. Blanche fut tentée d'aller voir ce qu'ils se racontaient : cependant elle avait mieux à faire.

Elle se rendit délibérément au fond de la salle et se tint aux côtés de Lacey et Joanie, qui discutaient de l'endroit où on pouvait trouver le poisson le plus frais dans le quartier. Blanche lança un coup d'œil entendu à Lacey et ressentit une curiosité lui tenailler l'estomac aussi sûrement que la faim : Lacey était une jolie femme, pas vraiment belle, avec ce genre de traits fins et réguliers qui attirent l'attention. Elle était plus petite que ne se l'était imaginée Blanche — plutôt une de ces petites femmes à la présence imposante. Le drapé de son pantalon en laine tricotée était très élégant, et son chemisier semblait sur mesure. Son pantalon, à lui seul, devait probablement coûter dans les 500 ou 600 dollars. Ses bagues, son bracelet, et ses boucles d'oreilles n'étaient pas non plus en plaqué. Blanche se demanda quel genre de profession sexuelle elle pouvait bien exercer.

Elle se retourna et chercha Malik des yeux. Il parlait toujours avec Aminata, qui l'observait attentivement, et qui de temps à autre acquiesçait d'un signe de tête. Même vu de là, il y avait chez elle quelque chose de triste. Blanche songea au mari de Ms Pearl, la vieille coiffeuse de sa mère. Lorsqu'elle avait perdu son mari après trente ans de bonheur, elle aurait bien voulu mourir de chagrin. Comme cela n'arriva pas, elle fit de sa vie un monument à la gloire du défunt, envoyant ses vêtements deux fois par an chez le teinturier pour qu'ils restent propres, rejoignant la section féminine de sa loge, et organisant des parties de poker entre ses amis.

Les rescapés ! se dit Blanche.

Lacey suivit du regard les yeux de Blanche.

— C'est un vrai scandale ! Elle était — j'imagine que je devrais dire « est » — une des meilleurs mères que j'aie jamais vues. Patiente, aimante, attentive. Pour le bien que ça lui a fait !

— La vie peut parfois nous faire suivre un chemin que nous n'avions pas l'intention d'emprunter, dit Blanche.

— Nous sommes allées toutes les trois au collège ensemble. C'est vraiment dommage pour son fils. Ça l'a vraiment fichue en l'air, déplora Joanie.

— Tu te souviens de tous ses trucs bénévoles ?

reprit Lacey. Elle s'occupait des droits des locataires, aidait les filles sans-abri — et il me semble qu'elle avait mis en route un service d'aide alimentaire dans une des églises du coin... Elle a abandonné tout ça quand son fils est allé en prison.

— Pas tout à fait, précisa Joanie. Tu sais bien qu'elle était en froid avec deux de ces associations depuis des années.

— À quel propos ? voulut savoir Blanche.

— Toujours la même chose, répondit Joanie. Les femmes font tout et les hommes récoltent les lauriers. Mais elle a écrit une lettre aux fédéraux, disant que les gars de la cité détournaient l'argent. Ça a mis un terme à ces machins.

Maintenant, Blanche comprenait mieux pourquoi aucune des associations connues n'était représentée à cette réunion. En vouloir à la suprématie des escrocs mâles était une chose, mais écrire des lettres pour essayer d'y mettre un terme en était une autre. L'honnêteté était peut-être la meilleure des politiques, elle ne vous rendait pas forcément populaire.

— Elle habitait cet appartement, tu sais, dit Joanie. Elle a déménagé dans une chambre pour pouvoir se servir de cet endroit pour l'association.

Blanche se laissa distraire l'espace d'un instant, en voyant Othello Flood à l'avant de la pièce. Il lui faisait vraiment penser à Leo, sans lui ressembler toutefois — si ce n'est qu'ils étaient tous deux costauds et foncés de peau. Mais son allure lui rappelait Leo : ce même côté doux et flegmatique d'homme assez sûr de lui pour ne pas avoir besoin de prouver quoi que ce soit. Elle se demanda si, comme celle de Leo, sa peau était aussi tendue qu'un tambour et vraiment très chaude. Elle se demandait de quoi elle allait bien pouvoir lui parler, quand elle se rendit compte qu'Othello regardait Aminata, comme si elle était le dernier morceau de sandwich dans un monde voué à la famine. Zut ! Blanche se tourna vers Lacey.

— Et quel genre de professionnelle du sexe êtes-vous, exactement ?

— Je donne du plaisir avec mon corps moyennant finances. (Lacey sortit un portefeuille en cuir de son sac et tendit sa carte à Blanche.) Nous formons une coopérative. Nous couvrons les grands hôtels et les soirées privées pour hommes très riches.

Blanche posa les yeux sur la carte :

Valeurs Familiales, Ltd.
555— 767— 7979

Elle mit sa main devant sa bouche, et éclata d'un rire qui fit tourner la tête aux gens à proximité.

— Allez ! T'es sérieuse ?

— Autant que n'importe quelle SARL, répondit Lacey sans l'ombre d'un sourire.

— J'étais carrément pliée en deux la première fois que j'ai vu cette carte, dit Joanie. Y a même un club d'investissement.

— Si vous pouviez entendre certains des appels que nous recevons. Des gens qui pensent que nous faisons partie de la droite religieuse. Ça, je leur en donne moi, de la religion. (Lacey pencha la tête en direction de Samuelson, qui se trouvait au milieu d'un groupe de femmes souriantes.) Bien sûr, pour certains croyants, notre conception des valeurs familiales correspond tout à fait à ce qu'ils recherchent.

— Sans blague ! Tu m'avais jamais dit que Samuelson faisait partie de tes clients ! lâcha Joanie qui semblait se sentir sérieusement trahie.

— Il ne vient pas chez nous. J'ai entendu dire qu'il les aime blanches, jeunes et pas très chères — ce qui fait qu'on n'est pas pour lui.

Blanche regarda Samuelson et se demanda comment il réagirait s'il les entendait. Samuelson leva les yeux et croisa le regard de Blanche. Il se fraya alors un passage jusqu'à elle.

— Oh, oh. Je me casse, murmura Joanie en se dirigeant vers la porte.

— La prochaine fois, nous parlerons de *ta* vie sexuelle, ou dois-je dire ton absence de vie sexuelle ?

Avec un clin d'œil, Lacey se dépêcha de suivre Joanie. Blanche fit tout le tour de la pièce et alla rejoindre Aminata et Malik.

— Vous avez de la chance, dit Aminata après que Malik lui eut présenté sa mère. C'est un jeune homme bien, qui se préoccupe du sort de sa communauté.

Malik baissa la tête. Blanche esquissa un sourire de satisfaction.

— Il me parlait de son exposé. Je suis honorée qu'il ait décidé de l'axer autour du Projet de Réveil Communautaire. C'est important que notre message parvienne aux jeunes.

Blanche passa son bras sous celui de Malik.

— Je vais lire les tracts et les articles que vous m'avez donnés, et écrire un premier jet, dit Malik en se tournant vers Aminata. Ensuite je vous appelle, d'accord ?

— Appelez-moi quand vous voulez, Malik, répondit Aminata.

Blanche et Malik étaient pratiquement arrivés à la porte lorsque Blanche réalisa que Samuelson l'y attendait.

— Bonjour ! C'est vous qui avez failli me renverser, hier.

Blanche se contenta de le regarder.

— Révérend Maurice Samuelson, à votre service. (Il la salua, puis se tourna vers les deux hommes derrière lui :) Attendez-moi près de la voiture. (Faisant à nouveau face à Blanche, il posa sa main sur son cœur :) Je suis vraiment désolé que notre première rencontre ait eu lieu alors que j'essayais de gagner cet homme à la cause de nos semblables.

— Ah, c'est ce que vous faisiez ?

Le sourire de Samuelson donna à Blanche l'impression qu'on était en train de lui faire les poches. Elle attendit la suite, mais en vain.

Il voulait sans doute qu'elle l'aide à se convaincre qu'il n'y avait aucun mal à dénigrer les Noirs devant Brindle. Hors de question.

— Il nous arrive à tous de nous comporter de façon détestable de temps en temps, dit-il. Je suis sûr que dans votre boulot, ça vous arrive.

— J'essaie de faire mon boulot de manière à ne pas avoir honte de regarder les Noirs dans les yeux.

Samuelson refusa de mordre.

— Puis-je savoir votre nom, ma sœur ?

Blanche se nomma et le présenta à Malik.

— Je suis à votre service, sœur Blanche. Je peux vous appeler comme ça ? demanda Samuelson d'une voix aussi grasse que la brillantine dans ses cheveux.

— Certainement, *frère* Maurice.

Pendant une demi-seconde, son visage afficha un air revêche, mais il se reprit très vite.

— Avez-vous déjà songé à vous joindre à nous, au Temple ? Beaucoup y ont trouvé la paix, sœur Blanche. Beaucoup. Certains viennent de l'Islam ; d'autres de chez les baptistes, les catholiques, les pentecôtistes, ou de toutes sortes d'églises. Tous ont trouvé une maison en venant au Temple. Joignez-vous à nous.

Il prononça ces derniers mots dans un murmure censé être spirituel, mais qui rappela à Blanche un coup de fil obscène.

Elle se demanda s'il pensait qu'une fois sur son territoire, le Temple de l'Édification Divine, elle se montrerait plus respectueuse.

— Quel sale type ! lâcha Malik.

— C'est exactement ça, confirma Blanche. Le genre de pasteur qui donne une mauvaise image de Dieu.

» Et pourquoi as-tu retenu cette association pour ton exposé ? demanda Blanche tandis qu'ils attendaient le bus.

— Elle est trop top, m'man ! dit Malik, des étoiles plein les yeux. Tu l'aimes pas ?

— Mais tu es censé faire un exposé sur une association, pas sur une personne.

— Ouais ?

Blanche était toujours étonnée de voir comment il pouvait, en un seul mot, exprimer à quel point il était sur la défensive.

— Eh bien, je me demandais juste, pourquoi elle en particulier ? Je sais que les autres associations ne t'ont pas fait forte impression, mais...

— Tu l'aimes pas.

— Malik, ça n'a rien à voir avec Aminata. Mais je me pose des questions au sujet de ce Projet de Réveil Communautaire. Je veux dire, est-ce qu'elle en est le seul membre ? Je n'ai vu personne d'autre se vanter d'en faire partie, et toi ?

Malik réfléchit une seconde.

— Eh bien, le simple fait que personne n'ait dit qu'il était membre de l'association ne signifie pas qu'ils ne l'étaient pas. Elle m'a donné plein de tracts et de machins. Et elle ne m'a pas traité comme un gosse idiot, comme ces types dans les autres réunions où nous sommes allés.

— Eh bien, je me demandais simplement si tu ne voulais pas...

S'il ne voulait pas quoi ? Une association qui ne soit pas dirigée par une femme en colère, à deux doigts de l'internement ? Une association qui ne se réunisse pas dans l'ancienne salle à manger de son fondateur ? Qui n'invite pas Samuelson à s'exprimer ?

— M'man, c'est la seule qui ait parlé des ados, de la violence et de l'empoisonnement par le plomb.

Tout à fait, songea Blanche. Elle n'avait jamais vu ou entendu aucun reportage disant que le saturnisme pouvait engendrer la violence. Elle était persuadée que la relation entre empoisonnement par le plomb et violence était une chose inventée par Aminata pour atténuer sa souffrance d'avoir un fils meurtrier. Mais si elle disait tout cela à Malik, il le prendrait certainement comme une preuve supplémentaire de son antipathie pour cette femme. Elle espérait seulement qu'il ne serait pas trop accablé lorsqu'il découvrirait qu'Aminata ne savait pas ce qu'elle disait.

— Mais aucun autre intervenant n'a rien dit au sujet du plomb et de la violence. Il n'y a qu'Aminata.

— Ouais ?

On était repartis. Sous l'effet de la tension, le dos de Blanche se bloqua et ses épaules remontèrent presque au niveau de ses oreilles.

— Tu ne trouves pas ça bizarre que personne d'autre n'en ait parlé ?

— Peut-être que les autres ne s'intéressent pas autant aux ados. Peut-être qu'ils s'intéressent seulement aux petits enfants. Ms Aminata dit qu'il est parfois difficile de faire voir aux gens ce qu'ils ont devant le nez.

Blanche tiqua. « Ms Aminata a dit » était une phrase dont elle risquait de se lasser rapidement.

— Eh bien, tu n'es pas forcé de prendre ta décision ce soir, tu...

— M'man, j'ai déjà pris ma décision. (Malik la regarda avec des yeux pleins de sévérité.) Ms Aminata va voir si elle peut interroger les parents des quatre types en prison pour homicide, pour voir s'ils ont été empoisonnés par le plomb quand ils étaient petits.

— Je n'en sais rien, Malik, mais je crois que tu dois y réfléchir. Si miss Wagner pense qu'à Roxbury personne ne se soucie de l'environnement, crois-tu qu'un exposé sur une association comptant un seul membre va lui donner tort ? Tu ferais bien au moins de découvrir s'il y a vraiment d'autres membres, ou si cette association c'est Aminata un point c'est tout.

— Et si elle est seule, c'est quoi le problème ? Il faut bien commencer quelque part. Il est probable que beaucoup d'associations comptaient juste deux personnes à leur début. Tu n'arrêtes pas de dire : si tu veux qu'une chose soit faite, lève-toi et fais-la. C'est ce qu'est en train de faire Ms Aminata.

Blanche eut envie de crier : « Pas juste ! ». Elle ne l'élevait quand même pas pour qu'il utilise contre elle ses propres arguments ! Mais il avait raison. Indépendamment des problèmes d'Aminata, elle vivait en accord avec ses principes. Malik aurait probablement pu tomber plus mal.

— D'accord, Malik. C'est ton choix, mais je veux réfléchir à cette idée d'aller interroger les parents.

En fait, elle ne tenait pas vraiment à ce qu'il aille mener des entretiens avec Aminata. Elle risquait de replonger dans son histoire de gentil garçon et de sacrément affoler quelqu'un.

Que se passerait-il si Othello n'était pas là pour la retenir ? Blanche s'enfonça dans le siège du bus en regrettant que ce ne fût pas son lit.

— M'man ! dit Malik en lui donnant un coup dans les côtes. Une travailleuse du sexe, c'est quoi exactement ?

Merde ! N'allait-elle pas avoir un instant de répit ? Elle se redressa et s'éclaircit la gorge.

— Une travailleuse du sexe est une personne qui vend du sexe pour gagner sa vie, ou bien un avocat ou quelqu'un qui travaille avec des gens vendant du sexe.

— Tu veux dire un genre de... prostituée.

— Hum, hum.

— C'est son métier à Lacey ?

— Oui.

— Elle ne ressemble pas à une... prostituée.

— Et à quoi ressemblent les prostituées ?

— Tu sais bien, m'man, elles sont vachement maquillées et leurs… leurs machins sont bien visibles. (Malik hésita un instant.) Et en plus, elles ne vont pas à des réunions sur l'environnement.

Elle songea aux périodes de sa vie où elle avait si peu d'argent et où ses espoirs étaient si vagues, que si un inconnu lui avait proposé de faire l'amour, au bon moment, pour le bon prix, elle ne sait pas ce qu'elle aurait répondu. Elle songea au grand nombre de femmes qui parlaient du sexe avec leurs maris et amants, comme si c'était le prix à payer pour subvenir au coût de la nourriture ou des vêtements, pour que leurs enfants aillent à l'école.

— Il semblerait que tu aies tout faux. Les prostituées ne sont pas différentes des programmeurs et des juristes.

— Qu'est-ce que tu veux dire ? demanda Malik avec un regard méfiant.

— Je veux dire que tu ne peux pas savoir ce qu'elles font d'après leur apparence — ou même savoir si elles s'intéressent ou pas à l'environnement.

Le moment était-il venu de se lancer dans son truc sur la nécessité de légaliser la prostitution ou d'emprisonner plus de macs ? Elle savait que les parents étaient censés être au courant des conneries du genre quand et comment dire certaines choses à un enfant, mais elle, elle n'en avait aucune idée. Généralement, les livres disent des choses au sujet du moment où l'enfant est prêt, mais quand les parents doivent-ils se tenir prêts ? Malik lui donna à nouveau un coup.

— M'man ! qu'est-ce que tu voulais dire quand t'as parlé de provisoirement chaste…

— Voilà notre arrêt, fut ravie d'annoncer Blanche. (Elle sauta à bas de son siège.) Dépêche-toi, faut que j'aille pisser !

Alors qu'elle se précipitait aux toilettes, elle entrevit dans la chambre de Taifa, recroquevillée sur le lit de camp, Shaquita qui jouait les petites filles modèles. Peut-être n'était-ce rien d'autre que des ennuis avec son amoureux. Peut-être y avait-il une autre raison.

Lorsqu'elle sortit des toilettes, Blanche fit signe à Shaquita d'entrer dans sa chambre, ôta ses chaussures puis la regarda droit dans les yeux.

— Dis-moi ce qui ne va pas, ma puce.

— Rien, tante Blanche. Rien qui cloche, je te jure.

Blanche l'observa avec sévérité. Son visage était-il encore plus rond qu'à l'habitude ? Bien sûr, ses yeux brillaient, et son teint semblait éclatant, cependant elle ne paraissait pas particulièrement heureuse.

Merde !

— Tu es enceinte, c'est ça ?

Les larmes de Shaquita suffirent.

— Oh, Shaquita !

Blanche se laissa tomber bruyamment sur le lit et détourna son visage pour que la jeune fille ne voit pas à quel point elle était déçue.

— Ne le dis pas à grand-mère, je t'en prie, tante Blanche. Je sais que je dois lui dire, mais...

— Crois-moi, je ne tiens pas particulièrement à être celle qui apprendra la nouvelle à cousine Charlotte. (Blanche prit la main de Shaquita et la posa sur le lit à côté de la sienne.) Depuis combien de temps ?

— Cinq semaines. (Sa voix se brisa.) Je l'ai appris seulement aujourd'hui.

Blanche faillit sauter de joie. Elle avait encore le temps.

— As-tu réfléchi à ce que tu allais faire ?

Shaquita haussa les épaules et sembla retenir ses larmes.

— Je veux dire, ce n'est pas très avancé, tu peux encore...

— Pookie n'est pas encore au courant.

— Pookie ?

Cette enfant était-elle en train de lui dire qu'elle était enceinte d'un garçon répondant au nom de Pookie ? Mon Dieu !

— J'ai essayé de lui dire cet après-midi, mais...

— Eh bien, tu devrais peut-être te demander si tu dois forcément lui en parler. Suivant ce que tu as l'intention de faire, il...

— C'est le père de mon bébé !

Shaquita dit cela, comme si ne pas en parler à Pookie était un crime passible de prison. Pire encore, la manière dont elle avait dit « mon bébé ». Blanche eut l'impression d'entendre les portes de la prison se refermer avec fracas. Pauvre cousine

Charlotte ! Shaquita n'était pas la seule à se retrouver entre le marteau et l'enclume.

— Je ne veux pas faire de projets avant d'avoir parlé à Pookie.

Pookie. Bien. Plus la jeune fille parlait, plus Blanche se sentait déprimée et moins elle ressentait l'envie de dire ce qu'elle avait à dire. Mais elle ne pouvait pas pour autant s'y soustraire.

— Tu es une jeune femme fiable et très mature, Quita, mais je pense que tu es encore trop jeune pour avoir un enfant.

Blanche se félicita de sa diplomatie. Elle n'avait pas dit : on n'a pas besoin d'avoir une fois de plus une gosse qui attend un gosse ! Mais vu la manière dont le dos de Shaquita se raidit, la diplomatie n'avait servi à rien.

— J'ai l'âge de maman quand elle m'a eue, répondit Shaquita en regardant Blanche puis en se détournant.

D'après son expression, il n'était pas nécessaire que Blanche lui fasse remarquer que sa mère n'était pas forcément un exemple à suivre. Peu de temps après la naissance de Shaquita, elle s'était engagée dans une sérieuse histoire d'amour avec l'héroïne. Elle était morte alors que Shaquita avait à peine 4 ans.

— Alors, parles-en vite à Pookie. Vous avez tous les deux vraiment besoin d'une conversation à cœur ouvert. Un enfant demande d'autres choses que l'amour, Shaquita, et je ne crois pas que Pookie et toi...

— Tu ne le connais même pas, l'interrompit-elle. Il est différent de ce qu'on raconte sur lui, il...

Blanche leva la main pour l'arrêter.

— Tu as raison. Je ne le connais pas. D'accord. Tu lui parles. Ensuite, on discutera.

Elle serra Shaquita dans ses bras. Shaquita s'appuya lourdement contre elle et se mit à pleurer.

— Qu'est-ce que grand-mère va dire ? Elle va être tellement en colère.

Blanche essuya les yeux de Shaquita et l'embrassa sur la joue.

— La grande question ce n'est pas ce que va dire cousine Charlotte, mais ce que tu vas faire. Parle à Pookie. Demain.

Elle serra à nouveau Shaquita dans ses bras et lui

dit que tout allait bien se passer. Elle l'espérait, en tout cas.

Blanche ferma la porte de sa chambre et s'assit sur le bord du lit, se balançant et s'étreignant : le souvenir de sa grossesse précoce et de sa décision de se faire avorter lui traversèrent l'esprit. Elle était plus vieille que Shaquita, presque 19 ans, et décidée à faire ce que maman ne lui aurait jamais demandé : quitter Farleigh, prendre sa vie en main, et essayer de vivre comme elle l'entendait. Avait-elle déjà l'intention de ne jamais avoir d'enfants ? Elle fut envahie par un désir de réconforter et de protéger Shaquita, et la jeune fille qu'elle avait été autrefois. C'était donc cela ? Vouloir aider Shaquita, comme cousine Murphy l'avait fait pour elle ? Mais un avortement n'était pas le genre d'aide que recherchait Shaquita.

Devant son autel, Blanche alluma une bougie et un bâton d'encens, puis parla de ses préoccupations aux Ancêtres. Si seulement je savais la boucler, dit-elle à la photo de la mère de sa mère. Pourquoi ai-je eu la mauvaise idée de m'apercevoir qu'elle était enceinte ? Elle ferma les yeux et les écouta lui répondre en silence ce qu'elle savait déjà. Qu'elle le veuille ou non, elle se devait de parler à Shaquita des choix qui s'offraient à elle, au cas où cousine Charlotte ne se montrerait d'aucune utilité sur la question. Mais elle n'était pas obligée de le faire ce soir.

Elle alluma sa radio, déjà réglée sur WGBH. C'était *Blues After Hours*, son programme favori. Elle s'endormit tandis que Sippie Wallace chantait *Black Snake Blues*.

4

Troisième jour – Samedi

Blanche put sentir la tension avant même de descendre l'allée des Brindle. La maison semblait morose. La première fois qu'elle était venue, elle ne s'était pas vraiment préoccupée de l'allure de la maison, mais maintenant qu'elle connaissait la famille, elle éprouvait une certaine sympathie envers l'endroit. Elle s'excusa en silence auprès de la maison, car elle avait le sentiment d'être sur le point d'accentuer sa déprime.

Elle mit son tablier et sortit de son sac le mot de Ray-Ray pour Allister Brindle. L'écriture enfantine lui sauta aux yeux. Le mot mentionnait-il qu'il s'était introduit dans la maison des Brindle pendant leur absence ? Si tel était le cas, elle allait devoir s'expliquer.

Elle fit chauffer de l'eau dans la bouilloire, mais ne lui laissa pas vraiment le temps de bouillir. Trop de vapeur risquait de mouiller le papier. Pendant un quart de seconde, elle eut des scrupules à ouvrir le courrier de quelqu'un d'autre, surtout que Ray-Ray lui avait dit que moins elle en saurait, mieux elle se porterait. Mais si elle était prête à jouer les imbéciles quand ça l'arrangeait, elle ne tenait pas à en être une. Elle maintint l'enveloppe au-dessus du bec de la bouilloire, puis l'ouvrit avec soin et lut le mot qui se trouvait à l'intérieur :

Mec, ça c'est de la cassette. Je parie que les électeurs eux aussi vont adorer !
R—R

Une vidéo ! Voilà ce qu'avait dérobé Ray-Ray dans la maison. Le salaud ! Il allait lui payer ça ! Elle lut le mot une nouvelle fois. Ray-Ray ne savait pas écrire, mais il avait l'art d'être menaçant sans proférer la moindre menace. Mais où voulait-il en venir ? Le mot ne faisait pas référence à de l'argent. Et d'ailleurs, qu'est-ce qu'il y avait sur cette cassette ? Mince ! Que faire maintenant ? Et si elle ne donnait pas le mot à Allister ? Est-ce que ce cinglé de Ray-Ray se pointerait à nouveau ou appellerait Allister pour s'assurer qu'il l'avait bien reçu ? Elle trouva de la colle, referma l'enveloppe, et mit un timbre. Elle étudia l'écriture enfantine de Ray-Ray, puis l'imita du mieux possible afin d'ajouter l'adresse sous le nom d'Allister. Elle plia les extrémités de l'enveloppe et la frotta par terre avec son pied pour lui donner l'allure d'un courrier envoyé par la poste avant de la mettre dans la poche de son tablier.

Elle jeta un œil dans la petite salle à manger ; Carrie y servait le petit déjeuner. Vu la tête de Brindle et de Sadowski, Carrie semblait leur proposer la faillite et des peines de prison, au lieu de pancakes et de bacon canadien. Felicia était déjà descendue pour dire qu'elle ne désirait rien pour l'instant.

— Ils tirent une des ces têtes, on croirait qu'ils viennent de perdre leur mère, dit Blanche lorsque Carrie revint à la cuisine.

— Ce ne sont pas mes affaires, répondit Carrie en ajustant son filet à cheveux de façon à ce qu'il touche ses sourcils.

— Je n'ai pas dit que c'était tes affaires, Carrie. Je veux connaître les leurs. De quoi parlaient-ils ?

— Je suis pas payée pour écouter ce qu'ils se racontent.

Blanche se mit juste devant Carrie et la regarda droit dans les yeux.

— Eh bien, tu ferais mieux de t'y intéresser. Si on les envoie tous en prison, ou s'ils perdent tout leur argent et ne peuvent pas payer notre salaire, je crois que nous avons intérêt à être au courant, peu importe que ce soit nos affaires ou pas.

Carrie fronça les sourcils derrière ses petites lunettes.

— Vu comme ça... Mr B. faisait la moue à l'idée

de partager le journal avec un athlète en retraite. Mr Ted disait que ce n'était pas si grave et qu'ils pourraient rattraper le coup, mais il semblait pas vraiment y croire lui-même.

— Dis donc, tu te souviens de beaucoup de choses pour quelqu'un qui n'écoute pas ce qui se raconte.

Carrie pencha la tête et adressa à Blanche un regard rusé.

— J'ai pas dit que je n'écoutais pas ; j'ai seulement dit que je n'étais pas payée pour ça !

Blanche riait encore en s'emparant du *Boston Globe,* qu'elle n'avait pas encore ouvert. Le titre BRINDLE SE PRÉSENTE AU POSTE DE GOUVERNEUR s'étalait à la une, au-dessus d'une photo d'Allister et Felicia à la fête organisée la veille pour l'annonce officielle. À gauche de l'article, une photo de Saxe Winston surmontait la légende : « Mort du champion de ski. »

Blanche lut à nouveau cette courte phrase, s'efforçant de rapprocher son message de la photo souriante de Saxe, de ses doigts enveloppant tendrement sa main, un jour ou deux auparavant. Et voilà, maintenant, il était mort. Comme ça. L'ultime petit tour joué par la vie. Elle eut d'un seul coup envie de se lever et de danser, d'embrasser les gosses et Mama, de trouver un moyen d'aller en Afrique, d'apprendre à chanter, toutes les choses qu'elle aimait faire et toutes ces autres choses qui dans sa boîte à rêves portaient la mention un jour, peut-être, si j'ai de la chance. Elle jeta un dernier coup d'œil à la photo de Saxe et à l'article.

Saxe Winston, six fois champion olympique de descente, a été tué à coups de matraque dans son appartement de Back Bay dans la journée de jeudi. La police pense que Winston a effrayé un cambrioleur et qu'il est mort au cours de l'affrontement. Une taie d'oreiller remplie de petits objets de valeur a été trouvée sur les lieux. On signale que les médailles olympiques et autres trophées de Winston ont disparu.

Winston était un parent éloigné de Bradley Winston, un des pères fondateurs de la Nouvelle Angleterre. Depuis qu'il s'était retiré de la compétition, Winston donnait des cours de sport particulier à de nombreuses personnalités de la région de Boston. Il avait 37 ans.

Blanche s'attarda une nouvelle fois sur le visage souriant de Saxe. Une ombre traversa ses pensées et la fit frissonner.

— Regarde, Carrie ! dit-elle en lui tendant le journal.

— Oh, non ! Oh, doux Jésus ! Dieu ait son âme.

Blanche vit des larmes monter aux yeux de Carrie. Si Blanche ressentait de la tristesse devant la fin d'un homme encore jeune, elle et Saxe n'avaient pas été assez proches pour donner dans les larmes.

— Quel monde vraiment cruel ! gémit Carrie.

L'interphone interrompit ses pleurs : Felicia. Carrie s'essuya les yeux avec son tablier et se précipita dans l'escalier de service en marmonnant. Blanche les imagina à l'étage, en train de se répandre à chaudes larmes sur la perte de toute cette puissance virile.

Elle rapporta du café et des tasses propres dans la petite salle à manger, les échangeant contre celles à moitié vides de Brindle et Sadowski. Brindle parlait.

— Je ne veux pas qu'on lui pose des questions ou qu'on l'interroge. Mon nom ne doit en aucune manière être mêlé à ça. Est-ce bien clair ?

— Tout à fait, monsieur. Nous sommes couverts par le quartier général de la police, et le bureau du District Attorney. J'irai demander une ou deux faveurs aux rédactions des deux quotidiens. Mais Mrs Brindle...

— Je lui parlerai, dit Allister en buvant son café. Il ne faut pas qu'elle se mette à courir dans tous les sens... Vous savez à quel point elle peut être émotive.

Sadowski fut assez fin pour ne pas répondre.

Blanche fit un détour par le hall. Le courrier était éparpillé sur le sol en dessous de la fente dans la porte. Elle le ramassa et mit le mot de Ray-Ray au milieu de la pile. Elle avait son après-midi, et serait donc partie avant qu'Allister n'ait son courrier. Elle mélangea les enveloppes pour en faire un joli tas et les posa sur la table du hall.

Carrie revint à la cuisine en portant l'écharpe de Felicia qu'il fallait repasser.

— Felicia tient le choc ? lui demanda Blanche.

— On dirait qu'elle a pleuré. Elle arrivait à peine à décider comment elle allait s'habiller.

Ne pas savoir quoi mettre ! C'est pas un signe de chagrin !

— On aurait pu croire que Mr Saxe était plus un membre de la famille qu'un simple prof de sport, bien que je n'aie jamais su au juste quel genre de sport il lui faisait faire.

Pas franchement sûre qu'elle ne la faisait pas marcher, Blanche jeta un regard perçant à Carrie.

Sadowski vint dans la cuisine pour dire qu'Allister voulait de l'eau glacée. Blanche buvait dans l'un des verres en cristal dont se servaient les Brindle au petit déjeuner.

— Je ne suis pas persuadé que ce verre vous est destiné.

Sadowski la regarda comme s'il l'avait surprise en train de voler l'argenterie.

Blanche but tranquillement son eau jusqu'au bout, sans quitter Sadowski des yeux une seconde. Il ne lui rendit pas son regard. Elle posa le verre sur l'égouttoir.

— Merci du renseignement. Je demanderai aux Brindle quels verres sont destinés au personnel et ferai en sorte d'y servir vos boissons la prochaine fois que vous mangerez ici.

Le visage de Sadowski passa du rouge au vert. Blanche remplit une cruche d'eau et de glace et la posa bruyamment sur un plateau qu'elle mit dans les mains de Sadowski.

Il s'efforça de la fusiller du regard avant de se retourner et de quitter la pièce sans un mot.

— Connard ! marmonna Blanche avant de se remettre au travail.

Elle ne vit pas Felicia avant d'avoir frappé à sa porte pour dire qu'elle s'en allait. Felicia était au téléphone.

— Rappelle-moi, Marc, je t'en prie. J'ai besoin de te parler. Je... Je t'aime, mon chéri.

Elle raccrocha et se tourna vers Blanche.

Blanche put voir pourquoi Carrie pensait que Felicia avait pleuré. Ses yeux étaient vitreux et soulignés de poches aussi sombres que si on y avait appliqué du crayon à sourcils.

— Bonjour, m'dame. C'est triste, ce qui est arrivé à Mr Winston.

Blanche surveilla la réaction de Felicia, se

demandant si celle-ci allait être plus impressionnante et bruyante que celle de Carrie.

Felicia ne réagit pas — cela ne correspondait pas à ce que Blanche attendait de la part d'une femme dont le gigolo venait de passer l'arme à gauche.

— Il travaillait pour vous depuis longtemps ? demanda Blanche.

Felicia sembla ne pas l'entendre. Saxe n'était peut-être qu'un parmi d'autres, auquel cas il serait vite oublié.

— Je viens de laisser un message à mon fils, dit Felicia comme si Blanche n'avait jamais prononcé le nom de Saxe. Il n'a pas dit où on pouvait le joindre ? Il n'a pas rappelé ?

— Non, madame, et il n'a appelé qu'une fois, hier.

— Ça fait des jours que j'essaie de lui parler. Je ne l'ai pas vu depuis presque deux mois.

Blanche se demanda pourquoi Felicia avait mis tant de temps pour s'apercevoir que son fils était injoignable. Et pourquoi cela devenait-il urgent ?

— Oh, vous savez comment sont les gosses. Ils ne pensent jamais à appeler, sauf s'ils ont besoin de quelque chose.

— Oui, c'est vrai, répondit Felicia qui ne semblait pas croire un mot de ce que racontait Blanche.

Blanche vit soudain les ennuis tourbillonner autour de Felicia comme une nuée de mouches.

Si Blanche n'avait pas passé tant de temps à l'étage avec Felicia, elle aurait été déjà partie quand Carrie entra en trombe dans la cuisine.

— Mr B. veut te parler !

— De quoi ?

— Du courrier. Je l'ai amené comme d'habitude, puis je suis allée faire les lits. Il est monté en courant à l'étage et m'a ordonné d'attendre dans le hall. Il a fermé la porte de sa chambre, puis il est venu me demander d'où venait cette lettre, si elle était avec le reste du courrier ? Je lui ai dit que j'en savais rien parce que le courrier était déjà sur la table du hall, que quelqu'un d'autre avait dû aller le ramasser.

J'aurais dû le laisser par terre, songea Blanche.

— Il jurait et transpirait, et m'a demandé d'aller

te chercher, dit Carrie. Je crois qu'il est en train de faire un genre de crise !

Blanche se rendit à l'avant de la maison et s'arrêta juste devant la porte de la bibliothèque.

— Saloperie de bâtard noir ! Comment a-t-il fait pour ouvrir le coffre ? Qui...

— Mais, monsieur, je viens tout juste de regarder dans le coffre et il... l'interrompit Sadowski.

— Non, pas ce coffre-là, imbécile.

Sadowski se tenait près du canapé et semblait ne pas savoir s'il devait s'asseoir ou faire dans sa culotte.

— Monsieur, je ne comprends toujours pas. Cet autre coffre...

— Fermez-là, un point c'est tout, Ted !

D'un seul coup, Allister sembla trop épuisé pour se lever.

— Monsieur, y-a-t-il quelque chose que je dois savoir, quelque chose que vous aimeriez que je fasse ?

— Téléphonez à Samuelson. Dites-lui que nous avons un problème.

Sadowski se dirigea vers l'appareil, puis s'arrêta.

— Monsieur, si c'est une affaire délicate, le révérend Samuelson n'est peut-être pas vraiment la bonne...

— Laissez-moi régler ça, Ted. Je peux avoir totalement confiance en Samuelson. À moins qu'il ne tienne à aller en prison.

Allister remarqua que Blanche se tenait dans l'ombre de l'autre côté de la porte. Il prit une longue respiration afin de se ressaisir, mais cela ne servit à rien. Alors qu'elle se dirigeait à l'intérieur de la pièce, il agita devant elle le mot de Ray-Ray.

— Vous ! Euh, ah, hum...

— Blanche, monsieur, dit Sadowski à Allister.

Allister regarda Blanche puis Sadowski, puis de nouveau Blanche, comme s'il s'assurait de la différence entre ce qu'il voyait et ce qu'on venait de lui dire.

— C'est exact, Blanche White, dit-elle. Que puis-je faire pour vous, monsieur ?

Elle le regarda bien droit dans les yeux et demeura ainsi quelques instants avant qu'il ne se souvienne que c'était lui qui était censé commander.

— Ça ne peut être que vous ! Tous les autres ont nié.

Blanche le regarda sans rien dire. Que pouvez-vous dire à quelqu'un qui croit une personne coupable parce que les autres ont prétendu qu'ils ne l'étaient pas — même si c'est vrai ?

— D'où cela vient-il ? demanda-t-il.

— Je vous demande pardon ? dit Blanche de sa voix la plus posée.

Elle sentait la panique de Brindle.

— Il n'y a ni code postal ni cachet de la poste ! (Il désigna le coin de l'enveloppe). Est-ce que c'était avec le courrier lorsque vous êtes allée le chercher à la porte ?

— Je n'ai pas fouillé dedans. Je l'ai juste ramassé et posé sur la table. Il y a un problème ?

— Répondez à ma question, un point c'est tout. Est-ce que ce mot était dans le courrier ?

— Je vous ai déjà répondu. (Elle haussa les épaules.) Je n'ai pas fouillé, alors...

— Personne ne vous l'a donné ? Ne vous a demandé de le mettre avec le courrier ?

— Pourquoi quelqu'un aurait-il fait ça ? Il suffit de le glisser dans la fente de la boîte aux lettres.

— Et si je vous disais que quelqu'un a vu un Noir entrer par la porte principale vendredi ? Qu'avez-vous à répondre ?

Blanche croisa les bras, pour marquer son mécontentement d'être traitée comme si elle n'avait pas plus de cervelle qu'une guimauve. Est-ce qu'il croyait vraiment qu'elle gobait son histoire forgée de toutes pièces ? Il se trompait même sur le jour.

— Si quelqu'un est entré ici, c'est qu'il devait avoir une clef.

— Donc il y avait bien quelqu'un ?

— C'est possible, répondit Blanche en haussant les épaules.

— Où diable voulez-vous en venir ? Il était là ou pas ?

C'était la première fois qu'elle voyait les yeux de quelqu'un s'injecter de sang. Allait-elle ensuite pouvoir le faire écumer ?

— Si quelqu'un est entré tranquillement avec sa clé par la porte de devant, je ne m'en serais pas rendu compte.

On dit que si vous devez mentir, il faut rester le plus près possible de la vérité.

— Vous connaissez Ray-Ray, n'est-ce pas ?

— Je remplace sa mère.

— Était-il ici ?

— Je ne l'ai pas laissé entrer.

— Quand l'avez-vous vu pour la dernière fois ?

— Je ne me souviens pas très bien.

Allister la regarda comme si elle venait de dire qu'elle ne se rappelait plus son nom.

Elle entendait Sadowski murmurer dans le combiné téléphonique.

— Quelque chose ne va pas ? demanda-t-elle à nouveau avant qu'un pressentiment ne la pousse à regarder par-dessus son épaule.

— On dirait, dit Felicia qui venait de descendre. (Elle glissa dans la pièce, maquillée comme une actrice s'apprêtant à entrer en scène. Elle se lova dans l'un des grands fauteuils.) Quelqu'un a-t-il finalement répondu à ton attente, Allister ?

— Reste en dehors de ça, Felicia. Je t'en prie, reste en dehors.

— Comment pourrais-je rester en dehors de ça, alors même que je te trouve en train de chercher désespérément de l'aide ? Cette femme que tu harcèles a répondu à tes questions. Qu'est-ce que tu veux de plus ? Vous pouvez y aller, Blanche.

Blanche se dépêcha de retourner à la cuisine en se demandant ce qu'Allister savait d'assez grave sur Samuelson pour lui donner le droit de l'appeler pour régler des histoires pas claires. Elle attrapa son sac à main et se dépêcha de remonter l'allée. Elle eut presque un petit rire de soulagement en constatant que grâce à sa demi-journée, elle ne serait pas obligée de traîner autour du feu qui embrasait la maison Brindle.

Au moins elle n'avait pas roussi dans les flammes. Elle se moqua de cet idiot d'Allister, essayant de l'amener à dénoncer Ray-Ray. Pas étonnant que tant de femmes prennent les hommes pour des imbéciles — mais un imbécile peut être tout aussi dangereux que n'importe quel homme. Elle se demanda ce qui se serait passé si Felicia ne s'était pas pointée. Et qu'est-ce qu'il lui prenait de jouer les roues de secours ? Jouer était le mot juste. Blanche était persuadée que l'attitude de Felicia traduisait moins une volonté de l'aider qu'un moyen de prendre le contre-pied d'Allister.

Elle était heureuse de s'être débarrassée du paquet, mais savait qu'elle n'avait pas fini d'en entendre parler. Désormais, elle se rendait compte qu'elle aurait mieux fait de le jeter aux orties. Où pouvait-il bien se trouver ? Elle avait deux mots à lui dire ! Bien qu'elle dût reconnaître aimer voir Allister gigoter en tous sens comme si on avait mis des charbons ardents dans son caleçon. Et Ray-Ray méritait vraiment une médaille, s'il utilisait la cassette pour empêcher Brindle d'accéder au poste de gouverneur — même si elle avait un fort pressentiment que ses raisons de renverser Brindle étaient plus personnelles que le simple fait de sauver l'État. Mais qu'est-ce que Brindle pouvait bien attendre de Samuelson ? Ray-Ray ne lui donnait pas l'impression d'être du genre à se laisser émouvoir par les Écritures.

Une fois chez elle, elle but un thé tout en faisant sa liste de courses : pommes, poires, papier toilette — qu'est-ce que Malik pouvait bien faire de tout ce papier toilette ? — Kleenex, miel (Karen n'en ramènerait jamais), pommes de terre, dentifrice. Malik et Taifa ne débarqueraient pas avant des heures. Taifa avait persuadé Malik de l'aider à vendre des barres chocolatées en face du nouveau supermarché sur Centre Street, en échange de deux jours de corvée de vaisselle. Shaquita était allée au centre commercial avec des amis.

Les jambes de Blanche avaient de nouveau très envie de se dégourdir. Toutes ces histoires, d'abord avec Felicia, puis ensuite Allister, l'avaient mise sur les nerfs. De plus, le soleil brillait, chose qui ne s'était pas produite très souvent au cours de ce soi-disant printemps. Mon Dieu ! Que n'aurait-elle pas donné pour qu'il fasse vraiment chaud. Le climat de Caroline du Nord lui manquait sérieusement. Là-bas, les cornouillers devaient être en pleine floraison, répandant leurs senteurs alentour. Ici, les bourgeons commençaient tout juste à se montrer. Elle remit sa veste, attrapa deux sacs à provisions, et se dirigea vers Dudley Square.

Dudley Square grouillait de l'effervescence d'un samedi après-midi : des gosses sortaient de la bibliothèque en courant, des véhicules de police occupaient trop de places de stationnement, des femmes se débattaient avec des chariots et des sacs, des hommes s'occupaient des femmes et des voitures. Elle ne se lassait jamais de regarder les gens, surtout ses semblables. Bien sûr, elle n'avait jamais vu aucun visage qu'on aurait pu qualifier *d'ordinaire*, mais elle pensait que c'était d'autant plus vrai pour les Noirs, chez qui elle remarquait une plus grande diversité de traits et de couleurs. Pour elle, c'était dû au fait que la plupart des Noirs nés aux États-Unis descendaient de nombreuses nations africaines réunies par l'esclavage, et que la plupart des familles noires avaient aussi du sang européen et indien, que cela leur plaise ou non. Chaque visage noir était une sorte d'image du monde : des millions de nuances de brun ou de noir ; des lèvres fines comme un trait de plume aux plus charnues ; des yeux bridés, tombants ou aussi ronds qu'un disque ; des nez épatés, d'autres épais, d'autres encore longs et pointus. On retrouvait tout cela chez les Noirs.

Le fumet des pâtés en croûte jamaïquains de la pâtisserie de Dudley l'enveloppa comme une couverture. La musique s'échappant de chez *Nubian Motion* de l'autre côté de la rue donna plus de rythme à sa démarche. L'espace d'un instant, Dudley Square lui rappela tellement la 125e Rue de Harlem qu'elle la balaya du regard en s'attendant presque à y trouver l'Apollo Theater. Quelque chose dans ces bâtiments bas et délabrés évoquait aussi le centre de Farleigh.

Ces ressemblances signifiaient peut-être qu'elle avait sa place ici, tout comme à Harlem et à Farleigh. Mais ces deux villes étaient spéciales. Elle était née à Farleigh. Ses grands-parents y avaient vécu et y étaient morts. Elle y avait ses racines. À Harlem, elle serait toujours la bienvenue, elle en était certaine. C'était le foyer de tous les Afro-Américains. Qui plus est, elle y avait vécu pendant presque vingt ans avant de retourner à Farleigh. Elle savait qu'elle pouvait débarquer à l'improviste et se sentir elle-même dans l'un ou l'autre de ces deux endroits.

Mais là, elle se trouvait à Boston : les manières des vendeurs et des vigiles n'étaient rien d'autre qu'un signe supplémentaire : cette ville ne déroulait pas le tapis rouge pour l'accueillir. De toute façon, Boston ne semblait pas apprécier outre mesure la différence. Si vous étiez blanc et viviez à Beacon Hill, vous deviez porter beaucoup de bleu marine et avoir le culte des grandes familles. Si vous étiez un catholique irlandais de South Boston, vous deviez avoir les cheveux longs et des *a priori* raciaux. Quant à Roxbury... Lorsqu'elle était arrivée, trois femmes de Rudigere Homes lui avaient donné l'adresse de leur coiffeur, comme si ses cheveux non-défrisés ne convenaient pas. Et pratiquement toutes les mères de la cité étaient venues lui dire à quel point elle avait tort de prétendre qu'il n'était guère mieux d'insulter ses enfants que de les battre.

Les gens à Harlem et Farleigh auraient peut-être eu la même opinion de ses convictions et de son allure, mais ils avaient assez de classe pour ne pas le lui faire remarquer. Mais, au fond, elle s'en foutait de se sentir ici chez elle ! Ne rêvait-elle pas déjà de remballer ses affaires et de se tirer de là dès que les gosses auraient fini l'école ? Hélas, ces rêves ne duraient jamais assez longtemps pour qu'elle puisse voir où ils la mèneraient.

Elle prit son temps pour faire ses courses. Elle détestait rentrer pour s'apercevoir que l'étiquette collée sur une pomme cachait une tache, ou que les tiges des brocolis étaient caoutchouteuses. Elle vérifiait aussi la composition. Si un produit comportait trop d'ingrédients inconnus, elle cherchait une autre marque. Elle alla déposer ses achats à la maison et courut à la boutique de Ms Barker. Elle avait une ou deux questions à lui poser.

Ms Barker se trouvait à sa place habituelle, derrière son comptoir, comme un soldat derrière le mur d'enceinte d'un château. Elle souleva ses paupières avec lenteur et changea de place sur son siège lorsque Blanche ouvrit la porte.

— Alors, Ms B. Comment ça va ?

— Pas trop mal. Je suis pas du genre à me plaindre.

Blanche posa son sac à main sur le comptoir en

verre encombré de Snickers, de Reese au beurre de cacahuètes et de pots de bonbons en vrac.

— Où est Pam ?

— Elle est rentrée à la maison préparer le dîner. L'est gentille comme tout la gamine, et futée en plus.

Du jour au lendemain, toutes les litanies de Ms Barker au sujet de sa petite-fille s'étaient envolées. Blanche en vint directement à une des raisons de sa visite.

— Malik et moi sommes allés l'autre soir à une réunion du Projet de Réveil Communautaire. Sur l'empoisonnement par le plomb.

— Quel genre de réunion ?

— L'association qu'a montée Aminata Dawson.

— Quel nom déjà ?

Blanche le lui répéta.

— Hum. Ça ne rime à rien. C'est comme ces noms que certaines jeunes filles donnent à leur bébé. J'aimerais bien savoir où elles vont chercher des noms pareils. Bon, Aminata...

Et merde ! Pourquoi les personnes âgées estiment-elles avoir le droit de mener une conversation à leur guise ? Blanche se fit la promesse que quand elle aurait 85 ans, elle répondrait aux questions et ne se mettrait pas à changer de sujet au beau milieu de sa réponse.

— ... vient d'Afrique, m'a-t-elle dit. C'est parfait. Mais certains de ces noms inventés de toutes pièces, je ne...

Blanche décida de ne rien ajouter pour ne pas se montrer en désaccord avec Ms B. Elle trouvait cela génial que des parents noirs inventent le nom de leurs enfants au lieu de dépendre des prénoms européens. Elle appréciait particulièrement les mélanges de prénoms des deux parents : Janel, le copain de Malik, dont les parents s'appelaient Janice et Nelson, et sa copine Charmita, en souvenir de Charles et Juanita. Un prénom inventé était vraiment personnel : il n'avait jamais appartenu à quelqu'un d'autre et jamais été crié auparavant. Mais si elle avait donné son avis, elles y auraient passé la nuit et pendant tout ce temps, Ms Barker lui aurait démontré par A plus B qu'elle se trompait.

Restons calme.

Si elle tenait bon, elle pouvait ramener Ms Barker sur le sujet qui l'intéressait.

— Elle a grandi dans les environs, n'est-ce pas ? demanda Blanche.

— Qui ?

Blanche poussa un soupir et espéra qu'elles n'allaient pas devoir recommencer cette conversation avant d'avoir pu la mener à son terme.

— Aminata.

— Bien sûr. Elle a épousé ce gars, Dawson. Ça n'a pas duré longtemps. Il est parti Dieu sait où. Je me demande ce qu'il est devenu ?

— Mais elle est restée là.

— Où serait-elle allée avec un gosse à élever ? Une mère aimante et attentionnée, et voyez le résultat. Son gamin est en taule. Ça n'a pas de sens.

— Elle a l'air bizarre quand elle parle de lui.

— Vous le seriez pas à sa place ? Voir votre fils unique en prison pour le restant de ses jours.

— Je veux dire *vraiment* bizarre, Ms Barker. Comme si elle entrait en transe et ne faisait que répéter...

— Je sais bien. Je l'ai déjà vue faire. C'est toujours mieux que de se laisser mourir de chagrin ou de se mettre à prendre des médicaments. Aminata n'est pas folle. Elle essaie de ne pas sombrer dans la folie. Quand elle se met à dérailler au sujet de son fils, tout ce qu'on a à faire c'est la toucher ou lui parler et elle se ressaisit aussitôt. Aussitôt.

— Malik veut étudier son association. Elle est censée l'emmener à des interviews.

Les paupières fripées de Ms Barker se soulevèrent pour laisser apparaître des yeux vifs et perçants.

— Quel genre d'interviews ?

Blanche lui expliqua qu'Aminata était convaincue que le saturnisme avait rendu son fils assez violent pour tuer son copain.

— Et pas uniquement son fils. Elle veut parler aux parents de ces quatre gamins qui sont détenus pour meurtre, afin de voir si aucun d'eux n'a été empoisonné par le plomb. Malik veut faire son exposé autour de l'idée d'Aminata. (Le ton de sa propre voix ne lui plut pas. Le fait que Malik croit Aminata et pas elle n'était pas une raison suffisante pour se montrer garce.) Je crois qu'Aminata a échafaudé tout ce truc pour la bonne et simple raison que son fils a tué...

— Je ne sais rien de ces histoires d'empoisonnement par le plomb, la coupa Ms Barker. Mais votre gosse sera tout aussi en sécurité avec Aminata qu'un enfant noir mâle peut l'être dans le coin.

Pourtant son propre fils n'a pas été en sécurité avec elle, songea Blanche.

Elle eut un mouvement de recul devant son injustice ; Ms Barker avait peut-être, elle aussi, remarqué et interprété la pointe de jalousie dans le son de sa voix. Elle lui fut reconnaissante de ne pas en parler — ce qui ne voulait pas dire qu'elle ne le ferait pas un jour. En guise de rédemption, Blanche acheta du bicarbonate de soude et un paquet de six grosses boîtes d'allumettes.

— Vous avez vu Ray-Ray dernièrement ? demanda-t-elle en tendant la main pour récupérer sa monnaie.

— Ben dites-donc, vous en posez des questions aujourd'hui.

Blanche sentit le rouge lui venir aux joues, mais décida de bluffer.

— À qui d'autre suis-je censée en poser ? À Mr Al ?

Mr Al tenait le salon de coiffure au coin de la rue, depuis aussi longtemps que Ms Barker sa boutique. Comme elle, il était une vraie source d'information sur l'histoire et la vie actuelle du quartier. Mais lui et Ms Barker ne s'adressaient plus la parole depuis des années. Ni l'un ni l'autre n'aurait su dire pourquoi, mais ils se hérissaient rien qu'en entendant prononcer le nom de l'autre.

— Je suis pas un ours, poupée, alors me lance pas les chiens aux trousses. (Ms Barker se leva de son tabouret en bois et se gratta le derrière des deux mains.) Hum. Mes fesses commencent à être fatiguées. Elles supportent mal de rester trop longtemps sur ce tabouret trop dur. Quand j'étais jeune...

Et c'est reparti ! songea Blanche.

Elle fut donc surprise d'entendre la question de Ms Barker.

— Pourquoi tu cherches Ray-Ray ?

— Je n'ai pas dit que je cherchais Ray-Ray.

— T'allais le faire, affirma Ms Barker d'une voix qui ne laissait planer aucun doute.

— Il y a un truc dont je veux lui parler.

Ms Barker la regarda longuement.

— Ray-Ray a fait un truc qui ne me plaît pas, et j'ai l'intention de le lui dire, reprit Blanche.

— Eh bien, si je le vois, je lui dirai que tu le cherches.

Ms Barker baissa lentement les paupières, puis tourna le dos à Blanche et tripota un objet posé sur l'étagère, derrière la caisse enregistreuse.

— Alors comme ça, maintenant tu fais du genre, provoqua Blanche avec autant d'assurance que Ms Barker peu de temps avant.

La vieille dame se retourna.

— Depuis qu'il est gosse, les gens ont toujours cherché des ennuis à ce gamin. Je n'ai jamais vu personne faire autant d'efforts pour être quelqu'un de bien que Ray-Ray quand il était môme. Il allait à l'école. Il ne volait pas. Toujours poli. Et il se faisait tabasser plus souvent qu'à son tour par la racaille du coin, parce qu'il ne voulait pas faire partie d'un gang ou voler des voitures. Ça ne s'est pas arrêté lorsqu'il est devenu adulte. Certaines personnes ne supportent pas les gens différents. Elles leur attirent des ennuis. Ça n'a pas de sens.

Et qu'est-ce qui pouvait bien rendre Ray-Ray si différent des autres ? Le fait que Ms Barker le trouve exceptionnel ? Ou le fait que ce soit un mâle ?

Toute sa vie, Blanche avait entendu les femmes trouver des excuses aux hommes qui se comportaient comme des gamins. Beaucoup élevaient leurs fils en leur faisant croire que les femmes n'avaient pas de plus grand plaisir que de s'occuper de leurs petits culs.

— La plupart des Noirs que j'aie connus ont eu des ennuis à un moment ou un autre, dit-elle à Ms Barker. Quelquefois parce qu'ils sont différents, mais parfois aussi parce qu'on leur rend la monnaie de leur pièce. Le fait est que je n'ai aucune intention d'harceler Ray-Ray. Il m'a fait du tort et j'ai le droit d'en parler. Personne n'est parfait, pas même Ray-Ray. (Blanche ramassa le petit sac graisseux contenant ses achats.) À la prochaine, Ms Barker.

Pour unique réponse, la vieille dame marmonna :

— Hum.

Énervée, Blanche marcha encore plus vite qu'à son habitude.

— Elle est trop vieille pour être à ce point entichée ! gronda-t-elle à l'adresse du trottoir.

Cependant, elle était moins inquiète à l'idée que Malik accompagne Aminata le lendemain. À mi-chemin de la colline où se trouvait Rudigere Homes, elle vit le grand fils de Mrs Murphy, Tongues, qui descendait dans sa direction. Elle ne put s'empêcher de sourire.

Tongues sautillait et dodelinait de la tête comme s'il marchait sur des charbons ardents. En voyant son blouson et le pan de sa chemise voleter, on pouvait croire qu'une tempête soufflait sous ses vêtements. S'il possédait plus d'une chemise, elles ressemblaient toutes à celle en flanelle à motif écossais qui, à cet instant, tombait sur des kaki froissés.

— J'ai rêvé de toi, Blanche ! s'exclama-t-il. (Il exécuta un demi-tour et d'un bond se retrouva à ses côtés.) J'ai rêvé de toi, exactement comme la dernière fois. Je t'avais raconté, tu te souviens ? Je t'avais expliqué...

— Pas la peine d'insister, Tongues, OK ? Je te l'ai déjà dit clairement l'autre jour, je ne veux pas devenir ta petite amie.

— Je sais, je sais, je sais ce que tu penses, mais tu es une femme superbe, Blanche. Moi j'aime les femmes de caractère, c'est vrai. C'est vrai, Blanche. Mon cœur...

— Tongues, va-t-il falloir que je me fâche pour te faire taire ?

Tongues tournoya et exécuta un petit saut, avant d'entamer ce qui lui avait valu son surnom : « Sha lal kall ba somalla damalla na kah hola maka... »

Blanche l'observa l'espace d'un instant, riant en silence et hochant la tête.

Il est complètement cinglé !

Mais sa façon de parler plaisait à Blanche. D'après la rumeur, cela avait débuté alors qu'il essayait de psalmodier — comme à l'église pentecôtiste — pour convaincre l'armée qu'il n'était pas apte à aller se battre en Corée. On l'avait incorporé malgré tout. Mais la guerre avait transformé son petit jeu en un moyen de faire face à la moindre menace, aussi légère soit-elle. Par ailleurs, il était calme et poli, et disait bonjour à tout le monde en affichant un sourire timide. Cependant, tous les deux mois, il tombait amoureux d'une femme et lui déclarait sa flamme à chaque fois qu'il la croisait dans la rue — jusqu'au jour où il tombait amoureux d'une autre. Il n'avait jamais fait de mal à personne, et Blanche était bien forcée de reconnaître que ça faisait chaud au cœur d'être adorée, même si c'était par Tongues.

Taifa, Malik et Shaquita firent leur apparition à l'heure du dîner, tous trois avec des projets pour la soirée : Shaquita allait voir Pookie — pour lui parler de sa grossesse, espérait Blanche. Taifa voulait aller à une fête au coin de la rue, et Malik chez Janel, pour jouer à des jeux vidéo que Blanche n'aurait probablement pas voulu voir chez elle. Mais ce n'était pas tout.

— Alors, et les interviews, maman ? Aminata va les faire demain.

On aurait pu penser, d'après le ton de sa voix, qu'accompagner ou non Aminata était le dernier de ses soucis.

— Tu peux y aller, mon chéri, dit Blanche. (Elle marqua une pause pour voir se dessiner un large sourire sur son visage.) Mais il faut que tu sois prêt à l'interrompre.

Malik fronça les sourcils, comme si c'était de la faute de Blanche si Aminata perdait un peu les pédales. Mais il écouta attentivement les conseils de Ms Barker, afin de pouvoir arrêter les divagations d'Aminata au sujet de son gentil garçon.

— Amuse-toi et ne fais pas de bêtises avec les garçons ! murmura Blanche à Taifa au moment où elle s'en allait.

C'était une vieille blague entre elles — une chose que Blanche disait toujours quand Taifa se rendait à une activité à fort potentiel hormonal. Avec Shaquita à la maison, c'était moins drôle, mais il semblait encore plus important de le dire qu'en temps normal — un peu comme allumer une bougie bleue pour se protéger.

Lorsqu'ils furent tous partis, Blanche se servit un gin tonic et l'emporta dans son fauteuil préféré, où elle sirota son verre en écoutant le silence. Tout à coup, cette solitude fit glisser ses jambes et s'enroula autour de son corps tel un boa constrictor. Ces derniers temps, elle était de plus en plus souvent victime de ses attaques. Elle continuait d'attendre avec impatience le jour où elle se retrouverait à nouveau seule, quand les enfants auraient grandi et seraient partis, mais plus cette échéance approchait, plus elle se rappelait avec clarté que la vie en solitaire n'était pas toujours une partie de plaisir. Elle s'était habituée à être utile. Elle n'appréciait pas toujours, mais ça faisait désormais tellement partie d'elle-même, qu'elle avait du mal à se voir autrement — autant que si elle devait s'imaginer avec un autre visage. Elle s'efforça de chasser Leo de ses pensées. Il lui venait toujours à l'esprit, quand elle éprouvait le désir d'être liée à quelqu'un pour un bout de temps.

Depuis combien d'années était-il marié ? Deux ans ? Trois ? Parfois, elle oubliait qu'il avait désormais une femme, et se l'imaginait à Farleigh, attendant encore son retour. Il était temps de mettre un terme à cette souffrance. Si elle avait voulu cet homme, elle aurait pu l'avoir. Il s'était montré on ne peut plus clair à ce sujet. C'était elle qui n'avait pas été claire. Elle ne l'était toujours pas. Aurait-elle éprouvé un sentiment différent si elle et Leo ne s'étaient pas connus depuis toujours ? S'il n'avait pas été son premier petit ami et l'homme que tout le monde voyait comme son futur mari ? Elle espérait qu'elle ne l'avait pas laissé lui échapper, juste pour faire son intéressante. Mais elle détestait l'idée d'être classée et casée. Et elle n'avait jamais vraiment été portée sur le mariage. Cependant, pour la centième fois, elle se demanda quand exactement Leo avait décidé de laisser tomber ; et si elle aurait pu avoir une chance de l'en empêcher, sans pour autant devenir Mrs Leo.

Tant pis, il était trop tard, maintenant. Il avait choisi un pis-aller. Blanche remua ses épaules, comme si elle cherchait à se débarrasser d'un pull qui gratte. Elle n'allait quand même pas se demander si elle resterait une vieille fille solitaire et autres conneries de ce genre.

Oui, il y avait des chances qu'elle se retrouve seule et, avec de la chance, vieille, mais elle ne s'imaginait pas en train de parler à des inconnus juste pour entendre le son de sa voix, ou en train de payer des hommes plus jeunes juste pour trouver un corps chaud dans son lit. Avec ou sans Leo. Tout le monde n'était-il pas seul au fond de lui-même ? En tout cas, Ardell et elle pourraient prendre un appartement ensemble, une fois que les enfants seraient grands. Elles seraient bien ensemble, vraiment bien.

Elle se pencha en avant et ramassa près du fauteuil, *Écrivain travailleur*. Un de ses livres préférés. Joanie, diététicienne au centre médical de Boston, le lui avait offert. Les poèmes et histoires — écrits par des employés de blanchisserie d'hôpital ayant récemment obtenu leur équivalence permettant d'entrer à l'université, et suivant les cours du soir pour améliorer leurs connaissances en anglais — parlaient de gens comme elle ; des gens travaillant dur dans des emplois qui pouvaient vous briser le dos et ne vous assuraient pas une retraite décente. Ils parlaient notamment d'une chose qu'elle comprenait trop bien : avoir en permanence du mal à joindre les deux bouts, mais décider malgré tout d'aimer la vie.

Tout en lisant, elle se demanda ce qui se passerait si elle et ses semblables décidaient de prendre leur semaine de vacances en même temps, en laissant leurs employeurs frotter les sols et vider les poubelles, tandis que les travailleurs se feraient masser et navigueraient sur un vieux yacht.

Elle lisait toujours lorsque Malik rentra à 21 heures, comme prévu. À 22 h 20, elle se rendit dans Dale Street pour aller à la rencontre de Taifa, qui devait quitter la fête à 22 h 30.

— Pourquoi je dois toujours rentrer si tôt ? Les autres filles de mon âge peuvent rester jusqu'à minuit, et je suis la seule dont la mère...

Blanche bâilla. Si on lui donnait cinq *cents* chaque fois que cette enfant se plaignait de ce qu'elle n'a pas le droit de faire, elle serait plus riche qu'un membre républicain du Congrès.

À 2 heures du matin, en se rendant à la salle de bains, quelque chose incita Blanche à regarder dans la chambre de Taifa. Lorsqu'elle ouvrit la porte, Shaquita enfouit sa tête sous les couvertures. Taifa dormait à poings fermés.

— Shaquita, tu ne te sens pas bien, ma chérie ? Ça va ? murmura Blanche, en pensant fausse couche et grossesse extra-utérine.

— Ça va, répondit Shaquita en larmes.

La couverture était agitée de soubresauts à cause de ses sanglots.

Bien, pensa Blanche.

— Je reviens.

Blanche alla faire pipi, puis fit sortir Shaquita de son lit et la traîna dans sa chambre.

— Qu'est-ce qui ne va pas, Quita ?

— C'est Pookie, dit Shaquita en se mouchant et reniflant. Il était censé me rejoindre dans Dudley Square pour que nous puissions discuter de... de... Mais il n'est pas venu. (Un torrent de larmes vint éclaircir ses grands yeux sombres.) J'ai appelé chez lui quand je suis rentrée, une fille a répondu et elle m'a raccroché au nez.

Elle se mit à nouveau à pleurer à chaudes larmes.

— Sa famille avait peut-être de la visite ou quelque chose ; cette personne n'a peut-être pas compris...

— J'ai rappelé, l'interrompit Shaquita, la personne qui a répondu m'a ri au nez. Ensuite elle a posé le combiné sans le raccrocher. J'ai entendu Pookie rigoler.

Petit salaud ! Blanche prit Shaquita dans ses bras et la berça.

— Shaquita, c'est une raison supplémentaire de te demander sérieusement si avoir un bébé tout de suite est une bonne idée. Si tu ne parviens pas à attirer l'attention de Pookie, avant même de lui avoir annoncé que tu étais enceinte, imagine ce que ça va être une fois que ton ventre aura grossi et que tu vomiras partout ?

— Tu comprends rien ! dit Shaquita en s'éloignant de Blanche.

Puis elle quitta la pièce à grands pas.

Blanche s'allongea sur son lit. Shaquita avait peut-être raison. Peut-être ne comprenait-elle rien. Mais Shaquita non plus ne comprenait rien. Blanche l'imagina dans un an : une trop jeune mère de plus, pareille à un bâtiment à moitié fini, essayant d'assurer le refuge et la sécurité alors qu'elle n'était encore que la carapace de la femme qu'elle deviendrait peut-être. Blanche s'endormit en espérant se trouver là le jour où Shaquita serait assez grande pour ne plus voir en Pookie qu'une maladie infantile.

5

Quatrième jour – Dimanche

C'était une de ces matinées ensoleillées qui laissaient presque croire à Blanche que Boston allait connaître une journée de printemps. Presque. Chez elle, les variétés de verdure et les senteurs du chèvrefeuille vous donnaient presque l'impression de pouvoir toucher le printemps du doigt. Tout ce qui composait l'essence de ces journées arrivait aussi à Boston, mais par bribes — une semaine les bourgeons, puis des semaines froides suivies par quelques floraisons, après quoi les parfums de l'été à venir pouvaient vagabonder dans le fond d'un petit vent frais. L'impression d'ensemble était perdue — un peu comme lorsqu'on mange les fraises, puis la crème et plus tard encore le gâteau.

Blanche descendit du bus et se dirigea d'un pas rapide jusqu'à Jamaica Pond. Les arbres semblaient transparents. Leurs nouveaux bourgeons, timides, se dissimulaient derrière une fine voilette en attendant de se montrer. Elle ralentit et regarda le soleil se refléter sur l'eau tel de l'argent en fusion. Elle était toujours étonnée de constater à quel point la nature pouvait être belle, même entourée de voitures fonçant à vive allure et de murs gris.

Ce matin, la maison des Brindle respirait le calme. C'était le jour de congé de Carrie et Allister était absent. Blanche finissait de boire son thé quand Felicia vint annoncer qu'elle prendrait son jus de fruit et son café dans sa chambre. Blanche ramassa les journaux sur le perron et les monta à l'étage avec le plateau.

— Bonjour, madame.

— J'attends une visite, Blanche.

Elle semblait concourir pour le titre de miss Arcen-ciel : bleu à paupières, fard à joues orange foncé et poudre beige ne parvenaient pas à masquer les arcs de cercle violets sous ses yeux rougis. Elle arpentait la pièce de droite à gauche et de long en large. Elle marqua une petite pause à son bureau, prit une carte de visite et la regarda.

— Mr Cleason. Charles Cleason. Conduisez-le dans la bibliothèque lorsqu'il arrivera, s'il vous plaît.

— Bonjour à vous aussi, madame, fit Blanche en se retournant pour sortir.

— Désolée, Blanche. Je n'avais pas l'intention de vous vexer.

Blanche marqua une pause dans l'encadrement de la porte.

— Vous vous faites encore du souci au sujet de votre fils, madame ?

Elle regretta aussitôt d'avoir posé cette question, car le visage de Felicia se décomposa.

— Je suis sûre qu'il va bien, reprit Blanche, pressée de quitter la pièce, de peur que Felicia fasse appel à un soutien qu'elle n'était pas en mesure de lui offrir.

Elle chassa de son esprit la peine de Felicia et se prépara pour le petit déjeuner une bonne omelette aux légumes et des biscuits au cheddar.

Mince !

Bien entendu, la sonnette retentit au beau milieu de son repas. Elle coupa un petit morceau de biscuit au cheddar, le mit dans sa bouche et le mâcha rapidement. En chemin, elle s'essuya les doigts sur son tablier et remit sa petite culotte en place.

— Bonjour ! dit l'homme en soulevant son chapeau.

Blanche faillit sursauter, tant cette voix était puissante, comparée au petit homme chétif au teint olivâtre à qui elle appartenait. Il la suivit dans l'entrée si silencieusement qu'elle jeta un coup d'œil par-dessus son épaule, pour s'assurer qu'il n'était pas parti discrètement.

Avant même que Blanche ait eu le temps d'aller la chercher, Felicia était en bas de l'escalier. Blanche tint la porte de la bibliothèque ouverte.

— Merci, Blanche.

Blanche sourit et mit en pratique son don pour fermer une porte de manière à ce qu'elle ait l'air bien close, tout en maintenant juste assez d'espace entre la porte et le chambranle, pour qu'une oreille sensible puisse entendre ce qui se passe à l'intérieur.

Felicia s'adressait à Cleason.

— J'ai appelé tous ses amis : aucun d'eux ne l'a vu ou ne lui a parlé depuis des jours. Je préférerais que la police ne soit pas mêlée à tout ça.

C'est un détective privé, songea Blanche.

— Vous m'avez bien parlé de la mort d'un de ses proches ? demanda Cleason.

— Je ne sais même pas s'il est au courant pour Sa... son ami. (Felicia haussait la voix de plus en plus, à la manière d'une chanteuse essayant d'atteindre une note haut perchée.) Bien sûr, on en a parlé partout dans la presse et...

— Pouvez-vous m'en dire plus, Mrs Brindle ?

Elle s'éclaircit la gorge.

— Eh bien, c'était mon prof de gym,

— Votre fils ? demanda Cleason visiblement surpris.

— Ah, non. Bien sûr que non. Je voulais parler de... son ami qui... (Felicia marqua une nouvelle pause.) Pardonnez-moi, Mr Cleason, comme vous pouvez l'imaginer, je suis un peu bouleversée. Je... Voici la photo que vous m'avez demandée.

— Pas la peine de vous excuser, Mrs Brindle. Je comprends tout à fait.

C'est la moindre des choses, se dit Blanche.

Jusqu'alors, elle ignorait que Marc et Saxe étaient amis. À quoi pouvait bien correspondre l'émotion dans la voix de Felicia lorsqu'elle avait mentionné leur amitié ? Marc était-il au courant pour sa mère et son ami ? C'était donc cela ? Blanche s'éloigna sur la pointe des pieds tandis que Cleason assurait à Felicia qu'il allait se mettre tout de suite sur l'affaire. Il lui promit qu'elle aurait de ses nouvelles dans les prochains jours.

Blanche balança les restes froids de son petit déjeuner à la poubelle et lava à la main le peu de vaisselle, tandis que son esprit vagabondait ailleurs.

Bill aime Mary, qui aime Bob, qui aime Susie.

Felicia voulait parler à Marc, qui voulait parler à Ray-Ray, qui avait laissé un mot pour Allister, qui avait demandé à son pote Sadowski de contacter Samuelson. Pourtant, Felicia ne cherchait pas à localiser son fils avant le décès de Saxe. Et pourquoi Ray-Ray cherchait-il Marc ? Voulait-il lui montrer la cassette ? D'après ce qu'avait dit Ray-Ray, il s'agissait de faire quelque chose pour le bien-être de l'État dans son ensemble. Blanche avait le sentiment qu'il voulait diffuser cette cassette sur une chaîne de télé nationale. Pourquoi ? Ray-Ray avouait avoir été très proche de la famille : il s'était ensuite disputé sérieusement avec Allister. Voulait-il causer la ruine d'Allister ? Cette dispute avait été sérieuse, mais à quel point ? Après tout, Inez travaillait toujours pour Allister.

Alors que Felicia était encore dans la bibliothèque, Blanche monta chercher son plateau à l'étage. Elle fit le lit et regarda autour d'elle. Elle aimait cet endroit, le grand lit à baldaquin sans tenture, le fauteuil crapaud avec repose-pied assorti et l'alcôve avec des étagères et un bureau. Elle alla vérifier les serviettes dans la salle de bains qui comprenait un jacuzzi et une douche tapissée de jets. Il y avait même un siège à l'intérieur. La douche était totalement fermée, elle faisait donc aussi probablement office de bain de vapeur. Mais c'est la grande boîte en cèdre avec une porte, située près de la cabine de douche, qui donna envie à Blanche de se déshabiller sur-le-champ : un sauna.

Vous imaginez ! Un sauna dans votre propre salle de bains !

Elle aimait le sauna public de l'auberge de jeunesse, mais aurait adoré avoir la chance de posséder un sauna privé, les jours où le cafard lui donnait envie de pleurer pour des raisons qu'elle ne pouvait ou ne voulait pas nommer.

Une heure plus tard, Felicia vint dans la cuisine annoncer qu'elle ne serait là ni pour le déjeuner ni pour le dîner. Elle portait une robe de couleur sombre, un pull beige, des chaussures plates, mais aucun bijou. Blanche se demanda donc si elle se rendait au refuge où elle était volontaire. Felicia lui permit de partir de bonne heure, si elle le souhaitait, mais de bien vérifier que le répondeur téléphonique était allumé.

Pas étonnant qu'Inez tienne à ce point à cette place. Jusqu'à maintenant, on ne pouvait pas dire qu'elle avait eu à trimer.

Le téléphone sonna avant que Felicia ait quitté la

maison. Bien que ce fût la ligne de la maison, Felicia décrocha en même temps que Blanche. C'était Malik.

— Oh, je suis désolée. Je pensais que c'était peut-être... expliqua Felicia avant de raccrocher.

— Maman, on a fini les interviews et tu ne devineras jamais, dit Malik sans tenir compte de Felicia. Trois des quatre types emprisonnés pour meurtre ont été empoisonnés par le plomb quand ils étaient petits. Mais écoute ça, m'man, écoute ça ! L'un d'entre eux avait une petite sœur qui est probablement morte des suites d'un empoisonnement par le plomb quand elle était bébé. Le bâtiment où ils vivaient est toujours debout, mais il est barricadé avec des planches. *Aminata dit* que nous devrions voir à qui appartient le bâtiment et...

Et alors, ça intéresse qui ce que raconte Aminata ? se retint de crier Blanche dans le combiné. *Ce n'est pas parce que trois de ces gosses ont été empoisonnés par le plomb qu'on peut en déduire que l'empoisonnement par le plomb a un rapport avec les meurtres commis par ces enfants. En ce qui concerne la gosse qui est morte... Allez, Blanche, ressaisis-toi...*

Elle savait que sa réaction n'avait rien à voir avec l'empoisonnement par le plomb et la violence des ados, mais uniquement avec : « *Aminata dit* ». Malik prononçait ces mots comme les membres de la Nation de l'Islam auraient déclaré : « L'Honorable Elijah Muhammad dit... ».

— ... vérifier auprès de la mairie. Je peux y aller avec elle ? M'man ? Tu m'écoutes ?

— Désolé, mon chéri. Où est-ce que *Ms* Aminata veut t'emmener ?

— *Elle dit* de l'appeler Aminata, tout simplement. (Cette fois encore Malik avait l'intonation d'un disciple.) Elle va à la mairie pour découvrir à qui appartient le bâtiment barricadé avec des planches. *Aminata dit* que nous devrions punir ce propriétaire pour l'exemple, si le bâtiment contient toujours du plomb.

Blanche prit bien note de l'utilisation du « nous ».

— Les bâtiments où ont vécu les autres gosses ont été déplombés, ajouta Malik presque sans reprendre son souffle.

Monsieur Environnement. Mon jeune expert, l'acolyte de Ms — pardon — d'Aminata.

Blanche s'efforça de dire à Malik qu'elle était heureuse que les interviews se soient bien passées, et s'arrangea même pour que ça paraisse sincère.

— On parlera de la mairie quand je rentrerai, lui dit-elle.

Elle poussa un soupir et laissa sa tête reposer contre le mur, après avoir raccroché.

Comment vais-je me comporter quand il aura une petite copine ? Mais ce sera différent. Sa petite copine ne sera pas une femme de l'âge de sa mère. Malik voit Aminata comme il ne pourrait jamais la voir, elle. Il ne voit pas Aminata au saut du lit, avec une tête à faire peur. Aminata ne sera jamais celle qui lui interdit d'aller voir un film ou de ne pas traîner au coin de la rue.

Se démenant avec ses sentiments, elle comprit pour la première fois ce qu'était la jalousie. Ce sentiment avait un goût de lait tourné. Elle se jura de se montrer gentille envers Aminata. Si Malik avait besoin d'une idole, Aminata valait mieux qu'un de ces rappeurs dénigrant les femmes.

Au retour, Blanche s'arrêta chez Ms Barker. Elle voulait enterrer leur querelle au sujet de Ray-Ray. Comme disait toujours Mama, c'est aussi stupide de laisser un homme s'immiscer entre vous et vos amies que d'échanger de la viande contre un os. Pam sortit de derrière le comptoir pour serrer Blanche dans ses bras. Ms Barker était absente.

— Tu ne vas quand même pas me dire que ta grand-mère t'a laissée toute seule dans la boutique ?

Le visage de Pam était solennel.

— Elle était tellement bouleversée à cause de Ray-Ray qu'elle a dû rentrer à la maison.

— Ray-Ray ? Qu'est-ce qu'il a fait ?

— T'es pas au courant ? C'est Mr Porter de la morgue qui nous l'a dit. Ray-Ray s'est noyé la nuit dernière, dans la piscine publique du coin, sur MLK Boulevard.

Blanche réalisa bien que sa bouche était grande ouverte, mais elle fut incapable d'intimer à son cerveau l'ordre de la refermer. Le sourire éclatant de vie de Ray-Ray traversa son esprit, la dernière fois qu'elle l'avait vu. Elle eut la sensation que ses genoux étaient en coton. Elle s'appuya sur le comptoir, heureuse de ne pas avoir eu la possibilité de faire ravaler son extrait de naissance à Ray-Ray pour avoir volé la cassette d'Allister.

Allister n'a plus à s'en faire maintenant.

Son estomac se mit à tanguer.

— Ça va, Blanche ?

— Hein ? Oui, oui. Le choc, j'imagine. Je remplace sa mère pendant son absence, et j'ai vu Ray-Ray...

Oh, merde ! Allait-elle devoir annoncer la nouvelle à cette pauvre Inez ? Il fallait de toute façon qu'elle appelle cousine Charlotte.

— *Gran* prend ça très mal. Depuis tout gamin, Ray-Ray était un de ses chouchous. Quand elle a su, elle s'est carrément effondrée.

— Tu m'as bien dit qu'il s'était noyé ? À la piscine municipale ?

— Depuis que je suis gamine, les gens du quartier s'introduisent dans cette piscine après l'heure de fermeture. J'imagine que Ray-Ray en faisait partie. La clôture est cassée depuis belle lurette. De plus, Ray-Ray n'est pas le seul à s'y être noyé. On dirait qu'un été sur deux, un gosse s'introduit à l'intérieur et... Mr Porter nous a raconté qu'il y avait du sang sur le bord du plongeoir, comme si Ray-Ray, en tentant d'exécuter un plongeon compliqué, s'était cogné la tête, assommé, puis était tombé dans la piscine.

— Je devrais peut-être m'arrêter à la maison pour voir Ms Barker.

— Faites-le, Blanche. Je suis vraiment inquiète à son sujet. Je voulais fermer la boutique et rester avec elle, mais elle m'a renvoyée. Elle m'a dit qu'elle voulait être seule. Elle n'arrêtait pas de marmonner : « Je le considérais comme mon fils. » J'en avais presque le cœur brisé.

Les deux femmes se regardèrent à travers un rideau de larmes.

Ms Barker jeta un œil entre la porte et la chaîne de sûreté.

— Je suis vraiment désolée pour Ray-Ray, Ms Barker. Je sais à quel point il comptait pour vous.

Ms Barker ôta la chaîne et ouvrit la porte. Elle

regarda à droite et à gauche dans la rue, puis recula.

— Entrez, ma fille.

Sa maison était aussi propre qu'un sou neuf, mais on y retrouvait la même odeur de vieux papiers et de bonbons desséchés qu'à la boutique. Tandis qu'elle traversait d'un pas traînant la salle de séjour, jusqu'à un fauteuil à bascule, les épaules de Ms Barker lui semblèrent encore plus voûtées que d'ordinaire. Blanche s'assit sur le canapé. La pièce était si étroite que leurs genoux se touchaient presque. Les murs étaient recouverts de photographies d'adultes tenant des enfants comme s'ils étaient le premier prix d'un concours, de couples dans leurs habits de noce, d'adolescents en habits du dimanche et de personnes âgées aussi raides et fragiles que du pain sec. Blanche reconnut Pam sur certaines d'entre elles. Ms Barker se balançait lentement et hochait la tête.

— Un enfant, ni plus ni moins. Juste un gamin. (Ses yeux étaient brillants de larmes.) Ça me fait plaisir que tu sois passée, Blanche. Je sais que tu avais un compte à régler avec lui.

— Je suis contente de ne pas avoir eu l'opportunité de le faire. Je regrette tellement qu'il ait perdu la vie.

— C'était un garçon bien. Plus d'une fois, il est venu ici et a lavé le sol de ma cuisine, fait les vitres, et d'autres choses que je n'arrivais pas à... Les gens le prenaient en grippe, même si... (Ms Barker leva la tête.) Ce n'est pas un accident, Blanche. J'en mettrais ma main à couper. J'en ai le pressentiment.

Elle tourna la tête et regarda par la fenêtre en fronçant les sourcils, comme en attente d'une provocation de l'extérieur. Puis elle regarda Blanche d'un air de défi.

Blanche sentit bien que Ms Barker lui ordonnait de demander ce qu'elle avait à demander. Mais elle n'était pas sûre d'en avoir envie. Tenait-elle vraiment à avoir mal au ventre en pensant combien Allister Brindle était en sécurité maintenant que Ray-Ray était mort ?

— Racontez-moi, demanda-t-elle presque contre son gré.

— Il est venu me voir, répondit Ms B. en s'asseyant au bord de son fauteuil.

— De quoi vous a-t-il parlé ?

Ms Barker la regarda un long moment avant de répondre.

— Il croyait que quelqu'un était à sa recherche.

— Vraiment ?

— Il a dit : « Il va probablement mettre son fichu nègre pieux à mes trousses. T'inquiète pas. Je m'en suis occupé. ».

Blanche fronça les sourcils. Ça voulait dire quoi cette conversation ? À moins que...

— Il ne s'adressait pas à vous, c'est ça ? Il parlait avec quelqu'un au téléphone.

— C'est exact. Il a appelé quelqu'un.

— Quand ?

— Le jour où vous êtes venue à la boutique pour demander où il était.

— Avant ou après ma visite ?

— Avant.

Le cœur de Blanche se serra.

— Pourquoi ne me l'avez-vous pas dit plus tôt ?

Ms Barker regarda Blanche derrière ses paupières lourdes.

— J'ai pensé que ça avait peut-être un rapport avec Ray-Ray, au sujet d'une chose qui ne lui appartenait pas.

Tout ce cinéma pour « protéger Ray-Ray » l'autre jour, c'était donc cela. Rusée, la vieille !

— Vous en avez parlé à la police ?

— Je ne suis pas prête à aller raconter ce genre de chose aux flics ! Déjà qu'ils croient qu'on est tous des voleurs. De toute façon, les flics n'en ont rien à faire de la mort d'un jeune Noir. Il suffit de lire le journal pour le voir.

Blanche ne pouvait pas dire le contraire. Simplement, elle n'était pas sûre qu'il fallait en rester là. Ms Barker non plus.

— Ça ne veut pas dire que je ne tiens pas à savoir ce qui est arrivé à mon gamin. Si quelqu'un lui a fait du mal, je veux savoir qui. Même si je ne peux rien faire contre.

Et effectivement quelqu'un lui a fait du mal, se dit Blanche, aussi persuadée que si elle en avait été le témoin.

Le souvenir d'Allister Brindle, traitant Ray-Ray de tous les noms et pestant au sujet de sa cassette volée, traversa rapidement son esprit. Allister demandant à Sadowski d'appeler Samuelson. Elle eut l'impression d'être tout entière aspirée hors de son corps depuis le sommet de son crâne.

Ms Barker la fixait du regard.

— Nous devons faire quelque chose !

C'était le second « nous » que Blanche entendait aujourd'hui, et elle n'aimait pas plus celui-ci que celui désignant Malik et Aminata. Mais il devait y avoir une raison pour que Ms Barker lui parle de cela à elle, non à Pam ou à la police.

Ms Barker s'enfonça dans son fauteuil et se balança. Un léger sourire vint réchauffer son visage.

— Je sais que je peux compter sur toi, Blanche. Taifa m'a raconté comment tu avais rendu service à cette dame, là-bas dans le Maine, et à ce jeune Blanc chez toi [1]. Je sais que tu en feras autant pour ta vieille copine.

Blanche rit. Est-ce qu'ils mettaient une drogue dans la nourriture des vieilles, pour qu'elles gardent l'air innocent en se déchargeant de leurs responsabilités ? Ensuite elles s'arrangeaient pour que vous soyez content de pouvoir faire face à leurs demandes, même si vous n'aviez pas plus le choix qu'une pierre d'être déplacée. Comment s'y prenaient-elles ? Et quand serait-elle assez vieille et roublarde pour s'y mettre ?

— Ms Barker, je ne crois pas pouvoir faire quoi que ce soit.

— Si, tu peux. Demande aux ancêtres, et ensuite passe une bonne nuit de sommeil. Au réveil, tu sauras.

C'était la troisième fois que Blanche fréquentait quelqu'un qui mourait trop tôt ou d'une manière injuste. Elle ressentit à la fois le poids de ce dont Ms Barker la chargeait et un léger frémissement à la base de la colonne vertébrale, une sorte de frisson d'excitation, à l'idée de découvrir ce qui était réellement arrivé à Ray-Ray.

Elle n'était pas dupe : si elle acceptait d'offrir son aide, ce n'était ni pour Ms Barker, ni même pour Ray-Ray. Elle le faisait parce qu'elle aimait ça, mettre son nez dans ce qui ne la regardait pas et

1. Voir *Blanche tire sa révérence* et *Blanche et les seigneurs*, dans la même collection.

découvrir ce qu'on ne voulait pas qu'elle sache. Elle aimait ça comme certaines personnes aiment faire du jogging, danser ou flâner dans les galeries marchandes. Ça lui donnait le sentiment de s'impliquer totalement à bon escient. Certains jours, elle se sentait vraiment utile dans son boulot ou avec les gosses, mais plus comme quand elle apprenait encore son métier ou que les gosses étaient petits. Elle n'avait pas réalisé à quel point ce sentiment lui manquait. Elle aurait probablement dû remercier Ms Barker.

Blanche se dépêcha de rentrer chez elle pour passer, à contrecœur, un coup de fil à cousine Charlotte.

— Je regrette vraiment d'être celle qui doit t'apprendre cela, mais...

— Il est arrivé quelque chose à ma chérie ? ! Quoi, Blanche, dis-moi ce que c'est...

— Non, non. Shaquita va bien, cousine Charlotte. (Blanche marqua une pause et se ressaisit.) C'est Ray-Ray.

— Ray-Ray ? Qu'est-ce qui ne va pas ? Que s'est-il passé ?

— Il est mort, cousine Charlotte.

— Mort ? Mort ? Oh, doux Jésus ! Mon Dieu, mon Dieu, mon Dieu ! (La voix de cousine Charlotte, dont le volume semblait avoir été aspiré par le choc, n'était plus qu'un murmure rauque.) Comment ?

Blanche lui parla de la noyade de Ray-Ray, mais pas des hypothèses de Ms Barker.

— Oh mon Dieu ! Comment vais-je annoncer ça à cette pauvre Inez ! Son fils unique. Son unique enfant.

Les sanglots de cousine Charlotte firent monter les larmes aux yeux de Blanche.

— C'était mon filleul aussi, Blanche.

— Oh, cousine Charlotte, je suis vraiment désolée.

Enfant, Blanche avait toujours envié les gosses qui pouvaient compter sur ses parents de secours.

— Je ne peux pas parler pour le moment, Blanche. Je te rappelle, dit cousine Charlotte, d'une voix étranglée par les larmes.

Blanche essaya de rester assise, histoire de faire le vide dans sa tête pendant quelques minutes, pour tout simplement respirer et être là. Elle ne parvint pas à tenir longtemps. En pensant à cousine Charlotte en train d'apprendre à Inez le décès de son fils unique, la respiration de Blanche s'accéléra et elle eut envie de sortir de son corps. Elle avait l'impression d'avoir la peau à vif, comme si la mort de Ray-Ray l'avait mutilée.

Elle se ressaisit et prit dans le réfrigérateur un grand récipient en plastique de haricots rouges et un de noirs, rassembla des oignons, de l'ail, du cumin, de la purée de tomate, du chili en poudre et sortit la grosse casserole. Ray-Ray la regardait, sans dire un mot, se contentant de sourire et de bouger les bras, de façon à faire saillir ses muscles. Elle ne chercha pas à se convaincre que ce n'était rien d'autre que le fruit de son imagination. Ray-Ray, ou tout du moins une partie de Ray-Ray, marchait dans la cuisine de Blanche. Mais comme il ne parlait pas, elle aussi resta silencieuse.

Elle ouvrit une barquette de saucisses de poulet, les lava et les incorpora dans le chili pour faire des hot-dogs au chili. Elle chercha une salade verte dans le réfrigérateur, sortit les épis de maïs qu'elle avait achetés la veille, puis les remit à l'intérieur. Trop compliqué. Les gosses n'auraient qu'à laver et cuire eux-mêmes le maïs. De plus en plus, elle s'efforçait de n'être pas l'unique responsable du moindre truc dont ils s'empiffraient. Deux fois par mois, Taifa était responsable du dîner, Malik également. C'était rarement des repas inoubliables, mais là n'était pas la question.

Elle se demanda quand cousine Charlotte allait la rappeler et, au prix d'un effort surhumain, s'efforça de ne pas regarder dans la direction de Ray-Ray. Finalement, elle craqua. Il était appuyé contre la porte du réfrigérateur. Il croisa les bras et lui lança un regard signifiant : « Et alors ? »

Blanche s'effondra sur une chaise.

— Puissent les ancêtres t'accueillir ! lui dit-elle. Mais si tu es là, j'imagine que c'est parce que tu veux un compte rendu. Je ne sais pas grand-chose, sauf que tu as volé la cassette de Brindle. Et tu avais raison, hein ? Brindle a bien mis son pasteur à tes trousses.

Elle regarda en direction de Ray-Ray, espérant un assentiment. Rien.

— Merde ! Tu es aussi chiant que la vieille ! Vous voulez tous les deux que je fasse tout toute seule ! (Elle poussa un soupir et ferma les yeux une seconde pour essayer de se détendre et calmer son mal au dos.) Tu pourrais au moins me dire à qui tu parlais au téléphone. C'était Marc ?

Pas de réponse.

Elle ouvrit les yeux : Ray-Ray avait disparu.

— Branleur, marmonna-t-elle. La mort ne change pas tout.

Elle aurait aimé qu'Ardell soit là. Pourquoi devait-elle jouer à miss-Nurse-des-Océans juste maintenant ?

Blanche décrocha à la première sonnerie.

— Bon, au moins la situation est maîtrisée, annonça cousine Charlotte. Lionel, le père de Ray-Ray, va rapatrier le corps ici pour l'enterrement. C'est ce que veut Inez, la pauvre. Elle a le cœur brisé, vraiment. (Cousine Charlotte renifla.) Eh bien, que la volonté du Seigneur soit faite ! soupira-t-elle.

Si ça peut te consoler, songea Blanche. *Tout le monde devrait avoir quelque chose qui aide à rester en vie, surtout dans des moments pareils.*

Mais ce genre de choses ne marchait pas pour Blanche.

— Nous allons devoir rester ici une semaine de plus. Tu peux remplacer Inez un peu plus longtemps, hein ?

— Aucun problème, cousine Charlotte.

Les gosses rentrèrent séparément à la maison.

— M'man ! T'es au courant pour Ray-Ray ? beugla Taifa depuis la porte de la cuisine.

Blanche remua le chili et l'informa de sa conversation avec cousine Charlotte.

— Ouais, ce genre de trucs c'est vraiment un coup dur pour les vieux, j'imagine. Je suis désolée pour Inez. Tu fais du chili ? Génial !

Taifa se dirigea dans le salon d'un pas nonchalant et alluma la radio.

— Eh, m'man, Ray-Ray s'est noyé ! s'écria Malik dix minutes plus tard. Ce malin essayait juste de se payer une petite baignade et boum ! (Malik renifla.) J'espère qu'il y a des saucisses avec ce chili. On a des petits pains à hot-dogs ?

Il alla regarder dans la huche à pain pour s'en

assurer, puis monta les escaliers dans un vacarme assourdissant.

Taifa et Malik étaient tous les deux passés rapidement de la mort de Ray-Ray au chili. L'un était nécessaire pour écarter l'autre : était-ce pour cela qu'il y avait toujours à manger après les enterrements ? Malik et Taifa réagissaient peut-être simplement à un sentiment plus fort que la simple tristesse de circonstance, qu'on leur avait appris à montrer quand une personne mourait. Un sentiment qui, automatiquement, les faisait se détourner de la mort vers la nourriture, synonyme de vie. Ou était-ce simplement parce qu'ils étaient jeunes, et que la mort, même lorsqu'elle venait à frôler leur famille, restait un mythe dans leur esprit ?

— Je ne supporte pas que les gens meurent ! annonça Shaquita en rentrant. Pauvre Granny ! Elle était assez proche de lui. Et pauvre Inez ! (Shaquita se pencha au-dessus de la cuisinière pour regarder dans la grosse casserole.) Ça en fait du chili !

Blanche rit. Trois pour la mort et trois pour le chili. La vie restait dans la course.

— Il y aura des restes, dit-elle à Shaquita. Ce sera même encore meilleur d'ici un jour ou deux.

Blanche attendit, certaine que Shaquita avait autre chose en tête.

Pendant une minute encore, Shaquita se balança d'un pied sur l'autre et évita de regarder Blanche, puis elle se lança.

— Je sais que demain y a école et tout et tout. Mais j'ai déjà fait mes devoirs, je sais déjà comment je vais m'habiller, et donc tout est prêt. Alors... je sais ce que tu penses des visites le dimanche soir, tante Blanche, mais est-ce que je pourrais...

— Pookie ? l'interrompit Blanche, qui n'en pouvait plus de tous ses bégaiements et autres détours.

— Je lui ai parlé, acquiesça Shaquita. Nous avons tout remis à plat. Je...

— « Tout remis à plat », ça veut dire quoi ? demanda Blanche en remuant si fort le chili qu'il déborda sur la cuisinière.

— Au sujet de samedi, pourquoi il n'est pas venu. Je ne lui ai pas dit que je suis... j'avais envie, mais je ne voulais pas faire ça au téléphone, et il a été pris toute la journée, alors...

— Alors tu as l'intention de lui annoncer ce soir.

— Et je veux que tu le rencontres, acquiesça-t-elle.

Blanche s'efforça de garder son calme. Elle avait vraiment envie de tordre les couilles de ce mec si fort qu'il ne puisse plus jamais mettre une gamine en cloque, mais elle n'allait pas forcément le faire. *Après l'avoir rencontré, j'irai me prendre un bon bain chaud avec plein de bain moussant et les journaux du dimanche,* se promit-elle en récompense de sa bonne conduite.

— D'accord, il peut passer. Mais il faut que tu lui dises ce soir, Quita.

Quand Pookie arriva, Blanche envoya Taifa et Malik terminer leurs devoirs à l'étage. Son allure indolente et ses bras ballants étaient si communs aux jeunes gens qu'il lui parut familier. Il portait deux chaînes en or autour du cou et un diamant à l'oreille gauche. Voici donc notre Pookie, se dit-elle, dans toute sa splendeur d'échalas au crâne en forme d'obus et parlant à voix basse. Ses grands yeux profonds apportaient de la chaleur à son visage mince. Il sourit et ses lèvres proéminentes parurent encore plus pulpeuses. Pauvre Shaquita : elle n'avait aucune chance. Pookie possédait ce je-ne-sais-quoi d'irrésistible que certains Noirs respirent par tous les pores de la peau. Il aurait tout aussi bien pu avoir « Mauvais plan » écrit sur sa casquette. Blanche le regarda comme s'il était un poil de chat dans son assiette de soupe.

— Je suis heureux de faire votre connaissance, Ms Blanche. (Il lui tendit la main.) Quita dit que vous êtes quelqu'un d'exceptionnel.

Et du charme, avec ça. Elle lui sourit de toutes ses dents, puis il s'en alla lentement avec Shaquita, dans la salle à manger. Blanche se prépara une tasse de thé et la monta à l'étage. Elle décida de lire le journal dans sa chambre plutôt que dans la baignoire. Elle irait prendre son bain une fois les gosses au lit. Elle ne tenait pas à être nue et trempée au moment où Shaquita annoncerait la nouvelle à Pookie.

Elle s'installa avec l'édition du dimanche du *Boston Globe,* commença par les bandes dessinées, puis parcourut les sections magazine et spectacles, avant d'en venir aux choses sérieuses. Elle ne savait pas pourquoi elle se donnait ce mal. Aucun des deux journaux n'en valait la peine, sauf si ça vous amusait de vous informer sur les criminels dans le *Herald* et sur ce qu'on devait en faire dans le *Globe*. Bien sûr, elle lisait toujours le journal de la communauté noire, le *Bay State Banner*, mais elle continuait d'avoir un faible pour le *Amsterdam News*.

Il lui sembla entendre la porte d'entrée se refermer, puis Shaquita monter l'escalier.

— Ça va ? demanda-t-elle en ouvrant la porte.

Shaquita semblait avoir été frappée sur la tête par un objet lourd et essayer de savoir si oui ou non, elle devait s'effondrer.

Blanche la saisit au poignet et la traîna dans sa chambre.

— Tu lui as parlé ?

Shaquita acquiesça d'un signe de la tête.

— Qu'est-ce qu'il a dit ?

Shaquita haussa les épaules.

— Pas grand-chose, en fait. Je veux dire... rien du tout. Un peu comme si j'avais rien dit ou qu'il ne m'avait pas entendue.

— Où veux-tu en venir ?

— Il... il est resté assis là ! J'ai demandé : « Pookie, tu m'as entendue ? » et il s'est contenté de regarder sa montre et de dire : « Je vais devoir y aller, ma puce ! », comme s'il se fichait de moi. *Faut que j'y aille*. Et hop, il est parti.

Elle leva les yeux vers Blanche, attendant une explication.

— Il était peut-être sous le choc et incapable de...

Blanche s'arrêta brutalement. Ce n'était pas à elle de trouver une excuse au départ de Pookie. *Peut-être l'heure est-elle venue d'aller lui couper les couilles,* songea-t-elle. D'un autre côté, son comportement de connard première classe allait peut-être l'aider à convaincre Shaquita de prendre la bonne décision. La jeune fille se laissa tomber sur place.

— Tu as besoin de repos, Quita. Le principal est de lui avoir dit, maintenant tu vas pouvoir réfléchir à ce que tu vas faire.

Shaquita hocha la tête.

— Comment pourrais-je décider quoi que ce soit si il...

Mon Dieu ! Est-ce possible d'être aveugle à ce point ?

— Les gens utilisent parfois autre chose que des mots pour s'exprimer, ma puce. En ne disant rien, il a voulu te faire passer un message.

— Oui, mais quoi ? Qu'est-ce qu'il a voulu me dire ? Je ne sais toujours pas si il...

— Si il quoi ? Veut un bébé ?

Shaquita la regarda, hébétée.

— Ce n'est pas à lui de prendre la décision, Shaquita. C'est à toi. Il n'attend pas un enfant. Toi, si. (Blanche se rendit compte qu'elle la sermonnait, mais il lui sembla impossible de s'arrêter.) C'est ton corps. Tu l'as peut-être partagé avec lui, mais tu en es l'unique propriétaire, ma chérie. Et c'est à toi, maintenant, de décider ce que tu vas faire de ce corps.

Shaquita avait l'air si seule et si fragile que par compassion, Blanche se tut. Elle posa le bras sur l'épaule de Shaquita qui vint se blottir contre elle.

— Avant que tu ne prennes une décision, je veux discuter avec toi et avec Pookie, c'est d'accord ?

Shaquita acquiesça. Blanche la raccompagna dans le couloir.

Blanche venait juste de s'installer sur les toilettes quand Taifa frappa à la porte et se glissa dans la salle de bains.

— Alors, quand est-ce que tu vas me le dire ?

— Te dire quoi, Taifa ?

— Pour Shaquita.

Blanche eut d'abord envie de rétorquer à Taifa que ce n'était pas ses oignons, puis de se plaindre de ne profiter d'aucune intimité aux toilettes. Mais ces idées s'effacèrent devant l'attitude vindicative qu'affichait Taifa et le souvenir de sa propre colère quand sa mère lui faisait ce genre de plan.

— Je t'ai rien dit parce que j'espère que ça va être vite réglé.

Elles avaient eu assez de discussions sur l'avortement pour que Blanche n'ait pas besoin d'en dire plus.

— Mais elle veut le garder, non ? demanda Taifa qui s'assit sur le bord de la baignoire et croisa ses longues jambes.

— Pourquoi en es-tu si sûre ?

— Tu te souviens, l'autre soir, elle disait qu'elle voulait devenir archéo-machin ?

— Archéologue ?

— C'est ça. Elle a dit qu'elle espérait ne pas avoir à aller en fac pour apprendre à déterrer des morts ? Tu vois, elle ne tient pas vraiment à aller en fac. Chaque fois que je l'entends discuter avec ses copines, elles ne parlent que de leurs mecs et de bébés. C'est nul !

— Je suis contente que tu penses ça.

— Cousine Charlotte est au courant ? demanda Taifa.

Blanche hocha la tête.

— Shaquita va devoir prendre des décisions difficiles.

Taifa se leva et s'étira.

— Cousine Charlotte va lui botter le train ! (Elle donna une petite tape sur l'épaule de Blanche.) T'inquiète, maman, je ne ferai pas de bébé au lycée, et en plus j'ai pas peur d'aller en fac.

— Qu'est-ce qui te pousse à croire qu'elle a peur d'aller en fac ?

Taifa s'approcha tranquillement de l'armoire de toilette, se versa de la lotion hydratante dans le creux de sa main, la renifla et l'étala avec un doigt.

— Ben, pas vraiment peur, mais enfin, bon, tu vois. (Taifa inspecta son visage dans la glace comme si elle pensait à lui décerner un prix.) Enfin, elle ferait plus partie de la bande de *cailleras*, mais quoi ? Et Pookie alors ! Beaucoup de filles l'aiment bien, et donc... Je vais aller me faire un sandwich, t'en veux un ?

Blanche hocha la tête, essayant de saisir ce qu'elle venait d'apprendre au sujet de Shaquita et Taifa. Taifa faisait beaucoup de bruit, parlait fort, écoutait la musique encore plus fort et provoquait des drames pour un rien. Mais derrière ce tapage se cachait une personne capable de comprendre ce qui se passait — en elle et autour d'elle — et qui analysait. Blanche avait cru que l'inquiétude de Shaquita était liée à son entrée à la fac. Mais pourquoi se tracasser, alors qu'elle avait toujours eu de bonnes notes depuis le cours préparatoire ? *Pauvre gosse ! Elle doit être sacrément paumée pour s'imaginer qu'avoir un enfant et l'élever est moins angoissant que d'aller à l'université.*

Mais bien sûr, ce n'était pas tout. Le petit ami avait lui aussi une bonne part de responsabilité dans cette histoire. Mettre Shaquita enceinte était peut-être sa façon à lui de l'empêcher d'aller en fac et de la garder ?

Non. Il ne voit probablement pas plus loin que le bout de sa bite.

Au milieu de la nuit, Blanche se réveilla et alla sur la pointe des pieds d'abord dans la chambre de Malik, puis dans celle de Taifa. Le désir de serrer très fort dans ses bras Malik et Taifa et de les protéger des pires choses de la vie la fit vaciller. Mais elle resta plus longtemps devant Shaquita, souhaitant ardemment qu'elle ne laisse pas sa vie s'en aller à vau-l'eau parce qu'elle avait fait la chose la plus naturelle du monde. Ce qu'on attendrait d'une fille de son âge, si elle avait grandi dans un vrai pays du tiers-monde au lieu d'un quartier traité comme tel. Il lui vint à l'esprit que la grossesse de Shaquita signifiait qu'elle avait eu des rapports sexuels non protégés, ou tout du moins qu'ils avaient utilisé des capotes poreuses. Dans les deux cas, en plus du reste, Shaquita devait faire un test de dépistage du SIDA.

Lorsque Blanche retourna dans son lit, son sommeil avait disparu. Elle eut même beaucoup de mal à le retrouver. Il arriva avec le rêve d'une Shaquita sans domicile fixe, avec six gosses, vivant dans une carcasse de taxi, mais visiblement heureuse. Taifa et Malik vivaient en face, dans deux autres voitures.

[illegible] dans cette histoire [illegible] peut être exposé à [illegible] de l'espace [illegible] de la garde.

Non, il n'est [illegible] pas plus [illegible]

Au moment de [illegible] la pointe des [illegible] dans la chambre de [illegible] puis dans celle de [illegible] dans [illegible]

[illegible] que la [illegible] sur la [illegible]

[illegible] il lui [illegible] que la [illegible]

[illegible]

[illegible] Elle est [illegible] avec la [illegible]

[illegible] dans [illegible]

6

Cinquième jour – Lundi

Les rêves pourchassèrent Blanche presque jusqu'à l'aurore. Entre les rêves, elle joua au jeu des suées nocturnes : transpirer et rejeter la couverture, grelotter et la remettre à nouveau. Ses premières suées nocturnes étaient apparues six mois auparavant. Elle avait mis une semaine ou deux pour comprendre qu'elles signifiaient le commencement de la fin de ses investissements dans l'industrie du tampon. Désormais, elle se réveillait avec l'impression d'avoir passé la moitié de la nuit à faire du jogging. En réalisant qu'elle n'avait pas entendu le réveil, elle bondit hors du lit, prit une douche en quatrième vitesse, se couvrit les cheveux d'un foulard au lieu de refaire ses tresses, pria et remercia les ancêtres tout en s'habillant, mais malgré tout arriva en retard.

Cependant, plus elle s'approchait de la maison des Brindle, plus elle ralentissait. Plus tôt elle serait là-bas, plus tôt elle devrait tenter de prouver que la mort de Ray-Ray n'était pas un accident, que son employeur et son nègre en étaient les responsables. Mais comment ? Elle n'avait pas de plan — ce qui expliquait en partie la lenteur de son pas. Elle aurait dû se montrer plus honnête envers Ms Barker, lui dire qu'on ne pouvait faire autre chose que des suppositions sur ce qui était réellement arrivé à Ray-Ray. Mais non, il avait fallu qu'elle se comporte comme si elle était une sorte de détective ou de médium, ou Dieu sait quoi. Elle pouvait déjà voir la déception sur le visage de Ms Barker. La culpabilité la piqua telle une aiguille.

Une autre chose ralentissait son pas : elle devait faire attention. Très attention. Brindle ne devait surtout pas s'apercevoir qu'elle le surveillait — surtout si le cas de Ray-Ray était un exemple de la manière dont il réglait ses différends. Perplexe, elle prit sur elle et pénétra dans la cuisine des Brindle.

— Eh bien, on n'est pas mécontents de te voir, chérie ! (Wanda était assise à la table de la cuisine et retirait ses chaussures pour mettre des chaussons.) J'avais peur que notre Carrie se retrouve aux fourneaux, ajouta Wanda en ponctuant son intervention d'un clin d'œil.

— Hum ! se limita à bougonner Carrie, avant de couper un pamplemousse en deux avec une visible intention de le blesser.

Blanche n'était pas d'humeur à participer aux taquineries de Wanda, surtout avec quelqu'un d'aussi susceptible que Carrie.

— Merci de t'être occupée des pamplemousses et des jus de fruit, Carrie.

Elle accrocha son pull et son sac dans la penderie, enfila son tablier et se mit aux fourneaux.

— Alors, Ms Wanda, je croyais que je n'aurais le plaisir de te voir que les mardis et jeudis. On est lundi aujourd'hui.

Blanche se lava les mains et disposa le petit déjeuner.

Wanda sortit l'aspirateur de la buanderie.

— J'en ai pas parlé la dernière fois où je suis venue ? Demain c'est la remise de diplômes de ma petite-nièce. J'y vais pas vraiment pour être assise et écouter des discours, mais y aura des bons petits fours à la crème et d'autres trucs à grignoter. J'vais quand même pas rater ça, hein, ma biche ?

Elle entraîna l'aspirateur à sa suite.

Blanche se mit en route pour s'assurer que le petit déjeuner soit prêt à l'heure. Elle fredonnait tout bas en s'activant, se pavanant au rythme imposé par la cuisine — une danse qu'elle connaissait bien assez pour pouvoir improviser sans problème. Elle se déplaçait avec légèreté de la cuisinière au réfrigérateur, beurrant les poêles, coupant en tranches puis en cubes les tomates, écrasant la feta. Elle ne pensait à rien d'autre — le geste sûr, le mouvement léger et circulaire de son corps tandis qu'elle battait les œufs, la connaissance parfaite et précise du bon mélange et de la quantité de cœurs d'artichauts, de feta et de tomates à mettre dans l'omelette sans la rendre trop lourde. Elle ressentit le plaisir intense et satisfaisant de non seulement savoir ce qu'elle faisait mais, qui plus est, de le faire les doigts dans le nez.

Lorsqu'elle eut terminé son numéro, Blanche se rendit à la salle de bains et défit ses tresses. Elle peigna et brossa sa chevelure souple, épaisse et grisonnante, se fit une raie au milieu et regroupa des mèches, adoucies par l'huile de coco. Elle fredonnait doucement en se balançant un peu, comme si son corps se revoyait assis entre les jambes de sa mère tandis qu'elle lui faisait des tresses : l'odeur de propre et d'amidon de la robe de sa mère, comme une croûte dorée à peine sortie du four ; le poids de la boîte de brillantine à la pêche Dixie qu'elle tenait à portée de main ; le son et les vibrations des fredonnements de Mama qui allaient de son bras au cuir chevelu de la jeune Blanche, les unissant l'une à l'autre tout aussi totalement qu'elles l'avaient été avant sa naissance.

— Je vais appeler Mama ce soir, dit Blanche à son reflet dans le miroir.

— On a encore besoin de café, lança Carrie quand Blanche entra dans la cuisine. Aujourd'hui ils ont tout bu.

Blanche renifla l'air ambiant. Chaque fois que Carrie ou Wanda ouvraient cette porte, un air vicié venait se déverser sur la cuisine. L'odeur n'était pas âpre, mais l'air avait tourné autour de personnes de sale humeur : moite, hostile et anxieux. Cela la surprit. Elle s'attendait à trouver Allister et Sadowski sinon satisfaits, du moins franchement contents. À l'heure qu'il est, Allister devait savoir que le problème Ray-Ray était définitivement réglé.

À l'instant où Carrie prenait le plateau du café, la sonnette de la porte d'entrée retentit. Carrie fit un pas en avant, puis en arrière, n'arrivant pas à décider si elle apportait d'abord le café ou si elle allait répondre. La sonnette retentit à nouveau.

— Tu t'occupes de la porte, moi je vais apporter le café, dit Blanche en lui prenant le plateau des mains.

Brindle et Sadowski paraissaient presque aussi maussades que le matin où la candidature de Brindle au poste de gouverneur devait partager la une avec la mort de Saxe. Seule Felicia parlait.

— ... n'a pas été travailler, et aucun de ses amis ne l'a vu ou eu de ses nouvelles.

La voix de Felicia était de plus en plus aiguë. Blanche imagina dans la poitrine de Felicia un ressort qui se comprimait de plus en plus à mesure qu'elle parlait.

Allister haussa les épaules.

— Il s'est probablement terré dans quelque hôtel de Provincetown avec...

Il se tut en voyant Blanche approcher, et la regarda servir le café sans dire un mot. Blanche sentit sa méfiance collant à ses basques comme un chien affamé. Personne ne parla tant qu'elle était dans la pièce. Alors, bien sûr, elle fit son truc habituel et écouta depuis le couloir.

— Mrs Brindle, je suis sûr que votre fils... commença Sadowski.

— Vous le sournois, fermez-la ! le coupa Felicia. Je veux bien vous accepter à ma table, mais je ne vous permets pas de vous mêler des histoires de familles, tout du moins pas avec moi.

Blanche se représenta Sadowski en train de virer au rouge pivoine.

— Felicia, j'ai beaucoup trop de choses en tête pour me soucier...

— Ah oui, c'est vrai ! Les photos qui ont disparu, ou les lettres d'amour, ou les petites culottes dédicacées ou que sais-je encore ? Depuis le temps, je pensais que tu t'en serais occupé.

Allez vas-y, ma fille ! articula silencieusement Blanche.

Malgré ses inquiétudes, Felicia n'avait rien perdu de sa verve.

Carrie revint les bras chargés de fleurs. Elle se dirigea vers la porte de la petite salle à manger, où se tenait Blanche pour écouter. En signe de désapprobation, Carrie lui fit des yeux ronds.

Un bruit sourd et un cliquetis de vaisselle retentirent, comme si quelqu'un avait frappé du poing sur la table.

— Savoir où peut bien se trouver ton fils est le dernier de mes soucis ! cracha Allister d'une voix légèrement plus forte qu'à son habitude. Voilà, c'est dit. Tu es contente ? Ça t'évite de te donner le mal de m'accuser de négligence. Si seulement il pouvait rester à jamais introuvable. Si il y a bien une chose dont je n'ai pas besoin, c'est...

Blanche frappa à la porte et l'ouvrit très vite, à temps pour voir le verre dans la main de Felicia, puis le jus d'orange sur le visage d'Allister. Sous le choc, les traits d'Allister se décomposèrent : son nez et ses lèvres eurent l'air de glisser sur son menton en même temps que le jus d'orange. Felicia le fixa en plissant les yeux, tandis que Sadowski se précipitait aux côtés d'Allister et s'agitait autour de lui. On aurait dit une mama noire dans un film des années quarante se déroulant dans une plantation. Personne ne remarqua Carrie qui se tenait dans l'encadrement de la porte, ni Blanche qui épiait avec jubilation par-dessus son épaule.

Ces riches Blancs, ils savent comment se friter !

Allister fit signe à Sadowski de s'écarter et se tamponna le visage. Il jeta sa serviette sur la table, se leva et se dirigea vers la porte.

— Contactez Samuelson, grommela-t-il à Sadowski.

En quittant la pièce comme une furie, Allister faillit renverser Carrie. Blanche avait déjà foncé dans la cuisine, riant encore de la mine d'Allister, son visage éclaboussé de jus d'orange, et de la manière dont Sadowski s'était affairé à ses côtés. Mais Felicia ! Elle pouvait décrocher le Prix de la Vraie Garce, si elle continuait sur sa lancée. Satanée Ardell ! Pourquoi ne passait-elle pas un coup de fil depuis son ridicule bateau ?

J'ai tellement de trucs à lui raconter que je vais finir par exploser avant qu'elle ne soit rentrée.

Lorsque la porte du fond s'ouvrit et que Mick entra, ça lui remonta un peu le moral.

— Eh ! J'avais oublié que tu venais aujourd'hui.

— Mais tu es contente de me voir, hein ? fit Mick en remontant ses lunettes sur le nez.

Aujourd'hui, son tee-shirt noir disait LES GOUINES FONT ÇA MIEUX en grosses lettres blanches à l'intérieur d'un triangle rose.

— Tu ne peux pas savoir à quel point, ma chérie.

Avant que Blanche ait eu le temps de lui parler de la petite prise de bec des Brindle, Mick lui demanda :

— Tu es au courant pour le fils d'Inez ?

— Tu le connaissais ? s'enquit Blanche.

— Ouais. J'ai du mal à y croire ! Je veux dire, on avait le même âge ! On était ensemble au lycée ! (À l'entendre, on aurait pu croire que ça aurait dû l'empêcher de mourir.) Ça me fout vraiment hors de moi !

— Je l'ai encore vu l'autre jour, dit Blanche. Je suis aussi très peinée pour Inez. Elle part en vacances et...

— Ouais. C'est dur. (Mick regarda sa montre.) Mon Dieu ! Je suis en retard. Va falloir que j'y aille.

— Aujourd'hui, on a fait une partie de ton boulot à ta place, ma fille, lança Blanche.

— Il s'est passé quelque chose ? demanda Mick en faisant demi-tour dans l'escalier.

Blanche la mit au courant des événements du petit déjeuner.

— Je te jure, on aurait dit qu'Allister s'était pris une grosse main au cul.

— Felicia va avoir les muscles carrément noués ce matin, gloussa Mick. Je me demande ce que fiche Marc ?

— Tu le connais ?

— Je ne le connais pas et je le connais. Lui et Ray-Ray étaient très proches.

Elle grimpa en courant l'escalier de service.

Blanche la suivit du regard quelques instants en se demandant ce que « très proches » signifiait exactement.

Carrie avait rapporté les fleurs dans la cuisine et les avait laissées sur l'évier. Blanche finit par trouver un vase et le remplit d'eau, avec une goutte de Javel et du sucre, puis se mit à tailler les tiges et à arranger les fleurs. La sonnette retentit une fois encore : Carrie se précipita pour aller ouvrir.

Blanche avait supposé que l'ordre de Brindle à Sadowski de « contacter Samuelson » signifiait lui téléphoner. Elle fut donc surprise lorsque Carrie lui annonça qu'elle venait de faire entrer Samuelson dans la bibliothèque.

Est-ce que je n'aurais pas justement besoin d'apporter ces fleurs dans la salle à manger, de faire une rapide inspection de la maison et plus particulièrement des alentours de la bibliothèque ? se demanda Blanche.

Sadowski fit irruption dans la cuisine comme poursuivi par un ouragan.

— Le patron veut vous voir. Tout de suite !

Blanche lui lança son regard signifiant : « Ce n'est pas à moi que tu parles » et retourna à l'évier. Carrie essaya de se faire aussi petite qu'un grain de poussière. Blanche prit les tiges des fleurs et les jeta une à une dans la poubelle. Elle essuya le plan de travail, rinça la lavette et se mit à la plier lentement, alignant soigneusement les coins et lissant tous les plis.

— J'ai dit...

— C'est pas parce que vous vous arrêtez de respirer aussitôt que votre seigneur et maître vous appelle que je vais me faire une hernie en courant dans le couloir.

— Bon, vous m'écoutez, maintenant...

Blanche claqua des lèvres en signe de désapprobation et tourna la tête. Elle termina de plier la lavette et la pendit sur son cintre. Elle défroissa sa robe, refit le nœud de son tablier et remit sa coiffure en place.

— Allez ouste, dehors ! ordonna-t-elle en joignant le geste à la parole.

Elle riait dans son dos une fois qu'il eut tourné les talons et fut sorti vexé de la cuisine. Elle le suivit dans le couloir, en imitant sa démarche loufoque de jeune Blanc.

Il pleuvait à verse et des filets d'eau rayaient les vitres de la bibliothèque, argent sur gris foncé. Le visage de Brindle semblait flotter juste à l'extérieur de la flaque de lumière jaune de la lampe posée sur son bureau. Blanche remarqua que, sous la lumière, ses mains jointes faisaient penser à des pièges pour animaux recouverts de neige. Samuelson était assis dans le coin où les étagères de livres se rejoignaient. Il avait les bras croisés et la tête rentrée dans les épaules — comme le magicien à la télé avant de disparaître dans un nuage de fumée blanche. Elle s'assura que Samuelson la voyait. Sadowski, derrière elle, gardait la porte fermée.

Allister la regarda dans l'espoir de pouvoir lire ses pensées.

— Vous l'avez ?

Les mots d'Allister fusèrent par-dessus son bureau, en direction de Blanche, avec une précision de lanceur de couteau.

— Je vous demande pardon ?

— Jouez pas à ce petit jeu avec moi ! Je veux que vous me la rendiez, nom de Dieu, et je suis prêt à payer ! Est-ce que vous l'avez ?

Il a besoin d'une poudre pour laver plus blanc, songea Blanche, *d'une valve de sécurité comme sur une cocotte minute, pour laisser s'échapper la pression qui donne l'impression que le sommet de son crâne est sur le point d'exploser.*

— Si j'ai quoi, monsieur ?

— Pas de mensonges avec moi ! Vous l'avez laissé entrer et vous...

Blanche posa ses mains sur ses hanches et ouvrit la bouche pour dire à Allister où il pouvait mettre ses accusations et son emploi.

— Je vous ai posé une question ! hurla-t-il avant qu'elle ait eu le temps de dire quoi que ce soit.

Tandis qu'elle hésitait entre le plan de la fidèle domestique blessée ou la dignité outragée, elle lança aux épaules haletantes et aux yeux paniqués d'Allister le genre de coup d'œil rapide, signifiant qu'il n'y avait pas grand-chose à voir. Elle se hissa de quelques centimètres et inspira profondément. Elle pensa à joindre les mains sur son ventre, mais estima que ce serait peut-être pousser un peu loin. Elle redressa le menton.

— Y a pas un homme en ce bas monde à qui je devrais mentir, vous inclus, affirma-t-elle — sans mettre l'accent sur la différence entre *devoir mentir* et *mentir délibérément*. Et j'en ai assez qu'on me traite de menteuse !

Elle mit les mains derrière son dos et commença à défaire le nœud de son tablier, tout en faisant demi-tour pour regagner la porte. Elle envisagea de mettre un coup de poing dans le bide de Sadowski, si jamais il restait sur son chemin. Il la contourna vite fait. Elle l'entendit murmurer quelque chose à Allister.

— Ne partez pas comme ça en prenant la mouche, reprit Allister alors qu'elle posait la main sur le bouton de porte. Personne ne vous accuse de quoi que ce soit.

Blanche le regarda par-dessus son épaule, mais sans faire demi-tour vers le bureau.

— Ce sera tout, monsieur ?

Elle n'attendit pas la réponse de Brindle. Elle fut tentée de claquer la porte, ou tout du moins de la fermer dans un bruit sourd sans équivoque, mais elle ne pouvait pas se le permettre. Elle colla son oreille contre la porte presque refermée. Pendant une seconde ou deux, personne ne dit mot.

— L'insolente petite garce ! lâcha enfin Brindle. Elle ment. Il a dû utiliser la clé pour entrer, mais elle est complice. Elle a mis son mot avec le courrier, et si elle n'a pas la cassette, elle sait où elle se trouve. J'en suis sûr.

— Mais mieux vaut l'avoir sur place, monsieur, cela nous permet de... acquiesça Sadowski.

— Pourquoi Ray-Ray lui aurait-il donné la cassette ? intervint Samuelson. Elle n'est pas...

— Je me fiche de savoir pourquoi, Maurice. (Brindle prononça le prénom de Samuelson comme s'il lui laissait un sale goût dans la bouche.) Je veux simplement qu'on retrouve cette cassette, Maurice, et qu'on la trouve tout de suite. Si vous n'aviez pas merdé et tu...

— Patron... osa Sadowski à la manière d'un adulte mettant un enfant en garde contre les gros mots.

Brindle ne termina pas sa phrase.

— Combien de fois devrais-je vous le dire, je... commença Samuelson.

— Je n'en ai rien à foutre de savoir pourquoi et comment vous avez merdé ! Trouvez-moi la cassette, un point c'est tout ! hurla Allister.

Blanche retourna dans la cuisine en regrettant, une fois de plus, de ne pas avoir déchiré et jeté dans les toilettes ce fichu paquet.

Ray-Ray aurait dû tout simplement exposer les affaires de Brindle au grand jour, sans vouloir jouer au plus malin. C'est incroyable à quel point certains Noirs font preuve de naïveté à l'égard des Blancs. Où est donc passé ce bon sens qui pendant plus de trois cents ans les a aidés à survivre dans un pays froid et cruel ? Qu'est-ce que Ray-Ray croyait ? Que Brindle allait le supplier de ne rien dire à personne ? Lui offrir la chambre d'amis ? S'excuser de ce qu'il avait bien pu faire pour que Ray-Ray le déteste au point de vouloir faire échouer sa candidature au poste de gouverneur ?

Et de son côté, de quoi Brindle était-il coupable ? Cette question lui retourna l'estomac. Maurice Samuelson, voilà la réponse. Sinon, pourquoi

Brindle l'aurait-il fait venir ici ? Il écoutait, observait. Un scorpion s'apprêtant à frapper. Comme Ray-Ray avait été frappé. Mais à quoi bon tuer Ray-Ray sans avoir la cassette ? Brindle devait être dans tous ses états. C'est probablement là où il voulait en venir en disant que Samuelson avait merdé — il n'avait pas la cassette.

Samuelson a peut-être forcé Ray-Ray à dire où elle se trouvait, mais elle n'y était pas. Il a peut-être donné une cassette bidon à Samuelson. Et d'ailleurs que pouvait-il bien y avoir sur cette fichue bande ? Maintenant que Ray-Ray était mort, la cassette se trouvait quelque part dans la nature, et Brindle croyait que Blanche l'avait en sa possession. Elle regretta que Samuelson n'ait pas laissé à Sadowski le temps de finir sa phrase, et de dire pourquoi c'était une bonne idée qu'elle reste ici. *Merde !*

Elle voulait savoir ce qui était arrivé à Ray-Ray, mais elle ne tenait pas à être la prochaine victime d'un soi-disant accident. L'interphone la fit sursauter.

— C'est vraiment triste ce qui est arrivé à Ray-Ray, dit Felicia lorsque Blanche monta dans sa chambre. Inez a appelé hier soir. Elle est *tellement* prévenante, mais dans des situations comme celle-ci... Bien entendu, je lui ai dit de prendre tout le temps qu'elle désirait, que vous faisiez parfaitement l'affaire.

— Vous connaissiez Ray-Ray, madame ? demanda Blanche, qui voulait savoir ce que Felicia allait dire de la place que Ray-Ray avait tenu dans la famille.

— Oh, oui ! Lui et mon fils Marc étaient de très très bons amis. Ray-Ray était presque aussi souvent ici que chez lui.

Blanche se demanda combien de fois l'inverse était vrai.

— Les choses ont évolué entre vous, n'est-ce pas, madame ? Ray-Ray était l'ami de votre fils, mais votre mari n'a pas l'air d'en penser grand bien, désormais.

Blanche espérait pousser Felicia à lui dire ce qui avait amené Ray-Ray à détester Allister.

Felicia parut étonnée.

— Oui, enfin, c'est la vie, non ? Des gens qu'on pense nos amis, en qui on place notre confiance...

La voix de Felicia fut soudain si chargée de tristesse que Blanche fut persuadée qu'elle ne songeait pas à Ray-Ray.

— Mais c'est une autre histoire, dit Felicia sans finir son commentaire au sujet des amis et de la confiance. (À la place, elle gratifia Blanche d'un regard interrogateur.) Avez-vous une idée de ce qui peut manquer à mon mari ? Je pourrais le demander à cet imbécile de Sadowski, mais je ne préfère pas.

La question surprit Blanche. Les clients employaient généralement des moyens plus détournés quand ils la cuisinaient. Elle fut tentée de répondre : « Ce n'est pas à moi de faire ça, m'dame », mais elle réalisa que ce genre-là fonctionnait seulement avec les femmes du Sud, ou qui rêvent de grandeur ; pas avec celles qui ont vraiment les moyens. Elle apprécia que Felicia soit allée droit au but, au lieu d'essayer de la piéger ou de lui graisser la patte pour qu'elle parle.

— Une cassette vidéo, se décida-t-elle.

— Vous savez ce qu'il y a dessus ?

Felicia fut visiblement déçue que Blanche lui réponde non.

— Si vous entendez dire quelque chose, ou si vous connaissez quelqu'un qui saurait où se trouve cette cassette, venez directement m'en parler. Je serai extrêmement généreuse, je vous le promets.

Blanche ne répondit pas. Elle n'avait jamais aimé collaborer avec un patron. Ils vous tournent facilement le dos lorsque la merde commence à puer. Cependant, elle était heureuse que Felicia ne soit pas mêlée à la mort de Ray-Ray. Felicia évitait toujours de la regarder franchement dans les yeux. Blanche se demanda ce qu'elle imaginait que ses yeux pourraient bien montrer.

Aux alentours de midi, la maison se vida : ni Wanda ni Mick n'avaient le temps de grignoter ; les Brindle sortirent et emmenèrent Sadowski avec eux ; même Carrie avait une course à faire. Blanche appela chez elle. La ligne était occupée.

Quelqu'un frappa violemment à la porte de service. Blanche se leva précipitamment, et ouvrit la porte, décidée à engueuler l'importun. En voyant un jeune homme à la peau couleur de toasts tout juste sortis du four et aux yeux rougis, elle marqua un temps d'arrêt assez long pour qu'il puisse parler.

— Voudriez-vous bien demander à Ms Inez de venir, s'il vous plaît. Il faut que je la vois. Je ne partirai pas avant de lui avoir parlé.

Il croisa les bras sur sa frêle poitrine et avança son menton — comme quelqu'un qui a l'intention de chercher la bagarre, mais n'est probablement pas en mesure d'assurer.

Malgré sa pose, Blanche fut obligée de sourire. *Il est mignon comme tout*, pensa-t-elle en remarquant son nez espiègle, ses yeux rêveurs marron, et la manière dont ses lèvres se retroussaient alors même qu'il essayait de jouer les durs. Elle aima aussi sa façon de s'habiller, une sorte de costume démodé gris anthracite avec un grand pantalon ample et une longue veste épaulée. Il sentait le propre et le frais, le citron vert ou les baies de genièvre.

— Eh bien, mon ange, si tu as l'intention de rester planté là jusqu'à ce qu'Inez sorte, tu risques de rester un bon bout de temps, parce qu'elle n'est pas là.

Le jeune homme oscilla comme un serpent hypnotisé en essayant de regarder derrière elle.

— Je t'ai dit qu'elle était pas là, et je n'aime pas beaucoup que tu croies que je te mens.

Elle n'avait pas l'intention de lui en dire plus. Mignon ou pas, après tout, c'était peut-être un huissier. Elle s'apprêta à fermer la porte.

— Attendez, attendez, je vous en prie. Je suis désolé. Je suis tellement bouleversé. (Il gratifia Blanche d'un regard triste et tourmenté.) Elle n'est pas chez elle. C'est fermé à double tour. J'ai essayé de l'appeler hier toute la journée. Je veux tout simplement savoir quand auront lieu les visites et les funérailles. J'y ai droit. Moi aussi je l'aimais. Peut-être plus qu'elle. Tout du moins je l'aimais pour ce qu'il était... Il aurait voulu que je sois là, il aurait voulu que...

Le jeune homme s'interrompit pour essayer d'arrêter les larmes qui coulaient déjà sur son visage.

— Qui êtes-vous ?

— C'est injuste. C'est tout bonnement injuste, dit-il. Nous nous aimions. Nous venions de trouver un logement à... Il était sur le point de...

Oh merde ! Le petit copain !

Et elle n'avait même pas réalisé que Ray-Ray était gay ! Voilà où voulait en venir Ms Barker lorsqu'elle disait que Ray-Ray était différent. Pourquoi Mick ne lui avait-elle rien dit ? Blanche sortit et ferma la porte derrière elle.

— Écoute, mon ange. Je suis désolée, mais le corps de Ray-Ray est dans un train à destination de la Caroline du Nord, d'où vient sa famille.

Le jeune homme détourna son visage, sa tristesse trop intime pour qu'il puisse la partager. Ce n'était pas un quartier où se balader pour un Noir qui avait l'air à moitié fou. Mais Blanche n'avait pas l'intention de le laisser entrer. Il avait beau être l'amant de Ray-Ray, ça ne l'empêchait pas forcément d'être un tueur à la hachette. Beaucoup de *serial killers* paraissent charmants et se comportent normalement quand ils n'arrachent pas le foie des gens.

Il sortit un mouchoir blanc comme neige de la poche de son pantalon, s'essuya les yeux et le visage, puis se moucha.

— Merci de me l'avoir dit. Vous êtes la première personne qui...

Une fois encore, il s'efforça de ne pas pleurer.

— Comment vous appelez-vous ?

— Donnie. Donnie McFadden.

— Donnie, je suis vraiment désolée pour vous. Je m'appelle Blanche White. Je remplace Inez jusqu'à son retour. Je ne peux pas vous inviter à entrer, mais si vous voulez rester assis là quelques minutes en attendant...

— Non, non. Ça va aller.

Il éloigna son mouchoir et se redressa. Il semblait si fragile, qu'elle eut l'impression qu'il allait saigner si elle le touchait.

— Écoutez, il faut que je retourne travailler, mais je vous suis reconnaissant... vous êtes la seule personne qui... Est-ce que, enfin, est-ce qu'on pourrait parler ensuite, quand vous aurez fini ?

T'écouter parler de Ray-Ray ? se dit Blanche. *Et comment !*

Qui était plus en mesure de savoir où se trouvait cette cassette que l'amant du défunt ? Elle convint de le retrouver au *Connolly's bar* à 20 h 30.

Elle appela une nouvelle fois à la maison et le regretta aussitôt.

— Tu m'as laissé faire les interviews, pourquoi est-ce que je ne peux pas aller à l'hôtel de ville avec Aminata ? voulut savoir Malik. Elle ne peut pas y aller avant environ 15 h 30 jeudi. Je peux manquer le comité de médiation, alors pourquoi pas le reste ?

Si elle avait eu une bonne raison, Blanche la lui aurait donné. Mais un « non » était sorti de sa bouche lorsque Malik avait mentionné le nom d'Aminata.

Il faut que tu arrives à surmonter ça, Blanche !

— Tu as raison, mon chéri. Oui, tu peux y aller. Je veux juste que tu ne passes pas trop de temps sur ce projet aux dépens d'autre chose.

En entendant son excuse geignarde, elle eut envie de rentrer sous terre.

Elle parla ensuite à Taifa, ou plutôt écouta Taifa lui raconter tous les détails d'une conversation pas follement intéressante avec sa copine Rasheeda. Elles s'étaient disputées et essayaient de se réconcilier. Shaquita vint en dernier lieu l'informer qu'il n'y avait pas de courrier, excepté des factures. Blanche raccrocha.

Elle trouva chez qui Larissa était censée travailler à ce moment-là et l'appela.

— Tante Charlotte m'a déjà prévenue, dit Larissa.

— Bon, je vais appeler tous mes clients et leur dire. Est-ce que tout se passe bien ?

Blanche n'arrivait pas à savoir si elle devait être heureuse ou angoissée de voir que Larissa puis, plus tard, tous ses clients disaient que tout se passait bien sans elle.

À peine avait-elle franchi la porte d'entrée que Felicia se jeta sur son Martini. Allister Brindle se vautra dans son fauteuil.

— C'est qui ce soir ? demanda Felicia.

— Les Garrison. Ils ont fait fortune dans le pétrole. Ils pourraient se montrer très utiles pour...

— Un donateur pour ta campagne, bien entendu, l'interrompit Felicia. Sinon pourquoi irions-nous dîner là-bas ? Encore heureux que nous n'ayons pas à dîner avec quelqu'un que tu n'as pas l'intention de plumer.

— Fut une époque où tu aimais sortir en ma compagnie.

On pouvait lire dans son regard qu'Allister regrettait ce temps-là.

— Nous étions du même bord, croyions aux mêmes choses, aimions les mêmes gens, dit Felicia. Maintenant...

Elle semblait avoir d'autres choses à rajouter, mais ne le fit pas.

— Pourquoi tout ramener à la politique ? demanda-t-il.

— Tu peux parler ! C'est toi l'homme politique. Je vais m'habiller.

Ça intéressait toujours Blanche de voir comment les couples menaient leurs disputes. Quitter la pièce avant qu'Allister ait eu le temps de donner son avis semblait être l'une des principales techniques guerrières de Felicia — ça et balancer du jus d'orange. Blanche gloussa.

Allister but une grande gorgée et posa son verre avant de quitter la pièce à son tour. Blanche l'entrevit dans la véranda en train de soigner ses plantes et ses sentiments. Deux heures plus tard, ils étaient tous les deux partis puis vint le tour de Carrie.

Blanche avait prévu de jeter un œil dans la chambre et le bureau d'Allister avant son départ, mais cela attendrait. Elle voulait passer un peu de temps chez elle avant son rendez-vous avec Donnie.

Si les changements hormonaux qui s'opéraient en elle ressemblaient aux montagnes russes, aujourd'hui Taifa était plutôt dans la partie basse du manège. Quand elle n'exultait pas comme un gagnant de la roue de la fortune, elle était aussi sinistre qu'un alcoolique mis à l'eau, ou si impertinente que Blanche pouvait presque voir la colère exsuder de tous les pores de sa peau.

— Je vois pas pourquoi je dois prendre ce cours d'espagnol à la con. Aucun de mes copains n'est obligé de le faire.

— Ça ne regarde que tes amis et ceux qui sont responsables de leur éducation.

— Pfft ! C'est vraiment trop naze ! soupira Taifa en grimpant les escaliers.

Blanche était souvent tentée de dire à Taifa et Malik qu'elle comprenait que c'était leur boulot de se rebeller contre elle, de louvoyer et d'être démangé par des envies d'indépendance, mais qu'ils n'étaient pas obligés de mettre tant d'ardeur à la tâche — cependant, cette information pouvait se retourner contre elle. Elle eut une vision fugace de Malik ramenant à la maison une petite amie aux faux airs d'Aminata, tandis que Taifa apparaissait vêtue d'un chemisier transparent et de talons aiguilles à désespérer un bon père de famille. Elle chassa ces idées de son esprit. La réalité était déjà bien assez terrifiante !

— M'man ! Téléphone.

La voix était tellement moins onctueuse qu'en réalité que Blanche ne la reconnut pas tout de suite. Lorsqu'enfin elle réalisa de qui il s'agissait, elle grimaça, regrettant amèrement d'avoir décroché.

— Qui vous a donné ce numéro, Maurice ?

— J'ai mes sources, j'ai mes sources.

Il se mit à rire comme s'il était mal à l'aise, ou angoissé.

— Votre candidat pour le poste de gouverneur vous a demandé de m'appeler ?

— Allons, réagissez pas comme ça. Il ne vous veut aucun mal. Il est inquiet, c'est tout. Pour lui, la cassette que Ray-Ray a volé représente un enjeu énorme.

— Comment êtes-vous sûr que c'est lui qui l'a volée ?

— Je vous l'ai déjà dit, j'ai mes sources. La vraie question est : où est la cassette maintenant ?

Il marqua une pause, s'attendant sans doute à ce qu'elle le lui dise.

— Et alors ?

— À votre place, je ne jouerais pas au plus malin avec Brindle, *sister*. Il ne plaisante pas plus qu'une crise cardiaque. Celui ou celle qui a cette cassette va se retrouver dans de beaux draps.

— Comme Ray-Ray, lorsqu'on l'a ressorti de la piscine, dit-elle sans réfléchir.

Après un court silence, Samuelson déclara :

— Je ne sais absolument rien de cette histoire, *sister*. Rien du tout. J'espère seulement... Je voulais seulement m'assurer que vous alliez bien et que vous ne preniez pas trop mal la réaction de Brindle. Il est contrarié. Très contrarié. (Il marqua une nouvelle pause, puis ajouta :) Et donc, si vous pouviez lui donner un coup de main...

— Vous voulez dire contribuer à sa campagne, ou faire en sorte que ses caleçons ne soient pas amidonnés ?

Samuelson se força à rire.

— Je pensais que vous pourriez peut-être parler à la mère de Ray-Ray, pour voir si elle a une idée de l'endroit où il...

— Si Ray-Ray a volé quelque chose chez l'employeur de sa mère, je doute qu'il l'ait appelée à l'autre bout du pays pour s'en vanter.

— J'essaie juste de rendre service, *sister*, j'essaie de vous éviter des ennuis.

— Ouais, bien sûr. Et d'ailleurs, je ne m'appelle pas *sister*.

Elle raccrocha et se laissa tomber contre le mur. En écoutant à la porte de la bibliothèque, elle avait eu l'impression, d'après son intonation, que Samuelson ne croyait pas qu'elle ait quelque chose à voir avec cette cassette. Avait-il changé d'avis ou cherchait-il à se couvrir ? Dans les deux cas, ce n'était guère réjouissant. Il ne l'avait pas vraiment menacée, mais manifestement il était temps de se mettre à chercher cette cassette. Mais d'abord, il fallait aller voir Donnie et découvrir ce qu'il savait.

Connolly's était le bar et le club de jazz préféré de Blanche. À sa connaissance, c'était le seul bar de Roxbury où une femme seule d'âge mûr pouvait se rendre sans emporter une batte de base-ball. Le jazz attirait les adultes et refroidissait les jeunes.

Donnie l'attendait à la dernière petite table dans le fond, derrière le long comptoir ovale. Il se leva et lui fit signe. Blanche commanda un gin tonic.

— Eh, chérie.

Blanche se retourna. Lucinda, qui travaillait au *Steak Shop* près de Dudley Square, était assise sur un tabouret.

— Je n'étais pas au courant que tu sortais avec des artistes transformistes, dit-elle en désignant Donnie d'un mouvement de la tête.

— Taxi ! brailla une voix près de la porte.

— C'est pour moi !

Lucinda sauta de son tabouret et se précipita vers la porte avant que Blanche n'ait eu le temps de lui demander où elle voulait en venir.

Blanche avait le sentiment qu'il s'agissait d'une sorte de propos diffamatoire à l'égard des gays. Elle laissa l'argent de son verre et un pourboire sur le bar, but une gorgée de son gin tonic, puis l'emmena à la table où Donnie devisait avec le fond d'un verre de bière. Malgré un chagrin visible, il paraissait plus calme. Il était toujours habillé de la même façon, mais il donnait l'impression de sortir de la douche et ses vêtements semblaient impeccables.

— Écoutez, je suis désolé pour cet après-midi, lança-t-il avant que Blanche ait eu le temps d'ouvrir la bouche. Je sais que j'ai dépassé les bornes en me rendant sur le lieu de travail de Ms Inez. Mais je ne savais pas quoi faire d'autre. (Il avala une gorgée de bière.) Je pensais qu'elle n'allait pas être heureuse de me voir. Un autre ami m'a raconté comment elle s'était comportée lorsqu'il était venu chercher Ray-Ray. Elle l'avait traité de tordu ! Vous imaginez ? (Donnie regarda Blanche comme s'il venait de réaliser qu'elle était peut-être du côté d'Inez.) Vous êtes une proche amie à elle ?

— Du calme, mon ange. Je remplace Inez parce qu'elle est une amie d'une de mes parentes, pas parce que je crois qu'elle sait séparer le bon grain de l'ivraie.

Donnie, soulagé, se cala dans son siège. Blanche remua son verre et but une gorgée. Elle se demandait pourquoi Donnie avait pris la peine d'aller chez les Brindle. Si Inez ne voulait pas voir de gays sur le pas de sa porte, elle n'aurait certainement pas supporté d'en voir un chez ses employeurs blancs, d'autant plus l'amant de Ray-Ray.

— Écoutez, Donnie. Je ne vais pas y aller par quatre chemins. Les funérailles de Ray-Ray auront probablement lieu après-demain. Je suis désolée.

Donnie se mit les mains devant les yeux. Blanche lui donna une petite tape sur le bras. Il ôta ses mains et pencha sa tête en arrière comme s'il n'avait pas pleuré, mais saigné du nez. Ils restèrent assis sans rien dire pendant une minute ou deux. Quelqu'un glissa de l'argent dans le juke-box — une musique triste et lente s'en échappa. Donnie s'excusa et alla aux toilettes. Il revint les yeux rouges et cernés, en évitant de croiser le regard de Blanche.

Voilà bien les hommes, pensa-t-elle, *gays ou pas.*

— C'est normal de pleurer quand on perd quelqu'un qu'on aime, lui rappela-t-elle. Les vieux disent que les morts ont besoin de nos larmes pour aller là où ils doivent aller.

Donnie poussa un soupir, un de ces soupirs agités d'un frisson qui viennent après les larmes.

— Cela aurait plu à Ray-Ray. Il croyait à la vie après la mort et à ce genre de trucs. Mon Dieu ! Il me manque. (Il se frotta les yeux.) Nous nous étions disputés la dernière fois que nous nous sommes vus.

— C'était quand ?

— Quatre jours avant sa mort. En attendant d'avoir un logement à nous, nous passions la plupart des soirées chez moi, mais ce soir-là... (Donnie poussa un soupir et ferma les yeux un instant avant de reprendre :) Ce soir-là... C'était une vraie dispute. Je lui ai dit des choses... nous nous sommes tous les deux dit des choses qui... Ray-Ray est sorti. Point final. (Ses yeux brillaient.) Je ne l'ai pas revu ensuite.

Donnie s'essuya rapidement les yeux.

Bénis soient les Ancêtres ! pensa Blanche. *Cette histoire aurait-elle pu être plus triste ?*

Elle espéra que Donnie en dirait plus au sujet de la dispute, mais en vain. Lui demander plus de détails aurait remué le couteau dans la plaie.

— Vous étiez ensemble depuis combien de temps ?

— Ça fait des années que je suis amoureux de lui.

Les yeux et l'expression de Donnie paraissaient ailleurs.

Blanche était consciente qu'une sorte de traduction devait s'opérer dans son esprit, pour faire de Ray-Ray — athlète balèze et sûr de lui — un gay dont un homme avait été amoureux pendant des années. Elle se réprimanda d'avoir pris Ray-Ray pour un hétéro parce qu'il était musclé et ne se dandinait pas.

La voix de Donnie reprit sa tessiture grave.

— Je suis le premier amant noir de Ray-Ray, dit-il un peu comme s'il était le gagnant du Grand Prix.

Blanche était étonnée. Mais pourquoi ? Il n'y avait aucune raison que les Noirs gays échappent à l'attrait de la chatte blanche simplement parce qu'il n'y avait pas de chatte en jeu. Être gay ne vous débarrassait pas de votre héritage d'esclave qui veut que les Blancs soient *mieux*. Mais elle ne voulait pas parler de ça.

— Est-ce que Ray-Ray vous avait déjà parlé des Brindle ? demanda Blanche.

Donnie sirota deux gorgées de bière. Blanche l'observa.

Il réfléchit ou il gagne du temps ?

— Non. Jamais.

Il la regarda en face, mais pas dans les yeux — comme Taifa lorsqu'elle mentait.

— J'ai entendu dire que lui et Marc Brindle étaient des vieux amis, et je me demandais si Marc savait, ou si...

— Je ne le connais pas.

Blanche l'observa attentivement. Si lui et Ray — Ray avaient été aussi proches que le disait Donnie, et si Ray-Ray et Marc avaient été bons amis depuis l'enfance, était-il possible que Donnie n'ait même jamais entendu parler de Marc ? Si ce n'est de la famille Brindle ?

— Je ne sais rien des gens que Ray-Ray connaît... connaissait, ou de ce qu'il fabriquait. Je ne voulais et ne veux toujours pas le savoir. Nous avions tous deux... Nous avions tous deux roulé notre bosse. Ray-Ray disait qu'il voulait repartir de zéro, avoir une nouvelle vie sans... et moi aussi.

C'est possible, pensa Blanche. *Ray-Ray et lui voulaient peut-être repartir de zéro.*

Mais la réaction de Donnie, lorsqu'elle lui avait parlé de Marc, montrait qu'il en savait assez sur le passé de Ray-Ray pour être au courant de ce que Blanche réalisait à présent : Ray-Ray et Marc avaient été amants. Elle observa attentivement Donnie. La jalousie ne se lisait apparemment pas sur son visage. Elle espérait que ses sentiments à l'égard d'Aminata étaient tout aussi invisibles. Elle termina son verre.

— Enfin, je suis vraiment désolée pour Ray-Ray. Je ne le connaissais pas depuis longtemps, mais je l'aimais bien. Sa façon de...

Donnie se passa la main sur le visage.

— La moitié du temps, je me dis que ce n'est pas vrai. (Il se pencha vers elle.) Il y a quelque chose que je voulais vous demander. Une faveur. Ray-Ray avait une photo de nous deux prise à une fête chez un ami. Pensez-vous que vous pourriez me la récupérer ? Cela compte beaucoup pour moi. Et quelques lettres que je lui ai écrites aussi... (Il s'efforça de garder son calme.) J'ai regardé parmi les affaires qu'il a laissées chez moi et elles n'y étaient pas. J'imagine qu'elles sont chez sa mère, ou là où il vivait avant que nous... Je suppose que sa mère doit savoir. Peut-être pourriez-vous lui demander ?

— Je verrai ce que je peux trouver. Il ne vous a rien laissé de spécial, n'est-ce pas ?

Donnie versa de la bière dans son verre.

— Tout ce que j'ai, ce sont ses haltères et des vêtements.

Blanche sortit sa facture de gaz de son sac à main et la tendit, avec un stylo, à Donnie.

— Donnez-moi votre numéro de téléphone. J'essaierai au moins de vous dire comment s'est passé son enterrement. Inez sera de retour dans une semaine. Je vous appellerai.

Donnie écrivit deux chiffres, puis les barra et recommença.

— Je suis plus facilement joignable à mon travail. Là-bas, j'ai un répondeur. Depuis que Ray-Ray... J'ai du mal à retourner chez moi. Pourriez-vous aussi me laisser votre numéro ?

Blanche déchira un morceau du rabat de l'enveloppe et écrivit le numéro de la cuisine des Brindle et le sien.

Donnie passa la main par-dessus la table et toucha le poignet de Blanche.

— Blanche, je vous suis vraiment reconnaissant d'avoir pris le temps de me parler. Enfin, vous ne me connaissez pas, mais vous...

Blanche se leva. Ce soir, elle avait eu son compte d'émotion masculine tout en retenue.

Donnie lui proposa de la raccompagner. Elle accepta, mais lui demanda de la laisser à proximité de Dudley Square. Elle voulait faire le reste du trajet à pied. Ce soir, il faisait bon et le ciel était sans nuages. Les rues étaient pleines de gens et des promesses de l'été qui ne tarderait pas à arriver. Elle sentit sur ses joues le petit vent frais et fut heureuse d'être en vie, dans ce corps, à ce moment, indépendamment de ce qui se passait autour d'elle.

Elle se réjouissait à l'avance de se préparer une bonne tasse de thé une fois à la maison. Mais à l'instant où elle vit Shaquita et Pookie en train de parler sur le seuil, elle sut qu'il valait mieux remplacer le thé par du gin. Elle se dépêcha de les rejoindre, avant même de réfléchir à une bonne raison de ne pas faire ce qu'elle avait l'intention de faire.

— Eh, vous deux ! Je suis contente que vous soyez là. Je voudrais vous parler. Rentrez à l'intérieur.

Shaquita fit un clin d'œil à Pookie, mais le visage du garçon était tellement fermé qu'il aurait tout aussi bien pu dormir. Il se jeta sur le canapé et tritura sa casquette. Shaquita s'assit à côté de lui, les yeux écarquillés et aussi raide qu'une personne en état de choc.

— Écoutez, Ms Blanche, commença Pookie tandis que Blanche cherchait ses mots. Je sais de quoi vous voulez nous parler. Je sais que je vais devoir m'occuper de l'enfant et aider Shaquita à trouver un logement.

Son ton amena Blanche à ravaler un peu sa colère. Elle se fit l'effet d'un huissier de sale humeur à qui le mauvais payeur venait juste d'envoyer le chèque par courrier.

— Vous n'avez pas à vous inquiéter. J'y ai réfléchi ; voyez ce que je veux dire ? J'étais un peu sonné lorsqu'elle m'a annoncé ça, mais je pourrais p'têt m'occuper de ma meuf et de mon enfant.

Ma meuf ! Blanche faillit hurler.

— De quelle manière ? demanda-t-elle à la place.

— Comment ça ?

— Comment comptes-tu t'occuper de Shaquita et d'un enfant ?

— La façon dont je me fais du blé, c'est mon problème.

— Moi, mon problème c'est Shaquita.

— Ce n'est pas de sa faute, s'il doit vendre de la drogue pour avoir un revenu décent, dit Shaquita en prenant la main de Pookie.

— *Décent ? Décent ?* C'est peut-être le seul moyen qu'il a de se faire de l'argent, mais il n'y a rien de décent là-dedans, et vous le savez très bien l'un comme l'autre ! (Blanche se tourna vers Pookie :) Et c'était quand, la dernière fois où tu as songé à faire assez d'études pour décrocher un job qui ne mène ni en prison ni à la morgue ?

Pookie la fixa, son corps tout entier tendu dans sa direction, comme s'il avait du mal à se retenir.

— Quoi ? Vous voudriez que je sois comme un de ces mecs en costume du centre-ville, avec leur attaché-case et leurs mocassins à pompons ? Vous croyez qu'ils font moins de saloperies que moi ? Que leurs potes les accueillent et les félicitent et leur font croire qu'ils sont quelqu'un ? Non. Qu'ils se soutiennent les uns les autres ? Non. C'est chacun sa merde ! C'est pas mon truc. Vous pouvez demander à qui vous voulez. Parfois je porte un flingue pour me protéger, mais je ne l'ai jamais braqué sur quelqu'un qui ne m'emmerdait pas sérieusement. Ça me fout pas les boules d'être *black*, de faire ce qu'il faut pour les miens. Je viens en aide à ma mère, ma sœur et son gosse. Je m'occupe des miens. Demandez à qui vous voulez.

— Ah bon ? Mettre en cloque une gosse de 16 ans, c'est ça « être *black*, et faire ce qu'il faut pour les siens » ?

— Vous savez absolument pas ce que j'ai essayé de faire, dit Pookie en sautant du canapé. (Il pointa son doigt sur Blanche.) Je glande pas tout le temps au coin de la rue. J'ai essayé d'avoir mon équivalence pour aller en fac, voyez ? J'ai suivi presque tous les cours pendant des semaines.

— Et alors, que s'est-il passé ? demanda Blanche.

La voix de Pookie n'était plus qu'un murmure.

— Je me suis fait étendre à l'examen.

— J'ai essayé de le convaincre de recommencer, mais... intervint Shaquita en lui prenant la main.

Blanche sentait un battement dans sa tempe droite. Dans un monde sensé, ces deux-là n'auraient pas eu le droit de prononcer le mot « bébé », même en play-back.

Shaquita enfouit son visage dans ses mains. Lorsque Pookie lui caressa les cheveux, elle le regarda comme une naufragée apercevant un radeau de sauvetage.

Pauvre gosse ! songea Blanche. *Pauvres gosses !*

Pookie ressemblait à un petit gamin qui a peur qu'on lui prenne sa sucette. En dehors de la cité, il connaissait certainement moins de choses du monde extérieur que Shaquita.

Blanche se pencha en avant sur son siège. Elle

leva les mains, comme pour montrer qu'elle n'était pas armée, qu'elle était de leur côté.

— Écoutez, vous êtes tous les deux si jeunes, il vous reste encore tant à faire pour organiser vos vies, que ça n'a aucun sens d'avoir un enfant tout de suite. Enfin, pourquoi se presser ?

— Ma grand-mère ne m'a pas éduquée pour que je me fasse avorter, assena Shaquita en croisant les bras sur sa poitrine.

Blanche faillit rire. Le ton de Shaquita était aussi vertueux que celui d'un pasteur autoritaire.

— Est-ce que ta grand-mère t'a éduquée pour avoir des rapports sexuels sans utiliser de moyen de contraception ? Est-ce que tout simplement ta grand-mère t'a préparée à une vie sexuelle ?

Shaquita baissa les yeux.

— OK, vous deux. Laissez-moi vous poser quelques questions. Qu'est-ce qu'un bébé doit être en mesure de faire aux environs de son sixième mois ?

Son regard passa de Shaquita à Pookie. Ils se regardaient.

— Alors ?

Blanche n'obtint aucune réponse.

— Bon, alors, quel âge, à peu près, doit avoir un bébé avant que vous ne commenciez à lui donner des aliments solides ?

Pookie et Shaquita s'observèrent, puis regardèrent leurs chaussures. Blanche était persuadée que la plupart des futurs parents n'auraient pas non plus été capables de répondre mais, pour elle, ils auraient sans nul doute dû être en mesure de le faire.

— Vous êtes tous deux plus calés sur la conduite d'une bagnole que sur la manière de s'occuper d'un enfant.

— On peut apprendre ! insista Shaquita.

— Ouais, mais le ferez-vous ? Si vous ne savez pas comment on s'occupe d'un enfant avant sa naissance, quand allez-vous apprendre, avec l'école et...

— L'école ? s'exclama Shaquita qui, d'un bond, se pencha en avant sur son siège.

— Ma petite, si tu crois que cousine Charlotte va te laisser quitter le lycée et abandonner la fac parce que tu es enceinte, tu te trompes.

Shaquita serra la main de Pookie.

— Comment je peux faire pour m'occuper de l'enfant et aller en fac ? Ça ne tient absolument pas debout.

— Pourquoi t'inquiètes-tu à ce point des études de Pookie si de ton côté tu te débines devant les tiennes ?

Blanche remercia en silence Taifa de lui avoir dit à quel point Shaquita avait peur d'aller en fac.

— Quoi ?

— Tu sais que j'ai raison, Shaquita. Avoir cet enfant est, entre autres choses, un moyen d'éviter d'aller en fac.

— C'est pas vrai !

Pookie lança à Shaquita un regard interrogateur.

— C'est faux. C'est faux. Je le jure !

— Alors pourquoi ne veux-tu pas aller à l'université ?

Pookie observait attentivement Shaquita. Blanche se demanda si la jeune fille se rendait compte qu'il ne se précipitait pas à son secours comme elle l'avait fait pour lui.

— Alors, Pookie, qu'avez-vous l'intention de faire pendant qu'elle ira à la fac ?

Il haussa les épaules.

— Je vais m'occuper de mon bébé et de la mère de mon bébé, c'est tout.

Ils semblaient ne faire plus qu'un.

On ne pourrait pas faire glisser une lame de couteau entre eux deux, songea Blanche. *Autant prêcher dans le désert*.

Mais cela ne l'empêcha pas de persister.

— Parmi vos connaissances, combien de couples ayant eu des enfants sont encore ensemble ? demanda-t-elle.

Pookie et Shaquita se regardèrent, puis détournèrent les yeux.

— Certains ouais... dit Pookie. Plein de potes... leurs gosses, c'est tout ce qui reste. Si quelque chose m'arrivait...

Évidemment. Elle aurait dû y penser. Shaquita essayait peut-être d'échapper à la fac, mais Pookie cherchait à éviter la mort — à s'assurer qu'une partie de lui-même survivrait à la prochaine fusillade entre gangs.

— Les bébés n'arrêtent pas les balles, Pookie. Je ne sais pas si tu as grandi avec un père. Moi pas. Et il m'arrive encore de penser à quel point il a été dégueulasse de laisser ma mère se débrouiller toute seule. Je continuerai toujours à me demander ce qu'aurait été ma vie s'il avait été là. Et je lui en veux pour ça, où qu'il soit.

Pour la première fois, elle nota une réelle attention dans le regard de Pookie.

— Ça ne sera pas comme ça chez nous ! intervint Shaquita les larmes aux yeux. Pookie va se trouver un travail, et nous resterons ensemble. J'en suis sûre.

Et les chiens auront des ailes et se mettront à danser le tango !

Blanche garda le silence. À l'âge de Shaquita, n'avait-elle pas cru, elle aussi, que les choses désagréables n'arrivent qu'aux autres, et que même si elle faisait une erreur, tout finirait par s'arranger ? C'est cela, avoir 16 ans.

Elle regarda Pookie et le vit — non pas comme une jeune *caillera* à la démarche arrogante ou une menace pour tout ce qu'elle essayait d'inculquer à Malik, mais comme l'enfant de quelqu'un d'autre. Effectivement, il était antipathique ; effectivement, il se trouvait mêlé à des conneries dangereuses. Mais il ne faisait que ce qu'on attendait de lui dans un pays qui aimait les jeunes dans son genre sur un terrain de basket ou dans un concert, et qui le reste du temps leur crachait à la figure. Pookie essayait juste d'être ce que l'Amérique lui avait dit qu'il était : le pire cauchemar de tout un chacun. Ce à quoi elle n'avait encore jamais pensé auparavant, c'est que Pookie et les garçons dans son genre avaient peut-être encore plus peur de ce qu'ils allaient devenir que les gens qui leur collaient une étiquette.

Shaquita se trémoussa sur son siège. Existait-il un moyen de lui faire voir qu'elle allait devenir une de ces jeunes mères hurlantes, angoissées et au regard vide, qu'on croisait souvent dans le bus ou dans la rue, poussant leurs gosses dans un landau, agressives et parfois même brutales ? Blanche se trouva soudain à court d'arguments qui puissent avoir un sens pour eux, à leur âge, dans leur monde. Elle se sentit d'un seul coup vieille et stupide.

— Au moins promettez-moi de réfléchir à ce que

je vous ai dit. (Elle se leva de sa chaise ; elle avait mal partout.) Je vais me coucher.

Bien sûr, elle regretta immédiatement de n'avoir pas mené tout cela différemment. Elle aurait dû se montrer plus gentille envers Pookie. Mais impossible. Elle ne pouvait pas s'empêcher d'avoir envie de les secouer pour les faire sortir de leur merde.

Elle ferma la porte de sa chambre, fonça au pied de l'autel des Ancêtres, alluma une bougie et un bâtonnet d'encens. Comme les personnes âgées, elle croyait que les ancêtres défunts revenaient dans leurs petits-enfants et au-delà. Maman disait que Taifa marchait, parlait et ressemblait tant à l'arrière-arrière-grand-tante Freda, morte depuis longtemps, qu'elle aurait pu être sa jumelle. On avait toujours dit à Blanche qu'elle ressemblait beaucoup à Nell, la défunte sœur de sa grand-mère. Elle regarda le personnage accroupi en ivoire censé représenter tous ces ancêtres depuis la première mère, en passant par tous ceux perdus par l'esclavage. Elle s'adressa directement à eux, expliqua que cela ne lui plaisait pas de convaincre Shaquita d'avorter, mais que l'ancêtre qui avait prévu de revenir ainsi devait choisir un moment plus propice. C'était à l'Ancêtre et à Shaquita de décider, ce n'était plus de son ressort. Elle pouvait simplement faire ce qu'elle croyait juste.

Lorsqu'elle éteignit la bougie, son lit lui fit de l'œil comme un amant empressé.

[illegible] Elle avait
fini par [illegible] pas me coucher [illegible]
Bien sûr, elle regretta immédiatement de n'avoir
pas [illegible] point [illegible] Elle aurait dû
[illegible]
[illegible] Elle ne pouvait pas comprendre [illegible]
[illegible] faire sortir de leur cachette.
Elle tenta la porte de sa chambre, [illegible]
de l'autel des Ancêtres, [illegible]
[illegible]
[illegible] ne pouvait [illegible]
[illegible]

7

Sixième jour – Mardi

Même si c'était son jour de repos, elle n'avait pas prévu de se prélasser toute la matinée. Heureusement. Question bêtises du matin, Taifa et Malik avait dû se réserver pour un jour où elle était à la maison. Ils n'avaient ni l'un ni l'autre entendu leur réveil, s'étaient levés en même temps, et se disputaient pour savoir qui allait occuper la salle de bains en premier. Le seul chemisier que Taifa pouvait décemment mettre avait besoin d'un coup de fer, et elle fit la moue lorsque Blanche lui dit qu'elle avait le temps de le repasser toute seule. Malik n'arriva pas à trouver une paire de chaussettes, alors que deux jours plus tôt son tiroir était plein, et il traita Blanche de débile quand elle lui suggéra de ne pas en mettre. Ensuite, il cria sur Taifa et, en retour, Taifa lui cria dessus. Shaquita vomit dans le couloir. Il n'y a avait plus de lait, et la poignée de la bouilloire se cassa.

Des matins comme ça amenaient Blanche à penser qu'elle n'avait pas l'intention de continuer encore des années à les prendre en main, comme elle voyait d'autres mères le faire. Elle aimait Malik et Taifa, mais elle voulait cesser d'être une bonne poire — ces jours-là, on aurait dû appeler comme ça les mères de famille. Ainsi, les femmes qui choisissaient d'avoir des gosses auraient une idée plus claire de leur avenir. Bien sûr, même les poires connaissaient de bons moments. Mais peu importe à quel point elle les aimait, peu importe à quel point ils pouvaient la rendre fière, il n'y avait aucun moyen de récupérer les années, les jours et les mois de sa vie qu'elle leur avait offerts, aussi sûrement que des paquets cadeaux avec leur nom écrit dessus.

Penser à son rôle de mère lui rappela que la veille, elle n'avait pas appelé la sienne. Lorsque la maison se vida, elle composa le numéro de Mama. Mais elle n'eut pas le temps d'ouvrir la bouche :

— Je me disais que t'allais appeler aujourd'hui. Comment vont mes gros bébés ? J'ai rêvé d'eux cette nuit. Nous pique-niquions dans les environs avec...

Blanche se laissa tomber pesamment sur une chaise, minée par la différence entre l'idée qu'on se fait d'une chose et la réalité. Hier, lorsqu'elle avait décidé d'appeler, elle pensait parler à sa mère, celle qui coule dans ses veines comme son sang. La maman qui était en elle. Mais la maman qui vivait dans la vraie vie, qui se trouvait à l'autre bout du fil, était la mère qui posait des questions et ne vous laissait pas le temps de répondre, qui vous interrogeait sur les enfants, mais pas sur vous, qui continuait de parler comme si sa voix suffisait pour faire une conversation.

— ... a barbouillé son visage de mayonnaise, et nous avons ri, comme si c'était la chose la plus drôle qui soit. Bien sûr, c'est ainsi que les choses se déroulent dans les rêves, non ? Pourquoi, je me souv...

Je suis trop vieille pour continuer à oublier ce que je sais, songea Blanche.

Et elle s'installa un peu plus correctement sur sa chaise.

— J'appelais juste pour te dire bonjour, Mama. Tu vas bien ? Ici, tout le monde va bien. Tu as été contente de voir cousine Charlotte, non ? Je dirai à Taifa et Malik que tu as demandé de leurs nouvelles. Si tu as besoin de quoi que ce soit, appelle. Allez, au revoir.

Toutes deux étaient capables de jouer au moulin à paroles. Avant de raccrocher, elle entendit Mama bafouiller quelque chose. Ce son transforma le demi-sourire maléfique de Blanche en un franc sourire. Mieux encore, la conversation dans son ensemble, si on pouvait appeler cela comme ça, lui rappela qu'il n'y avait pas que les mères qui payaient. Être l'enfant, quel que soit votre âge, comportait des avantages et des inconvénients. Si vous aviez la chance d'être nourri, habillé et tout, en contrepartie vous étiez censé vous tenir bien et obéir aux règles imposées ; et si vous aviez la chance d'être aimé, ce n'était pas toujours de la façon dont vous le souhaitiez.

Elle rassembla les vêtements, de même que les draps et les serviettes des divers paniers à linge, les tria et les mit à tremper. Elle vida les poches du monceau de jeans sales, avant de les fourrer dans la machine.

Elle trouva le paquet, emballé dans du papier sulfurisé, dans la poche arrière du jean préféré de Malik. Tout d'abord, elle n'y prêta pas attention, peut-être parce qu'il ne s'agissait pas de l'habituel paquet carré avec l'empreinte de forme circulaire. Ce rectangle argenté, qui donnait l'impression de quelque chose d'oblong à l'intérieur, aurait pu être un casse-croûte de navette spatiale. Elle fut forcée de rire, finalement, quand elle comprit ce dont il s'agissait. Mais son rire resta coincé au fond de sa gorge, et ses genoux se dérobèrent sous elle, en réalisant ce que signifiait la présence d'une capote dans la poche de Malik. Elle se laissa délicatement glisser sur une pile de draps et de serviettes. Autour d'elle flottait le parfum de la brillantine de Taifa, l'odeur de la pommade dont Malik se servait pour ses genoux meurtris par le basket et son eau de toilette Jean Naté.

Oh, mon Dieu ! Il n'a que 12 ans !

Elle pensa immédiatement aux histoires dans les journaux de pères âgés de 14 ans. Le visage de Malik apparut dans son esprit, et elle réalisa qu'on pouvait facilement lui donner 18 ans, ou au moins 17. Elle claqua la porte au nez à son imagination lorsqu'elle se mit à voir Malik courtisé par une femme de 30 ans, vêtue d'une tenue annonçant : « Chatte libre ».

Chers Ancêtres !

Elle n'était pas prête. Elle venait tout juste d'accepter que Taifa soit devenue une ado. Elle ne s'attendait pas à gérer les affaires de Malik avant au moins un an.

Ce qui explique pourquoi je tombe des nues, se dit-elle.

Elle se faisait tellement de soucis au sujet de Taifa qu'elle en avait fini par oublier que Malik était tout aussi en mesure que sa sœur de ramener un bébé à la maison. Le rôle de parent lui tapait-il sur les nerfs parce qu'elle n'était pas vraiment faite pour ça ? Elle ramena ses genoux plus près de son corps et vit soudain le visage souriant de Rosalie, sa défunte sœur. Blanche lui fit les gros yeux. « Pour toi, ça roule peut-être, lui dit-elle. Mais moi ? Tu y as déjà pensé ? » Au lieu de répondre, Rosalie choisit de disparaître.

Blanche se releva et continua de remplir le lave-linge. Elle parlerait ce soir à Malik. Peut-être que d'ici là, elle saurait quoi dire. Pour le moment, elle avait besoin de prendre un peu l'air, de se bichonner. Elle prit son vieux sac de gym dans la penderie et attrapa une paire de serviettes.

Comme d'habitude, elle s'arrêta pour regarder la fresque murale de l'immeuble de la YMCA de Roxbury. Chaque fois, elle ressentait un coup au cœur devant son caractère énigmatique : des planètes et des lunes dans un champ bleu, au-dessus de ce qui faisait penser, à droite, à un océan et à gauche à un ciel noir. La pyramide du milieu projetait une ombre sur une plate-forme orange. L'ensemble semblait flotter au sommet du mur. Dessous, dans un champ bleu pâle, les mots L'AFRIQUE EST LE COMMENCEMENT semblaient bondir sur elle et l'étreindre.

Le bruit des cris des enfants et de leurs pas martelant le plancher en bois s'échappait par la porte d'entrée, suivis par cette odeur familière des YMCA : baskets, chlore, cire, produit anti-cafards, ballons de basket et êtres humains. Six petites filles en veste de kimono blanc passèrent près d'elle en courant, pendant qu'elle attendait que la réceptionniste repose le téléphone. Quand elle eut fini, elle prit la carte de Blanche et lui donna le code du club féminin de remise en forme — un titre un peu disproportionné pour ces deux pièces remplies de casiers, attenantes à un sauna et un bain de vapeur de la taille d'un grand placard. Les rideaux des douches étaient de toutes les couleurs. Les gens semblaient prendre soin de ce lieu de petite taille et sans prétention. Aujourd'hui, chaque visage était comme un miroir, plus ou moins noir. C'est ce qui rendait cet endroit spécial.

— Salut ! dit Blanche en entrant dans le vestiaire.

Une petite femme musclée à la peau marron foncé, aux cheveux coupés court et au visage large et interrogateur affichait un parfum d'Antilles dans le sourire décontracté et le bonjour dont elle gratifia Blanche. Blanche choisit un casier dans un coin, laissa tomber son sac sur un banc et se déshabilla. Elle fut rejointe dans les douches par l'Antillaise et son amie, qui venaient juste de sortir du bain de vapeur. Toutes deux parlèrent d'une voix forte et chargée de rires.

— Elmira, y vaut rien celui-là, c'est un raté !

— Ça, c'est sûr. C'est sûr ! acquiesça Elmira.

Et les deux femmes se mirent à rire.

— Je lui ai dit qu'est-ce tu crois, mec ? Que je vais mettre mon minou à la consigne en attendant que tu reviennes ? Pas question, mec ! Pas question !

Blanche ne savait absolument pas de qui elles parlaient, mais le côté rituel de leur discussion faisait partie de sa vie. Elle songea à Ardell et à ses copines à Harlem. Le téléphone, un pot au bar du coin, un dîner, une balade dans le parc, toutes les occasions étaient bonnes pour se simplifier la vie d'un petit coup de pouce, un fou rire ou un prêt. Elle suivit les deux femmes dans le sauna et observa avec quelle grâce et détermination dans leurs mouvements elles enduisaient leurs corps d'huile de coco. Elles esquissèrent un sourire lorsque Blanche sortit exactement la même bouteille d'huile, mais continuèrent à bavarder en bonnes copines, excluant Blanche et lui faisant prendre conscience à quel point Ardell lui manquait. Blanche mit de l'huile sur ses pieds et attendit que le calme vienne.

Le silence s'épaissit alors qu'elles passaient de l'huile sur leurs bras, leurs jambes et leurs fesses, poussant des soupirs venus du plus profond d'elles-mêmes avant de se laisser glisser dans les bras ouverts de la chaleur. La sueur coulait le long du dos de Blanche, aussi douce que le silence qui l'entourait. Comme les premières étoiles dans un ciel bleu noir, le peu de lumière semblait se concentrer sur ses cuisses et ses seins.

Maintenant, se dit-elle, *maintenant*.

Le silence se fit plus profond et vira au violet. Elle ferma les yeux et fut libérée de son corps, légère comme l'air, flottant au milieu des senteurs de coco d'un océan de chaleur et de femmes noires respirant d'un même souffle. Totalement décontractée, elle se prélassa.

Finalement, quelqu'un toussa et elle regagna son corps. Elle ouvrit les yeux. Elmira était en train de s'envelopper dans sa serviette. Son amie la suivit. Blanche s'étira, se laissa rouler jusqu'à une position assise, se reposa et reprit des forces.

Elmira et son amie parlaient à nouveau quand Blanche les rejoignit sous la douche.

— ... je dois aller chercher mon petit-fils à la piscine du coin. Je voulais qu'il vienne là, mais sa mère à ses idées bien à elle.

— Quelqu'un s'est noyé dans cette piscine la semaine passée, tu sais.

— En tout cas, c'était pas un petit enfant cette fois.

Blanche tendit aussitôt l'oreille.

— Je connais sa maman, dit l'amie d'Elmira. C'est une femme bien. Une femme comme il faut.

— C'est dur pour une mère, ajouta Elmira. Surtout quand le fils est... tu vois.

— J'ai entendu dire qu'il donnait la main à quelqu'un ce soir-là, tu sais.

— Tu veux dire qu'il n'était pas tout seul ?

— En tout cas, quelqu'un traînait à la piscine avec lui. Et ce quelqu'un n'était pas un étranger, si tu vois ce que je veux dire.

— En parlant d'étranger... commença Elmira.

Elle se lança dans un récit sur le nouvel homme de sa sœur, tandis que Blanche en était toujours à assimiler leurs informations au sujet de Ray-Ray. Les deux femmes furent habillées et dehors avant même que Blanche ne pense à leur demander qui leur avait raconté cette histoire. Elle était persuadée qu'elles ignoraient qui était l'homme avec Ray-Ray, sinon elles l'auraient dit, ou tout du moins y auraient fait allusion.

Elle s'assit sur le banc, trifouilla ses cheveux et essaya de rapprocher ce qu'elle venait d'entendre de ce qu'elle savait déjà.

Donnie disait qu'il n'avait pas revu Ray-Ray après leur dispute et, sauf s'il mentait, n'était donc pas à la piscine. De toute façon, Donnie risquait plus d'empoisonner quelqu'un que de le foutre KO. Mais si Ray-Ray et Donnie étaient aussi amoureux que le prétendait Donnie, pourquoi Ray-Ray aurait-il donné la main à quelqu'un d'autre ? Bien entendu, il n'y avait rien de tel qu'une dispute pour vous pousser à l'infidélité.

Une petite lumière s'alluma dans son esprit. Et Marc Brindle ? Elle se souvint de la réaction de Donnie quand elle avait mentionné Marc. Donnie et Ray-Ray s'étaient peut-être disputés au sujet de Marc ? Non. Si l'homme avec Ray-Ray avait été blanc, l'une des deux femmes l'aurait signalé. Alors, qui ? Quelqu'un engagé pour frapper Ray-Ray à la tête et faire passer sa mort pour un accident, bien sûr. Elle s'imagina Ray-Ray se pomponner, être amoureux de lui-même et croire que c'était un sentiment largement partagé. Il ne fallait sûrement pas grand-chose pour le ramasser, le convaincre que vous aviez hâte de lui tenir la main. Surtout s'il était brouillé avec son amant. Elle finit de s'habiller et noua un foulard sur ses cheveux humides.

Elle s'arrêta au supermarché, acheta quelques morceaux de poulet, des pommes de terre et des brocolis, pour préparer le plat préféré de Malik. S'imaginait-elle vraiment que lui préparer ses plats préférés allait l'aider à aborder le sujet de la capote ? Le poulet frit au four, les pommes de terre à l'ail et les brocolis à la sauce aux haricots noirs ne couraient pas à ce point les rues.

Elle remonta MLK Boulevard en direction de Humboldt pour se rendre à la boutique de Ms Barker. Elle voulait lui demander pourquoi elle n'avait pas joué cartes sur table et avoué que Ray-Ray était gay au lieu d'en passer par toutes ces métaphores, comme si les gays ne faisaient pas caca ou ne pleuraient pas quand ils étaient déprimés. Quand elle serait aussi vieille que Ms Barker, elle espérait n'avoir rien à cacher.

Un pâté de maisons plus loin, elle aperçut un groupe de gens devant la boutique de Ms Barker. Quelque chose dans leur attitude lui donna envie de faire demi-tour à toute vitesse. Elle eut la chair de poule, comme lorsqu'elle voyait un gosse courir au milieu des voitures pour attraper un ballon. Elle ralentit, mais Karen, sa voisine, vint à sa rencontre. Une voix intérieure lui ordonna de repousser

Karen, de se boucher les oreilles et de partir en courant.

— Si c'est pas honteux ! Tuer comme ça cette pauvre vieille dame.

La poitrine de Blanche se serra comme un poing.

— Ms Barker ?

— Yep. Quelqu'un l'a frappée au visage. Sévèrement. (Karen tira sur sa cigarette.) Ça l'a jetée à terre. Ils pensent qu'elle a fait une crise cardiaque. On voyait même les traces de doigts de cet enculé de salopard sur le côté du visage de la pauvre vieille. (Elle recracha sa fumée dans la direction de Blanche.) Ces foutus gosses vont tous nous tuer, si nous ne trouvons pas un moyen...

— Pourquoi dis-tu que ce sont des gosses ?

— Ce matin, elle a eu une grosse engueulade avec les gamins qui traînent autour de sa boutique. J'ai rien vu, mais j'ai tout entendu. Ils n'ont aucun respect pour personne. Il paraît qu'il y en a un qui est revenu tout seul. Le client suivant a trouvé cette pauvre Ms Barker étendue par terre.

Elles restèrent silencieuses un moment, puis Karen reprit :

— Justement, j'allais acheter du PQ. Je pourrais t'en emprunter ? J'ai pas envie de courir jusqu'au...

Mais Blanche avançait déjà vers la boutique de Ms Barker, abandonnant Karen derrière elle. Elle s'arrêta devant la porte barrée par un ruban de la police, puis fixa son regard sur la boutique, comme si celle-ci allait pouvoir lui dire pourquoi sa vieille copine — qui avait aidé tant de gens — s'était retrouvée si désespérément seule, l'unique fois où à son tour elle aurait eu besoin d'aide. Blanche se rappela combien Ms Barker lui tapait sur les nerfs ces derniers temps, et le poing dans sa poitrine se resserra un peu plus. Des larmes lui piquèrent les yeux et elle fut forcée de faire demi-tour.

— ... les mêmes gamins que ceux entrés par effraction dans sa boutique il y a deux semaines, expliquait un homme derrière elle.

— C'est carrément honteux, une si gentille vieille dame ! répondit une jeune femme.

D'autres gens hochaient la tête et racontaient le même genre de choses à propos de ces sales gamins. Blanche sentit leur colère et leur tristesse — chaude et moite comme un orage qui se prépare.

Elle passa par la maison de Ms Barker et frappa à la porte. Pam ouvrit, attrapa le bras de Blanche et s'y cramponna. Même à travers son pull, elle sentit que la petite-fille de Ms Barker avait les mains glaciales. Pam l'entraîna dans sa chambre et parla tout en continuant de serrer son bras.

— Je voulais qu'elle reste à la maison et attende mon retour du marché. Je savais qu'il se préparait quelque chose. Tu sais parfois, on sent ces choses-là ? (Pam rit de façon mécanique.) Elle a pas voulu m'écouter. *Gran* ne voulait jamais écou...

— Tu n'y es pour rien, Pam. Absolument pour rien.

— Mais j'aurais été là si j'avais eu une voiture ! J'ai loupé le bus et j'ai pas réussi à trouver un taxi, et...

Pam resserra sa pression sur le bras de Blanche.

— Non. Si tu avais trouvé un taxi, vous seriez peut-être mortes toutes les deux, assura Blanche le plus gentiment possible. Laisse tomber, Pam. Tu n'es pas responsable, et te sentir coupable n'aidera pas à la faire revenir.

— Mais je suis venue pour la protéger, Blanche, pour l'aider !

Pam tomba dans les bras de Blanche qui la garda ainsi jusqu'à ce que ses sanglots se soient calmés et que la douleur dans sa poitrine se soit un peu atténuée. Pam se dégagea pour aller répondre au téléphone.

— Oh, maman !

La nécessité et le soulagement créèrent un tremblement dans sa voix. Blanche put presque voir Pam se tendre tout entière vers l'autre bout du fil, en quête de réconfort. À la façon dont ses épaules se détendirent, Blanche sut que Pam était parvenue à établir le contact dont elle avait besoin. Blanche lui donna une petite tape sur l'épaule et la laissa parler tranquillement à sa mère.

Comme elle l'avait espéré, la maison était vide. Elle voulait être seule un petit moment. La tristesse l'oppressait. Elle ne chercha pas à s'y soustraire ou à la faire disparaître. Éviter la souffrance ne payait pas. Les larmes vinrent en même temps que les souvenirs : Ms Barker faisant comprendre quelque chose d'un air entendu, la façon dont sa voix se faisait rassurante envers des petits enfants, l'indépendance tenace qui faisait d'elle une personne à part entière. Blanche s'essuya les yeux.

— Que les Ancêtres t'accueillent parmi eux, chère amie.

Les enfants connaissaient déjà la nouvelle et au dîner, Ms Barker fut le principal sujet de conversation.

— J'espère que ce n'est pas quelqu'un que je connais, dit Shaquita, visiblement soucieuse.

— Et pourquoi ce serait quelqu'un du coin ? lança Malik pour défier Shaquita.

— Tu plaisantes, j'espère ? intervint Taifa. Évidemment que c'est quelqu'un du coin. T'as entendu ce qu'ils ont dit. Il portait un blouson à l'effigie des Bulls, un jean vert foncé, des Nike Air Jordan et une casquette noire. Tu crois que quelqu'un est venu ici depuis Randolph ou Dieu sait où, habillé comme les gars de la bande de Germantown Street, pour provoquer une crise cardiaque à Ms Barker ?

Taifa rit et Malik fit la moue. Il se pencha sur la table en direction de sa sœur :

— Tu crois qu'il y a pas de tueurs dans les banlieues chics ? Tu parles comme ces Blancs à la télé qui nous accusent de tous les... C'est ridicule ! Ridicule !

Malik tapa si fort sur la table que du jus de fruit déborda de son verre.

Blanche réalisa d'un seul coup pourquoi Malik était si emballé par le concept d'Aminata sur la violence juvénile due à l'empoisonnement par le plomb.

Il a besoin de comprendre pourquoi des gosses en tuent d'autres, pensa-t-elle. *Une bonne raison, pas celle que tous les ados noirs ont ça dans le sang, que chez eux la violence est innée.*

Comment ne s'était-elle pas aperçue que tous ces événements étaient encore plus terrifiants pour Malik que pour elle ?

— Peu importe ce qu'ils racontent, nous savons tous que dans le coin il y a beaucoup moins de gosses qui font des bêtises que de jeunes bien, dit-elle.

Malik la regarda comme s'il voulait la croire, mais en vain. Blanche aurait bien aimé que certains des soi-disant experts — qui répètent sans cesse que c'est aux parents d'empêcher leurs enfants de faire des bêtises — puissent ressentir la souffrance dans la voix de Malik et sur son visage. Il fallait qu'ils comprennent de l'intérieur ce que ça fait d'être traité comme le pire ennemi. Comment allait-elle surmonter ça ?

Blanche attendit que Taifa fasse ses devoirs avec Shaquita sur la table de la cuisine pour monter frapper à la porte de Malik. Il ne répondit pas. Elle s'acharna sur la poignée de la porte. Finalement, il ouvrit et se planta dans le passage, comme une femme au foyer empêchant un représentant de commerce d'entrer. Blanche tendit son poing, puis lentement le desserra. Elle se retint de rire devant son expression et son bond en arrière lorsqu'il vit le paquet argenté dans la paume de sa main. Elle regarda sa chambre, renifla, et lui fit signe de la suivre. Elle allait perdre l'avantage de la surprise, mais il lui était impossible de mener une discussion au milieu de cette chambre qui sentait le fauve.

— Écoute, maman, dit-il à l'instant où la porte se referma derrière eux. Y a pas de quoi en faire un drame.

— Ah ? Tu veux dire que ce n'est pas une capote et que je ne l'ai pas trouvée dans ta poche ?

En entendant prononcer ce mot, il tressaillit. Mais autant appeler un chat un chat.

— Quel âge a la personne avec qui tu couches ? demanda-t-elle.

Instantanément, elle se rendit compte que ce n'était ni la bonne question ni la bonne façon de la poser. Elle le vit se replier encore plus sur lui-même, le regard complètement fermé. Elle avait merdé. Elle devait garder à l'esprit qu'elle avait plus besoin qu'il lui parle que lui n'avait envie qu'elle se mêle de ses histoires.

— Désolée ! mon poussin. J'imagine que je suis un peu déboussolée. Tu n'as que 12 ans ! (*Merde* ! Là encore, ce n'était pas ça.) Je ne suis pas encore prête à ce que tu aies des relations sexuelles, j'imagine.

— Pourquoi est-ce que tu fouilles mes poches ? demanda Malik en se balançant d'un pied sur l'autre.

Blanche fut forcée de rire. Les hommes apprenaient-ils à pratiquer ce jeu en défense dès que leur pénis commençait à se développer ?

— Mon grand, essaie pas de me culpabiliser, pas de ça avec moi ! Je lavais tes jeans crasseux pour te rendre service. Bon, revenons-en à ta vie sexuelle.

Malik poussa un soupir, se balança d'un pied sur l'autre, se gratta le bras et trifouilla ses poches.

— C'est pas parce qu'une personne a quelque chose que ça veut dire qu'elle fait ce que tu crois avec.

— Pardon ? Est-ce que ça signifie que tu n'as pas encore de rapports sexuels ? (*Trop direct*, réalisa-t-elle trop tard.) Écoute, poussin, je ne m'y prends pas très bien, je sais. Mais si tu as des rapports sexuels, dans ce cas nous allons devoir en parler. Si ce n'est pas le cas...

— C'est pas le cas, dit-il, si rapidement et si doucement qu'elle eut du mal à l'entendre.

Blanche s'approcha de lui. Elle le prit par le menton et lui fit lever la tête.

— Tu dis ça, parce que t'as pas envie d'en parler, glissa-t-elle à mi-chemin entre l'affirmation et la question.

Il hocha la tête.

— Non. Une fille les distribuait à l'école. J'ai été forcé d'en prendre une.

Inutile d'en dire plus. Ne pas prendre de préservatif aurait voulu dire qu'il ne baisait pas.

— Les filles ne...

Blanche attendit qu'il poursuive la phrase. Comme il ne le faisait pas, elle le poussa en faisant un son qui voulait dire « je t'écoute », mais il haussa les épaules — le salut de l'ado. Blanche était tiraillée entre le soulagement et le doute. Elle espérait qu'il disait la vérité, mais ça ressemblait au genre de mensonge qu'elle racontait à sa mère.

— Parlons-en quand même.

— Je sais, maman, répondit Malik, visiblement très mal à l'aise.

C'était la cent cinquantième fois que Blanche lui disait tout ce qu'il devait savoir au sujet de son corps et de celui des filles, avec en prime le bon gros chapitre concernant le SIDA. Ce n'était pas la première fois qu'il y avait droit dans son intégralité, mais ça ne l'empêchait pas de le faire quand même.

— Tu sais, Jocelyn Elders s'est fait virer du poste

de médecin-chef parce qu'elle a affirmé que tout le monde, et plus particulièrement les jeunes, devaient se masturber plus souvent et...

— Oh, maman ! Ça va ! dit Malik en se levant d'un bond du lit où il était assis près d'elle.

— Ce n'est pas comme si c'était la première fois que nous parlions ensemble de la masturbation, Malik ! (Elle attendit qu'il se calme.) Ce n'est pas une chose dont il faut avoir honte. C'est naturel. C'est une autre façon de satisfaire son désir quand on est excité. C'est la seule pratique sexuelle qui soit sans risque, tu sais. Et à ton âge, la masturbation peut empêcher d'avoir une BAPC.

— Une BAPC ? C'est quoi ça ? demanda-t-il comme s'il pensait qu'il risquait d'en mourir.

— Les trois dernières lettres veulent dire « à la place du cerveau ». À toi de deviner le reste.

— Maman ! vociféra-t-il, indigné, puis il sortit en trombe de sa chambre.

Blanche se laissa tomber en travers de son lit. Cela méritait bien une récompense. Un salaire, au moins. Elle laissa glisser sa main sur son corps et gloussa. Elle aurait pu dire à Malik qu'elle était une championne de la masturbation : cela faisait tellement longtemps qu'elle n'avait pas eu d'autres formes de sexualité. Elle pressa sa main contre son entrejambe, poussa un soupir, puis laissa retomber celle-ci sur le lit. Ce n'était pas de ça dont elle avait envie, mais d'une relation sexuelle avec tout le tralala. Elle allait se contenter d'une douche.

Elle enroulait une serviette autour d'elle quand Shaquita frappa à la porte de la salle de bains et lui dit qu'Ardell était au téléphone. Blanche saisit son peignoir et se précipita dans sa chambre.

— Enfin ! cria-t-elle à sa vieille copine. Alors, comment ça va ? Comment ça s'est passé ? Tu m'as sacrément manqué. Tu t'es bien amusée ?

— Hum. Écoute Blanche, si je te disais qu'avec toute cette avalanche de questions tu ressembles à ta Mama, j'imagine que tu m'enverrais sur les roses ; je ne te dirai donc rien de la sorte, mais...

— Te revoilà, toi et ta grande gueule !

— En fait, non. Je ne suis pas encore de retour. Je suis dans les Bermudes avec ces imbéciles pour deux nuits, et ensuite on repart sur le bateau. Nous ne serons pas de retour à la maison avant la fin de la semaine prochaine. Et je peux te dire, que j'en serai ravie ! Une croisière aux Bermudes n'est pas franchement le paradis quand on est avec les deux gosses les plus cinglés de la terre et leurs débiles de parents. Je m'en serais sûrement mieux sortie si les parents étaient restés à la maison. Chaque fois que je parviens à ce que ces deux petits asticots incultes se comportent comme de vagues cousins des êtres humains, mamina et papounet débarquent pour les laisser ruer dans les brancards et jurer, et de manière générale se comporter comme si ils avaient besoin d'être enfermés et drogués.

Blanche avait prévenu Ardell que ce voyage ne serait pas une partie de plaisir, mais il était inutile de le lui rappeler. Blanche voulait parler de Ray-Ray et de Ms Barker, mais elle pressentait qu'Ardell avait besoin d'être écoutée, d'entendre des paroles réconfortantes et qu'on lui donne l'ordre d'aller directement se coucher — c'est exactement ce que fit Blanche.

Elle raccrocha en espérant qu'elle allait pouvoir elle aussi trouver le sommeil mais, ce soir, elle devait parler à une autre personne. Elle ne voulait pas le faire, mais ne voyait pas d'autre moyen de s'introduire chez Inez, sinon par effraction. Elle s'assit au milieu du lit avec le téléphone sur les genoux. Elle le regarda quelques instants. Avait-elle vraiment besoin de faire cela ? Elle avait promis à Ms Barker d'essayer de découvrir ce qui était réellement arrivé à Ray-Ray, mais maintenant Ms Barker était morte. Mieux valait laisser tomber toute cette histoire.

Mais elle se rappela alors la manière dont Allister Brindle lui avait parlé du mot et de la cassette de Ray-Ray, et la façon dont il l'avait regardée — comme une chose horrible et louche qui s'était glissée dans sa maison. Elle pensa au coup de fil de Samuelson, et comprit ce que ni l'un ni l'autre de ses salauds n'avait dit : ils étaient prêts à tout pour récupérer la cassette. Qui plus est, au moins l'un des deux pensait qu'elle était en sa possession ou, tout du moins, qu'elle savait où elle se trouvait. Elle composa le numéro et décida de ne pas parler de la mort de Ms Barker. Cette nouvelle pourrait attendre jusqu'au retour de cousine Charlotte.

Elle laissa cousine Charlotte parler des préparatifs de l'enterrement, d'Inez qui tenait le coup, et du plaisir de retrouver la maison de son enfance.

— Tout va bien là-bas ? demanda cousine Charlotte avant d'en finir.

— Pourquoi tu ne m'avais pas dit que Ray-Ray était gay ? demanda Blanche sans louvoyer. Son amant aurait aimé être là aux funérailles...

— Bon, du calme, Blanche. Tu as tendance à monter sur tes grands chevaux. On dirait ta mère quand tu...

— Pas de ça avec moi, cousine Charlotte. Tu ne t'en sortiras pas aussi facilement. J'ai le droit de monter sur mes grands chevaux si ça me chante. Tu aimais Ray-Ray, et Donnie aussi. Et probablement que Ray-Ray l'aimait aussi en retour. Je suis sûre que Ray-Ray aurait voulu que tous ceux qu'il aimait soient au courant de son enterrement. Alors ?

— Je ne peux pas forcer la main d'Inez. Elle a sa façon bien à elle de voir les choses.

— J'en suis sûre ! Est-ce qu'elle fait un signe pour chasser le mauvais œil quand elle parle des amis gays de Ray-Ray ? J'ai entendu dire qu'elle en avait traité un de tordu.

— C'était affreux ! admit cousine Charlotte.

— Tu étais là ? Que s'est-il passé ?

Blanche pouvait sentir cousine Charlotte s'installer dans son fauteuil comme une poule sur une paire d'œufs.

— Bien, j'étais dans la salle à manger quand le... jeune homme a frappé à la porte. En fait, c'est moi qui ai ouvert. Il a dit qu'il était un ami de Ray-Ray et m'a demandé si j'étais sa maman. Bon, j'ai répondu : « Non, mon ange, je suis... »

Blanche décrocha un peu et essaya de calculer combien ce coup de fil allait lui coûter. Mais elle ne voulait pas l'interrompre. Lorsque cousine Charlotte était interrompue au beau milieu d'une histoire, bien souvent elle recommençait depuis le début.

— ... regrettais d'avoir ouvert la porte, mais trop tard : Inez était dans tous ses états, ma pauvre. Vraiment. Hurlant et criant et essayant de chasser du perron le... l'ami de Ray-Ray. « Mon fils n'est pas un dégénéré dans ton genre ! Ne viens pas traîner dans le coin comme si mon gamin était un tordu. »

Inez hurlait de toutes ses forces que ce jeune homme essayait de faire virer de bord son Ray-Ray.

— Essayait quoi ?

— Tu sais ! Le faire virer de bord, le faire devenir un genre d'homo. Mais Inez était certaine que ses prières avaient protégé Ray-Ray, qu'il n'était pas vraiment gay. Peut-être qu'une mère sent ces choses.

Blanche avait toujours soupçonné Inez de manquer totalement de bon sens dès qu'il s'agissait de Ray-Ray. Il est possible que cousine Charlotte, elle aussi, essayait de se rassurer.

— Bien sûr, j'ai essayé de la calmer, avec ses problèmes de circulation et tout ça, mais elle avait perdu tout contrôle. Alors, j'ai été obligée de dire à ce jeune homme qu'il n'avait pas le droit de venir chez elle chercher Ray-Ray.

Cousine Charlotte terminait à peine de parler que Blanche avait tout oublié de sa facture téléphonique. Elle se lança dans une conférence sur le fait qu'il était vraiment crétin de la part des Noirs d'avoir des préjugés contre qui que ce soit, pour quelque raison que ce soit, avant d'en venir aux homosexuels en particulier.

— L'amour c'est l'amour !

Cousine Charlotte répondit par un de ses silences — du genre : « Si on n'a rien de bien à dire, alors mieux vaut ne rien dire du tout ».

Blanche n'en tint pas compte. Elle se rappela que c'était elle qui rendait des services et qu'il était temps de passer à autre chose. Cela prendrait plus de temps qu'elle n'en avait de faire changer d'avis cousine Charlotte, mais elle n'allait pas s'en tirer à si bon compte.

— Bon, tu peux te rattraper en ramenant à Donnie une fleur séchée et un faire-part.

Cousine Charlotte resta silencieuse.

— Et tu ferais mieux de me dire où tu gardes les clefs de chez Inez pour que je puisse aller fouiller dans les affaires de Ray-Ray, prendre les lettres d'amour de Donnie, avant qu'Inez ne les trouve et ne fasse une crise cardiaque.

— Je vais voir ce que je peux faire au sujet de la fleur, marmonna cousine Charlotte après s'être éclairci la gorge. La clé de chez Inez est dans le tiroir de ma cuisine, dans le petit placard sous la fenêtre.

La question suivante allait sûrement caresser cousine Charlotte dans le sens du poil, ou tout du moins la distraire.

— Comment se fait-il que Ray-Ray ait arrêté de travailler pour les Brindle ?

Blanche imagina cousine Charlotte en train de se débattre entre les critiques dont elle avait été l'objet d'une part et son inclinaison naturelle pour le bavardage d'autre part. La nature l'emporta.

— Eh bien, je me suis demandé la même chose. Tout ce qu'Inez a bien voulu me dire, c'est que Ray-Ray et Mr Brindle se sont engueulés. Lorsque je lui ai demandé pourquoi, elle s'est montrée aussi muette qu'une carpe. Bien sûr, Inez n'a jamais été très bavarde. Je ne savais même pas qu'elle s'était achetée une nouvelle machine à laver...

Ouais, ouais, ouais.

Le temps était venu d'essayer de décrocher cousine Charlotte du téléphone. Et ça, c'était presque aussi difficile que de décoller un chewing-gum d'une paire de jeans.

— ... je lui dirai avec quel soin tu remplaces cette pauvre Inez, leur apportes leur courrier et tout ça.

Voilà ce que c'était que d'écouter d'une oreille distraite. Cousine Charlotte parlait d'elle maintenant.

— À qui ?

— Ta mère ! Lorsque je lui parlerai demain. Tu m'écoutes pas ou quoi ? Comment va ma petite Shaquita ? Tu lui diras qu'elle manque à sa grand-mère.

— Une dernière chose, cousine Charlotte, dit Blanche avant qu'elle ne raccroche. Tu connais quelqu'un proche de Maurice Samuelson, du Temple ?

— Qu'est-ce que tu veux savoir au sujet de ce bon à rien ?

Blanche se redressa.

— Pourquoi tu dis ça ?

— Enfin, je ne tiens pas à dire du mal d'un homme d'église, mais... enfin, tu sais comment sont certains pasteurs. Ils ont une bite à la place du cerveau, et ils réfléchissent beaucoup, dès qu'ils en ont l'occasion...

Blanche se rappela ce que Lacey lui avait raconté au sujet du goût de Samuelson pour les jeunes prostituées blanches. *A priori*, il n'était pas seulement porté sur ce genre de Lolita.

— Il aime tremper son biscuit, c'est ça ?

— Ne dis pas de saletés, Blanche. Tu sais bien que je suis contre ce genre de choses ; mais oui, il aime ça. Je connais une femme qui appartenait à son église. Elle savait des choses sur lui avant qu'il n'arrive ici. Une sacrée histoire, ma chérie.

— Quel genre d'histoire ?

— Je ne m'en souviens pas exactement, sauf qu'il n'avait pas été correct avec sa femme.

Blanche sortit le mensonge le mieux ficelé qu'elle puisse trouver en si peu de temps.

— Bien, j'ai une amie qui a l'intention de rejoindre cette église. J'arrête pas de lui dire qu'il y a chez cet homme un truc pas clair, mais elle ne veut rien entendre. Si elle pouvait parler à cette personne, peut-être...

— Appelle-la ! Je sais de source sûre qu'elle dissuade les gens de mettre les pieds là-bas. Bea Richards. Elle est dans l'annuaire. Handel Street.

Blanche la remercia et raccrocha, soulagée.

Elle s'étendit sur les oreillers, haletante et se sentant comme au sortir d'un combat de catch. Cousine Charlotte était si semblable à sa mère que Blanche avait l'impression de retomber en enfance. Avoir eu affaire aux deux dans une même journée, surtout un jour où elle avait répondu à Mama, était au-dessus de ses forces. Elle dut baisser les yeux pour vérifier qu'elle ne portait pas une blouse et des chaussures d'écolière.

Lorsqu'enfin elle put se reposer, elle vit Ms Barker assise dans son rocking-chair, inquiète à cause des agresseurs de Ray-Ray.

La pauvre. La pauvre !

Des larmes apparurent dans les yeux de Blanche, mais elle fut accaparée par une nouvelle pensée : pourquoi Ms Barker pensait-elle que la mort de Ray-Ray était liée à quelque chose qu'il détenait, mais qui ne lui appartenait pas ? Bien sûr, Ray-Ray n'avait pas eu forcément besoin de tout raconter. Ms Barker avait toujours aimé le jeune homme. Elle avait pu sentir qu'il n'allait pas bien, de la même façon que Blanche lorsque quelqu'un qu'elle aimait était sur le point d'arriver ou de passer un coup de fil. Pourtant... Elle tomba de sommeil avant d'aller au bout de son raisonnement.

Cette nuit-là, pour la première fois depuis longtemps, elle rêva qu'on la violait.

8

Septième jour – Mercredi

L'aube venait juste d'envoyer les étoiles se coucher lorsque Blanche sortit les clés d'Inez du tiroir de la cuisine de cousine Charlotte. Le jour était presque complètement levé, quand elle s'introduisit chez la mère de Ray-Ray.

Elle n'avait jamais aimé se retrouver seule chez les gens qu'elle connaissait. À l'instant où la maison le sentit, Blanche comprit qu'il s'agissait d'une créature vivant, respirant et observant, avec une personnalité et des intentions qui lui étaient propres. La maison se confia à elle, lui révélant sur ses occupants, plus qu'elle ne voulait en savoir. Elle remarqua un fauteuil vert avec une housse à fleurs, un coussin défoncé et un appui-tête légèrement taché, flanqué d'un vieux lampadaire en cuivre et d'une pile de numéros d'*Ebony.* Sur la table, une bible ouverte.

Rien de particulier, le fauteuil préféré d'Inez, c'est tout.

Elle détourna son regard mais, du coin de son œil gauche, elle vit une boîte en fer sous le fauteuil. Durant toute son enfance en Caroline du Nord, Blanche avait connu ces boîtes, dont on avait ôté l'étiquette, glissées sous les fauteuils des vieilles femmes noires — les hommes étaient plus hardis, il les laissaient bien en vue. Elle fut surprise d'en trouver une ici. Inez était le genre de personne qui avait besoin que sa religion soit dure avec elle, qu'elle lui interdise tout sinon de respirer et de se laver — pas de cinéma, de danse, de cigarettes, de boisson, de fornication, d'adoration d'idoles ou de manifestation d'amour-propre. Mais il semblait qu'elle prisait encore et se débarrassait du jus comme on le faisait au pays. Blanche enfila une paire de gants en plastique, et traversait rapidement le couloir en direction des chambres, lorsqu'elle vit autre chose.

Les chambres étaient facilement identifiables. Celle d'Inez était envahie de crucifix ; celle de Ray-Ray tout simplement envahie. Deux grands sacs en plastique, pareils à des coussins bien rembourrés, traînaient au milieu de la pièce, aux côtés d'énormes haltères, de baskets noires montantes et de pantoufles en cuir marron. Des boîtes de rangement couvraient les murs. Tous ses vêtements étaient rangés dans des cartons.

Un indice qu'il s'apprêtait à partir vivre avec Donnie ?

Le tiroir de la table de nuit débordait de vieux tickets de loterie. Les sacs en plastique étaient remplis de choses à jeter : vieux journaux, chaussettes seules, vêtements en loques, jockstraps tachés... Blanche examina les boîtes. La première était pleine de gros pulls. La deuxième contenait des slips, tee-shirts et chaussettes ; la troisième, des jeans repliés et un pantalon en velours côtelé. La dernière était remplie de chemises. Elle alla d'une boîte à l'autre. Certains slips et tee-shirts étaient bien pliés, d'autres à moitié seulement. La plupart des chaussettes étaient rangées par paires. La manche d'un pull dépassait d'une des boîtes. Elle put presque voir quelqu'un en train de fouiller, soulevant les couches du dessus et s'assurant que rien n'était caché.

Elle s'approcha de la fenêtre qui donnait sur l'arrière. Deux grandes poubelles en plastique bleu se trouvaient contre le mur du fond. Les contours d'un carré étaient gravés dans la terre, juste devant les poubelles. Blanche se mit sur la pointe des pieds. Une caisse de bouteilles de lait, en plastique vert foncé, — exactement de la taille du carré dans la terre — se trouvait sous la fenêtre. Elle vit aussi de la terre sur le rebord de la fenêtre. Quelqu'un l'avait prise de vitesse.

Pas étonnant que la chambre de Ray-Ray ressemble à un chantier.

Mais avaient-ils trouvé la cassette ? Pendant un moment, elle resta complètement immobile. À quand remontait cette visite ? Était-il possible qu'il y ait encore quelqu'un ? Elle se retourna, retint son souffle et tendit l'oreille. Elle n'entendit rien, mis à part les bruits de la rue, et ne sentit aucune présence étrangère. Cependant, elle ramassa un tuyau en plomb, à côté du lit de Ray-Ray, et fit le tour de la maison sur la pointe des pieds, ouvrant les armoires, regardant sous le lit et derrière le canapé, prête à hurler, donner un coup de tuyau et s'enfuir en courant — en même temps.

Mais celui ou celle qui s'était introduit dans la maison était parti ; et la cassette avait probablement déjà disparu, elle aussi. Elle s'efforça de chasser sa déception et regarda sa montre. Elle disposait de plus d'une heure, avant de prendre son service chez les Brindle. Elle retourna dans la chambre de Ray-Ray, pour voir si elle pouvait y trouver autre chose.

Sa cheville frôla un des grands sacs plastique et une chose dure lui heurta le pied. La boîte en carton à l'intérieur était plus grande qu'une boîte à chaussures classique. Elle la sortit du sac, s'attendant à y trouver les photos et les lettres de Donnie. Mais elles n'y étaient pas. Blanche fut cependant intéressée par le contenu de la boîte : une paire de moufles pour enfant, probablement importées, en laine épaisse jaune et bleue ; dix cartes de vœux et une carte porte-billets de félicitations pour l'obtention d'un diplôme ; trois cartes de prompt rétablissement ; six bons de caisse d'épargne ; quatre paires de chaussettes neuves ; un peignoir en soie, bien enroulé ; une enveloppe vierge avec une invitation pour le seizième anniversaire de Marc Brindle. Les cartes ayant contenu de l'argent étaient tombées au fond de la boîte, et sur chacune d'elles était écrit : « Pour Ray-Ray » et « De la part des Brindle ».

La planque de Ray-Ray pour ses souvenirs en rapport avec les Brindle.

Elle inspecta le contenu du sac : des tas de factures déchirées, des vieux lacets, toujours et encore des vieux tickets de loterie et d'autres vieilleries.

Et donc, il voulait mettre tout ça à la poubelle. Il en avait gardé une partie pendant longtemps. Pourquoi les balancer maintenant ?

La grosse dispute entre Ray-Ray et Allister s'était-elle terminée ainsi : Ray-Ray balançant tout ce que la famille lui a offert ? Mais la dispute remontait au moins à un an ; Ray-Ray était-il resté en colère tout ce temps-là ? Et pour commencer, pourquoi avait-il conservé ainsi tous ces cadeaux ? Les voitures miniatures semblaient n'avoir jamais touché le sol. Les gants, les cravates et les chaussettes n'avaient jamais été portés. L'argent liquide n'était plus là.

Il ne pouvait probablement pas se permettre de les entasser.

Ray-Ray avait tout conservé, comme des prix ou des souvenirs, des choses trop importantes pour être utilisées. Ray-Ray avait dit à Blanche qu'il était toujours passé par la porte principale, comme un membre de la famille. Était-ce ainsi qu'il s'était considéré, jusqu'à cette dispute avec Allister Brindle ? Il était probablement marqué par la déférence quasi religieuse de sa mère à l'égard des Brindle. De plus, quelle forte impression avait dû produire sur un pauvre petit Noir, la possibilité d'aller et venir, plus ou moins à sa guise, dans ce genre de maison ? D'être emmené à des matchs par Allister, comme s'il était son autre fils. Puis tout s'était arrêté.

Blanche ferma la boîte, la remit dans le sac, puis ouvrit les tiroirs de la commode, cherchant les lettres et la photo de Donnie. Les tiroirs étaient vides, sauf le plus petit, à moitié rempli de petites boîtes et de paquets d'allumettes de clubs et de restaurants, plus particulièrement d'un endroit appelé *Le Club*. Mais il n'y avait ni lettres ni photos. Elle hésita un instant sur le pas de la porte.

La chambre de Ray-Ray était la seule pièce qui semblait avoir été fouillée. La cassette pouvait se trouver ailleurs dans la maison. Inez en voyage, Ray-Ray n'avait pas à se soucier d'elle et pouvait planquer la cassette sous son matelas, dans les tiroirs de sa commode avec ses petites culottes, maillots de corps en coton, soutiens-gorge et jupons — tellement blanchis qu'ils en étaient presque bleu — et ses collants marron foncé soigneusement pliés. Rien.

Blanche traversa le couloir. Le petit meuble sous l'évier sentait la Listerine, le Ben-Gay, la lotion Lubriderm et ne contenait presque rien d'autre. La cuisine d'Inez était aussi bien organisée que celle des Brindle. Si ses meubles contenaient quelque chose d'étrange, Blanche ne parvint pas à mettre la main dessus. Elle regarda même sous le sac poubelle. Le placard et le vieux buffet étaient remplis de vaisselle, de couverts, de linge de table et de magazines. Pas de trace de la cassette dans la salle à manger. Déçue, mais pas surprise, Blanche ferma la porte d'entrée à clé et courut à l'arrêt de bus. Il était temps d'aller travailler.

Aussitôt arrivée chez les Brindle, Blanche chercha le numéro de Bea Richard dans l'annuaire. Si elle travaillait, ce qui était probablement le cas, elle devait déjà être levée. Blanche voulait simplement lui parler assez pour convaincre Bea de la rencontrer et de lui dire ce qu'elle savait au sujet de Samuelson. Mais personne ne répondit.

— Aujourd'hui, j'ai ma demi-journée, tu sais, lui rappela Carrie dès qu'elle la vit.

La sonnette de l'entrée retentit avant même que Blanche n'ait eu le temps de lui demander ce qu'elle avait l'intention d'en faire. Carrie et Blanche échangèrent un regard interrogateur. Les Brindle venaient juste de finir leur petit déjeuner.

— Alors ? demanda Blanche à Carrie. Et ne me fais pas le plan : « ce ne sont pas tes affaires. »

— J'allais pas dire ça du tout. Les choses prennent une tournure de plus en plus étrange par ici. Je viens juste de conduire dans la bibliothèque un détective privé qui voulait voir monsieur et sa dame. Enfin, c'est ce qui était écrit sur sa carte.

— Ouais, il était là l'autre jour.

— Tu m'en as pas parlé.

Carrie avait raison. Si Blanche voulait que Carrie lui raconte tout, elle devait, elle aussi, partager ses informations. Elle raconta donc à Carrie la première visite de Cleason.

— Peut-être a-t-il découvert des choses, ajouta-t-elle.

Elle s'agita quelques instants autour des fleurs posées sur le buffet de la salle à manger, puis se glissa dans le couloir, juste à côté de la porte ouverte de la bibliothèque.

— Allister, sois raisonnable. C'est notre fils ! s'exclama Felicia.

Allister ne se donna pas la peine de répondre.

— Mr Brindle, intervint Cleason de sa grosse voix. Mrs Brindle m'a dit qu'un ami de votre fils était mort récemment. Certaines personnes peuvent se montrer très perturbées, voire même autodestructrices quand...

— Ce que fiche mon fils ne vous regarde absolument pas ! Vous n'allez pas venir foutre le bazar dans ma campagne pour servir je ne sais quelle animosité tordue elle... Marc n'a pas disparu, et ma femme le sait pertinemment ! Et si le moindre bruit à ce sujet venait à sortir d'ici, je vous intenterais un procès dont vous ne vous relèveriez pas ! Ted ! Faites-le sortir d'ici !

Blanche se dépêcha de retourner dans la cuisine. Une guerre généralisée se déclencha après que Sadowski eut reconduit Cleason à la porte. Blanche n'eut qu'à ouvrir la porte de la cuisine pour entendre Allister hurler à Felicia.

— Tout ceci est de ta faute, et uniquement de ta faute ! Toi et ton efféminé de fils, propageant ses habitudes perverses jusque dans ma propre maison !

— Ta maison ? Ta maison ? C'est un gag ! Si je n'avais pas...

— Ça suffit, Felicia ! Je n'ai pas l'intention d'entendre tes...

— Va te faire foutre, Allister !

Une porte claqua. Felicia se mit à rire.

— Mrs Brindle, il est important pour la campagne que je sois tenu au courant de tout ce qui pourrait... osa Sadowski, après s'être éclairci la voix.

— Fichez le camp d'ici, espèce de flagorneur. Et ne vous avisez plus d'approcher ma table au petit déjeuner. J'en ai marre de voir votre gueule de lèche-bottes avant d'avoir pris ma première tasse de café.

Fichtre ! Ce matin, Felicia ne fait pas de concessions.

Les choses allaient peut-être changer au retour d'Inez.

— Madame est assise dans sa chambre, et elle tire une de ces têtes, dit Carrie en redescendant après avoir fait les lits. Cette femme devrait prier plus souvent, j'en suis sûre.

Et il n'était que 10 h 30. Blanche regarda l'emploi du temps de la maison. Allister serait absent toute la journée. Felicia recevait des amis à déjeuner.

Allister et elle se rendaient à un dîner. Blanche espéra que leur dispute n'empêcherait pas Felicia d'y aller.

— Tu vas avoir besoin de beaucoup de force dans les mains aujourd'hui, ma chérie, lança Blanche à Mick dès son arrivée. Ils viennent de se disputer.

Blanche se demanda à voix haute si Felicia serait calmée pour le déjeuner.

— T'en fais pas, lui dit Mick. Ces bonnes femmes sont des championnes quand il s'agit de faire bonne figure. Elles jouent toutes à l'épouse heureuse et comblée, mariée à un homme merveilleux qui ne les ignore pas, ne les trompe pas, ne leur botte pas les fesses ou ne pelote pas celle du livreur de journaux. J'en sais plus à leur sujet qu'elles n'oseront jamais se l'avouer.

Blanche était curieuse d'en apprendre davantage, mais pas aussi impatiente qu'elle ne l'était au sujet de Ray-Ray.

— Oublie ça. Ce que je voudrais savoir, c'est pourquoi tu ne m'as pas dit que Ray-Ray était gay ?

Sans même bouger, Mick donna l'impression de reculer, de mettre un peu plus de distance entre elle et Blanche.

— Si Ray-Ray avait été hétéro, tu aurais voulu que je te le dise ?

Mick se jeta sur une chaise et leva les yeux sur elle.

— À l'instant où on dit qu'on est gay, les autres ne voient plus que ça. On dirait que le reste n'a plus d'importance. J'ai donc décidé de ne plus donner ce genre d'informations.

Mick baissa la tête, mais Blanche eut malgré tout le temps de noter la tristesse de son regard. Non seulement Blanche se considérait comme ouverte d'esprit, mais aussi comme une ardente supportrice de ceux dont la façon de vivre, de se comporter ou de ressentir les choses était différente de la ligne officielle. En regardant Mick, tête baissée, elle comprit qu'il ne servait pas à grand-chose d'apporter son soutien à un match depuis la ligne de touche.

Elle s'était imaginé que les lesbiennes noires possédaient un sens de la solidarité assez aigu pour passer outre toutes les méchancetés du monde hétéro. Mais pourquoi les lesbiennes noires auraient-elles dû être en mesure de réussir ce dont tant d'hétéros, malgré leurs efforts, étaient incapables ?

— Je vois bien où tu veux en venir, mais je me demande si c'est mieux d'entretenir le flou artistique. Peut-être devrions-nous au contraire annoncer les préférences sexuelles des gens, au lieu de partir du principe que tout le monde est hétéro et de préciser seulement l'inverse.

— Ouais, c'est possible. Au bout d'un certain temps, les gens en auraient marre et finiraient par comprendre que ce n'est pas très important, acquiesça Mick.

— Possible. En tout cas, ici c'est le bordel, quel que soit le point de vue où on se place.

— Peut-être que les planqués ont raison.

— Tu crois que c'est pour ça que Ray-Ray n'a rien dit à sa mère ? demanda Blanche.

— En fait, il lui avait parlé, en partie. Il était plutôt derrière le rideau que dans le placard. Je ne pense pas qu'il ait jamais menti à Inez, mais il ne lui a probablement jamais *dit* : « M'man, j'suis gay ». Mais si cela a échappé à Inez, c'est parce qu'elle ne voulait pas le voir. Comme beaucoup.

— Et toi, avec ta famille ?

— Ma famille ? gloussa Mick en hochant la tête. Quand j'ai fait mon *coming out,* mon père ne m'a plus adressé la parole pendant presque deux ans. Maintenant, il me reparle. Mais c'est tout.

— Et ta mère ?

— Ça ne la dérange pas, du moment que je n'en parle pas.

Mick n'eut pas besoin de dire comment elle le vivait. Son ton était aussi aigre que du vieux lait.

— Tu as des frères et sœurs ?

— Un frère et une sœur. Ma sœur essaie d'être sympa, mais elle ne me demande plus de garder ses deux filles. Mon frère a pété les plombs. Si t'avais pu entendre les saloperies qu'il m'a balancées ! Je regrette de ne pas lui avoir mis mon poing dans la figure.

Voilà bien les hommes, songea Blanche, *il faut toujours qu'ils essaient d'avoir le contrôle du vagin, même quand celui-ci leur est officiellement interdit. Mais la mère et la sœur de Mick n'ont pas l'air de faire preuve de plus de bon sens que les mâles.*

— Tu as quelqu'un ? demanda-t-elle à Mick.

Mick se redressa sur sa chaise. Les rides sur son front s'effacèrent.

— On est ensemble depuis deux ans.

Elle fouilla dans sa poche arrière, en sortit un portefeuille marron usé, prit une photo et la tendit à Blanche.

Blanche regarda la petite femme potelée à côté de Mick, ses longs cheveux raides descendant presque jusqu'à la taille, ses pommettes aussi saillantes que celles de Blanche, et ses yeux légèrement bridés.

— Pilar, chuchota Mick avec une certaine fierté.

Blanche reconnut aussi une note de désir dans sa voix, mais c'était peut-être dû à son émotion.

— Elle est très belle, dit Blanche.

Des années auparavant, elle se serait montrée hostile parce que l'amante de Mick n'était pas noire, mais en vieillissant, elle devenait de plus en plus persuadée que le principal était d'avoir quelqu'un qu'on aime et qui vous aime en retour.

— Elle enseigne au Département d'Études féministes de Brandeis.

— Tu as de la chance, lâcha Blanche d'une voix que son sentiment grandissant de solitude avait rendue plus dure.

— Ouais, je sais, acquiesça Mick. Avant Pilar, je me sentais parfois tellement seule... pas vraiment à cause du sexe, mais l'envie d'avoir quelqu'un avec qui parler. Quelqu'un qui s'intéresserait à moi. Ça ne compense pas le reste, mais avoir Pilar c'est génial. Elle est vraiment fantastique ! Et nous... mais parfois ma mère et mon père me manquent tellement... quand ils étaient de mon côté, quoi qu'il arrive. Ou tout du moins, quand je le croyais.

Parce que c'est ce qu'ils t'avaient dit, pensa Blanche. *Voilà comment les gens roulent leurs enfants : ils disent qu'ils les aimeront quoi qu'il arrive, mais oublient d'ajouter qu'ils peuvent décider de les aimer sans plus leur adresser la parole, si en grandissant ils prennent une direction trop différente.*

Elle se demanda ce que les parents de Mick avaient fait de tous leurs souvenirs quand ils avaient décidé qu'elle n'était plus digne d'être leur fille. Mick aurait dû avoir la possibilité de les reprendre — chaque moment de tendresse, chaque baiser avant le coucher.

— Ils se comporteraient mieux avec toi, si ils en étaient capables, dit Blanche.

Mick la fixa pendant quelques secondes.

— Tu as raison. Je n'avais jamais vu ça sous cet angle. Je continue à penser que ce sont mes parents, qu'ils doivent savoir ce qui est bien, faire ce qui est bien. Mais ce ne sont, eux aussi, que des gens, des gens qui ne peuvent... Merci, Blanche. Je suis contente de m'être confiée.

Blanche sourit.

— Maintenant, parle-moi de Ray-Ray.

Carrie arriva par l'escalier de service et, sans les regarder, prit son chapeau et son manteau.

— J'y vais. À plus.

Enfin, au moins elle ne m'a pas dit au revoir en faisant comme si Mick était invisible, songea Blanche. *Mais il y a encore du pain sur la planche.*

Elle se tourna vers Mick.

— Tu connais Donnie ?

— Je ne crois pas. Quel nom de famille ?

Blanche le lui dit.

— Il courait après Ray-Ray depuis des années. Il vit très mal sa mort.

— Quel nom déjà ?

Blanche le lui répéta.

— En tout cas, c'est pas un ancien dans le quartier, dit Mick en hochant la tête. De toute façon, le seul amant que j'aie jamais connu à Ray-Ray, c'était Marc. Le reste ne comptait pas.

— C'est bien de Marc Brindle dont tu parles, n'est-ce pas ?

— Ouais. Tu te souviens ? Je t'ai expliqué que Marc et Ray-Ray étaient proches ?

— Ouais, j'ai fini par comprendre que lui et Ray-Ray étaient amants, même si tu ne m'as jamais dit qu'ils formaient un couple... Quand se sont-ils séparés ?

— Eh bien, ils ont vécu une sorte d'amourette quand ils étaient gosses. Ensuite Marc est parti en fac, en Europe, je crois. Bref, comme beaucoup de mecs à l'époque, Ray-Ray baisait avec tout ce qui bougeait. Il a eu de la chance de ne pas attraper le SIDA.

— Et ensuite ? la pressa Blanche.

Mick remonta ses lunettes.

— Je ne me souviens pas exactement quand ils se sont mis le grappin dessus pour la seconde fois. Il y a plus d'un an, au moins. Mais ça n'a pas marché. Un peu comme s'ils essayaient de retrouver ce qu'ils avaient vécu auparavant.

Blanche était trop impatiente pour attendre que Mick en vienne naturellement à ce qu'elle voulait savoir.

— C'est pour ça que Ray-Ray et Allister se sont disputés ? C'est pour ça que Ray-Ray ne travaille plus ici ?

— Ray-Ray n'a jamais voulu raconter exactement ce qui s'était passé, sinon que ça avait un rapport avec Marc. Ray-Ray avait vraiment changé après cette histoire. On sortait ensemble, on allait en boîte en groupe, enfin tu vois, on traînait. Ray-Ray était un habitué, mais il a arrêté de venir. Au départ, j'ai cru que c'était à cause de sa rupture avec Marc. Mais je crois sincèrement que sa dispute avec Allister l'a encore plus blessé.

Blanche repensa à la boîte contenant les cadeaux des Brindle. Mick avait raison. Et Blanche aussi : la dispute avec Allister Brindle était la seule cause du vol : Ray-Ray voulait causer la ruine d'Allister.

— Quel dommage que l'enterrement de Ray-Ray ait lieu loin d'ici, sans ses amis, dit Blanche.

Elle se demandait si en dehors de Donnie, Ray-Ray connaissait quelqu'un assez intimement pour lui confier la cassette.

— En dehors de Marc, je ne crois pas qu'il avait beaucoup d'amis.

Blanche ne fut pas surprise. Elle savait à quel point son assurance excessive pouvait être fatigante et énervante. En revanche, elle était étonnée que Ray-Ray n'ait pas exhibé Donnie devant ses vieux potes — d'autant plus que le charmant Donnie l'avait courtisé.

— Non, c'est faux, se reprit Mick. Il était très attaché à une autre personne, mais elle vient de mourir elle aussi. Ms Barker, qui tenait la boutique sur Humboldt. Vous la connaissiez ?

Blanche acquiesça.

— Ils étaient très liés, depuis toujours. Il lui racontait toutes ses petites histoires — et les nôtres aussi. Je crois que de temps en temps elle l'a accueilli chez elle, quand il était en froid avec Inez. Ils sont morts tous les deux maintenant.

Et ils ont tous les deux été assassinés. Tous les deux — le voleur de la cassette et celle à qui il racontait toutes ses petites histoires, songea Blanche.

Quelque chose de lourd vint heurter le fond de son estomac.

— Tu vas à l'enterrement de Ms Barker ? demanda-t-elle pour se changer les idées.

— Tu veux qu'on y aille ensemble ? demanda Mick. Je passerai te chercher. (Elle regarda sa montre.) Mince ! Je suis encore en retard !

Elle se leva et prit aussitôt la porte. Blanche appela l'épicerie *Gourmandarie* et commanda les poires, les légumes verts et les steaks de saumon pour le repas de midi de Felicia et ses invités. Le temps qu'elle rassemble ses casseroles et ses condiments, le livreur était déjà à la porte. Elle lava le cresson et la chicorée, essora les crudités, les mit dans un torchon, et se laissa glisser dans une sorte de transe au cours de laquelle son corps faisait la cuisine pendant que son esprit était occupé ailleurs.

Elle retrouva alors le cours de ses pensées de la veille, alors qu'elle tombait de sommeil, et qui s'étaient étayées au cours de sa conversation avec Mick : si Ray-Ray tenait Ms Barker au courant de tout, la vieille dame savait que la mort de Ray-Ray était liée à une chose qu'il avait volée. Blanche éplucha et hacha une petite gousse d'ail. Elle s'arrêta, le couteau dressé à cinq centimètres de la planche à découper, sûre, d'un coup et sans le moindre doute, que non seulement Ray-Ray avait parlé de la cassette à Ms Barker, mais qu'en plus il lui en avait confié la garde. Ms Barker avait dû inventer cette histoire de conversation surprise par hasard, pour ne pas admettre ce qu'elle savait. Blanche termina de hacher l'ail, reposa le couteau, et regarda un instant le jardin, pour aller au bout de son raisonnement. Elle essaya de se concentrer sur le cri rauque d'un geai bleu tout proche, mais ses pensées ne la laissèrent pas tranquille. Elle fit glisser l'ail dans un saladier, ajouta du yaourt allégé au lait caillé et y incorpora un peu de crème aigre. Ses jambes lui faisaient l'effet de brindilles trop faibles. Elle s'appuya au plan de travail alors que, tel un poison, s'insinuait en elle l'idée que Ms Barker était très probablement morte à cause de la cassette de Brindle.

Elle ferma les yeux et ne les rouvrit qu'une fois certaine que les questions qui se bousculaient dans sa tête n'allaient pas la faire hurler : les choses auraient-elles vraiment été différentes si elle avait parlé à Ms Barker de Ray-Ray s'introduisant dans la maison des Brindle ? Ou d'Allister Brindle qui avait vraiment pété les plombs au sujet de sa cassette volée ? Ou du ton sur lequel il avait ordonné à Samuelson de la retrouver ? Est-ce que Ms Barker serait encore en vie ? Et Ray-Ray ?

— Pardon, pardon, et encore pardon, murmura-t-elle alors que les regrets gravaient de manière indélébile ces horribles questions dans son cœur.

Elle égoutta les câpres et les incorpora dans la sauce. Le moins qu'elle puisse faire maintenant était de trouver la cassette et d'essayer de confondre le coupable. Elle voulait au moins savoir qui les avait tués. Il était peu probable que Samuelson se soit sali les mains, mais n'était-il pas escorté par deux hommes, à la réunion sur l'empoisonnement par le plomb ?

Il faut que je parle à Pam, songea-t-elle, soulagée d'avoir quelque chose à faire.

Elle s'essuya les mains sur son tablier et attrapa le téléphone. Mais elle ne s'en servit pas. Ms Barker n'était morte que depuis la veille. Elle appellerait demain. Elle lava et essuya les poires à pocher. Elle devait aussi réfléchir à ce qu'elle dirait exactement à Pam.

Les quatre amies de Felicia étaient aussi intéressantes qu'un pain de viande vieux de trois jours. Blanche les surnomma aussitôt « Les Adorables » : d'adorables — ni trop longues, ni trop courtes — coupes de cheveux ; d'adorables jupes, bleu marine, verte, grise ou dans un écossais sobre ; d'adorables voix. Aucune ne rit trop fort ou ne s'enfonça un peu trop dans son siège. Bien entendu, aucune d'elles n'éleva la voix, ne parla de sexe, d'argent ou des problèmes de prostate de leurs maris. Blanche était persuadée que si elle plissait les yeux, elle pourrait même voir à travers elles. Elles parlèrent d'une vente aux enchères au profit d'une œuvre de bienfaisance à laquelle elles travaillaient toutes. Tout cela paraissait tellement *adorable* qu'il était même inutile d'écouter aux portes. Quand l'heure de servir le café serait venue, elles en auraient toutes besoin pour s'empêcher de s'endormir les unes les autres.

Après le repas, Felicia vint dans la cuisine.

— Délicieux repas, Blanche. Les poires étaient divines.

Elle ajouta qu'elle sortait faire du *shopping* avec ses invitées.

Blanche expédia rapidement le nettoyage, rangea la vaisselle, et monta à l'étage pour voir ce qu'elle pourrait bien y découvrir.

C'était la chambre d'Allister qui l'intéressait. Elle ne s'attendait pas à trouver sur sa table de nuit un mot expliquant le contenu de la cassette ou comment il tenait Samuelson. Cependant, elle pourrait peut-être utiliser quelque chose.

Elle enfila ses gants en caoutchouc et ouvrit la porte. Bien entendu, les ondes ne lui plurent pas du tout. Elle décida de se préparer en visitant d'abord la chambre de Felicia, même si elle n'envisageait pas d'y trouver quoi que ce soit d'utile. Felicia n'en savait pas autant qu'elle au sujet de Ray-Ray et de la cassette. Mais jeter un rapide coup d'œil dans cette pièce la mettrait peut-être en condition pour ses recherches.

Elle connaissait déjà la chambre et ouvrit donc le dressing : une commode, une coiffeuse, et au moins trois mètres de penderie et de porte-chaussures, derrière des portes coulissantes recouvertes de miroirs. Elle alla dans la salle de bains et pénétra dans le sauna. Une part d'elle-même mourrait d'envie de se déshabiller, mais dans cette maison, mieux valait ne pas être nue. Elle ouvrit ce qu'elle tenait pour un placard, à l'autre bout de la salle de bains, mais découvrit une salle de gym : équipement Nautilus, vélo d'appartement, deux bancs d'exercice et table de massage. Une chaîne stéréo et un mini-bar dans un coin, une chaise dans un autre. Elle ferma la porte et se remit à convoiter, une minute encore, la salle de bains de Felicia. Elle s'attarda dans le dressing, cachette favorite de toutes ses patronnes précédentes. Elles pensaient sans doute que cet endroit était une bonne cachette parce qu'elles seules — et ceux qu'elles avaient l'impression de contrôler — y pénétraient. Elle inspecta les murs, à la recherche d'un coffre-fort : derrière un miroir rond avec un cadre fait de carreaux de céramique représentant des scènes miniatures de montagnes et de lacs, de champs de fleurs et de campagne sous la neige ; derrière les vêtements et derrière la coiffeuse. Rien.

Même si elle portait ses gants en caoutchouc, elle utilisa une longue lime à ongles posée sur la coiffeuse, pour remuer le contenu de la corbeille à papier : houppette de coton tachée de maquillage beige et d'une crème à la vanille ; une copie à moitié terminée de l'emploi du temps des événements de la maison et des repas dont elles avaient parlé deux jours auparavant ; une carte postale annonçant à Felicia la date de livraison de l'ensemble commandé à la boutique *Chez Simone* ; une carte postale d'une certaine Bibi — *Je passe un moment formidable ! Les serveurs sont si mignons !* — des îles Moustique.

Les serveurs étrangers sont-ils de jeunes amants recherchés dans le monde de Felicia ?

Blanche aurait aimé être une petite souris quand les serveurs racontaient leur version des choses.

Carrie faisait du bon travail pour maintenir en ordre les vêtements de Felicia. Blanche regarda sans rien déranger les tiroirs de la commode pleins de sous-vêtements en satin crème et bordés de dentelle et les chemises de nuit. Le tiroir du bas renfermait un godemiché noir à lanière et deux vibromasseurs de tailles différentes. Blanche gloussa en s'imaginant Carrie devant le tiroir ouvert, se mettant instantanément à prier pour Felicia.

Sur le bureau dans l'alcôve se trouvait la première photo de la famille Brindle qu'ait vue Blanche. À l'intérieur du cadre en argent, une version rajeunie d'Allister et Felicia côte à côte. Un jeune homme — probablement Marc — tenait Felicia par l'épaule. Marc devait être adolescent à l'époque. Il avait les yeux de sa mère et le menton de son père. Tous trois riaient. Blanche la reposa. Il fallait qu'elle passe à la chambre d'Allister, mais elle fut retenue par la sensation que quelque chose se trouvait ici. Mais quoi ? Elle fit une nouvelle fois le tour de la pièce. La porte de la salle de gym de

Felicia sembla se réfléchir dans le coin de son œil gauche. Cette fois elle pénétra à l'intérieur.

Un long mur était couvert de miroirs du sol au plafond. Elle marcha jusqu'au bout de la pièce, fit demi-tour et se regarda.

J'ferais bien de poser mes grosses fesses sur ce vélo. Je peux probablement plus toucher mes genoux, et à plus forte raison mes doigts de pied.

Et bien entendu, il fallu qu'elle fasse l'essai. Elle se pencha en avant et fut en mesure d'attraper ses mollets. En se redressant, elle remarqua un petit bouton à côté du dernier miroir mural. Elle appuya dessus. Une porte s'ouvrit et révéla une penderie. Sweat-shirts, baskets, serviettes de bain et une grande sortie de bain moelleuse en éponge. Blanche repoussa les cintres sur le côté. Sur le mur du fond, à mi-hauteur, elle vit une petite boîte — du genre de celle abritant la plomberie et les trucs électriques. Blanche tira sur la poignée, et la porte tout entière se détacha : un sac de chez Bloomingdale's était coincé derrière de gros tuyaux coudés. Un sac lourd duquel s'échappèrent des bruits métalliques quand elle le sortit de la penderie.

Elle n'avait encore jamais vu de médaille olympique d'aussi près : trois médailles d'or, trois médailles d'argent, et six trophées, remportés lors d'épreuves de natation. Le nom de SAXE WINSTON était gravé sur chacun d'eux. Le journal avait signalé que les médailles et les trophées de Saxe avaient disparu. Peut-être Saxe les avait-il donnés à Felicia avant de mourir. Mais pourquoi ? Elle s'efforça d'expliquer raisonnablement comment Felicia pouvait être en possession des affaires de Saxe sans pour autant être liée à sa mort. Sans succès.

Merde !

Elle avait été contente de constater que Felicia n'était pas mêlée à la mort de Ray-Ray.

Et maintenant ça !

Cependant, le fait qu'elle soit en possession de ces choses ne voulait pas dire que Felicia avait tué Saxe. Et si c'était elle, pourquoi avoir pris ses trophées ? Blanche trouva la réponse, avant même qu'elle n'ait fini de se poser la question :

Pour que ça ait l'air d'un vol !

Mais avant toute chose, pourquoi l'avoir tué ?

Elle sortit les derniers objets du sac. Un paquet de photographies. Douze photos montrant Saxe appuyé contre le pont d'un bateau, sur le point de plonger depuis un bateau, se prélassant dans une chaise longue avec une paire de lunettes de soleil trop grandes et un string trop petit. Sur toutes les photos, il était seul. Sauf sur la dernière : Blanche l'examina de plus près. Elle la compara à la photo sur le bureau de Felicia.

C'est ça !

Aucun doute possible, le jeune homme à côté de Saxe était bien Marc Brindle.

Saxe regardait fixement dans l'objectif de l'appareil photo, souriant de ce même petit sourire qui vous promettait d'assouvir vos fantasmes sexuels les plus fous, et plus encore. Marc rayonnait en regardant Saxe, et se penchait vers lui d'une façon qui rappela à Blanche des lèvres dans l'attente d'un baiser. Il n'y avait rien derrière, pas même une date. Mais c'était moins le moment où elle avait été prise que ce qu'elle montrait qui importait.

Si Felicia l'avait vraiment regardée, elle ne pouvait ignorer les sentiments de Marc à l'égard de Saxe. Sauf si, comme l'avait dit Mick au sujet d'Inez, elle ne voulait pas savoir. Blanche mit la photo sous la lampe et la regarda en pleine lumière.

Oh merde ! Est-ce qu'en fait ils étaient... ?

Elle approcha ses yeux de la photo. Elle ne l'avait pas remarqué auparavant, car il y avait une ombre entre Marc et Saxe. Mais, aucun doute possible : Saxe et Marc se donnaient la main.

Mince !

Elle sentit la chaleur qui s'échappait de cette photo. Elle repensa à cet après-midi où Saxe était revenu pour chercher ses photos. Felicia avait-elle vu les photos le jour où il les avait perdues ? Elle était vraiment toute triste cet après-midi-là.

Ce n'est quand même pas tous les jours que vous découvrez que votre fils et votre amant ont une aventure !

Blanche se voyait sans problèmes mettre son poing dans la figure du salaud qui baiserait avec elle et avec son enfant. Mais l'autodéfense était l'unique raison de tuer quelqu'un.

Rien de tel que d'en savoir trop sur les histoires de son patron.

Mais peut-être faisait-elle fausse route. Felicia n'était pas la seule à avoir des raisons de faire du mal à Saxe. Marc aussi. Peut-être était-ce la raison pour laquelle Felicia voulait tellement lui parler. Peut-être était-elle au courant qu'il... Non, comment Felicia aurait-elle fait pour avoir les trophées et les médailles, si elle ne l'avait pas vu depuis des mois ? Et si sa mère l'aidait à couvrir un meurtre, Marc n'aurait—il pas au moins demandé à lui parler quand il a appelé à la maison ? Blanche se rappela la façon dont Felicia s'était mise à éviter son regard après la mort de Saxe. Et Allister n'avait-il pas dit quelque chose au sujet de sa disparition et d'une quelconque réception le jour où Saxe avait été assassiné ? Elle regretta vraiment d'avoir trouvé ces trucs. Elle les remit tous dans le sac, rangea le sac à sa place, et referma la porte de la penderie. Elle redescendit à la cuisine et se fit une tasse de thé. En versant l'eau sa main tremblait.

À partir de maintenant, je ne fous plus mon nez là-dedans, se promit-elle, sans savoir vraiment où se trouvait la part du mensonge et celle de la vérité. Elle savait qu'elle n'allait pas appeler la police et leur dire que Felicia avait les trophées et médailles de Saxe. Elle savait qu'elle n'allait pas balancer toutes ces choses à la figure de Felicia. Elle pensa à Felicia l'admonestant parce qu'elle avait bousculé Samuelson.

Quel culot !

Blanche termina de boire son thé.

Ms Barker et Ray-Ray d'abord, se dit-elle.

Elle remonta à l'étage.

Les appartements d'Allister avaient la même taille et la même disposition que ceux de Felicia. Sa chambre était pleine de meubles en acajou foncé venant probablement de son arrière-grand-père et qui firent penser à Blanche à de grandes créatures voûtées tapies dans la pièce. Des gravures représentant des canards étaient accrochées aux murs ; des broussailles argentées accrochaient la lumière venue du dehors. Tout dans la pièce — meubles, tapis et cadres — était soit vert kaki soit marron foncé, avec une petite merdouille moutarde ajoutée au milieu. Une chambre qui semblait dire « je suis un adepte de la position du missionnaire ». Elle se demanda si c'était vrai. Couchait-il toujours avec Felicia, ou est-ce qu'il baisait lui aussi avec quelqu'un d'autre ? Un pyjama en soie crème et une veste d'intérieur usée en soie à motifs cachemire étaient pendus à la porte de son dressing. Il possédait tous les gadgets pour homme qui soient : un valet en bois muni d'un portant pour les pantalons et d'un cintre pour les vestes, une tondeuse électrique pour les poils de nez, une radio Bose, un bloc-notes lumineux avec un stylo attaché. Blanche appuya sur le bouton de son porte-cravates. Une lumière s'alluma et les cravates se mirent à défiler en cercle. Elle préféra sa salle de bains argent et noir à celle bleue et verte de Felicia. Lui aussi avait son installation jacuzzi, douche et sauna personnel. Sa salle de gym contenait des poids, un rameur et un grand sac de sable noir sur une structure avec des boutons à sa base, comme un ordinateur intégré. Elle jeta un coup d'œil au dressing, mais ne toucha à rien. Elle eut l'impression que les murs de cette pièce sans fenêtres se rapprochaient d'elle petit à petit — les murs le faisaient toujours lorsqu'elle se trouvait en terrain ennemi. Elle quitta le dressing sans se retourner. D'expérience, elle savait que les hommes et les femmes dissimulaient les choses différemment. En plus des coffres-forts, les femmes semblaient chercher des endroits qui n'étaient pas vraiment des cachettes — les poches des manteaux ou les chaussures. Les hommes semblaient aimer les cachettes truquées : un panneau secret dans un mur, un bureau avec un tiroir caché, des valises à double fond. Une fois elle avait même trouvé un compartiment étroit encastré dans le fauteuil de bureau d'un de ces employeurs. Il conservait à l'intérieur des photos d'enfants nus. Elle avait versé de l'ammoniaque sur les photos et n'était plus jamais revenue.

Une bibliothèque, une chauffeuse et une table basse occupaient l'alcôve où se trouvait le bureau dans la chambre d'Allister. Blanche tourna autour des meubles, se frayant un passage dans les vibrations (vibes 155) d'Allister, tout en marchant au milieu de ses affaires. Elle regarda le vaste fauteuil — assez grand pour deux. Ses accoudoirs et ses pieds en bois foncé luisaient, fruit du labeur de

Wanda. C'était un fauteuil qu'Allister appréciait. Le dossier était légèrement plus foncé à l'endroit où il posait la tête, et dévoilait sobrement la découpe de ses fesses à l'endroit où il s'asseyait. Les accoudoirs étaient assez larges pour y déposer un verre ou une tasse ou pour s'y accouder et écrire. Blanche rassembla toute son énergie, respira un grand coup et s'assit. D'expérience, elle savait aussi que les hommes aimaient avoir l'œil sur leurs cachettes. Si celles-ci se trouvaient derrière un tableau, il s'agissait plutôt d'un tableau placé face à leur fauteuil favori que derrière, de façon à ce qu'ils puissent garder l'œil sur elles. Elle étudia la pièce depuis l'endroit où elle était assise, puis se leva pour inspecter les tableaux. Rien. Elle retourna s'asseoir sur le fauteuil et regarda avec une plus grande attention : du coin de l'œil gauche, elle voyait la bibliothèque ; face à elle le repose-pied ; de l'autre côté, une table. Elle ramena le repose-pied vers elle. Il était plus lourd qu'il n'en avait l'air. Elle fit glisser sa main sur les rebords du coussin jusqu'à ce qu'elle sente une petite charnière. Elle tira sur le coussin. Il se leva pour révéler un petit coffre-fort qui ne lui était d'aucune utilité, pas plus qu'à quelqu'un d'autre, sans la combinaison.

Elle baissa les yeux sur la serrure à combinaison grise. Si c'était là qu'Allister conservait son film, comment Ray-Ray avait-il fait pour le voler ? Elle referma le couvercle matelassé. En se levant, sa main glissa dans l'interstice entre l'armature du siège et le coussin. Ses doigts accrochèrent automatiquement un objet : une boîte d'allumettes. Une boîte d'allumettes qui lui était familière : celle du *Club*, en lettres argent sur fond noir.

Elle en avait trouvé une identique dans le tiroir de la commode de Ray-Ray. Elle redescendit et appela Joanie à l'hôpital. En attendant la communication, elle joua avec la boîte d'allumettes.

— Salut, ma poupée. Je sais que tu es occupée. Je voudrais juste savoir si tu as déjà entendu parler d'un endroit qui s'appelle *Le Club*.

— Ça me dit rien du tout. C'est un night-club ?

— Possible. J'en sais trop rien.

— Si seulement les night-clubs faisaient partie de ma vie ! Je serais bien incapable de me rappeler la dernière fois où je suis allée en boîte. Mais je parie que Lacey doit savoir ça.

Blanche hésita, se demandant si Lacey se souviendrait d'elle.

— Donne-moi ton numéro. Je lui dirai de te l'appeler, ajouta Joanie.

Pendant que les Brindle prenaient l'apéritif, Blanche ne traîna pas dans les alentours de la bibliothèque. Il lui était quasiment impossible de regarder Felicia en face. À l'instant où elle la vit, elle ressentit tout le poids du sac de trophées et médailles. Et elle ne pouvait s'empêcher de se montrer pessimiste, étant donné ce que la présence de ce sac dans la chambre de Felicia signifiait certainement. Quant à Allister, l'idée de se retrouver dans la même pièce lui donnait la chair de poule. À cette façon qu'il avait de la regarder à la dérobée, elle se doutait bien que, pour lui aussi, elle ne rendait pas le monde plus réjouissant.

— Blanche ! espèce de petite cachottière. Je ne savais pas ! lança Lacey. Évidemment, je me ferais une joie de te parrainer, ma belle. Ben dis donc, t'es un sacré numéro !

Blanche laissa une seconde ou deux à Lacey pour qu'elle en finisse avec ses gloussements pleins de sous-entendus. Puis elle lui annonça qu'elle ne savait pas quel genre d'endroit était *Le Club*.

— Pourquoi tu veux y aller ?

— Je suis superstitieuse. J'ai trouvé deux boîtes d'allumettes à son nom, dans des endroits inattendus.

— Superstitieuse et curieuse. Où exactement astu trouvé ces boîtes d'allumettes ?

Blanche ne répondit pas.

— D'accord, si tu ne veux pas parler, moi non plus je ne te dirai rien. Tu seras obligée de découvrir *Le Club* par toi-même.

Cela ne posait aucun problème à Blanche. Elle prit rendez-vous avec Lacey pour l'après-midi suivant, quand les Brindle seraient sortis. Lacey proposa de passer la chercher pour gagner du temps.

Blanche descendait du bus quand Tongues se précipita sur elle.

— Tu vas bien vouloir être mon amoureuse

maintenant, hein. Donne-moi un petit baiser, Blanche, je suis sûr. Je suis sûr.

Elle le regarda avec assurance et attendit qu'il poursuive. Ça n'avait pas de sens de l'encourager avec une question, sauf si c'était absolument nécessaire.

— J'ai sauvé toutes tes affaires, tout. Si je n'avais pas été là, ils auraient tout pris, alors hein...

— De quoi parles-tu, Tongues ? demanda Blanche en s'arrêtant de marcher. Qu'est-ce que tu as sauvé ?

— Tout ! Blanche, tout ce que tu possèdes. Tu vas être ma femme maintenant, je parie, hein ? Hein ?

Blanche se retint de hurler : qu'il lui raconte tout, maintenant !

— Tu veux parler des choses qu'il y a chez moi, Tongues ?

— C'est ça, ma belle. Tu parles, maintenant, hein ma belle. J'ai tout sauvé. Moi, Tongues. Tu dois au moins me serrer dans tes bras, hein, Blanche, parce que...

Au prix d'un effort surhumain, Blanche s'efforça de rester calme.

— Je le ferai peut-être Tongues, je le ferai peut-être, articula-t-elle en tapotant son bras. Mais avant tu dois me raconter ce qui s'est passé.

Désormais elle marchait vite et le traînait dans son sillage.

— Oh, dis donc ! Je me suis trouvé une amoureuse, hein ! Hein ? répétait Tongues dont le sourire était assez large pour deux.

Blanche voyait sa patience l'abandonner à vitesse grand V.

— Tongues, il faut que tu me dises ce qui s'est passé. Est-ce que quelqu'un a essayé de cambrioler ma maison ?

— Hum Hum. C'est ça. Ils étaient deux, hein. Des grands *blacks* ! dit-il en levant la main bien au-dessus de sa tête.

Blanche retint son souffle. Ils approchaient de sa porte d'entrée. Elle avait peur de pénétrer chez elle, de voir comment allaient les enfants et son territoire. Mais elle n'était pas disposée à laisser Tongues entrer.

— Ont-ils essayé de fracturer la porte ? lui demanda-t-elle.

Il hocha la tête de droite à gauche, puis se dirigea à l'arrière de la maison et désigna la fenêtre de la cuisine, qui laissait apparaître une ouverture d'environ 2,5 centimètres. L'encadrement en aluminium était tordu.

— Là, juste là. Hein, hein, hein ? fit Langues en mimant avec ses bras et ses mains une sorte de levier.

Blanche l'abandonna et retourna à toute vitesse à l'avant de la maison. Elle ouvrit la porte.

— Eh, les gosses, j'suis rentrée. Tout le monde est là ? cria-t-elle. (Elle fut soulagée lorsque Shaquita lui répondit.) Je vais revenir d'ici quelques minutes.

Elle referma la porte et s'assura que celle-ci était bien verrouillée.

— Qu'est-ce que tu as fait, Tongues ?

Il mit une main aux ongles rongés devant sa bouche et gloussa bêtement.

— J'les ai bien eus, hein. J'les ai bien eus, dit-il alors qu'il affichait de nouveau son sourire pour deux.

— Comment, Tongues ? Comment as-tu fait ?

Il se retourna rapidement, et Blanche craignit de l'avoir perdu.

— Elle arrive ! Elle arrive ! cria-t-il en direction de la fenêtre, comme s'il s'adressait aux hommes qui essayaient de la forcer. Futé, hein, Blanche, hein ?

— À quoi ressemblaient-ils, Tongues ?

— Je t'ai dit, Blanche. Des gros, vraiment mastoc. Je...

— Tu les connaissais, Tongues ? Tu les avais déjà vus ?

— J'les ai bien eus, hein, Blanche, hein ? lui demanda-t-il d'un air absent. Maintenant je sais ce que tu vas me donner, j'en suis sûr, hum, hum.

— Ouais, c'est exact, Tongues, je te suis reconnaissante, finit par lâcher Blanche. Je vais peut-être te faire un gâteau, mon ange, mais laisse tomber pour le reste. (Elle déposa un baiser sur son front.) Je te remercie d'avoir arrêté ces voleurs. Maintenant j'ai à faire.

Elle l'écarta gentiment de son perron et descendit la côte.

— Attends, Blanche, attends ! dit Tongues en courant derrière elle.

Finalement il laissa tomber.

Tout comme son pas, l'imagination de Blanche était passée à la vitesse supérieure. Et si l'un des enfants avait été à la maison ? Et si ces voyous étaient parvenus à entrer chez elle ? Et si ce n'était pas des voleurs, mais des gens qui cherchaient quelque chose de bien particulier ? Comment avait-elle pu être assez bête, assez grande gueule pour dire à Ms Barker qu'elle allait découvrir l'assassin de Ray-Ray ? Si sa vie était creuse au point qu'elle ait besoin d'aller fourrer son nez dans les affaires des autres, il était peut-être temps qu'elle se trouve un autre emploi ou qu'elle s'engage comme volontaire humanitaire.

Blanche jeta un coup d'œil au parking du *MacDonald's,* jusqu'à ce qu'elle repère la voiture de l'agent de sécurité. Elle ouvrit si brutalement la portière, qu'elle ne lui laissa aucune chance de faire croire qu'il ne dormait pas.

— Où diable étiez-vous quand ces raclures ont essayé de fracturer mon domicile ? (Elle l'attrapa par la chemise et le sortit de la voiture.) Les enfants auraient pu être blessés !

— On se calme, on se calme ! dit l'agent qui arracha sa chemise des mains de Blanche et fit un pas en arrière.

C'était un petit homme corpulent, et assez âgé pour être à la retraite — c'était probablement le cas.

— Vous n'avez aucune raison de m'engueuler...

— La ferme ! Quelqu'un a essayé de s'introduire chez moi par effraction, cet après-midi. J'habite au numéro 47. Au grand jour, en passant par la fenêtre de ma cuisine. Vous me dites où vous étiez lorsque ça s'est passé, et ensuite on pourra parler du fait que je vous engueule. À moins que vous ne préfériez que j'appelle votre chef ?

Elle croisa les bras sur sa poitrine, pour se retenir de le prendre par le col et de l'assommer derechef.

— Allons, ma p'tite dame, pas la peine de téléphoner. On peut essayer de comprendre. Numéro 47, c'est ça ? J'étais là-bas toute la journée, je le jure. Ça devait être quand j'suis passé au supermarché pour...

— On vous paie pas pour faire vos putains de courses !

— Je sais, je sais. Ça ne se reproduira plus, ma p'tite dame. Je vais bien surveiller votre maison et je ferai un rapport sur ce qui s'est passé si vous me dites quand...

— Allez vous faire foutre, avec votre rapport. Surveillez ma maison, sinon, *moi*, je vais faire un rapport. Et vous allez vous retrouver sans boulot. J'ai des gosses, vous pouvez comprendre ça ! Il aurait pu leur...

Merde !

Il la regardait comme s'il avait affaire à une folle, et elle l'était : folle de rage. Elle reprit deux fois sa respiration.

— Écoutez, je regrette de m'emporter mais, comme je vous l'ai dit, les gosses auraient pu se trouver à la maison, ou rentrer à la maison alors que quelqu'un... reprit-elle, rouge de colère et hochant la tête pour décourager les larmes.

— Vous faites pas de soucis, ma p'tite dame. Je vais être sur mes gardes, je vous le promets. J'ai besoin de ce travail...

— OK, OK, dit Blanche en levant la main pour l'arrêter.

Elle tourna les talons et remonta la côte. Tongues l'attendait en face de chez elle. Il courut à sa rencontre.

— Blanche ! Blanche !

Elle lui lança *le Regard*, réservé à Taifa et Malik quand ils étaient à deux doigts de se créer de gros pépins.

— *Oohgalta majinica sambalala dicoty*... lança Tongues en voyant son visage.

Il fit demi-tour.

Blanche n'avait jamais entendu dire que, d'un seul regard, quelqu'un avait affolé Tongues, au point de le faire parler dans sa langue. Il faisait toujours son numéro lorsqu'elle s'introduisit dans la maison.

Taifa descendait l'escalier. Blanche avait espéré courir dans sa chambre et se reprendre avant de voir les gosses. Si elle essayait de leur parler maintenant, elle serait incapable de chasser la peur de sa voix.

— Eh, m'man, qu'est-ce qui se passe ? T'es sûre que ça va ?

Taifa posa sa main sur le front de Blanche. Celle-ci tira la jeune fille contre elle et la serra dans ses bras. Contre toute attente, Taifa se blottit contre elle et la serra à son tour très fort.

Ça ne nous arrive pas assez souvent, songea Blanche.

— J'en avais besoin, dit Taifa en se dégageant. Mon prof de gym m'a tellement foutu les boules, aujourd'hui.

Blanche écouta d'une oreille distraite : Taifa avait tenté de sécher le cours de gym, s'était fait prendre, engueuler par son prof devant toute la classe et avait été chargée d'exercices supplémentaires. En même temps, elle se demandait si elle ne faisait pas fausse route en établissant un lien entre le cambriolage et la cassette de Brindle. Après tout, le quartier était un haut lieu de la criminalité.

— C'est tout ce que tu mérites, tu n'avais pas à essayer de sécher les cours. Tu n'avais...

Taifa poussa un soupir de soulagement lorsque le téléphone sonna et elle se jeta dessus.

— Salut, grand-mère. Comment ça va ? Oui, je vais bien. Ouais, enfin oui, tout se passe bien à l'école. On était justement en train d'en parler. (Elle regarda Blanche et leva les yeux au ciel.) Oui, m'dame. Elle est là.

Elle tendit le combiné à Blanche et monta se réfugier à l'étage.

— Eh, Mama.

— Blanche ? Tu vas bien ? T'avais l'air bizarre la dernière fois qu'on s'est parlé. J'ai même pas pu causer et tu...

— Et je vais recommencer, maman, si tu ne me laisses même pas le temps d'en placer une de temps en temps. Bon, comment vas-tu ?

Blanche laissa à sa mère le temps de se remettre de ses émotions avant de répondre.

— Eh bien, ça va pas mal, j'imagine. Et toi ?

Blanche esquissa un sourire. Assez parlé des vieux et des jeunes. Elle donna à sa mère une version courte et anodine des nouvelles la concernant, de la situation scolaire des gosses, et lui avoua à quel point ils étaient, l'un comme l'autre, épuisants.

— T'as qu'à m'envoyer les petits sauvages. Je vais les remettre d'aplomb, moi. Bien sûr, le Seigneur te rend la monnaie de ta pièce pour tout le chagrin que tu m'as causé quand t'étais ici.

Le chagrin ! Quel chagrin ?

Elle avait eu bien trop de corvées pour être une enfant épuisante. Mais elle n'eut pas la chance de pouvoir répondre. Sa mère avait repris la parole.

— ... quel dommage pour le fils d'Inez, la pauvre. Je sais comme c'est dur de perdre un enfant. Charlotte dit que sa petite-fille Quita est une jeune fille bien et intelligente.

On dirait pas, vu son comportement en ce moment, pensa Blanche.

Mais elle parla à Mama des bonnes notes de Shaquita et de son projet de devenir archéologue.

— Bon, je tiens pas trop à faire grimper ma note de téléphone. Je voulais juste t'engueuler !

— Merci, Mama. Je te rappelle bientôt, conclut Blanche, plus satisfaite que jamais de cette conversation avec sa mère.

Blanche attendit la fin du repas pour parler aux enfants du cambriolage avorté. Ils l'écoutèrent religieusement, gardant le silence lorsqu'elle leur montra l'encadrement tordu de la fenêtre.

— C'est la raison pour laquelle je veux que vous laissiez l'agent de sécurité faire le tour de la maison avant vous, quand vous rentrerez de l'école

— Ce vieux type bizarre ! Pourquoi doit-on le laisser entrer dans la maison, m'man ?

Blanche nota le petit couinement d'inquiétude dans la voix de Taifa.

— Je veux simplement qu'il s'assure que tout va bien. Si les voleurs reviennent, je ne veux pas que vous leur tombiez dessus. Tongues les a dissuadés cette fois-ci, mais...

— Tongues ? Ce cinglé ? Il a sûrement inventé toute cette histoire, lâcha Taifa.

Blanche faillit l'admonester pour avoir montré si peu de respect envers un aîné. Cependant, le fait de s'imaginer que Tongues était trop cinglé pour dire la vérité avait atténué le petit couinement dans la voix de Taifa.

— J'ai pas besoin de ce vieux type pour me protéger ! aboya Malik. Je suis assez grand pour faire ça tout seul. Si des...

Blanche attendit qu'il ait fini. Elle ne pouvait rien faire contre cet accès de testostérone.

Shaquita était la seule à qui cela ne semblait pas poser de problème. Elle promit d'attendre sur le perron le retour des deux numéros de Blanche.

Voilà une bonne chose de faite, se dit Blanche.

Dans la salle à manger, elle écouta la radio, donnant l'opportunité aux gosses de marmonner et grincer des dents en privé.

Elle réussit à écouter la fin de *All Things Considered* sur National Public Radio. Son amie Carmen, à Harlem, lui avait fait découvrir NPR. Pouvoir l'entendre à Boston lui donnait l'impression d'être en contact avec les gens des autres endroits où elle avait vécu, et qui tous écoutaient la même chose.

Elle attendit que les enfants aillent se coucher, avant de prendre possession de la salle de bains : bougies, encens, radiocassettes, casque, et Ida Cox lui rappelant que *Wild Women Don't Get No Blues*. Elle essaya de se laisser glisser entre sommeil et insomnie, où son corps se trouvait pratiquement en apesanteur et où son esprit était libre. Mais elle avait vécu une journée trop difficile pour y arriver. Elle pourrait compter sur l'agent de sécurité pendant un jour ou deux, parce qu'elle venait juste de lui remonter les bretelles, mais l'effet ne durerait pas. Il lui fallait trouver cette cassette — ou des renseignements sur Samuelson — pour faire cesser la pression grandissante qu'elle sentait autour d'elle. Mais la protection des enfants ne pouvait pas attendre. À la réunion sur l'empoisonnement par le plomb, Othello Flood avait parlé des Ex-Taulards assurant la surveillance. Peut-être pourrait-il lui venir en aide. Elle s'allongea dans la baignoire.

Ray-Ray se montra soudain dans la salle de bains. Plus Blanche vieillissait, plus les morts passaient de temps avec elle. Il croisa bras et jambes et lui lança à nouveau son regard interrogateur.

— Ne me regarde pas comme si j'étais censée faire quelque chose. À moins que tu ne sois venu me dire où tu as caché cette foutue cassette. Tu l'as donnée à Ms Barker, c'est ça ? Dis-moi au moins ce qu'il y a dessus, et si je suis dans le vrai au sujet des Brindle ?

Bien qu'elle marquât un bon temps d'arrêt entre les questions, Ray-Ray se limita à esquisser un sourire, au travers de la vapeur qui s'élevait. Et lorsqu'elle se redressa dans la baignoire, il disparut.

Avant d'aller au lit, elle remercia ses ancêtres d'avoir protégé sa maison. Après tout, les voleurs n'étaient pas entrés.

Dans ses rêves, le détective engagé par Felicia Brindle regardait par le trou de la serrure de chez Donnie, qui était aussi l'entrée du YMCA. Mais à la place, se trouvait la chambre d'Allister, où Ray-Ray et Pookie se battaient à coups d'oreiller. Wanda jouait de l'harmonica à la piscine municipale.

9

Huitième jour – Jeudi

Avant d'être totalement réveillée, Blanche ressentit une douleur lancinante provenant du cor à son petit doigt de pied gauche.

Mauvais signe.

Elle eut beau se dire qu'elle n'était pas obligée de faire la tête toute la journée, simplement parce que son pied la faisait souffrir, sa sale humeur et son cor semblaient toujours aller de pair.

Aujourd'hui est un nouveau jour, se dit-elle. *Je peux faire ce que je veux.*

Si c'était vrai, elle appellerait les Brindle et leur dirait de se mettre aux fourneaux. Puis elle irait chez un podologue et ferait enlever ce cor, s'achèterait des chaussures confortables, s'offrirait un bon déjeuner : une soupe, une salade de mesclun, un bon gros beignet de poisson-chat, et le dessert le plus riche de la carte. Elle passerait le reste de la journée à lire et faire la sieste. Si elle pouvait *vraiment* faire ce qu'elle avait envie.

À la place, elle se retourna sur le chemin de sa vie, en quête d'un moment où elle n'avait pas eu à travailler. Elle n'en trouva pas un seul. Ses plus vieux souvenirs remontaient à l'époque où elle faisait le pain avec sa mère, son nez de petite fille à peine à hauteur de leur vieille table en pin, alors que sa petite sœur jouait dans le coin sous la fenêtre. Elle essayait de se grandir le plus possible et imitait la prestance de sa mère. Elle gardait encore en elle le parfum sec et crayeux du plateau en bois brut, et le chatouillement de la farine à l'intérieur de ses narines. Les pains de sa mère avaient rendu la table brillante et semblaient presque assez légers pour flotter jusqu'au four. Le morceau de pâte de la petite Blanche, marqué des empreintes de ses doigts grassouillets, lourds et auxquels cette manipulation avait ôté toute force, allait prendre place dans le four à côté des autres.

— C'est comme ça qu'on apprend, disait Mama quand Blanche se plaignait de la différence entre les pains de Mama et le sien. Persévère ! Un de ces jours les tiens ressembleront aux miens.

Elle aimait aussi jouer sous cette table, dont sa mère avait héritée, et faire comme si c'était le toit de sa petite maison douillette. Elle imitait la façon dont sa mère s'adonnait aux tâches ménagères : lavant et essuyant sa vaisselle imaginaire, frottant ses prétendues vitres jusqu'à ce qu'elles brillent, lavant ses vêtements chimériques, et emplissant sa maison de poupée du parfum de l'amidon quand elle repassait. À 10 ans, ces jeux étaient devenus réalité. Son père était parti, bien avant que Blanche n'ait eu le temps de s'en forger une image durable.

Avec deux enfants à nourrir, Mama partait travailler tôt le matin et rentrait tard le soir. Blanche continuait à ressentir de la colère — amère et salée — de devoir traîner Rosalie partout, d'arrêter ses parties d'osselets parce qu'il fallait éplucher les patates ou d'arrêter de sauter à la corde pour frotter le sol de la cuisine. Elle avait mieux à faire qu'être insolente, et elle ne tenait pas vraiment à se que sa mère se tape tout le travail. Mais elle lui en voulait de la faire travailler si dur et si souvent. En entrant au lycée, elle avait cessé de se considérer comme une enfant surmenée et compris que, par son travail, elle payait tout simplement ses vêtements, sa nourriture et son toit. Un marché équitable.

Mais ce n'était plus le cas. Au cours de sa vie, elle avait travaillé plus qu'elle n'avait reçu. Elle était fatiguée : fatiguée des maisons des autres, des repas des autres ; fatiguée de rendre la vie des autres belle et paisible, alors même qu'elle risquait de voir ses enfants mal tourner. Elle se rendit d'un pas furieux dans la salle de bains et claqua la porte derrière elle — d'une façon qui prévenait le reste de la maisonnée qu'il valait mieux se montrer coopérant. Pour une fois, les enfants furent bien avisés et l'évitèrent.

La vue de Jamaica Pond et le chant d'un oiseau

moqueur éclairèrent assez l'humeur de Blanche pour qu'elle fasse marche arrière et regarde en face ce qui la tracassait.

Sa réaction était en partie due à l'inquiétude. Elle avait abandonné l'illusion de pouvoir protéger Malik et Taifa des pires choses de la vie mais, aujourd'hui, elle aurait voulu pouvoir les suivre partout, tout au long de la journée, pour s'assurer qu'ils ne soient touchés par rien ni personne.

Le reste de sa colère venait de la maison Brindle : elle n'avait pas la moindre envie de s'en approcher. Même s'il n'avait pas fait lui-même le sale boulot, Allister était lié à la mort de Ray-Ray. Elle ne pouvait pas en dire autant de Felicia. Elle ne ressentait pas envers cette femme le genre de dégoût qu'elle éprouvait à l'égard d'Allister, parce que la mort de Saxe ne la touchait pas de la même manière. Pourtant, comment faire pour travailler et se comporter comme si elle n'était pas au courant que Felicia avait tué un homme de ses propres mains ? Le souvenir de ses anciens employeurs lui fournit une réponse, certains défoncés à la coke, d'autres taillant une pipe au chauffeur, oubliant de se laver pendant une semaine, roulant des pelles à leur schnauzer, dérobant de l'argent dans le sac à main d'une invitée, et se livrant à divers autres actes qu'elle faisait semblant de ne pas voir et de ne pas relever.

Ferme-la et regarde droit devant toi.

La première chose que fit Blanche en arrivant chez les Brindle fut d'appeler à la maison.

— Ça y est, t'as déjà fini de faire la gueule ? lui demanda Taifa.

Blanche s'excusa.

— C'est rien, reprit Taifa. Comme tu dis toujours, Mama Blanche, tout le monde a le droit d'avoir ses mauvais jours. Tu voulais quelque chose en particulier ?

— Juste vous rappeler à tous de laisser l'agent de sécurité fouiller la maison quand vous reviendrez de l'école.

— Oh, m'man !

— Je suis sérieuse, Taifa. Aucun de vous ne doit rentrer avant qu'il n'ait fait le tour. C'est clair ?

— N'importe quoi !

— Pardon ?

— Ouais, j'ai compris.

— Je préfère. Et n'oublie de le dire à Malik et Shaquita. Je compte sur toi. Ne me déçois pas, ajouta-t-elle avant de raccrocher.

Taifa comprenait les conséquences d'un comportement décevant et peu fiable. Et elle qui se faisait du souci ! Le monde n'était pas à la hauteur de cette enfant.

Blanche passa ensuite un coup de fil à Bea Richards. Une fois encore, pas de réponse. Elle se demanda si quelqu'un d'autre pourrait lui donner des tuyaux sur Samuelson. Elle allait peut-être se renseigner auprès de Joanie.

Elle réunit les ingrédients pour des œufs Benedict. Ça lui calmait toujours les nerfs de cuisiner un plat compliqué. Après le petit déjeuner, elle regarda l'emploi du temps pour voir s'il concordait avec ses projets du jour : Felicia devait aller chez le coiffeur. Allister était probablement parti, et ni l'un ni l'autre ne seraient là pour le repas de midi ou le dîner.

Parfait !

Ils seraient à la maison pour l'apéritif mais, d'ici là, elle aurait terminé. Elle appela chez Ms Barker.

— Salut, Pam. C'est Blanche. Ça va ?

— Comme ci comme ça. Tu sais ce que c'est.

— Ça prendra du temps, ma chérie, mais la peine finira par s'atténuer. J'en suis sûre.

— Je sais, répondit Pam dans un soupir. Mais ça ne m'est pas d'une aide considérable pour le moment. J'essaie de m'occuper.

— Bon. Eh bien, je vais peut-être t'aider à ce sujet. J'ai parlé à Inez la nuit dernière. Elle m'a rappelé à quel point ta grand-mère et Ray-Ray étaient proches.

— Ouais. J'étais jalouse de lui quand j'étais gosse.

— Inez pense que Ray-Ray a peut-être confié une boîte à Ms Barker, mentit Blanche en croisant les doigts. Une sorte de boîte de souvenirs. Ses premiers petits chaussons sont dedans, de même que son diplôme. Maintenant qu'il n'est plus là, Inez aimerait vraiment les avoir.

— Mais pourquoi est-ce qu'il aurait donné ça à *Gran* ?

— Eh bien, Inez n'est pas rentrée dans les détails. Mais elle semblait bien renseignée. C'est peut-être la raison pour laquelle il ne voulait pas qu'elle reste chez lui.

— Probable. Mais je ne l'ai jamais vue.

— Bien. Est-ce qu'il y a un endroit particulier où Ms Barker aurait pu la mettre ?

— J'ai déjà commencé à fouiller, dit Pam. Et je n'ai vu aucune boîte de ce genre. (Elle s'arrêta une minute.) Il y a le grenier, mais *Gran* n'y était probablement pas montée depuis des années. En tout cas, moi pas.

— On pourrait y jeter un œil ?

Une fois que Pam eut donné son accord, Blanche convint d'un rendez-vous plus tard ce matin-là. Elle raccrocha et tenta de se convaincre que ses mensonges étaient justifiés. Quand toute cette histoire serait tirée au clair, elle dirait la vérité à Pam.

Elle sortit de son sac le morceau d'enveloppe où était noté le numéro de Donnie. Cette fois, elle n'aurait pas à mentir, sinon par omission. Cela ne servait à rien d'accentuer le chagrin de Donnie en lui disant que Ray-Ray avait été assassiné — et qu'elle pensait savoir par qui.

— Service commercial d'International Autos, récita une femme d'une voix sèche.

Blanche demanda à parler à Donnie.

— Donald McFadden, je vous écoute ?

Sa voix était plus forte, plus profonde et plus arrogante que les fois précédentes.

— Donnie ? C'est Blanche White. Vous avez une minute ? C'est au sujet de Ray-Ray.

— Bonjour, Blanche. Avez-vous trouvé mes lettres et la photo ?

— Elles ne sont pas chez sa mère.

— Peut-être qu'il avait quelques affaires dans un garde-meubles ou, si ça se trouve, elles sont chez un ami que je ne connais pas. Vous pourriez demander à Ms Inez, peut-être...

— Écoutez, Donnie, l'interrompit Blanche. Je vous ai demandé s'il avait déjà parlé des Brindle, les gens pour qui travaille Ms Inez ? Eh bien, il n'y a peut-être jamais fait référence, mais eux, ou tout du moins l'un d'eux, a beaucoup jasé au sujet de Ray-Ray. Allister Brindle...

— Je ne veux pas le savoir ! Je ne sais rien des relations de Ray-Ray avec ces gens-là, et je ne veux pas savoir. Et en particulier, au sujet de choses qui... Je vous l'ai déjà dit ! Nous voulions repartir de zéro. Nous n'avons pas parlé de vieilles...

Blanche perçut le tremblement dans la voix du jeune homme

— Donnie, je suis désolée. Je sais que vous traversez une période difficile mais, hier, quelqu'un a essayé de pénétrer chez moi. Je crois qu'ils cherchaient...

— Ne dites rien. Je vous le répète, je ne veux... Écoutez, il faut que j'y aille.

Avant que Blanche n'ait eu le temps d'ouvrir la bouche, il raccrocha.

— Dégonflé ! cria-t-elle à la tonalité.

Si elle lui avait raconté toute l'histoire, il aurait probablement fait dans son froc.

— Salut, ma biche, dit Wanda en regardant la théière.

— Je vais refaire du thé, si tu as une minute. Il y a des pains au lait et du jambon.

Wanda ôta ses couches de vêtements et s'assit. Elle jeta un œil dans la pièce, puis se tourna vers Blanche.

— On dirait que des jours sombres se profilent à l'horizon.

Blanche versa le thé.

— Toi aussi, tu as ce sentiment ?

— Qu'est-ce qui s'est passé ? demanda Wanda.

Qu'est-ce qui ne s'est pas passé ? rectifia silencieusement Blanche.

— J'avais une vieille tante capable de déterminer l'heure précise à laquelle la mort frapperait à la porte du voisin. Moi je suis incapable de dire si ça va être un mort ou un bras cassé. Tout ce que je peux voir, c'est qu'une merde va pas tarder à se pointer. (Elle s'arrêta de mordre son petit pain au jambon.) Putain ! T'es une sacrée cuisinière, ma biche ! J'ai jamais été très douée pour ça.

Blanche était contente que la conversation de Wanda se soit progressivement éloignée de la maison des Brindle. Elle aimait bien Wanda... Blanche sourit intérieurement lorsque la phrase : « même si c'est une femme blanche » tenta de s'insinuer dans son esprit. Mais elle ne se confierait pas à elle. Ce genre de confiance prenait plus de temps que deux semaines. Elles sirotèrent leur thé et mangèrent leurs petits pains dans un silence sympathique.

Quand Wanda se mit en route, Blanche regarda l'heure et alla chercher son sac et sa veste.

Dès que Felicia partit chez le coiffeur, Blanche assura à Carrie qu'elle serait de retour bien avant que Felicia ait fini de rajeunir. Elle appela un taxi et monta dire à Wanda qu'elle devait s'absenter un petit bout de temps.

— Fais bien attention, ma biche — je suis avec toi, l'assura-t-elle comme si elle était au courant de ce que Blanche ne lui avait pas dit.

Blanche monta à l'échelle pliante menant au grenier et serra les dents : il lui fallait passer la tête dans la petite ouverture au-dessus d'elle. Elle respira un grand coup, ferma les yeux, et escalada deux autres barreaux : sa tête et ses épaules se retrouvèrent dans le grenier, où régnait une odeur de poussière et de moisissure. L'endroit ressemblait à une maison de retraite pour boîtes en cartons et sacs de voyage délabrés, leur cuir en pièces comme une peau qui mue. Pam était déjà de l'autre côté. Une couche fine et inviolée de crasse jonchait le sol, sauf là où Pam avait marché. La poussière couvrait tout le reste de la pièce comme un tapis afghan.

Pam avait raison. Personne n'était monté ici depuis des années. Blanche fut ravie de quitter cet endroit minuscule, avant qu'il ne soit devenu trop difficile pour elle de respirer. Elle regarda sa montre — elle avait encore le temps.

Elles se rendirent à la boutique, où Blanche fut presque renversée par l'esprit de la vieille dame. Elle resta au beau milieu de la pièce, avec l'impression que Ms Barker lui tournait lentement autour. L'écho de sa voix se mêlait à son odeur âcre de pommade. Blanche fut sûre que, si elle essayait, elle pourrait toucher le bras de Ms Barker. L'expression sur le visage de Pam, tandis qu'elle regardait le tabouret de Ms Barker, montrait que la jeune fille éprouvait le même sentiment. Pam reprit son souffle tant bien que mal.

— C'est la première fois que je viens ici depuis... dit-elle d'une voix triste et fluette.

Blanche leva les yeux sur les étagères poussiéreuses et sur l'ancienne caisse, s'interrogeant une nouvelle fois sur cette femme dont la vie se trouvait dans cette boutique. Son commerce avait-il apporté du plaisir à Ms Barker ? Ou bien l'avait-il aidée pendant si longtemps qu'elle ne pouvait pas s'en passer ? Éprouvait-elle, comme Blanche, le sentiment d'avoir travaillé trop et pendant trop longtemps pour pas assez ? Recommencerait-elle, si elle pouvait vivre à nouveau ? Ou voudrait-elle, elle aussi, rejoindre des régions inconnues ?

Blanche se pencha et ouvrit le tiroir sous la caisse : reçus, trombones, petits blocs de papier, bouts de stylos. Elle souleva le couvercle d'une boîte, posée sur une étagère derrière la caisse, et il lui resta dans les mains. La plupart des autres boîtes étaient vides. Le peu de stock avait été en partie grignoté par les souris.

— J'ai pas l'impression que ce que tu cherches se trouve ici. (Pam essuya la poussière de ses mains sur son jean. Elle regarda autour d'elle et ajouta :) On dirait que la boutique aussi est morte.

Blanche ne croyait pas non plus que la cassette se trouvait là, et il était temps de retourner chez les Brindle.

— Nous pourrions jeter un œil dans l'abri antiaérien, lança Pam.

— Dans *quoi* ?

— Sous la maison de *Gran*. Il fait toute la longueur du pâté de maisons. À l'époque de la construction, tout le monde était parano à cause des Russes. Maintenant, ce n'est plus qu'un lieu de rangement. Je pense pas que les gens laissent traîner grand-chose là-dedans.

Intéressant.

— Je dois retourner bosser, marmonna-t-elle à contre cœur. On pourrait peut-être y aller plus tard dans la soirée ? (Elle se rappela son rendez-vous avec Lacey.) Non, ce soir je ne peux pas, disons...

— Je vais tout simplement te laisser les clés.

Pam conduisit Blanche chez Ms Barker et lui montra la porte extérieure de l'abri.

— N'oublie pas d'amener une lampe de poche. (Elles regardèrent une petite volée de marches craquelées et parsemées de détritus.) Il y a l'électricité, mais je ne sais pas si les ampoules marchent encore.

Blanche venait de commencer à piler la glace pour les cocktails lorsqu'elle sentit la voiture arriver dans l'allée. Elle savait que c'était eux, de la même manière qu'elle sentait toujours qu'un employeur s'approchait.

Ils semblent avoir bien besoin d'un bouche-à-bouche, se dit Blanche.

Mou, informe et un peu flou sur les bords, Allister lui fit penser à un de ces travaux d'aiguilles que Taifa ne terminait jamais.

— Oh, à boire ! Justement ce dont j'avais besoin, s'exclama Allister.

Felicia donnait l'impression qu'un volcan allait jaillir de son estomac. Blanche lui présenta le plateau.

— Laissez, merci, enjoignit Felicia au lieu de prendre son Martini sur le plateau.

Et plus vite que ça, semblait sous-entendre l'intonation de sa voix.

Blanche s'exécuta mais, bien entendu, s'attarda derrière la porte.

— Allister, j'aimerais te parler.

— Pas de Marc encore, j'espère.

— Non, pas de Marc. Tout du moins pas de la façon dont tu...

— N'ai-je pas dit que ça pouvait attendre ? J'ai...

— Jusqu'à quand ? Après la campagne ? (Le volcan commençait à gronder.) Pas grave. Je ne sais pas ce qui a pu me passer par la tête.

Felicia but une gorgée de son verre.

— Felicia, je suis fatigué. Je voulais seulement dire...

— Tu voulais seulement dire : « La ferme, Felicia ! Et arrête de t'attendre à être traitée comme autre chose qu'un porte-monnaie géant. » Je parie que tu aurais assez d'énergie pour discuter de ta cassette volée ! ajouta-t-elle. Je suis au courant. Et j'espère que ce qu'il y a dessus suffira à te détruire.

Le volcan était entré en éruption, mais Allister ne flancha pas.

— Je doute que tu apprécierais beaucoup de me voir détruit, mon ange.

L'intonation d'Allister était pleine de ce que Blanche identifiait comme l'apanage des privilégiés : l'accent de la propriété — pas seulement financière, mais la propriété de la vie politique, des musées, des universités, et le droit de diriger le monde.

— Tu étais pressée de rejoindre mon petit univers désargenté, et tes parents, ces fabricants de perruques, vulgaires nouveaux riches et arrivistes, ont été ravis quand...

— Espèce de salaud !

Quelque chose se brisa. Blanche retourna à la cuisine en traversant le couloir sur la pointe des pieds.

Elle ne les entendit pas monter s'habiller. Felicia entra dans la cuisine en faisant claquer ses hauts, très hauts talons pour annoncer à Blanche qu'ils sortaient. Pendant l'apéro, Blanche avait été trop intéressée par leur conversation pour se concentrer sur Felicia. C'était la deuxième fois qu'elle rencontrait une meurtrière. La précédente était aussi cinglée qu'un singe sous LSD. Était-ce le cas de celle-ci ? Au contraire, Felicia semblait naturelle, comme si le fait d'avoir tué son amant lui avait fait retrouver sa substantifique moelle.

— Vous êtes sûre que tout va bien ? demanda-t-elle devant le long regard de Blanche.

— Oui, m'dame, *je* vais bien.

Blanche insista plus que prévu sur « je ». Cela n'échappa pas à Felicia.

— Moi aussi, siffla-t-elle d'une voix trop haut perchée. De quoi ai-je l'air ?

Elle prit la pose dans sa robe moulante rouge vif et orange qui descendait jusqu'aux chevilles et laissait apparaître ses épaules.

— Du tonnerre ! Vraiment du tonnerre.

Elle se demanda si Felicia était sur le point de brûler quelque chose, ou si c'était elle qui allait s'embraser.

Ils étaient à peine sortis que Blanche appela Lacey pour qu'elle passe la chercher. Le téléphone sonna à l'instant même où elle raccrocha.

— Blanche ? C'est Donnie.

— Ouais ?

— Écoutez, je suis désolé de la manière dont je... d'avoir raccroché tout à l'heure. J'étais tellement... Et puis, quelqu'un est entré et je ne pouvais vraiment pas parler.

— Bien, je suis contente que vous ayez rappelé, Donnie. J'espérais que peut-être Ray-Ray vous avait confié...

— Écoutez, Blanche, j'aimais Ray-Ray, mais je ne tiens pas à être mêlé à...

— À quoi ?

— Eh bien, j'aurais dû vous le dire plus tôt, répondit Donnie après un moment d'hésitation. Mais j'étais tellement... Deux types sont venus me poser des questions au sujet de Ray-Ray : où est-ce qu'il traînait, avec qui, et tout ça.

— Ils t'ont expliqué pourquoi ? demanda Blanche en imaginant aussitôt les hommes de main de Samuelson toiser Donnie de toute leur hauteur.

— Non. Mais ils ont vraiment fait la gueule quand je leur ai affirmé que je n'étais pas au courant des petites histoires de Ray-Ray. Je ne suis pas sûr qu'ils m'aient cru.

— Ils ne t'ont pas frappé, au moins ?

Donnie prit une profonde inspiration.

— Non, mais...

— Quoi ?

— Ils m'ont vraiment fichu la trouille, Blanche.

Blanche sentit sa peur se répandre d'un bout à l'autre de la ligne, tel un courant d'air froid.

— Bon, et qu'as-tu l'intention de faire ? Tu...

— Non ! Rien ! J'ai pas l'intention de faire quoi que ce soit ! Je ne sais pas ce qu'a fait Ray-Ray, mais si... s'il avait des ennuis avec ces types, ils ont pu... Et s'ils continuaient de me surveiller ? Il n'est peut-être pas mort d'une façon...

— Nous pourrions bosser ensemble, tenta Blanche. Essayer de découvrir...

— Ray-Ray est mort. On peut rien y changer.

— Je sais, convint Blanche. Mais ce n'est pas si simple. J'ai des gosses, je ne peux pas...

Elle laissa la phrase en suspens. Non seulement Donnie ne voulait rien savoir mais, qui plus est, Blanche ne tenait pas à lui révéler ce qu'elle avait appris. Terrifié comme il semblait l'être, si les *Misters Muscles* de Samuelson venaient à nouveau lui rendre visite, Donnie risquait de tout leur raconter.

— Enfin, je suis sûre que ça va aller, lui dit-elle sans trop y croire. Si ces gars pensaient que tu mentais, ils ne seraient pas repartis sans avoir essayé de te faire parler.

— Tu crois ? demanda-t-il comme un enfant qui veut se persuader que l'ogre a quitté la ville.

— Sûre ! j'en suis sûre.

— Écoute, Blanche, je suis désolé d'avoir l'air si...

Faible et trouillard ?

— À bientôt, Donnie.

Chiffe molle, murmura-t-elle après avoir raccroché.

Elle se retrouvait seule, comme d'habitude. Comment Ray-Ray avait-il pu aimer une telle mauviette ?

Elle verrouillait la porte de service quand Lacey arriva.

Elles traversèrent Tremont Street, dépassèrent Connolly Street, tournèrent à droite sur Massachusetts Avenue, puis continuèrent sur Washington Street. Lacey tourna à deux reprises dans des rues étroites dont Blanche ne vit pas le nom.

— Où est-ce qu'on est ?

— Dans le sud de la ville.

Lacey se gara dans une ruelle, près d'une rangée d'appartements aux stores déchirés et aux perrons sales.

C'est pas un quartier à la Allister Brindle.

Une enseigne BAR & GRILL, en néon rouge, luisait dans une petite vitrine. L'endroit était tout aussi morne à l'intérieur ; elles ne restèrent pas longtemps. Lacey fit signe à Blanche de la suivre dans un couloir mal éclairé. Les cheveux de Blanche se dressèrent presque sur sa tête quand, au bout du couloir, un homme apparut brusquement.

— Salut, Lacey ! dit-il.

Il évalua Blanche d'un rapide coup d'œil, et tendit deux loups à Lacey. Une fois qu'elles furent masquées, l'homme fit demi-tour et ferma la porte derrière lui.

La pièce était immense. Les murs d'un bleu foncé intense étaient éclairés par des rangées de spots. Des banquettes en cuir noir entouraient des tables en onyx qui, éclairées de l'intérieur, renvoyaient elles aussi une lumière bleutée. Les banquettes s'étageaient sur trois niveaux, au-dessus d'une piste de danse recouverte de miroirs. Deux grandes cages vides pendaient du plafond.

— Ma place préférée, fit Lacey en se glissant dans l'une des banquettes du troisième niveau.

Blanche comprit pourquoi. De cet endroit, on

pouvait presque voir tout le club — et il y avait beaucoup à voir. Cet homme avait-il porté ces chaps et cette veste courte en cuir dans le bus ? Elle croisa les bras sur sa poitrine de peur d'être attaquée par le gros anneau en or traversant le mamelon d'une femme qui passait. Un homme avec des menottes et un tee-shirt portant l'inscription *À votre service* se jeta littéralement aux pieds d'une femme qui tenait un fouet. Elle leva son pied, et il se mit à lécher passionnément la semelle de sa chaussure. Blanche s'aperçut que Lacey l'observait d'un œil amusé.

— Qu'est-ce que je vous sers, mesdames ?

Blanche ne pouvait s'empêcher de fixer le short en latex transparent du serveur et son pénis rose avec *cockring* bien visible. Lacey rigolait tellement qu'elle eut du mal à commander. Blanche se doutait bien que si son masque ne l'avait pas dissimulée, l'expression sur son visage aurait provoqué à coup sûr un ou deux petits gloussements. Elle jeta un œil à la salle qui se remplissait rapidement, tandis que des échelles étaient placées sous les deux cages. Il y eut de légers applaudissements. Un couple grimpa dans chaque cage, tous quatre vêtus de cuir noir moulant. La femme dans la cage de droite portait elle aussi un loup, l'homme qui l'accompagnait une cagoule en cuir, fendue uniquement au niveau des yeux et du nez. La femme tenait un fouet. Dans l'autre cage, les tenues étaient inversées. La salle devint de plus en plus silencieuse. Le fond sonore musical disparut progressivement, et un autre morceau, au rythme plus prenant, débuta à un volume plus élevé.

Abasourdie, Blanche ne remarqua pas le serveur quand il apporta leurs verres et elle tressaillit quand le fouet claqua sur le dos de la femme à genou dans la cage de gauche. À droite, l'homme était à quatre pattes, sa tête enfouie sous ses bras et les fesses en l'air. La femme lui plantait un de ses talons aiguilles dans le creux du dos. Elle se pencha en avant, taquinant son cul nu avec le fouet, puis le manche disparut carrément entre les fesses de l'homme.

Blanche se détourna et regarda autour d'elle : une femme à quatre pattes servait de repose-pied à deux hommes en costume ; deux autres hommes enchaînés étaient promenés dans la salle par une femme en combinaison rose hyper-moulante.

Tout ceci a-t-il vraiment un rapport avec le sexe ?

Blanche songea à la souffrance et à la honte endurées par les Noirs en Amérique, et se demanda si beaucoup parmi eux prenaient leur plaisir dans la souffrance. Que certaines personnes aient besoin de menottes et d'une bonne raclée pour prendre leur pied ne lui posait pas de problème. Mais cela lui rappelait trop l'esclavage pour être franchement agréable. Pourtant, des gens étaient assis au bar comme dans n'importe quel autre club, dans les coins des couples se faisaient des câlins, et quelques rares personnes dansaient en se déhanchant de manière provocante. À mesure que la salle se remplit, les costumes à rayures en laine peignée prirent le pas sur le cuir noir.

Il était à peine plus de 18 heures. À quoi cet endroit pouvait-il bien ressembler aux environs de minuit, quand les gens se laissaient vraiment aller ? Sentant que Lacey l'observait, elle se tourna vers elle.

— Je rencontre rarement des femmes qui font ton boulot.

— Moi de même, ironisa Blanche. Mais beaucoup de femmes ont fait le même genre de boulot que moi, à un moment ou un autre de leur vie, ou d'une manière ou d'une autre. J'imagine que pour toi c'est pareil.

— Bravo, Blanche ! (Lacey rit et en applaudit.) La plupart des femmes aiment à croire que seules les salopes et les junkies font le trottoir. Je suis contente de voir que ce n'est pas ton cas.

Il existait pourtant une grande différence entre les femmes qui font commerce de leurs charmes pour se faire payer une nouvelle maison et une plus belle voiture par l'homme de leur vie, et celles qui se font enlever leur petite culotte par des inconnus qui font mine de ne pas les reconnaître à l'église. À la place, elle s'engagea dans une direction qui, espérait-elle, la conduirait là où elle voulait aller.

— Et les hommes, alors ? Ils constituent l'ossature de cette industrie ?

— Oh, oui ! Dieu les préserve ; que deviendrions-nous sans leurs appétits ! Tu serais étonnée de voir ce que certains gros bonnets attendent des femmes.

Bien sûr, ils doivent sacrément allonger pour prendre leur pied. (Elle roula des yeux pour insister.) Mais tu n'es pas venue là pour entendre parler de mon boulot. Tu veux parler d'Allister Brindle, n'est-ce pas ?

— Pourquoi tu dis ça ? lâcha Blanche, incapable de dissimuler sa surprise.

Lacey eut un sourire entendu.

— C'est toi qui me l'as dit. Voici une autre chose pour laquelle on est douées, nous les putes : l'écoute.

— Quand est-ce que je te l'ai dit ?

— Tu as trouvé deux pochettes d'allumettes *Le Club*, dont une dans un endroit incongru. Tu n'as pas dit où, mais je t'ai appelée chez les Brindle. Et donc, il va sans dire que tu en as trouvé au moins une là-bas. Je me trompe ?

Blanche lui sourit.

— Tu parles comme une détective.

— Je ne serais pas mauvaise non plus dans ce genre de boulot.

— Bon. Et Allister Brindle alors ?

Lacey prit son verre et le fit tournoyer.

— Ce n'est pas un client de *Valeurs Familiales*.

Blanche mit quelques secondes avant de se rappeler que *Valeurs Familiales* était le nom de la boîte de call-girls de Lacey.

— Merde ! lâcha-t-elle, sans chercher à cacher sa déception.

— Remarque, si Brindle était un de nos clients, je ne pourrais rien te dire. Secret professionnel, tu vois. Mais vu que ce n'est pas le cas...

Lacey haussa les épaules et esquissa un sourire. Blanche se pencha par-dessus, manquant renverser son verre.

— Raconte !

— Si seulement Marcella était là, dit Lacey avec un rire jovial. Y a pas mieux pour parler de lui ! Mais elle a quitté la ville. Ça devait être ici, lors de la soirée pour fêter son départ, qu'elle nous en a parlé. (Elle pencha la tête comme pour se souvenir.) Il y avait moi, Ray-Ray Brown — Dieu ait son âme —, et un de ses amants — je ne me souviens plus de son nom —, Marcella et sa sœur, Joyce. Mon Dieu, Marcella nous a fait mourir de rire ! Saoule et larmoyante comme elle pouvait l'être, pleurnichant en se rappelant combien elle avait été émue quand Brindle avait insisté pour faire une cassette de...

— Une vidéocassette ?

— Oui. Allister Brindle habillé en petite fille et Marcella lui donnant une bonne fessée avec la brosse à cheveux. Marcella nous a raconté : « J'ai toujours l'air grosse sur les films, mais il était tellement mignon dans cette petite robe à froufrous, comment aurais-je pu refuser ? » (Lacey éclata de rire.) Il lui a expliqué qu'il voulait faire ça en souvenir, vu qu'il finançait son déménagement à Los Angeles.

Blanche dut tourner la tête pour dissimuler ses larmes de déception. Elle avait espéré que la cassette d'Allister contenait au moins des pots-de-vin, ou un marché avec la Mafia — quelque chose d'important —, pas des conneries du style Allister sautillant de droite à gauche dans une robe. Si elle pouvait comprendre pourquoi Allister n'avait pas franchement envie que ses électeurs le voient habillé en fillette, elle s'était attendue à quelque chose de plus grave que des histoires de petites culottes. Des choses susceptibles de l'envoyer en prison. Elle avait aussi espéré que le contenu de cette cassette compromettait Samuelson.

J'aurais dû me douter que la vie n'était pas aussi simple.

— Ray-Ray était avec quelqu'un ? Un certain Donnie ? (Malgré ses efforts, Blanche fut incapable de se rappeler du nom de famille de Donnie.) Assez mince, café au lait, bien habillé, des yeux marron ravissants, avec des cheveux très courts ?

— Hum, hum, fit Lacey en secouant la tête. Un garçon de race blanche. Cheveux bruns, pas mal. Du genre calme, ou timide.

— Marc ? demanda Blanche en se redressant. Est-ce qu'il s'appelait Marc ?

— Possible, répondit Lacey après avoir réfléchi une seconde ou deux. Ça doit être ça. Tu le connais ?

Si seulement, se dit Blanche tout en hochant la tête.

— Je me fiche de ce que les gens font... reprit Lacey.

Mais Blanche avait la tête ailleurs. Si Marc et

Ray-Ray étaient ensemble lorsqu'ils ont entendu parler de la cassette, le fils Brindle avait probablement donné la combinaison du coffre à Ray-Ray.

— ... détester un hypocrite, continuait Lacey.

Elle posa de l'argent sur la table et se leva pour partir. Blanche ajouta un pourboire et acquiesça, sans trop savoir à quel hypocrite Lacey faisait référence. Elle suivit Lacey jusqu'à la porte et regarda une dernière fois *Le Club*.

Elle ne s'attendait à rien de particulier, en trouvant les pochettes d'allumettes, mais désormais, elle était au courant du contenu de la cassette d'Allister Brindle et elle avait sa petite idée sur l'identité du complice de Ray-Ray. Cependant son esprit était envahi par plus d'interrogations que d'informations : Ray-Ray avait-il parlé à Marc avant sa mort ? Ray-Ray avait-il donné la cassette à Marc ? Marc savait-il où elle se trouvait ? Savait-il ce qui était arrivé à Ray-Ray, et pourquoi ? Maintenant que Ray-Ray était mort, Marc avait-il l'intention d'utiliser la cassette contre Allister ? Et d'ailleurs, où était passé Marc ?

En songeant à Marc Brindle et à son père, et à toutes ces choses qui font qu'enfants et parents s'éloignent les uns des autres, Blanche eut envie de se blottir contre les enfants — comme lorsqu'ils étaient venus vivre avec elle, après qu'elle eut finalement pris la décision de les élever. Ils s'étaient montrés tellement perdus, ils avaient tellement peur que rien ne dure vraiment. Le dimanche matin, elle les transbahutait dans son lit et se pelotonnait avec eux sous un monceau de couvertures. Elle leur lisait des bandes dessinées, racontait des blagues à trois sous et inventait des histoires insensées. Elle se rappela combien elle était sûre de pouvoir, le moment venu, leur apporter tout ce dont ils auraient besoin pour grandir et réussir ; d'être en mesure et de faire tout le nécessaire pour qu'ils soient en sécurité.

Imbécile !

Ils terminaient leurs devoirs sur la table de la cuisine. Elle s'assit et leur demanda comment s'était déroulée leur journée. Taifa se lança dans une histoire au sujet d'un entraînement de volley, mais Malik était trop impatient de raconter son expédition à l'hôtel de ville avec Aminata pour attendre son tour.

— Nous avons le nom de la société qui possède le bâtiment abandonné, mais pas le nom des responsables. *Aminata dit* que nous attendrons jusqu'à dimanche, et ensuite nous irons voir son copain Teddy. Il possède un ordinateur. *Aminata dit* qu'il va probablement trouver le responsable sur internet, ou je-sais-pas-quoi. (La voix de Malik était empreinte de l'accent de fierté d'un père dont le petit dernier vient d'entonner *Frère Jacques*) J'aurais jamais pensé à ça. Et toi, maman ? ajouta-t-il au cas où elle n'aurait pas bien saisi.

Elle esquissa un sourire, haussa les sourcils, hocha lentement la tête, et espéra que tout ceci donnerait l'impression qu'elle était bluffée. Elle ignorait combien de sornettes elle serait encore capable d'endurer au sujet de la Déesse Aminata.

Le cocooning avec les gosses ne marchait pas. Elle était plus tendue qu'une nouvelle gaine. Elle avait l'impression qu'on enfonçait un doigt dans son dos pour lui rappeler la mort de Ray-Ray, la tentative de cambriolage et les visiteurs de Donnie, et lui faire comprendre qu'il restait très peu de temps pour trouver la cassette, avant que tout n'explose.

Elle laissa la maison aux mains de Shaquita et annonça qu'elle serait de retour une heure plus tard. Sur Dale Street, une grosse voiture noire faillit la renverser. Elle leva son poing, et se dépêcha de rejoindre l'abri antiaérien sous la maison de Ms Barker.

Quelqu'un avait récemment jeté une bouteille de bière contre la porte. Du verre brisé gisait au pied d'une longue traînée arachnéenne. S'assurant qu'elle était seule, elle ôta le cadenas de la lourde porte métallique. Le cadenas et la bordure de la porte étaient tous deux éraflés, comme si on avait tenté de s'introduire à l'intérieur de l'abri. Sans clef. Le miaulement déchirant d'une chatte en chaleur lui fit presque lâcher le trousseau, et elle fut soulagée lorsque le verrou s'ouvrit. Avant de pousser la porte, elle s'assura que sa lampe de poche fonctionnait.

Les deux vagues ampoules qui s'allumèrent après

qu'elle eut appuyé sur l'interrupteur ne lui furent pas d'une grande utilité. Le lieu semblait assez vaste pour qu'elle ne se mette pas immédiatement à ruisseler, comme c'était parfois le cas quand elle se retrouvait dans un espace clos et réduit, mais les minuscules fenêtres à proximité du plafond lui donnèrent envie de sortir de cet endroit, avant d'en avoir fait le tour. Elle respira un grand coup et referma la porte derrière elle.

L'abri se divisait en larges boxes grillagés, numérotés comme des cellules de prison. Contrairement à ce que pensait Pam, la plupart des boxes verrouillés renfermaient des meubles, des caisses, des vélos, des piles de vieux journaux et des sacs en plastique pleins à craquer. Dans chaque box, une volée de marches menait à la maison au-dessus. L'air fétide et vicié était glacé.

Elle repéra le box de Ms Barker et ouvrit le cadenas. Vu le grenier de la vieille dame, elle ne s'attendait pas à trouver la pagaille. À droite du box, des objets emballés dans des taies d'oreiller étaient posés sur des étagères. Un fauteuil, deux lampadaires avec des abat-jour à franges et une petite table, dont le pied ressemblait à la patte d'un éléphant, encadraient un lit pliant recouvert d'un dessus-de-lit. Au fond étaient alignées cinq caisses scotchées.

Blanche posa sa lampe de poche sur une des caisses et fouilla dans une autre, pleine de vêtements féminins. Rien. Elle passa à la suivante : bibelots et vaisselle dépareillée. Dans la troisième caisse se trouvaient des chapeaux en feutre des années 30, mais pas de cassette. Et elle n'était pas non plus dans les deux dernières caisses. La fatigue lui tomba dessus, tel un immense et lourd filet. Elle se débattit pendant quelques instants. Elle n'avait pas fini de fouiller cet endroit. Elle bâilla. Ça ne servait à rien. Elle reviendrait demain.

En sortant, elle jeta un œil à droite et à gauche, s'attendant presque à ce que quelque chose ou quelqu'un lui saute dessus. Une fois le cadenas en place, elle poussa un soupir et se détendit. Tout en traversant la rue, elle se réprimanda de s'être laissée effrayer, et se fit une joie à l'idée de retrouver son lit.

Tout à coup, les phares d'une voiture projetèrent

une ombre à ses pieds, comme une cape de velours noir. Elle mit la main devant ses yeux pour les protéger de cette lumière éblouissante. Elle eut la chair de poule, et éprouva une forte envie de se mettre à courir. Trop tard. La voiture libéra des épaules et biceps en costumes sombres. Lorsqu'elle ouvrit la bouche pour hurler, une main sentant l'eau de Cologne recouvrit le bas de son visage. Quelqu'un lui arracha son sac à main.

— On veut juste causer un peu, murmura celui qui la tenait.

Ils la firent monter précipitamment à l'arrière de la voiture.

Samuelson l'attendait. Un de ses chiens de garde s'installa à l'avant, pendant que l'autre se glissait à côté de Blanche. Elle se trouvait assez près de Samuelson pour sentir des relents de rosbif dans son haleine.

Le truand à côté d'elle renversa le contenu de son sac et fouilla dedans.

— Rien, révérend.

— Où est-elle ? demanda Samuelson en se tournant vers Blanche.

Son regard était si froid que son visage paraissait glacé.

— Quoi ? demanda Blanche.

Elle planta ses yeux dans ceux du pasteur, en se jurant de tout encaisser plutôt que de laisser voir une once de la peur qui projetait son cœur contre les parois de sa poitrine.

— Je rigole pas. Je rigole pas ! cracha Samuelson. J'ai pas de temps à perdre. J'ai essayé d'être gentil avec vous, je vous ai passé un coup de fil, j'ai essayé de vous aider, mais vous m'avez manqué de respect. Maintenant, je veux cette putain de cassette, un point c'est tout !

Son côté onctueux avait disparu, sa voix était aussi rêche et crissante que du papier de verre bon marché.

— Je ne l'ai pas.

Arrachant son sac à main, elle commença à ranger ses affaires à l'intérieur. Il lui donna des petites tapes, tout en la pelotant, et les tentatives de Blanche pour éviter ses grosses mains le firent glousser. Lorsqu'elle visa ses bijoux de famille, il esquiva le coup de poing en croisant rapidement les jambes, et retira sa main du bras de Blanche avant qu'elle y plante ses dents. Il enfonça ses doigts dans la tignasse de Blanche et tira d'un coup sec, mais elle lui flanqua un coup de coude dans la poitrine, et devant son souffle court, reprit des forces. Il lâcha ses cheveux. L'homme de main tenta d'agripper les poignets de Blanche. Elle lui flanqua un coup de pied dans le tibia.

— Sacrée bonne femme ! dit-il. Elle est forte, hein, révérend ? Vous voulez que je lui démonte la tête ?

Elle fut secouée par la peur comme par un coup de jus. Au ton de *Mister Muscles* on sentait bien que démonter la tête des gens était son parfum de glace préféré. Elle essaya d'arrêter de le frapper, mais elle était agitée de tremblements d'une telle violence qu'elle semblait résister, même si ce n'était pas le cas. Elle eut l'impression qu'un cri voulait s'échapper du fond sa gorge, que sa langue la poussait à supplier ce connard de ne pas la frapper, de ne pas lui faire mal, pour l'amour du ciel. Elle reprit son souffle à deux reprises et serra les fesses.

— OK, OK, articula-t-elle.

Elle se laissa retomber sur son siège. *Mister Muscles* lâcha ses poignets. Elle dissimula ses mains qui tremblaient sous ses aisselles. Elle devait se montrer calme et raisonnable pour convaincre Samuelson qu'elle disait la vérité.

— Écoutez, je n'ai pas la cassette, lui lança-t-elle d'une voix si ferme et assurée qu'elle en fut surprise. Je n'ai même jamais vu cette cassette. Ray-Ray ne faisait pas partie de mes amis. Pour quelle raison m'aurait-il dit où elle se trouvait ?

— Dans ce cas que faisiez-vous dans cette cave à la nuit tombée ? demanda Samuelson. Vous étiez tellement pressée de venir là que vous avez failli emboutir ma voiture.

— Bon, mais je ne suis pas allée chercher une cassette, sinon je l'aurais avec moi, non ? (Elle respira profondément.) Je suis désolée, mais je n'ai pas l'habitude de me faire enlever en pleine rue, d'être fouillée...

— Écoutez, vous... commença Samuelson d'une voix assez menaçante pour donner à nouveau des douleurs d'estomac à Blanche.

— Bon, c'est vrai. Je cherchais la cassette. Je le

reconnais. Merde, vous et Brindle me tournez autour pour l'avoir. J'ai pensé que si je pouvais la trouver, vous alliez me foutre la paix.

— Et donc vous aviez l'intention de la donner à Brindle, c'est ça ?

Elle savait qu'il ne la croyait pas, mais elle continua malgré tout :

— Enfin, pas vraiment. J'avais l'intention de *vous* la donner, afin que vous puissiez lui apporter, sans lui dire que c'était moi qui l'avais trouvée. Je ne tiens pas à foutre en l'air la place de Ms Inez. Mais maintenant, après ce que vous et vos gars venez de me faire, je devrais peut-être...

Samuelson se tourna vers elle et l'attrapa par le menton, pendant que le gorille l'immobilisait.

— Écoute-moi bien, salope ! Tu me les casses ! (Samuelson prit la mâchoire de Blanche et rapprocha son visage du sien.) Au départ, je pensais que Brindle avait perdu la boule de croire que tu étais mêlée à ces conneries. Mais il avait raison à ton sujet. Je ne sais pas de quoi tu te crois capable, mais t'as deux jours pour m'apporter cette cassette. Deux jours. T'as une bien belle famille. Des gosses adorables. Ce serait vraiment dommage si l'un d'eux se faisait renverser par une voiture ou...

Blanche dégagea aussi sec sa tête des mains de Samuelson et tenta de lui donner un coup de boule. Son copain ouvrit la porte de la voiture et la flanqua dehors. Blanche lui donna un coup de pied dans le genou et repassa la tête par la fenêtre.

— Vous avez bien une mère, Maurice ? Une femme ou une petite amie ? Quelqu'un que vous aimez dans ce monde ? (Le truand la repoussa, mais elle résista.) Si il arrive quoi que ce soit à mes gosses, je vous jure que je retrouverai les vôtres. Vous m'entendez ? Je vous le promets !

Samuelson se contenta de rire. Le truand la flanqua dehors. Elle tomba sur le côté, s'écorchant le genou et déchirant sa jupe au passage.

— Bande de salauds ! hurla-t-elle, tandis que la voiture démarrait sur les chapeaux de roues.

Son genou et son dos la faisaient horriblement souffrir et les mains de Samuelson avaient laissé des empreintes sur ses maxillaires, mais elle rentra plus vite qu'elle ne s'imaginait en être capable. Elle dut fouiller pour retrouver ses clés et, l'espace d'une seconde, craignit qu'elles soient toujours dans la voiture de Samuelson. Quand finalement, elle eut ouvert la porte, elle monta tant bien que mal l'escalier jusqu'aux chambres de Malik et Taifa. Ce ne fut qu'après les avoir vus endormis et hors de danger que son esprit se remit à travailler normalement. Elle redescendit au rez-de-chaussée et s'assura que les portes et toutes les fenêtres étaient bien fermées, puis sortit l'annuaire, mais ses mains tremblaient trop pour réussir à tourner les pages. Elle appela les renseignements pour avoir le numéro de téléphone d'Othello Flood.

Il décrocha à la deuxième sonnerie.

— Ouais, vous êtes la mère du jeune *brother* avec qui travaille Aminata, dit-il après qu'elle se fut présentée.

— Écoutez, j'ai besoin d'aide, j'ai besoin d'être protégée. Quelqu'un... Quelqu'un essaie de...

Elle ravala ses larmes et s'adossa contre le mur, tenant le téléphone à deux mains pour contrôler ses tremblements.

— Où habitez-vous ? Je viens tout de suite.

Le temps qu'il arrive, elle avait bu deux lampées de gin et essuyé la morve et les larmes inondant son visage. Elle ouvrit la porte avant qu'il ait eu le temps d'appuyer sur la sonnette.

— Tout ira bien, dit-il en prenant sa main.

Blanche s'abstint de préciser qu'il était déjà trop tard, qu'elle était à moitié morte de peur, meurtrie et honteuse de n'être pas en mesure de protéger Taifa et Malik. Il faudrait un bon bout de temps avant que l'idée « d'aller bien » ait de nouveau un sens. Elle le remercia néanmoins d'être venu et lui offrit à boire et à manger, avant de lui expliquer ce qui s'était passé.

— Vous n'êtes pas la première. Le révérend s'est fait la réputation de harceler les gens qu'il n'aime pas. Nous avons eu plus d'une fois affaire à ses molosses. Pourquoi vous en veut-il, si je peux me permettre ?

Blanche lui parla de Brindle, de Ray-Ray et de la cassette.

— Vous croyez vraiment qu'ils l'ont tué ?

— J'en suis de plus en plus sûre. Mais je n'ai absolument aucune preuve. Si je pouvais trouver quelqu'un ayant vu l'homme à la piscine avec Ray-Ray, quelqu'un qui le connaisse...

— Laissez-moi enquêter, dit Othello avant de se pencher vers Blanche. Écoutez, il y a une chose que vous devez bien comprendre. Nous ne faisons pas les choses à moitié. Lorsque les Ex-Taulards vous viennent en aide, ils s'investissent à cent dix pour cent. Voyez ce que je veux dire ?

C'était tout à fait ce que Blanche voulait entendre. Elle regrettait seulement de ne pas l'avoir appelé plus tôt.

— Nous sommes donc d'accord. Où vos enfants vont-ils à l'école ? demanda-t-il après avoir sorti un petit carnet et un stylo de sa poche de chemise.

Blanche lui donna l'adresse.

— Nous avons déjà quelqu'un sur ce secteur, qui essaie de repérer les dealers et autres racailles. Celui qui s'occupe de cette école peut passer les prendre et les ramener à la maison. Nous viendrons tôt demain matin afin que je puisse vous le présenter. Quelqu'un vous conduira à votre travail et passera vous rechercher. Son nom est Roger. Je le ferai venir aussi demain matin.

Ils convinrent de 6 h 30. Si on la conduisait, elle n'aurait aucun mal à être au boulot à 7 h 30.

— Un *brother* restera posté devant chez vous. Vingt-quatre heures sur vingt-quatre. Ce sera toujours le même véhicule, comme ça vous saurez que c'est votre homme.

— Oh ! La petite-fille de ma cousine habite chez moi en attendant le retour de sa grand-mère. Elle est à METCO, un établissement scolaire en dehors de la ville. (Blanche parlait à toute vitesse, ennuyée d'avoir tellement focalisé sur Taifa et Malik, qu'elle en avait oublié Shaquita.) Elle prend le bus scolaire.

— Elle part et revient à quelle heure ?

Blanche lui donna les horaires de Shaquita.

— Pas de problèmes. Le *brother* qui amène vos deux gosses à l'école peut la conduire à l'arrêt de bus. Celui qui monte la garde devant chez vous peut prendre une pause, aller la chercher à l'arrêt de bus et la ramener ici.

— Tenez, prenez ça et dispersez-les dans la maison, dit Othello en sortant des sifflets de sa poche.

Si quoi que ce soit arrive, servez-vous en. Sinon, laissez le *brother* faire son boulot.

— Merci infiniment, Othello, chuchota Blanche alors que ses yeux s'emplissaient de larmes. Puis-je faire une donation aux Ex-Taulards ?

— Merci. Nous avons des dépenses comme tout le monde, alors tout ce que vous pourrez nous offrir sera le bienvenu. Mais nous savons aussi ce que sont les problèmes de fric, alors pas la peine de vous saigner aux quatre veines. De toute façon, qui sait ? Peut-être qu'un jour nous aurons besoin de vous.

Il écrivit le numéro de plaque minéralogique de la voiture qui serait stationnée devant la maison et nota aussi son numéro de téléphone. Lorsqu'il se leva pour partir, elle fut tentée de lui demander de rester. Il la regarda quelques secondes.

— Je peux utiliser votre téléphone ?

— *Brother* Warren sera devant chez vous d'ici une demi-heure. Une Accord bleu foncé. Vous avez le numéro de la plaque et votre sifflet. Maintenant, essayez de dormir.

Blanche le remercia à nouveau et se traîna jusqu'à la salle de bains. Elle s'endormit dans la baignoire et ne se réveilla que quand l'eau commença à devenir froide. Avant de se mettre au lit, elle regarda par la fenêtre de devant et fut réconfortée de voir l'Accord bleu sur la place de stationnement la plus proche de la maison.

10

Neuvième jour – Vendredi

Elle s'éveilla aux premières lueurs, juste avant que la personne à qui elle tentait d'échapper en rêve ne se retrouve face à elle, et la force à faire demi-tour. Lorsqu'elle essaya de se lever, son genou écorché plia, provoquant une série de douleurs vives dans son dos et ses cuisses. Elle s'assit sur le bord du lit, se massa doucement les jambes et refréna sa très forte envie de se recoucher, la tête sous les couvertures.

Des larmes qu'elle ne chercha pas à retenir coulèrent à flots sur ses joues, son menton et sa robe de chambre. Elle ne chercha pas non plus à écarter la vision fugitive du rire de Samuelson, alors que sa voiture démarrait sur les chapeaux de roues ; ou le souvenir des mains de son salaud de gorille sur ses seins et ses fesses. Elle imagina avec plaisir cette voiture se prenant de plein fouet un poteau téléphonique, mais cela ne fit qu'intensifier ses larmes. Elle ne serait jamais en mesure de leur faire ressentir la terreur qui lui avait retourné les tripes. Des relents de peur s'emparèrent d'elle, à l'idée de ce que Samuelson et ses connards auraient pu lui faire, et avaient peut-être encore l'intention de faire aux enfants. Elle sortit délicatement du lit et alla à la fenêtre pour s'assurer de la présence de l'Accord bleue. Elle était là.

C'est déjà ça, songea-t-elle, *c'est déjà ça*.

Elle se tourna vers l'autel des Ancêtres et alluma un bâton d'encens.

— Ancêtres du sang, de l'esprit et du cœur, mémoire du nourrisson, du connu et de l'inconnu, je vous salue ce matin en vous remerciant pour les bonnes choses que vous avez apportées dans ma vie, pour les bonnes choses...

Elle ne put aller au bout de ses salutations habituelles. Cependant demander sans détour quelque chose aux Ancêtres était risqué — attention à ce que tu demandes, tu risques de l'avoir était la devise des Ancêtres. Elle tourna alors sa langue dans sa bouche, avant de leur demander de protéger les enfants. Il n'existait pas de lieu plus sûr que la mort. Mais elle ne pouvait pas non plus s'adresser à eux en faisant semblant de rien. Elle essaya un autre biais :

— Ancêtres, vous avez vu ce qui m'est arrivé, et vous m'avez sauvée. Vous avez entendu que ces salauds veulent faire du mal à Malik et Taifa. Je sais qu'ils sont eux aussi vos petits protégés, et que vous ferez donc attention à eux. J'allume cette bougie en guise de remerciements, afin que vous nous assuriez tous de votre protection.

Elle alluma la bougie et regarda la flamme grandir, avant de passer à la salle de bains.

La douche chaude soulagea ses douleurs et détendit ses articulations. Elle s'habilla, prépara du pain perdu et alla réveiller les enfants. L'odeur des petits déjeuners du dimanche un vendredi eut un tel effet, qu'ils ne se plaignirent même pas d'être réveillés aussi tôt. Blanche attendit qu'ils aient essuyé leurs assiettes jusqu'à la dernière goutte de sirop, avant de commencer à parler.

— Des hommes ont essayé de... c'est en rapport avec le remplacement de Ms Inez. Quelque chose a disparu, et ils pensent que Ray-Ray l'a pris et me l'a donné. Il ne me l'a pas donné, mais ils ne me croient pas. Hier des hommes ont essayé de...

— Quoi, m'man ? ! Quoi ? (Taifa se leva de sa chaise. Elle prit Blanche par l'épaule.) Tu vas bien ? Ils t'ont fait du mal ? Qu'est-ce...

— Du mal ! Qui a parlé de faire du mal ? Il faut toujours que tu tires des conclusions hâtives ! hurla Malik au bord des larmes.

Shaquita lança à Blanche un regard apeuré.

— Non. C'est rien, ma chérie, dit Blanche en passant son bras autour de la taille de Taifa. Et tout va bien se passer. Des gens vont s'occuper de nous, jusqu'à ce que tout soit fini. Othello Flood et les Ex-Taulards. Il...

— Le petit copain d'Aminata ? demanda Malik.

— C'est ça, acquiesça Blanche. Un des Ex-Taulards va vous conduire à l'école le matin et vous ramènera le soir.

— Oh, maman ! Pas question ! Je peux me débrouiller tout seul, et j'ai des trucs à faire après l'école que...

Blanche poussa un soupir. Elle laissa Malik le macho parler de l'entraînement de foot, de la réunion du conseil de classe, et de l'entraînement de basket avec l'équipe du YMCA — dont elle était supposée croire qu'ils étaient plus importants que sa sécurité.

— Je suis désolée, Malik. Vous allez devoir rentrer à la maison avec cette personne. Et ne pas en bouger. L'un comme l'autre. Il n'y en aura que pour quelques jours, promit-elle en espérant que ce soit vrai.

— Mais, m'man ! Ce sont des criminels ! cria Taifa.

— Ils ont commis des crimes. Tout comme vous avez été des bébés avec des couches pleines de merde. Ils ont eux aussi évolué.

Elle fut sauvée par la sonnette, qui lui évita d'épiloguer.

En voyant Othello, elle songea à une maison douillette et à un placard rempli — la sécurité. Elle fit aussi apparaître, comme par magie, un grand lit bien ferme, éclairé seulement par une bougie ou deux, dans une pièce remplie de musique — une bonne partie de jambes en l'air. La nuit dernière, malgré sa peur, elle se souvenait avoir fondu lorsqu'il avait pris sa main. Elle se demanda dans quelle mesure son attirance pour Othello n'était pas liée à son aversion à l'égard d'Aminata. Et à quel point elle devait être en manque pour penser au sexe dans un moment pareil ! Mais n'était-ce pas justement quand les choses allaient à vau-l'eau qu'on avait le plus besoin d'être enlacée et caressée ?

Elle ne fut pas la seule à s'adoucir : les objections de Taifa s'évanouirent, à la vue du jeune homme musclé et plutôt mignon chargé de la conduire à l'école. Roger, Dennis et Louis, qui accompagnaient Othello, étaient polis, calmes et cérémonieux. Après avoir été présentés, ils retournèrent dans leur voiture, en attendant le moment de faire leur boulot. Une attitude que Blanche apprécia.

Avant de quitter la maison, elle décida d'appeler Bea Richards une dernière fois. Elle resta presque bouche bée lorsque Bea répondit.

— Qui est à l'appareil ?

Blanche parvint à articuler qu'elle avait eu son nom par sa cousine Charlotte.

— Elle pensait qu'il vous serait peut-être possible de me donner des renseignements pour une de mes amies.

— Quel genre ?

— Au sujet de Maurice Samuelson.

— Qu'est-ce que vous voulez savoir ? demanda-t-elle sur un ton où la curiosité avait cédé la place au doute.

— En fait, mon amie songe à rejoindre son Église et...

— Qui vous a donné mon nom, déjà ?

Blanche répéta.

— Elle aurait dû vous dire que j'aime pas trop parler de ça au téléphone. Certains essaient peut-être de savoir ce que je raconte et à qui.

Blanche demeura silencieuse. Bea lui faisait un peu penser à une fille de Harlem qui croyait que le FBI essayait de la photographier nue pour *Playboy*. D'un autre côté, Blanche commençait à ressentir qu'on s'immisçait sérieusement dans sa vie.

— Rencontrons-nous quelque part, proposa Blanche.

Elles prirent rendez-vous pour le samedi suivant, au marché d'alimentation exotique proche de Dudley Square.

— Je porterai un pull rouge, précisa Bea avant de raccrocher.

Blanche n'aurait eu aucun mal à s'habituer au trajet en voiture jusqu'à son travail avec Roger — ça, plus le thé à siroter durant le trajet. Elle le remercia et lui l'informa qu'elle le verrait à 19 h 30.

L'air chez les Brindle était lourd et agité. Blanche fit lentement et tranquillement le tour de la cuisine, décontractée et concentrée, comme si son calme pouvait servir de modèle au reste de la maison.

La sonnette retentit et Carrie tomba presque dans

les bras de Blanche. Elle revint en trombe dans la cuisine et montra du doigt la porte d'entrée.

— C'est Mr Marc.

Blanche attrapa une paire de cisailles dans le tiroir de la buanderie et se dirigea dans le hall d'entrée, où elle commença à remettre en ordre la composition florale sur la table entre la petite salle à manger et la bibliothèque. Pendant tout ce temps, elle reluqua Marc Brindle. Il semblait ne pas avoir fermé l'œil depuis un bon bout de temps. Sa barbe d'un jour en avait facilement deux ou trois, son pantalon et sa veste pendouillaient en faisant des plis et des faux-plis. Même de loin, elle vit que sa chemise était sale. Elle le salua d'un signe de tête, mais ne parla pas. Elle se trouvait juste derrière lui, lorsqu'il ouvrit la porte de la petite salle à manger, et elle attrapa la porte avant qu'elle ne se referme complètement. Elle regarda alors dans la pièce avec son œil gauche.

Les ondes de la maison s'étaient concentrées dans la petite salle à manger. Blanche sentait de l'électricité dans l'air et comme l'arrivée d'un train impossible à arrêter.

Felicia se leva. Allister ne bougea pas. Felicia ouvrit grand les bras. L'expression sur son visage était celle que Blanche avait parfois devinée sur le sien — ce mélange de soulagement et d'irritation lorsque Malik et Taifa rentraient à la maison après être partis assez longtemps pour qu'elle imagine le pire.

Marc tendit le bras pour écarter sa mère.

Felicia s'arrêta à mi-chemin entre lui et la table, les bras tendus.

— Marc, chéri. Je suis tellement contente de te voir ! (Felicia fit un timide pas dans sa direction.) J'étais tellement inquiète...

— Ça suffit, maman, je t'en prie.

— Mais, chéri, je veux juste...

— Pourquoi ? demanda Marc en se passant nerveu. Explique-moi, pourquoi lui ? Pourquoi ?

— Je ne voulais pas, Marc. C'était un accident. Il...

— Un accident ? ! Un accident ? ! Comment as-tu pu séduire quelqu'un par accident ?

Pendant quelques secondes, Felicia parut confuse.

— Oh, mais tu as l'air de penser que je... Non, Marc. Non, mon chéri ! Tu ne crois quand même pas que j'aurais fait une chose pareille ! Je ne savais pas ! Je te jure que je...

— Il m'aimait ! Je sais qu'il m'aimait ! Jusqu'à ce que tu...

— Non, non, cela ne s'est pas passé comme ça, dit Felicia dont le visage se décomposa. Ce n'est pas uniquement de ma faute ! Il avait d'autres... Ce n'était qu'un... Je te jure que je ne savais rien à ton sujet. Je ne savais même pas qu'il aimait...

— Tu mens ! Nous étions heureux jusqu'à ce que tu...

— Marc ! Je ne me serais jamais permise... je ne veux pas de te faire de mal, mon chéri, tu sais bien. Tu dois le savoir.

Blanche avait oublié l'existence d'Allister jusqu'à ce qu'il se lève de sa chaise.

— Quoi ? *Les deux* ? Vous baisiez tous les deux avec ce prof de gym ? Mon Dieu ! Si cela sort d'ici, je...

Marc et Felicia l'ignorèrent. Felicia fit à nouveau un pas en direction de son fils.

— Marc, je t'en prie, je te dis la vérité.

— Oh, mon Dieu, maman ! dit Marc en tendant une main vers Felicia et en enfouissant son visage dans l'autre.

Felicia se précipita et le prit dans ses bras en murmurant des mots de mère et en le serrant très fort contre elle.

Marc posa sa main sur l'épaule de Felicia et la repoussa gentiment. Il lui murmura quelque chose que Blanche ne parvint pas à entendre. Felicia sourit malgré les larmes dans ses yeux. Marc se tourna vers Allister.

— Cher vieux papa, (il faisait sonner ces mots comme la pire des insultes) toi, ta putain de carrière politique et ton putain de nom de famille ! J'aurais dû avoir une vie norm...

— Ressaisis-toi, mon garçon ! Mon fils ne...

— Ton fils ! Ton fils ! Depuis quand me considères-tu comme ton fils ? Je croyais que j'étais son fils à elle. C'est ce que tu as toujours...

— Ne me parle pas sur ce ton, mon garçon ! Je ne supporte pas l'hystérie chez un homme, et encore moins chez un Brindle.

— Qu'est-ce que tu aimes chez un Brindle, papa ? Les menottes ? Les sous-vêtements en cuir ? Les blondes à gros nichons avec des fouets ? En quoi est-ce que tu es mieux que moi ?

— Toi ! C'est toi qui l'as ! lâcha Allister dont le regard s'affaissa. (Il tapa du poing sur la table. La vaisselle vibra comme des dents qui claquent.) Où est-elle ? Où est la cassette ? (Il se pencha par-dessus la table, en direction de son fils.) Ton petit ami, la tapette noire, l'a volée pour toi, c'est ça ? Tu lui as parlé du coffre-fort, c'est ça ? C'est ça ?

— Je lui ai dit où trouver la combinaison, espèce de sale menteur hypocrite ! lui hurla Marc. *Ne te comporte pas en femmelette, mon garçon ! Fais-toi une pute à la traditionnelle et laisse tomber ces trucs de pédé*, cracha-t-il en imitant le ton haché de son père. Et pendant tout ce temps, tu...

Marc hocha la tête, comme s'il ne parvenait pas à en dire plus.

— Où est-elle ? Où est la cassette ? (La voix d'Allister était celle de quelqu'un qu'on étrangle.) Ce salopard de nègre l'a volée pour toi, n'est-ce pas ? Après tout ce que cette famille a fait pour lui ! Il m'a écrit. Tu étais au courant ? Il me menaçait de...

— Va te faire foutre ! l'interrompit Marc. Et moi, alors ? J'étais là à écouter une pute saoule raconter à quel point tu aimais recevoir de bonnes fessées. Quant à cette cassette ! Mon Dieu, ça m'a fait vomir !

Felicia regarda son fils, puis son mari.

Les épaules de Marc se soulevaient et s'abaissaient. Blanche ne parvenait pas à voir son visage, elle ne savait donc pas s'il essayait de reprendre son souffle ou s'il pleurait. Mais elle ne vit que trop bien l'arme sortie de sa poche. À ce moment, la maison vacilla.

Felicia se mit à couiner, comme une souris dans les griffes d'un chat. Allister regarda son fils, les yeux écarquillés.

Marc s'adressa à son père, en tenant le pistolet avec fermeté et détermination.

— C'est toi que j'aurais dû tuer à la place de Saxe.

Felicia tressaillit. Ses lèvres bougèrent, mais aucun son n'en sortit.

Allister s'assit de nouveau.

— Tu n'as même pas les couilles de tuer un lapin, lâcha Allister comme si Marc n'avait rien dit au sujet de Saxe. (Il se cala contre sa chaise.) Tu te souviens de la fois où oncle Randolph et moi t'avons amené à la chasse ? Tu n'étais même pas capable...

— Tais-toi, imbécile ! cria Felicia en se tournant vers Allister. Tu n'as donc pas entendu... ?

Elle se tourna de nouveau vers Marc. Elle tendit vers lui la paume de sa main droite, comme espérant qu'il allait y déposer ses ennuis.

— Écoute-moi, Marc, je t'en prie. (La voix de Felicia paraissait calme, mais Blanche n'y croyait pas une seconde.) Ne fais pas ça. Ne gâche pas ta vie. Allister ne mérite même pas d'être tué ! Et je sais que tu n'as pas tué Saxe. C'est moi qui l'ai tué.

Allister resta bouche bée. Marc s'avança en titubant. Allister fut le premier à se ressaisir.

— Qu'est-ce que tu racontes ? hurla-t-il à Felicia. De quoi est-ce que tu parles ?

Ni Felicia ni Marc n'eurent l'air de l'entendre. Marc toucha la joue de Felicia du plat de sa main.

— Si seulement tu l'avais tué, pleurnicha Marc. (La tristesse dans sa voix emplit la pièce et s'écoula jusque dans le couloir.) Comme ça, je ne saurais pas ce que ça fait de... Comme ça je pourrais trouver le sommeil, réfléchir, je n'aurais pas ce... ce...

Allister posa son regard sur son fils, puis sur sa femme. Marc laissa retomber le long du corps la main qui tenait le pistolet. Il regardait Felicia.

— Quand je suis arrivé là-bas, il frottait de la glace sur la bosse que tu lui avais faite. Il m'a dit que tu l'avais frappé et que tout le monde était cinglé dans ma famille. J'ai voulu savoir pourquoi tu l'avais frappé. « Une querelle d'amoureux. » Et il a ri. Il m'a demandé si ça m'excitait de savoir qu'il baisait ma mère.(Felicia tressaillit et tendit la main pour toucher la manche de Marc.) Il a prétendu qu'il n'en avait rien à foutre de moi, qu'il préférerait se taper une chèvre que... J'ai ri. Je savais qu'il m'aimait. Il me l'a dit ! Il me l'a montré ! J'ai cru qu'il inventait tout ça parce qu'il était en colère. Il était tellement lunatique, et il ne disait pas toujours la vérité. J'ai pensé qu'il irait bien si...

» Je lui ai demandé pourquoi il restait avec moi : « Pour m'amuser et par intérêt » a-t-il répondu. Il a ajouté qu'en un sens il baisait toute la famille, pour que ce cher vieux papa soit lui-même sacrément baisé, le jour où il verrait des photos de nous deux dans les journaux. Ça lui rapporterait un joli paquet. A ce moment-là, j'ai vu qu'il disait la vérité. C'était presque drôle.

» Il n'avait pas entendu parler de la cassette, tu vois. Il ne savait pas que j'avais tout expliqué à Ray-Ray. Saxe répétait que j'étais trop trouillard pour agir vraiment... Et donc je voulais lui montrer... pour qu'il soit fier de moi. Mais quand il a dit ça... j'ai été content de ne pas lui avoir raconté. Je lui ai ri au nez. Personne n'en aurait rien à faire de ses petites photos une fois que j'aurais amené la cassette à la presse.

Allister hoqueta. Il ouvrit la bouche, mais aucun son n'en sortit. Marc continua à parler :

— Ensuite, il m'a demandé de partir et de ne plus revenir. Il m'a poussé. (La voix de Marc se fit fluette.) Il me poussait à petits coups. (Il planta ses doigts tendus dans une poitrine imaginaire.) Il a continué à parler de nous, qu'on était tous les deux des nymphos faciles à convaincre, qui l'avions laissé faire ce qu'il voulait. Il n'arrêtait pas de rire, de parler et de me pousser. J'ai vu le trophée sur la table... Je l'ai pris. Je voulais seulement qu'il arrête de parler, et de me pousser...

— Oh mon Dieu, oh mon Dieu, mon Dieu ! s'exclama Felicia en mettant la main devant sa bouche.

Ses genoux vacillèrent sous le poids des mots de Marc. Son visage était blanc comme un linge.

— J'y suis retournée. Je... je pensais l'avoir tué. Je pensais...

— Tu as pris ses affaires ! l'interrompit Marc en baissant les yeux sur elle. J'aurais dû me dire que c'était toi. (Il tourna brusquement la tête en direction d'Allister.) J'ai pensé qu'il avait peut-être envoyé un de ses hommes de main pour que ça ait l'air d'un vol, ou appelé un flic qui lui était redevable, pour arranger le coup.

Blanche regretta de ne pas pouvoir voir le visage de Marc, mais ce n'était pas vraiment nécessaire. Le chagrin et la douleur serpentaient entre Felicia et lui comme les rapides d'une rivière.

Allister se pencha par-dessus le petit déjeuner abandonné.

— La cassette ? Où...

Personne ne le regarda. Felicia, toujours agenouillée, pleurait en silence. Marc s'approcha d'elle. Il tendit son bras et posa doucement sa main sur la tête de sa mère. Elle attrapa ses jambes et y posa son front.

— Oh, Marc, je suis désolée, je suis tellement désolée ! gémit-elle. Nous allons te sortir de là. Nous pouvons...

— Marc, mon fils, écoute, intervint Allister en se levant. (Il parla doucement et lentement, comme si Marc était un enfant terrorisé.) Cette vidéo va nous nuire à tous. Rends-la-moi, fils. Je sais que j'ai été...

— C'est de ta faute ! hurla Marc en pointant de nouveau l'arme sur lui.

Cette fois, Allister semblait croire que Marc aurait moins de mal à lui tirer dessus qu'il n'en avait eu autrefois avec le lapin.

— Voyons, fils ! dit Allister en levant les mains en l'air.

— Ne m'appelle pas comme ça, espèce d'ordure ! Ne m'appelle pas comme ça !

— Mais tu es mon fils, tu...

Marc baissa les yeux vers Felicia, le visage toujours contre ses jambes et se cramponnant à elles comme à une bouée de sauvetage. Il lui toucha une nouvelle fois la tête.

— Je suis désolé, mère. Je ne peux plus. Je ne peux vraiment plus.

Allister pâlit et ferma les yeux, Blanche fut donc la seule à réellement regarder Marc Brindle lorsqu'il mit le canon du revolver dans sa bouche, la seule à voir son visage exploser, projetant des bouts ruisselants de chair rouge et d'os sur les murs et sur la tête baissée de Felicia, couvrant le sol de taches de sang et de cervelle. Tout cela avant que Blanche n'ait eu le temps d'ouvrir brusquement la porte et de lâcher le « Non ! » qui grondait dans son esprit.

11

Dixième jour – Samedi

Blanche s'éveilla dans des relents de sang frais. Sa bouche pâteuse dégageait une odeur de beurre rance. Elle passa sa langue sur ses lèvres : elles étaient chaudes et gercées, comme si elle avait de la fièvre. Dans sa tête repassa la scène qu'elle avait vue toute la nuit. L'image de l'explosion de la tête de Marc Brindle finirait-elle par disparaître ? Combien de temps serait-elle restée accroupie devant la porte de la petite salle à manger si Carrie ne s'était pas précipitée hors de la cuisine en entendant le coup de feu ?

— OhmonDieumonDieumonDieumonDieu !

C'était tout ce que Blanche avait entendu. Pourtant Carrie avait dû appeler la police et une ambulance, l'avait ensuite aidée à s'installer sur une chaise de la cuisine. Elle était restée assise, le regard vide, s'efforçant de n'être pas là, de ne pas avoir vu. La maison résonnait des cris de Felicia.

Blanche était toujours assise, fixant le sol, quand l'ambulance et la police arrivèrent. Le policier lui demanda où elle se trouvait à l'heure du décès, et elle lui dit qu'elle s'apprêtait à faire du thé, lorsqu'elles avaient entendu le coup de feu. Comme preuve, elle désigna la bouilloire attendant l'eau qui se trouvait dans l'évier. Il lui demanda ce qu'elle avait entendu d'autre, et elle eut la présence d'esprit de lui répondre que la maison était si bien faite, qu'on ne pouvait pas entendre autre chose que les grands bruits provenant des pièces de devant. Il était passé à Carrie.

Blanche avait craint que Carrie ne dise où elle se trouvait au moment du coup de feu, plutôt que de ternir son âme avec un mensonge. Elle avait donc préparé pour l'inspecteur une histoire de « subordonnée jalouse qui essaie de m'attirer des ennuis ». Mais il lui demanda seulement si elle avait fait entrer Marc, à quelle heure, et comment il était — Carrie avait répondu : « Pareil à lui-même ». Carrie — dont la connaissance des flics se limitait à leurs assauts dans son quartier —, avait répondu à ses questions, mais rien dit spontanément. Blanche projetait de la remercier dès qu'elle aurait retrouvé assez de courage pour l'appeler.

Joanie, Aminata et Lacey avaient entendu ce qui était arrivé à Marc aux infos de midi, et s'étaient réunis chez Blanche, quand celle-ci rentra. Aminata et Joanie prirent les gosses. Ils allaient passer la nuit à côté. Lacey avait préparé du thé au gingembre avec plus de rhum et de miel que de gingembre. Elle laissa Blanche lui raconter encore et encore ce qu'elle avait vu, jusqu'à ce qu'elle commence à tomber de sommeil. Elle lui massa alors le dos, et la mit au lit.

J'aurais dû boire une tasse ou deux du thé de Lacey en plus, songea Blanche.

Le réveil à côté de son lit indiquait 2 h 30. Le silence du cœur de la nuit s'étendait sur la maison et sur le quartier. Elle était seule dans la nuit calme — situation qu'habituellement elle trouvait apaisante. Mais à cet instant, elle ressentait dans tout son corps le désir d'être enlacée, serrée dans des bras musclés jusqu'à ne plus se sentir meurtrie par ce qu'elle avait vu.

Ne commence pas à penser des choses pareilles, ma petite, se dit-elle. *Comme dit maman, tu n'es pas arrivée dans ce monde en donnant la main à quelqu'un. Du calme.*

Elle se roula sur le côté, ramena ses genoux contre sa poitrine, passa ses bras autour de son corps et se rendormit.

Le téléphone la réveilla à 7 heures. Elle reconnut la voix de Sadowski, mais fit semblant de ne pas se rappeler immédiatement qui il était.

— Ah, ouais, le *boy* d'Allister Brindle.

Sadowski respira un grand coup, mais au lieu de lui dire ce qu'il pensait, en vint à la raison de son appel.

— Les Brindle vont fermer leur maison pendant quelque temps. Ils sont...

Elle écouta sa petite tirade compassée sur la douleur et le chagrin des Brindle, et leur besoin de repos et de solitude totale.

— On vous enverra votre chèque par la poste, et Mrs Brindle restera en contact avec Ms Inez.

Blanche raccrocha sans rien dire. Parler à Sadowski était une chose désagréable de moins qu'elle aurait à faire dans cette vie. Mais cela ne voulait pas dire que les Brindle étaient sortis de son esprit.

Elle savait désormais qui avait tué Saxe, et le rôle de Felicia. Elle savait que Marc, et non Ray-Ray, détenait la cassette d'Allister : elle se demanda si Allister avait déjà retrouvé la cassette parmi les affaires de son fils. Elle espérait qu'il n'oublierait pas de dire à Samuelson que la course à la cassette était terminée avant de quitter la ville.

Penser à Felicia fit resurgir son cri à travers la maison, l'odeur du sang, le bruit et la façon avec laquelle le corps de Marc s'était écroulé lentement sur le sol. Elle comprit qu'elle avait besoin de pleurer un bon coup : ses yeux la piquèrent, mais il n'y eut aucune larme. Elle songea à se lever et se vit dans la salle de bains en train de se brosser les dents et de prendre une douche. L'idée de tels efforts à accomplir lui donna envie de se rendormir. Elle se pelotonna de nouveau dans son lit.

Il était 10 h 30 lorsque le téléphone la réveilla une nouvelle fois.

— Blanche, c'est toi ? demanda Mick.

— Je crois bien.

— Tu étais là, n'est-ce pas ?

Blanche répondit que oui, mais ne dit pas qu'elle avait tout vu.

— Ça va ? Ça fout un sacré choc une chose pareille, Blanche. Si tu ne te sens pas d'attaque pour les funérailles, Pam comprendra.

L'enterrement de Ms Barker ! Elle avait oublié ! Elle envoya balader les couvertures. Elle allait devoir s'organiser pour Malik et Taifa, afin d'assister au moins à la veillée. Shaquita faisait du babysitting chez les Carson. Blanche se souvint avoir acheté des pommes l'autre jour — trop pour que les gosses aient déjà tout mangé. L'enterrement ne commençait pas avant 15 heures. Elle avait le temps de préparer une ou deux tartes.

— Je viens, dit-elle à Mick.

— M'man ? demanda Taifa en frappant à la porte. Ça va, m'man ?

Taifa passa son bras autour du cou de Blanche et la serra. Malik arriva juste derrière et les enlaça toutes deux. Blanche se fondit dans ce câlin et laissa les enfants la réchauffer et la calmer.

— Raconte-nous. Il y a eu plein de sang et tout ça ? l'interrogea Taifa le regard avide de curiosité.

— Oh, ma puce ! il est même impossible de te dire à quel point c'était horrible. Il était là en train de hurler sur ses parents, et l'instant d'après...

Une fois encore, elle vit la tête de Marc Brindle partir en morceaux.

— Tu pouvais rien faire, m'man.

Blanche regarda Taifa dans les yeux. Comment savait-elle ? Blanche se demandait en effet si elle n'aurait pas pu ouvrir la porte brusquement, bondir sur Marc, hurler, changer le cours des choses.

— Ouais, ajouta Malik. Tu sais comment t'es, m'man. Si t'avais pu faire quelque chose, tu l'aurais fait.

Des larmes jaillirent presque des yeux de Blanche. Elle s'effondra sur le bord du lit et enfouit son visage dans ses mains. Elle pleura pour tout ce qui était arrivé : la mort de Ms Barker et celle de Ray-Ray, le chagrin de Pam et d'Inez, la grossesse de Shaquita et la souffrance que cela allait causer à cousine Charlotte, le suicide de Marc, l'agression de Samuelson et la peur dans le regard des enfants.

Taifa et Malik s'assirent chacun d'un côté et la soutinrent, lui donnèrent des petites tapes et lui murmurèrent des choses gentilles, exactement comme Blanche l'avait fait pour eux depuis des années.

— Oh, mon Dieu ! Je me sens tellement mieux. (Elle prit le mouchoir que lui tendait Malik). Merci, dit-elle en les regardant l'un et l'autre.

Taifa haussa les épaules.

— C'est un truc de famille.

Suffisamment consolée, Blanche les envoya se laver et se changer, ce qui signifiait une dispute pour savoir qui prendrait sa douche en premier, jusqu'à ce qu'elle finisse par décider à leur place.

Le soleil l'attira jusqu'à la fenêtre de la chambre. L'Accord bleue était sur le parking. Elle alla jusqu'au téléphone pour appeler Othello, puis se ravisa.

— Le Temple de l'Édification Divine.

Blanche demanda à parler à Samuelson — sans oublier d'ajouter « Révérend ». Elle fut tentée de donner une fausse identité : Samuelson ne tenait peut-être pas à lui parler. En fait, si.

— Ma sœur ?

Sa voix était de nouveau mielleuse.

— Si vous traitez toutes vos sœurs comme moi l'autre soir, je suis bien contente que nous n'ayons pas la même mère.

Samuelson se fit tellement silencieux, qu'elle eut l'impression qu'il n'y avait personne au bout du fil. Puis :

— Bon, bon. Il y a eu un malentendu.

Il ne paraissait pas croire à ce qu'il disait.

— Brindle vous a donc dit que son fils avait la cassette.

— C'est exact.

— Et alors ?

— Et alors, quoi ?

— Des excuses, exigea-t-elle.

Cette fois, il n'y eut vraiment plus personne au bout du fil.

Le salaud !

Mais au moins, elle avait appris ce qu'elle voulait savoir. Elle composa le numéro d'Othello.

— J'avais justement l'intention de t'appeler.

Blanche lui parla de Marc, de la cassette et de son coup de téléphone à Samuelson.

— Et donc, je ne suis plus sur la liste de Samuelson.

— Le bon pasteur a pourtant besoin qu'on s'occupe de lui. Il peut pas continuer à se comporter comme s'il était le roi de la communauté.

— Si seulement on pouvait découvrir ce que Brindle sait sur son compte. J'irais le crier sur tous les toits ! s'exclama Blanche.

— Ouais, tu m'en as déjà parlé, dit-il d'un ton pensif.

» Demain, je vais aller faire un tour avec ton fils, tu sais. Avec lui et Aminata.

Il prononça le prénom avec un plaisir certain.

Elle en a de la chance. Je ne vais pas la haïr !

— Pour faire quoi ? demanda-t-elle sans laisser entendre qu'elle essayait de calmer un accès de jalousie.

— Les conduire chez un ami à Farmingham. Il croit qu'il peut les aider à découvrir qui possède le bâtiment abandonné.

— Oui, le truc avec internet, acquiesça Blanche en se rappelant plus ou moins que Malik lui en avait parlé.

— Aminata trouve que ton fils est très motivé. C'est bien de voir qu'un gosse de cet âge s'intéresse à l'environnement. Y a de quoi être fière.

— Je continue de croiser les doigts, lui dit-elle en sachant qu'il comprendrait.

— Quand tu as fait tout ton possible, il ne reste plus que ça.

Ils étaient sur le point de raccrocher quand Blanche demanda :

— Pourquoi voulais-tu m'appeler, Othello ?

— Tu te souviens, tu m'as parlé d'une personne qui se trouvait avec le *brother* qui s'est noyé dans la piscine ? J'ai demandé à un de nos membres de se renseigner. Tu avais raison. Il y avait bien quelqu'un avec lui, un type plus âgé.

— Qu'entends-tu par plus âgé ?

— Une femme de Washington Street prétend qu'elle connaît Ray-Ray depuis des années, elle le voyait à l'église où va sa mère. Elle l'a vu le soir où il est mort.

— Avec quelqu'un qu'elle connaissait ?

— Elle n'a pas pu voir son visage, mais elle a remarqué qu'il était vieux à sa façon de s'habiller. « Vieux jeu » a-t-elle dit.

Le sang de Blanche ne fit qu'un tour.

— Comment ? demanda-t-elle tandis que l'image de Donnie, dans sa veste longue épaulée et son pantalon large démodés, se formaient dans son esprit.

— Un mec plus âgé, répéta Othello.

— Non, au sujet des vêtements.

— Un mec âgé, dans des fringues de mec âgé.

Blanche ouvrit la bouche... Mais si elle faisait erreur ? Donnie n'était pas seul à porter des vêtements démodés.

— Nous allons encore nous renseigner, continua

Othello. Peut-être qu'une autre personne l'a vu aussi. Une personne qui l'a reconnu.

— Je te suis vraiment reconnaissante pour tout, Othello. Je m'en souviendrai.

Elle prit note de donner aux Ex-Taulards une bonne part de son remboursement d'impôt sur le revenu, la prochaine rentrée d'argent qu'elle attendait.

Elle avait trop à faire pour rester pendue au téléphone avec Othello. Elle brancha la radio sur WBUR et écouta : *En voiture*, émission qui l'amusait toujours. Elle avala à toute vitesse deux tartelettes à la pomme et aux raisins secs, prit une douche et revêtit une robe grise, marron et terre de sienne qu'elle portait lors des enterrements et ses chaussures grises et marron à talons plats, achetées en solde chez Filene's Basement. Elle écrivit un mot à Shaquita pour la prévenir de leur absence. Lorsque Mick sonna à la porte, elle était prête.

Les gosses se précipitèrent dehors pour admirer la Jeep Cherokee de Mick.

Une insulte aux Indiens et aux petits !

Blanche ne parvenait pas à quitter Mick des yeux. La lesbienne militante, chaussée de pataugas, avec qui elle parlait depuis une semaine environ, portait un tailleur bleu marine à fines rayures avec une jupe droite, un chemisier blanc et des chaussures à talons bleu marine, assorties à son sac à main. Ses oreilles étaient ornées de boucles bleues et blanches.

— À quoi tu joues ? demanda Blanche pour plaisanter et sans réfléchir.

Elle regarda Mick pour s'assurer qu'elle ne l'avait pas vexée.

Mick rit.

— Ma copine m'a demandé exactement la même chose. (Elle enleva ses chaussures.) Comment font les femmes pour marcher toute la journée avec ces trucs aux pieds !

Elle se laissa tomber sur le canapé et se vautra autant que le permettait sa jupe.

— Pourquoi ? demanda Blanche, en désignant les chaussures et le tailleur.

— C'est plus simple. Tu sais comment sont les *blacks*.

— Et moi, je suis pas *black* ?

Mick remonta ses lunettes.

— Tu sais parfaitement ce que je veux dire, Blanche. C'est pas facile d'être une lesbienne assumée dans le quartier. C'est pourquoi j'ai déménagé. J'ai grandi dans le coin, tu te rappelles ? Et je m'en suis pris plein la gueule.

Blanche savait ce que voulait dire « s'en prendre plein la gueule » par la plus grande partie de la communauté. Elle aussi en avait vu de toutes les couleurs parce qu'elle était « trop noire ». Dans ces moments-là, elle aurait bien changé sa peau d'ébène contre une couleur pain d'épice. Plus jeune, elle avait même essayé de se frictionner le corps avec du jus de citron, parce qu'elle avait entendu dire que ça éclaircissait la peau. À quel âge avait-elle appris à chérir sa couleur, au point de trouver totalement insensés les commentaires négatifs à ce sujet ? Combien de fois Mick allait-elle devoir porter cet accoutrement, avant de s'apercevoir que ça n'en valait pas la peine ?

— Tu crois vraiment que l'habit fait la femme, ma biche ?

— C'est aussi une histoire de respect, expliqua Mick en baissant la tête et en remettant sa jupe droite. Envers Ms Barker. Elle n'a jamais dit qu'elle m'approuvait, mais elle agissait en conséquence, même si elle me taquinait en disant que j'avais l'air d'un bûcheron. Et donc, j'ai pensé qu'à cette occasion...

Mick se tut peu à peu.

Blanche resta silencieuse, attendant que Mick reconnaisse que sa dernière raison avait moins d'importance que la première.

— C'est idiot. Tu as raison. Mais bon Dieu ! Ça me fait mal au bide quand des *blacks* me regardent comme si j'étais méchante ou crado. Comme si je n'avais pas ma place ici. Ou ailleurs.

Blanche aurait aimé pouvoir assurer à Mick qu'elle se trompait, qu'aucun Noir n'avait rien contre les lesbiennes ou les gays, mais Mick avait raison. Elle avait entendu un historien noir dire que les Blancs avaient inculqué la haine des homosexuels aux esclaves africains, parce que seuls les couples homme-femme pouvaient donner naissance aux nouveaux esclaves dont ils avaient besoin. Quelqu'un devait dire aux Noirs homophobes que l'esclavage était aboli et que l'amour ne se limitait pas à faire des bébés.

Ils s'arrêtèrent à proximité de la maison de Ms Barker pour déposer les tartes de Blanche et le jambon de Mick. La cuisine était sous le contrôle d'un quatuor — des femmes de la communauté qui aidaient toujours les malades, s'occupaient des familles en deuil, s'assuraient que leur rue reste propre. C'était toujours à ces femmes que Blanche pensait lorsqu'elle entendait un imbécile de droite se répandre à n'en plus finir sur le fait qu'il fallait que les Noirs se débrouillent tout seuls, au lieu de blah, blah, blah.

Si on ne s'était pas débrouillés tout seuls, à l'heure qu'il est nous serions tous morts.

La veillée et les obsèques avaient lieu chez Roland's Funeral Parlor, sur Columbus Avenue. Mick faisait le tour du pâté de maisons à la recherche d'une place, et on voyait les gens entrer et sortir.

Pam et d'autres membres de la famille étaient assis à gauche du cercueil. Blanche se dirigea droit devant et serra Pam dans ses bras.

— Nous sommes vraiment désolés pour ta grand-mère, lui dit Malik en lui serrant la main.

— C'était quelqu'un de bien, ajouta Taifa.

Blanche regarda Malik et Taifa, contente d'eux.

Mick présenta à son tour ses condoléances, et ils serrèrent la main du fils de Ms Barker et de sa femme, de la sœur de Ms Barker, qui était assise dans une chaise roulante et paraissait très peinée, de la mère de Pam, chapeautant les cousins, petits-enfants et arrière-petits-enfants qui gonflaient les rangs.

Ce qui restait de Ms Barker ne ressemblait en rien à la personne que Blanche avait connue. La mort lui avait donné l'apparence d'un enfant ratatiné dans des vêtements d'adulte, son visage comme un masque en caoutchouc. Elle reposait dans un cercueil gris foncé, recouvert d'une doublure blanche semblable à de la mousse à raser gelée.

Peu après, Blanche reconduisit Malik et Taifa à la porte. Elle les avait informés avant de quitter la maison qu'ils n'avaient plus besoin des Ex-Taulards, et ils étaient donc impatients de se retrouver seuls. Blanche s'assura néanmoins qu'ils avaient bien fait leurs devoirs.

Ils seraient absents toute la journée du lendemain : Malik avec Aminata et Othello, Taifa et Shaquita avec Joanie pour une journée shopping dans le New Hampshire organisée par Rudigere Homes, et au cours de laquelle Taifa avait l'intention de vendre beaucoup de bonbons.

— Il y a de la dinde hachée pour faire des burgers dans le frigo et des restes de chili, leur dit Blanche. Taifa, tu as la monnaie exacte pour le bus ? Tu te souviens la dernière fois où...

— Cool, m'man, cool. J'ai ce qui me faut.

Elle les regarda chacun à leur tour.

— Ne faites pas les imbéciles dans le bus. Comportez-vous...

— M'man, on prend tout le temps le bus. On n'est plus des bébés, l'interrompit Malik en posant sa main sur son bras, comme s'il cherchait à calmer un enfant grognon.

Ils l'embrassèrent tous les deux sur la joue, d'un air apitoyé.

Blanche prit place au dernier rang. Pour elle, les obsèques étaient un endroit où on laissait son chagrin et sa douleur en tas autour du cercueil, comme les nombreuses gerbes de fleurs, et dont on s'éloignait, prêts à guérir de son chagrin, si possible. Mais elle avait déjà évacué une bonne partie de ses souffrances en pleurant dans les bras des enfants. Cependant, elle sentit qu'une vague de tristesse était en train de se former — toutes les personnes présentes dans la pièce semblaient réunir leur chagrin au sujet de la mort de Ms Barker, et de tout ce qui leur donnait envie de pleurer et de geindre. Elle ressentit cela aussi comme si, sans bouger, elle s'approchait des gens qui l'entouraient.

Un jeune homme se leva et se dirigea vers l'estrade, dans le coin en face du cercueil.

— Mon nom est Calvin Barker. Je tiens à vous remercier...

Ça doit être un arrière-petit-fils.

Apparemment, tout le monde — y compris Blanche et les commerçants du quartier — avait envoyé une carte ou un télégramme à la famille, et Calvin les lisait tous. Les messages particulièrement touchants étaient accueillis par un « hum,

hum » sonore dans l'assistance. Chaque fois que cela se produisait, Blanche sentait la vague de chagrin monter un peu plus.

Calvin invita ensuite les gens à venir sur l'estrade, prononcer quelques mots sur Ms Barker. La plupart des gens se levèrent et, de leur place, rappelèrent quelle bonne voisine et amie elle avait été. Finalement, une jeune femme se leva et s'avança vers l'estrade.

— Ma mère m'a foutue dehors après que son amant m'a violée. Cette femme (elle montra le cercueil de Ms Barker) m'a recueillie.

— Dieu soit loué ! C'était une femme bien, lança quelqu'un.

— Elle m'a aidée à voir que ce n'était pas de ma faute, continua la jeune femme. Elle m'a aidée à remettre de l'ordre dans ma vie et m'a incitée à aller de l'avant.

— Amen, mon enfant, amen ! psalmodia une des personnes présentes.

— Je suis venue ici pour faire son éloge et pour la remercier. Il n'y avait pas d'être humain meilleur en ce monde, Dieu ait son âme !

— Vas-y, mon enfant.

La jeune femme entonna un chant ponctué des sanglots des membres de la famille. La pièce fut submergée par une vague de chagrin. Les larmes coulèrent à flots, des proches de la défunte s'étreignirent, et les autres se prirent par la main, emportés par le chagrin. À l'instant précis où Blanche crut qu'elle allait sombrer au milieu d'une telle ferveur, un petit enfant demanda :

— M'man, est-ce que la dame va chanter une autre chanson ?

Et les larmes furent effacées par un sourire.

Mick ne voulut pas aller au cimetière, Blanche non plus. Lorsqu'elles arrivèrent à la réunion après l'enterrement, la maison Barker était déjà pleine de gens jonglant avec des assiettes en carton et des verres en plastique. La maison sentait le jambon, la dinde, les crudités, les pieds de cochon panés, les tripes, le pain au maïs, l'ail et, dans une moindre mesure, d'autres épices qui firent gargouiller l'estomac de Blanche. Elle se fraya un passage jusqu'au buffet, suivie de près par Mick.

Blanche remplit une assiette et trouva un coin

pas trop bondé où elle put se poser et manger. Elle échangea des salutations avec quelques personnes. Autour d'elle, les gens parlaient de tout et de rien, d'acheter une maison ou de comment faire pour se débarrasser des huissiers. Toute la tristesse provoquée par le décès était restée à la porte de la chambre mortuaire. L'hommage à Ms Barker s'était effacé devant une assiette de bonnes choses.

Mort et chili, songea Blanche.

Pam se promenait dans la pièce et remerciait les gens d'être venus. Elle paraissait épuisée. Blanche l'attira dans un coin, la fit s'asseoir et lui offrit une tasse de thé. Mais Pam ne pouvait pas s'arrêter de parler, comme si les mots étaient une barrière entre elle-même et son chagrin, une barrière qui nécessitait de constantes réparations.

— Elle n'aurait pas aimé voir tout ce monde chez elle. Seule la famille venait ici.

— Et Ray-Ray ? Il ne venait pas là, lui aussi ?

— Ouais. Mais pour elle, il faisait partie de la famille. Juste avant de mourir, il est passé voir *Gran* à la boutique, tu sais. Il était avec son copain.

— Son copain ? demanda Blanche en se sentant pâlir. Quel copain ?

Pam hocha la tête.

— Je sais pas qui c'est. Ray-Ray voulait parler à *Gran*, donc je me suis éclipsée. Beaucoup de gens, tu sais, passaient à la boutique sous prétexte de faire des achats, mais en fait ils venaient discuter avec *Gran*. Alors ça l'énervait que je sois là, elle avait peur que j'empêche les gens de parler. Une fois que j'ai eu compris ça, je savais quand il fallait que j'aille faire un tour.

— Et le copain de Ray-Ray ? C'était juste un copain ou... demanda Blanche en essayant de ne pas paraître trop pressée d'entendre sa réponse.

— Un petit copain. Un beau mec. Genre propre sur lui. Il portait un vieux costume chic. Je crois bien que Ray-Ray l'appelait Donnie. À la façon dont Ray-Ray le regardait, j'ai bien vu qu'ils étaient ensemble. Il a pas déconcerté *Gran*. Elle était juste contente de voir Ray-Ray. Et maintenant, ils sont morts tous les deux.

Pam poussa un soupir. Un long soupir ému.

Blanche entendit à peine ce que lui disait la jeune fille. Elle eut si froid d'un coup, qu'elle était sûre de voir de la buée sortir de sa bouche si elle parlait. L'image de Donnie réapparut en Technicolor dans son esprit. Elle l'imagina dans la boutique de Ms Barker avec Ray-Ray, puis quelques jours plus tard, seul avec Ms Barker.

La gifle avait-elle causé la crise cardiaque, ou le fait d'avoir été giflée par l'amant de Ray-Ray l'avait-il tuée ?

— ... première fois que je voyais *Gran* faire le tour de la maison et vérifier les portes et les fenêtres avant d'aller se coucher. On aurait dit qu'elle sentait la mort venir et qu'elle essayait de l'empêcher de rentrer. Mais ça n'a pas marché, hein ?

Des larmes montèrent aux yeux de Pam. Elle s'excusa et monta l'escalier à toute vitesse.

Blanche voulut la retenir, mais eut peur de laisser échapper ses conclusions sur la mort de Ms Barker. Ça ferait trop de mal à Pam pour le moment. Et qui plus est, Blanche voulait être sûre. Vraiment sûre.

— Blanche !

Une tape sur son épaule la fit sursauter. Blanche enferma dans un coin de sa tête ses pensées au sujet de Donnie et se retourna nerveusement. Aminata.

— Comment ça va ? se demandèrent-elles en même temps, ce qui les fit rire.

— Toi d'abord, dit Aminata. Ça a dû être terrible de voir ce jeune homme se tuer. T'as encore les yeux marqués.

— Merci de t'être occupée des gosses, acquiesça Blanche. C'est vraiment gentil de ta part.

— Ça m'a fait plaisir. De toute façon, je suis folle de ton gamin, tu sais. Si seulement mon fils...

Blanche fut tentée de changer de sujet de conversation, mais elle se souvint que c'était ce que la plupart des gens faisaient avec Aminata. Comme si son fils était une infirmité de naissance trop affreuse pour en parler.

— Comment va ton garçon, Aminata ?

— Parfois, je me dis qu'il va mieux que moi, soupira-t-elle en croisant les bras. Parfois... je sais pas. Chaque fois que je le vois, je le trouve changé. Pas grandi. Plutôt comme si là-bas, il apprenait des choses que... je n'arrive toujours pas à y croire, tu sais. Je continue à me réveiller en pensant que j'ai rêvé toute cette histoire ; je m'attends à l'entendre dans la... J'ai appris à cet enfant à respecter la vie, à aimer la vie. Il était si gentil et si doux quand il était petit...

Aminata se mordit les lèvres et baissa les yeux. Blanche lui serra la main.

— C'est pas de ta faute, ma biche.

— C'est ce que dit toujours Othello. Mais bon Dieu ! Si seulement... (la souffrance sur son visage était aussi intense que si son fils venait d'être arrêté.) Si j'avais su ce que pouvait faire le plomb, j'aurais...

— C'est toujours comme ça, acquiesça Blanche en se rappelant les paroles des gosses au sujet de Marc Brindle. Si tu avais su, tu aurais fait quelque chose, mais vu que tu ne savais pas...

Aminata serra la main de Blanche, puis la relâcha.

— La plupart des gens ne me demandent pas de ses nouvelles. (Elle jeta à Blanche un regard oblique.) Ils ont peur que je déraille.

Aminata gratifia Blanche d'un sourire. Il était vraiment ridicule de croire qu'on pouvait mieux connaître une personne qu'elle ne se connaissait elle-même.

— Excepté Othello, continua-t-elle. Il me pose sans cesse des questions. Il écoute toujours.

Elles regardèrent toutes les deux dans sa direction. Othello cherchait des yeux le visage d'Aminata. Avait-il senti d'aussi loin sa tristesse ?

— Tu es peut-être amoureuse de Malik, mais moi je suis amoureuse d'Othello, ça nous met à égalité, lâcha Blanche à sa propre surprise.

— Il est extraordinaire, acquiesça Aminata. J'ai eu de la chance.

Le visage d'Othello s'illumina, comme si son sourire dépendait de celui d'Aminata, comme la lumière de la lune de celle du soleil.

— Ce n'est pas qu'une affaire de chance.

Blanche comprit tout à coup que sa jalousie à l'égard d'Aminata était liée au fait que Malik devenait une personne à part entière, avec ses propres idées et secrets — dont elle ne faisait pas partie et qui n'étaient pas axés sur elle. Cette femme était son amie. Le saturnisme était sa cause, et il les avait choisis, l'un et l'autre, sans se soucier une seule seconde de son avis.

— Mais comment te sens-tu, Blanche ? Ça a dû être atroce dans cette maison.

— Ça va. J'ai pleuré un bon coup, et maintenant ça va mieux, pour l'instant.

Elle raconta que les enfants l'avaient enlacée tandis qu'elle sanglotait.

— Ça m'a fait bizarre d'être celle qu'on console.

— Ils grandissent, acquiesça Aminata. Je vois déjà quel genre d'homme va devenir Malik. Ça me remonte vraiment le moral de travailler avec lui ! Tu sais que nous avons trouvé le nom de la boîte qui possède les bâtiments abandonnés ? Si demain nous parvenons à trouver le nom des responsables... Je suis pressée d'épingler ces salauds ! Ça sera bien pour l'association, aussi. Ça montrera aux gens que nous pouvons vraiment faire quelque chose. « Et un petit enfant les conduira », n'est-ce pas ce qu'ils disaient ?

Aminata rejoignit Othello et Blanche chercha Mick, qui parlait avec Lacey. Blanche se demanda ce que les gens du quartier pensaient d'une travailleuse du sexe très en vue comme Lacey. Elle remarqua un groupe de femmes qui la fusillaient du regard. À leur façon de se tenir et à leur expression, il était clair qu'elles n'admiraient pas sa tenue, aussi chic soit-elle. Lacey s'en était-elle aperçue ? Est-ce qu'elle s'en préoccupait ?

— Salut, dit Blanche en prenant Lacey par la taille. Tu fais un thé du tonnerre, ma biche !

Lacey rit.

— Et toi, tu sais affronter une situation difficile, ma fille !

— C'était tellement le bazar, intervint Mick. J'avais franchement pas envie d'aller là-bas. Je vous raconte pas comme j'étais heureuse quand Sadowski a appelé pour dire qu'ils seraient absents quelque temps.

— On était justement en train de parler de Ray-Ray et Ms Barker, ils étaient amis et ils sont morts à si peu de temps d'intervalle, dit Lacey.

— Il est passé la voir juste avant sa mort, acquiesça Blanche.

La case « Donnie » faillit s'ouvrir brusquement. Elle lutta fermement pour l'en empêcher.

— C'est bizarre, convint Mick. Comme s'ils avaient voulu se dire au revoir.

Blanche et Lacey échangèrent des regards amusés, en souvenir du temps où elles croyaient, elles aussi, que la vie était si bien organisée. Mais Blanche connaissait le lien réel qui unissait la mort de Ray-Ray et celle de Ms Barker : c'était la même main qui s'était abattue sur eux. La main d'un même et unique homme.

Un homme...

Une fois encore, elle sentit un frisson remonter le long de sa colonne vertébrale et enserrer son ventre, comme si elle s'avançait dans le frigo d'un boucher. Sous la glace, une nuée d'émotions tourbillonna en elle et elle ressentit une forte envie de s'asseoir seule quelque part et de pleurer.

Lacey et Mick ne cessèrent de parler des personnes âgées mourant les unes après les autres, et d'énumérer tous les vieux du quartier morts ces derniers temps. Blanche avait du mal à les suivre. Elle espérait que son trouble intérieur ne se lisait pas sur son visage. Mais apparemment, c'était le cas.

Lacey posa sa main sur son bras.

— Ma biche, tu m'as l'air un peu pâlotte. Tu as subi un sacré choc hier. Tu ferais bien de rester au calme pendant un jour ou deux

Mais Blanche devait rencontrer Bea Richards.

Elle était en avance. Elle ralentit et regarda les chauffeurs de taxi clandestins qui travaillaient à proximité du marché d'alimentation exotique. Elle ne se souvenait pas avoir jamais vu de vrais taxis à cet endroit. Les chauffeurs clandestins cherchaient des clients dans les deux sens — prenant des réservations pour des trajets de retour avec les gens entrant dans le magasin, et demandant aux gens, qui sortaient du marché chargés de sacs, s'ils n'avaient pas besoin d'un taxi. En quelques années, les chauffeurs clandestins étaient passés de vieux Afro-Américains à des jeunes gens venus d'Afrique ou des Antilles, et plus particulièrement d'Haïti. Les vieux étaient-ils partis quelque part où ils gagnaient mieux leur vie ? Elle le souhaitait sans trop y croire. À la retraite ? Avec quel argent ? Mr Raymond, son chauffeur habituel, un sosie noir du père Noël, venait juste de déboîter.

— Salut, Ms Caroline du Nord ! lança-t-il en passant devant elle avec deux femmes sur la banquette arrière et le siège avant couvert de sacs remplis de provisions.

— Salut, Mr Raymond, ça va ?

— On fait aller, on fait aller.

Les mots résonnèrent dans sa tête tandis qu'elle observait deux personnes — chacune d'un côté de la rue. L'une d'elle essayait de vendre des produits faits maison ; l'autre proposait de porter les sacs à provisions des gens jusqu'à leur voiture, leur maison ou l'arrêt de bus, pour 25 *cents* par sac. Où étaient tous ces Noirs feignants, paresseux et refusant de travailler dont n'arrêtaient pas de parler les politiciens et les journaux ? Partout, les marchands ambulants vendaient tout et n'importe quoi : du bâton d'encens à la petite poupée noire dont les habits étaient faits à la main au crochet.

Ils bossent, se dit-elle : *comme tous les Noirs démunis pour s'en sortir*.

D'après les journaux, beaucoup d'emplois avaient été créés à Boston. Mais ils ne disaient pas à qui profitaient ces emplois. Elle voyait rarement des Noirs travaillant dans le bâtiment ou à la poste. Elle pouvait sans problème compter sur les doigts d'une main le nombre de vendeurs noirs à qui elle avait affaire dans les boutiques du centre-ville ou dans les centres commerciaux. La dernière fois que les *blacks* avaient connu le plein emploi en Amérique, c'était à l'époque de l'esclavage. Elle se joignit à la foule, pour la plupart des femmes et des enfants, qui entrait dans le marché, et se retrouva instantanément dans un autre monde.

Le parfum de fruits à divers stades de pourriture, l'arôme poivré d'épices connues ou inconnues, l'odeur de terre des racines, lui firent penser aux femmes pieds nus faisant la cuisine sur de vieux feux. Les langues tourbillonnaient autour d'elle : espagnol, patois jamaïquains, portugais, langues africaines qu'elle brûlait de reconnaître. Elle eut le sentiment d'être un des ingrédients d'un riche gombo, et de se fondre dans l'épaisseur nourrissante d'un bouillon composé de tous leurs jus.

Une femme mince à la peau couleur de miel,

vêtue d'un pull rouge, fit rouler son Caddie jusqu'à Blanche.

— Bea Richards ?

Bea acquiesça et poussa son Caddie dans l'allée. Blanche regretta de ne pas avoir un peu plus d'informations au sujet de Bea. *A priori*, elle pouvait faire partie de ce qu'Ardell appelait les « Saintes Salopes » : des femmes assez cinglées pour tomber amoureuses de pasteurs qui considéraient que baiser le plus de paroissiennes possible faisait partie de leur mission. Bea n'avait pas l'air d'une folle — mais à quoi ressemblait une folle ? Blanche se promit de ne faire aucune réflexion acerbe, même justifiée.

Bea jeta un coup d'œil oblique à Blanche.

— Tu penses peut-être que je suis une sorte de dingue, pour te donner rendez-vous ici.

Elles se trouvaient au rayon boucherie, dans le fond du magasin. De là, elles pouvaient voir si quelqu'un les observait.

— Pas du tout. Je sais quel genre d'homme est Samuelson.

Bea étudia soigneusement une femme qui examinait les rôtis de porc.

— Il est venu me voir. Il m'a priée de la boucler. Si je parlais trop, ma santé risquait de s'en ressentir. Bien sûr, il ne m'a pas empêchée de parler. J'essaie juste d'être prudente. (Elle jeta à Blanche un regard légèrement affolé.) Tu as bien dit que tu ne faisais pas partie de ses fidèles ?

— Non, non. Je ne fais pas partie de ses fidèles. Je veux juste savoir...

— Qui t'a conseillé de me parler ? Ah, oui, Charlotte.

Bea suivit des yeux une femme qui, en passant, regarda dans leur direction.

— Pourquoi as-tu quitté cette église ? demanda Blanche.

— Ce Temple, la corrigea Bea. J'ai rêvé de lui, tu vois. Je l'ai vu comme je te vois. Je ne savais pas qui il était, puis j'ai vu sa photo dans le journal une semaine plus tard. J'ai su que je devais le suivre, l'aider dans sa mission.

— Sa mission ?

— Réunir toutes les races et toutes les religions. Tout du moins c'est ce qu'il prétendait vouloir faire.

Désormais je n'en crois plus un mot. (Bea écarquilla les yeux.) Maintenant je sais...

— Tu sais quoi ? demanda Blanche après avoir attendu autant que possible qu'elle poursuive.

Bea se cramponna à son Caddie jusqu'à ce que ses articulations blanchissent

— J'ai donné cinq ans de ma vie à cet homme. Cinq ans... J'ai tout fait pour lui !

Blanche étouffa un bâillement. Les histoires du genre « il m'a fait du mal » n'étaient pas celles qu'elle préférait.

— Je n'avais pas de famille ici, pas d'enfants. Je consacrais tout mon temps libre au Temple. J'ai attiré de nouveaux membres, j'ai fait la dactylo et parfois même passé le balai.

— Qu'est-ce qui s'est passé ? demanda Blanche, pressée d'en finir avec toute cette histoire et de rentrer chez elle.

— J'ai essayé de prévenir les gens lorsque j'ai quitté le Temple, mais personne n'a voulu m'écouter. J'ai même écrit une lettre au journal. Mais ils ne l'ont pas publiée.

Blanche était à deux doigts de s'arracher les cheveux et de sortir du magasin.

— Je veux vraiment savoir ce qui...

— Avec le temps, l'interrompit Bea, ma relation avec Maurice Samuelson est devenue... plus intime.

Blanche fit la grimace.

— Rien d'indécent ! Je ne suis pas ce genre de femme. (Elle se redressa.) De plus, je ne suis pas née de la dernière pluie. Je sais bien que certains pasteurs sont des profiteurs. Mais Maurice était assez diabolique pour paraître sincère. En fait, il m'a demandé de l'épouser.

— Oh ! fit Blanche. (Elle commençait à sentir qu'il s'agissait d'autre chose que de la sempiternelle histoire de cul.) Qu'est-ce qui s'est passé ?

— Le seigneur m'a arrachée aux griffes du diable, voilà ce qui s'est passé ! Je n'ai pas de famille, mais j'ai des amis. Des bons amis. Ici à Boston, et dans le Delaware. C'est de là-bas que je viens. Bien entendu, lorsque j'ai décidé d'épouser Maurice, j'ai appelé ma meilleure amie, Rachel, pour lui annoncer la nouvelle. Elle vit toujours dans le Delaware. C'est là qu'elle m'a parlé de Laconia Auford et de cette pauvre Murleen.

Blanche avait de plus en plus de mal à se concentrer : cette histoire se mettait finalement à ressembler aux autres, en dépit de quelques petits rebondissements.

— Peu importe qu'elle ne soit plus en vie. Elle est morte à cause de lui.

— Pardon ?

— Elle était déjà morte quand il m'a demandé de l'épouser, tu vois, mais c'est elle qui m'a fait comprendre qu'il n'était rien d'autre qu'un être démoniaque se faisant passer pour un serviteur de Dieu.

D'après Blanche, ce n'était pas l'amie de Bea qui était morte, mais alors qui ? Elle allait devoir bluffer.

— Qu'est-ce qu'il lui a fait ?

— Cette pauvre femme a trouvé ce sale nègre dans le lit conjugal avec sa propre fille.

— Quelle femme ? Laconia ou Murleen ?

— Je n'aime pas me répéter sans cesse, maugréa Bea en lui lançant un regard perçant.

— Je suis désolée, je suis un peu fatiguée aujourd'hui, et je me suis un peu emmêlée au moment où tu me disais...

— Maurice Samuelson avait épousé une femme dans le Delaware. Laconia Auford. Elle était veuve et avait une grande fille qui s'appelait Murleen. Tu saisis, cette fois ?

Blanche acquiesça.

— Bref, Laconia a fait une crise cardiaque en découvrant Maurice au lit avec cette pauvre Murleen, qui était de naissance aussi lente qu'une mule à tête blanche. Après le décès de Laconia, Maurice a envoyé Murleen dans une institution pour attardés mentaux ! D'après ce que je sais, elle y est toujours. Les gens en ont été particulièrement bouleversés, là-bas. Voilà pourquoi ce négro de Samuelson a quitté le Delaware, après avoir empoché toutes les économies et l'argent de la police d'assurance de Laconia Auford et abandonné sa fille unique d'un précédent mariage.

» Bien entendu, je lui ai dit ses quatre vérités. Essayer de m'épouser après ce qu'il avait fait à cette femme et à son enfant ! Je ne pouvais pas le tolérer. Et je le lui ai dit, tu peux me faire confiance !

Blanche fixa Bea un instant, en partie hypnotisée

par son histoire et espérant à moitié en apprendre de plus belles, des choses qui pourraient lui servir — Samuelson volant de l'argent, par exemple, au lieu de tout simplement l'empocher. Un truc pour l'arrêter.

— Quel âge avait Murleen ? demanda-t-elle à Bea.

— Ce n'était déjà plus une enfant, sinon intellectuellement.

Bon.

Finalement, c'était plutôt amusant. Samuelson avait dû avoir le choc de sa vie quand Bea lui avait balancé ses sales petites histoires en travers de la figure. Blanche comprenait pourquoi il ne tenait pas à ce que cela s'ébruite. Mais pour elle, ce n'était pas un châtiment suffisant.

— Eh bien, je vous remercie vraiment de m'avoir confié tout ça. Si ça ne suffit pas à convaincre mon amie de ne pas mettre les pieds au Temple, c'est peine perdue.

— Dis-lui de venir me voir ! Je me moque bien de ce que peut penser ce pècheur, je vais dire la vérité et faire honte à ce démon !

— Sois prudente, lui dit Blanche en s'éloignant.

Quelle poisse ! Samuelson ne pouvait quand même pas s'en tirer après ce qu'il avait fait à tant de gens — meurtre, viol, sauvagerie, mensonges. Cependant, elle n'était plus très sûre du premier de la liste, le pire. Mais même sans cela, Samuelson en avait un bon nombre à son actif. C'était injuste qu'il soit la star religieuse de la communauté, alors qu'il ne se révélait rien d'autre qu'un chien galeux montrant des signes de rage. Elle avait cessé de croire que la vie était juste à l'âge de 8 ans environ et on ne lui avait toujours pas prouvé le contraire. Cela ne l'empêchait pas pour autant d'essayer d'atténuer un peu les choses.

À la quincaillerie, elle acheta deux bombes de peinture orange et une bombe lacrymogène de poche. À partir de maintenant, elle avait l'intention d'être mieux préparée à affronter les salauds du genre *Mister Muscles*.

Quand elle arriva à la maison, elle n'avait plus qu'une idée en tête : réfléchir à tout ce qu'elle avait appris et penser à ce qu'elle devait faire. Elle s'allongea sur son lit et laissa son corps se détendre.

Alors que sa respiration redevenait normale, elle laissa une nouvelle fois l'image de Donnie occuper la place centrale dans son esprit. Après ce que lui avaient dit Othello et Pam, elle était bien forcée d'admettre, même à contrecœur, que Donnie mentait lorsqu'il prétendait n'avoir pas vu Ray-Ray les quatre jours précédents sa mort. Il mentait lorsqu'il disait avoir peur d'être suivi par le tueur de Ray-Ray. À quel sujet mentait-il encore ?

Elle repensa à cette soirée où elle avait vu Donnie au bar. Quelle remarque avait fait Lucinda, ce soir-là ? Un truc au sujet des artistes. Il ne s'agissait peut-être pas — comme elle l'avait cru alors —, d'une calomnie au sujet des gays. C'était peut-être au sujet de Donnie lui-même.

Elle sortit une nouvelle fois les pages jaunes.

Au *Steak Shop*, une femme l'informa qu'aujourd'hui Lucinda ne travaillait pas. Blanche savait qu'il était inutile de lui demander le numéro personnel de Lucinda, mais elle voulait que la femme communique son numéro à celle-ci.

— Impossible, lui répondit-elle. Elle est absente jusqu'à lundi.

Blanche se prépara une tasse de thé. Désormais, elle ne pouvait rien faire d'autre qu'attendre. Elle alluma la radio et régla celle-ci sur WGBH au lieu de WILD, la station préférée des enfants. *Blues After Hours* était au programme. Histoire de se changer les idées, elle allait se laisser emporter par la musique.

12

Onzième jour – Dimanche

Joanie vint chercher Taifa et Shaquita à 8 h 30. Othello passa prendre Malik à 9 heures. Blanche avait prévu de se recoucher et de dormir encore une heure ou deux, mais la perspective d'avoir une journée entière pour elle toute seule était trop prometteuse pour la perdre à dormir.

Elle alluma la radio avant la lumière de la cuisine. Pour une fois, on n'avait pas changé sa station. Les enfants avaient peut-être enfin compris que c'était sa radio à elle, et non une propriété familiale — comme avait essayé de l'enseigner grand-mère. Elle gloussa, puis se figea, regardant fixement la radio :

... Son père, Allister Brindle, avait récemment annoncé sa candidature au poste de gouverneur. La famille Brindle est l'une des...

Le journaliste débita l'information de sa voix réservée aux tragédies concernant les gens riches et célèbres. Si la presse prenait le même ton, il restait peu de chances qu'un jeune journaliste ambitieux fouille davantage. Et les flics n'avaient aucune raison de poser d'autres questions. Pour une fois, les privilèges des riches profitaient à Blanche.

La sonnette de l'entrée retentit au moment où elle versait dans l'eau le sel de bain moussant que Malik lui avait offert pour son anniversaire. Elle tressaillit et retint son souffle. Elle savait qui c'était, comme à chaque fois qu'un proche appelait au téléphone ou sonnait à la porte. *Impossible !*

Depuis son mariage, ils s'étaient contentés d'échanger des cartes d'anniversaire. Son esprit se retrouva en contradiction avec l'extrémité durcie de ses seins et le premier soupçon de vibration entre ses cuisses. C'était impossible, mais c'était lui.

Elle ferma le robinet et, se regardant dans le miroir de l'armoire à pharmacie, remit ses cheveux en place, puis traversa le couloir en courant. Où avait-elle mis la capote qu'elle avait confisquée à Malik ? Elle la trouva dans le tiroir de sa table de nuit et la posa sous l'oreiller. La sonnette retentit une troisième fois. Elle ajusta son peignoir et noua sa ceinture avant d'aller ouvrir. Elle posa ses mains à plat contre la porte quelques instants, puis elle l'ouvrit d'un coup.

— Alors, su-su-surprise ?

Entre ses mains qu'elle connaissait bien, Leo tenait son chapeau. Un sourire vint plisser ses yeux noirs profonds et rida son large front. Son bégaiement, qui n'apparaissait que lorsqu'il était nerveux, fit comprendre à Blanche qu'il n'était pas sûr d'être le bienvenu. Elle chassa son désir de s'humecter les lèvres.

Elle le fit entrer, referma la porte et mit la chaîne de sécurité. Elle se tourna vers lui.

Mon Dieu, qu'est-ce qu'il est beau !

Bien que persuadée qu'il l'avait déjà remarqué, elle tenta d'effacer le désir qui se lisait sur son visage. Au moment où leurs corps s'étaient croisés dans l'entrebâillement de la porte, les cheveux de Blanche avaient failli roussir.

— Qu'est-ce qui t'amène à Boston ?

— La belle-mère de mon frère Roscoe est morte. Ils habitent New York. J'étais le seul qui pouvait aller à l'enterrement. Et donc... J'ai pris le bus Boston-New York. Belle balade.

Blanche sentit qu'il cherchait à dire autre chose. Elle ne lui vint pas en aide. C'était lui qui s'était marié.

— L'enterrement était bien, aussi. Vraiment bien.

Blanche eut envie de rire. Elle ne l'avait jamais vu se trémousser ainsi, comme si il avait envie de pisser ou Dieu sait quoi. Elle croisa les bras et attendit.

— Je voulais te faire une surprise. On pourrait peut-être prendre un pot, ou...

— Tu veux un café ? Un thé ? Un thé glacé ? Un jus d'orange ? Un gin ? Un verre d'eau ?

— Euh, ouais, un café. Je veux bien un café. (Il la suivit dans la cuisine.) C'est sympa chez toi.

Blanche mit du café dans la machine et laissa le silence entre eux se transformer en quelque chose d'un peu plus tendu.

— J'ai vu ta mère la semaine dernière. Toujours bon pied bon œil.

Blanche posa les tasses, la crème et le sucre sur un plateau.

— J'ai pas vu Ardell depuis un petit bout de temps. On m'a dit qu'elle était absente. Bien sûr, j'imagine que tu en sais plus que moi à ce sujet.

Il lui lança un regard implorant plus ou moins son aide.

— Et ça te dirait de manger quelque chose ? lui demanda-t-elle.

— Euh, ça va, ça va.

Là-dessus, rien à dire. Elle emporta le plateau dans la salle à manger et le posa sur la table basse. Elle l'invita à s'asseoir. Il opta pour le canapé. Elle s'installa dans le fauteuil qui se trouvait à sa gauche. Elle versa le café et lui tendit une tasse. Ils se regardèrent fixement.

— Et à la maison, comment ça va ?

— Ça va, ça va. Tout le monde a la forme. Il fait beau. (Il avala une goutte de café.) Comment vont Malik et Taifa ?

— Ils grandissent à toute vitesse. Et Luella, alors ? Elle va bien ? lui demanda Blanche tout en sachant qu'il savait pertinemment que c'était là le dernier de ses soucis.

Elle se demanda s'il savait aussi qu'elle était sur le point de lui sauter dessus, quand bien même Luella attendait derrière la porte. Cela ne voulait pas dire pour autant qu'elle allait lui simplifier les choses.

— Ça roule, répondit Leo en évitant de croiser le regard de Blanche.

— Ça roule, c'est tout ? Je m'attendais à mieux de la part d'un jeune marié. Pourquoi n'est-elle pas venue avec toi ?

Leo se trémoussa sur le canapé, comme s'il était assis sur des charbons ardents.

— Alors ?

— J'ai l'impression qu'elle n'a pas plus envie que toi d'être une femme au foyer, marmonna-t-il rapidement. Elle passe tout son temps dans cette nouvelle église.

Blanche jeta la tête en arrière et se mit à rire. Leo se pencha en avant, posa sa tasse sur la table basse et regarda Blanche comme on regarde une pâtisserie.

— Nom de Dieu, Blanche ! Qu'est-ce que tu veux que je te dise ? OK, OK, j'ai peut-être fait une erreur, peut-être...

Ses mots ressemblaient à des gémissements venus du plus profond de ses entrailles.

Blanche s'épanouit, tel un bouton de rose au printemps.

— Ça t'apprendra, t'avais qu'à pas me quitter !

Elle croisa les jambes, laissant son peignoir s'entrouvrir légèrement.

Leo se leva et tendit la main vers elle. Blanche se laissa entraîner hors du fauteuil.

— Eh, merde, poupée ! Personne t'avait jamais larguée, toi et ton joli cul.

Il posa délicatement les mains sur les fesses de Blanche, glissa sa langue entre ses lèvres, et lentement, délibérément, explora sa bouche. Elle se sentit aussi légère qu'une plume. Et avide. Elle l'enlaça. Leo glissa sa main entre ses cuisses. Elle lui arracha sa chemise et poussa un gémissement en touchant sa poitrine de velours, les muscles de son dos. Elle s'écarta afin d'ôter son peignoir.

Leo l'aida d'une main, tandis que l'autre restait entre ses cuisses, fouillant partout et faisant naître une chaleur moite.

Ces doigts magiques ! Chers Ancêtres !

C'était le plus doux des hommes. Elle traça un cercle avec sa langue autour de son téton gauche. Ils faillirent ne pas arriver jusqu'à la chambre.

Il resta là toute la journée, et en passa la plus grande partie dans le lit de Blanche. En milieu d'après-midi, ils prirent une douche et s'amusèrent dans la baignoire jusqu'à ce qu'ils n'en puissent plus.

Blanche ne lui parla pas de ce qui était arrivé, mais elle se colla à lui et se laissa caresser d'une façon qui — elle pu s'en rendre compte — l'étonnait et le rendait heureux. Elle lui fit l'amour comme si sa vie en dépendait, et s'étendit haletante et en sueur à ses côtés, sur le sol jonché de la réserve de capotes de Leo, plus détendue qu'elle ne l'avait été depuis des mois. Elle laissa s'échapper un rire qui ébranla les murs de la chambre.

— Mince ! Tu m'as manqué, poupée ! Le simple fait d'entendre ton rire, je... (Leo se tourna vers elle.) Écoute, Blanche, je...

Elle mit sa langue dans sa bouche. Qu'est-ce qu'il y avait à dire ? C'était lui qui s'était marié.

— Alors, c'est comme ça ? demanda Leo en se dégageant.

— Tu as toujours été gourmand, Leo. C'est ce que Luella te fait payer.

— Qu'est-ce tu veux dire ? demanda-t-il en fronçant les sourcils.

Avec son index, il faisait de petits cercles autour du nombril de Blanche.

— Tu voulais quelqu'un qui t'appartienne. C'est pour cela que tu t'es marié. Le fait qu'on soit heureux comme deux larrons en foire ne te suffisait pas. (Elle fit glisser sa main le long de son pénis.) Il te fallait une femme à toi. Eh bien, dit-elle en riant, tu en as une. Et Dieu aussi, *a priori*.

— On pourrait pas s'arranger ?

— Arranger quoi ?

— Se voir régulièrement, passer de bons moments ensemble...

Blanche posa la main sur sa joue.

— Leo, mon poussin, tu as mieux à faire.

— Blanche, chérie, tu me manques tellement. Tu ne sais pas ce que c'est. Chaque fois que je regarde Luella, je vois mon erreur.

— Dans ce cas, répare-la, lui souffla-t-elle avec douceur.

— Ça risque de prendre du temps. En attendant...

— Je n'ai pas changé, Leo. (Elle aurait presque aimé que ce ne soit pas vrai.) Ça serait exactement comme avant. Tu ne sais pas te montrer généreux en amour, et moi je ne conçois pas l'amour autrement.

— Oh, Blanche, nous...

Elle se pencha sur lui et l'embrassa.

— Ne perds pas le peu de temps que nous avons, à parler de choses que nous ne pouvons pas avoir.

Elle se tourna vers lui. Il ne restait qu'une capote sur la table de chevet.

Une heure plus tard, elle le poussa dans un taxi. Cela lui laissait donc exactement quarante-cinq minutes pour attraper son bus.

Blanche était encore en peignoir lorsque Malik rentra en trombe à la maison.

— M'man ! Tu sais quoi ? (Il jeta son sac à dos sur le canapé.) On a trouvé le nom des deux responsables de la boîte. Ils sont de la même famille. Deux dames qui s'appellent Laconia et Murleen Auford. On sait pas encore qui c'est, mais...

— C'est génial, mon poussin, dit Blanche distraitement, encore occupée à savourer sa journée.

— Putain, cet ordinateur est redoutable ! Et tu sais quoi ? Ces Auford possèdent d'autres immeubles aussi, où vivent des gens, et nous... Pourquoi tu souris comme ça ?

— Comme ça, quoi ? demanda-t-elle en balançant ses jambes croisées.

Il la regarda comme si elle avait commis un vol.

Quand Shaquita et Taifa rentrèrent, cette dernière se planta devant Blanche, assise dans son fauteuil préféré.

— Quoi de neuf, m'man ? (Elle se pencha en avant, regarda Blanche droit dans les yeux, puis se redressa en grimaçant.) Quelqu'un est venu ici ? demanda-t-elle avec une trace de soupçon dans la voix.

Blanche se mit à rire, leur dit qu'il y avait à manger dans le frigo, et remonta au premier afin de glisser à nouveau son corps délicieusement fourbu dans un bain chaud.

Elle se laissa gagner par le sommeil avec la facilité d'une loutre s'enfonçant dans la rivière. Elle rêva de flotter sur une mer bleue et calme, de se laisser gagner par son rythme et de respirer sous elle. Puis elle se retrouva au bord d'une route, deux femmes à ses côtés. Elles sourirent et lui parlèrent. Avec leurs coiffes en madras et leurs jupes démodées, elles ressemblaient aux femmes des Caraïbes dans les publicités pour les vacances à la Jamaïque. Blanche était épuisée, en sueur, et attendait qu'on vienne la chercher. Quand une Ford bringuebalante arriva dans leur direction, les deux femmes applaudirent. Bea Richards était au volant. Elle salua les deux femmes, puis ouvrit la porte et fit signe à Blanche de monter. Mais juste avant que Blanche n'entre à l'intérieur, la voiture se transforma en un immeuble en train de s'effondrer. Bea parvint tout juste à s'échapper. Les deux femmes jetèrent des seaux d'eau sur la poussière s'élevant de l'immeuble.

Bea. Eau. Ford. Immeuble.

D'un seul coup, Blanche ouvrit les yeux. Ses pieds se posèrent par terre avant même que ces jambes ne soient totalement éveillées. Elle traversa le couloir d'un pas chancelant, jusqu'à la chambre de Malik, avança la main pour le secouer et changea d'avis. Il devait se reposer. Elle déplaça son sac à dos, le slip et la chemise qu'il avait portés ce dimanche. Le carnet pour son exposé sur l'environnement se trouvait sur son bureau. Elle retourna dans le couloir et feuilleta le carnet jusqu'aux dernières pages. L'émotion rendit ses doigts maladroits. Était-ce bien les noms qu'elle avait entendus ? Vu l'état dans lequel elle se trouvait lorsque Malik lui avait parlé des deux propriétaires, allez savoir.

Finalement nous y voilà, songea-t-elle, *Laconia et Murleen Auford, la défunte épouse et la belle-fille attardée et enfermée de Maurice Samuelson.*

La société possédant l'immeuble abandonné, où le saturnisme aurait pu tuer un enfant, était à leur nom.

13

Douzième jour – Lundi

Blanche n'eut pas la patience d'attendre la sonnerie du réveil de Malik. Elle le secoua.

— Je sais à qui appartient l'immeuble abandonné !

Malik se frotta les paupières et la regarda en clignant des yeux, se demandant s'il ne rêvait pas.

— Les responsables de la société sont la défunte femme de Maurice Samuelson et sa belle-fille.

— Qui ?

— Maurice Samuelson. Le Révérend Samuelson.

— Tu veux dire cet horrible pasteur à la réunion ?

— Cette crapule en personne.

— M'man ! M'man ! (Il l'attrapa par les épaules et fit des bonds sur le lit.) Tu y es arrivée, m'man ! Tu y es arrivée !

Il lui lança son regard le plus admiratif, qu'il réservait généralement à Aminata. Blanche fut embarrassée d'en éprouver une telle satisfaction.

— Il faut que j'appelle Aminata !

Il sauta du lit et se précipita sur le téléphone.

Blanche s'assit sur le bord de son lit, un sourire de satisfaction aux lèvres. Non seulement Malik l'avait félicitée, mais ils tenaient peut-être le prétendu homme de Dieu.

— Elle veut te parler, Mama Blanche ! cria Malik.

— Ben dis donc, chapeau ! Comment t'as fait pour savoir qui c'était ?

Blanche lui parla de Bea Richards.

— Mais va savoir si je m'en serais souvenue, si je n'avais pas rêvé d'elles.

— Bon, je vais essayer de joindre Teddy l'Ordinateur, comme l'appelle Othello. Nous avons besoin d'un certificat de mariage pour relier les Auford à Samuelson.

— J'imagine que Laconia a pu acheter les immeubles sans que Samuelson n'en sache rien, dit Blanche.

C'était aussi probable qu'un vol d'éléphants roses, mais il fallait être sûr.

— Et moi je suis la reine du Nil. Je n'ai jamais eu confiance en ce type ! Je serais prête à parier que c'est l'inverse, que Samuelson n'avait même pas créé la société avant la mort de Laconia. J'aimerais savoir ce que possède cette société, mis à part des immeubles qui ont sûrement des certificats de déplombage bidon. Je vais vérifier, j'ai le sentiment qu'il ne dissimule pas que des immeubles derrière le nom de cette femme. Et la belle-fille ? Je me demande bien où elle est.

Blanche lui raconta qu'il avait placé Murleen dans une institution.

— Je parie qu'elle ne sait même pas qu'elle est responsable d'une société. Cet homme devrait avoir honte !

Si seulement.

— Tu crois vraiment que ton copain peut trouver un certificat de mariage ? (L'incertitude de Blanche était aussi claire que ses paroles.) Ils se sont sûrement mariés dans le Delaware. Est-ce que je t'ai parlé de ça ?

— Ça fait rien. Teddy est un de ces cinglés de l'informatique. C'est un mordu, il ne fait que ça, ne parle que de ça. Et ils ont vraiment tout sur internet. Croise les doigts. Si on trouve ce qu'on cherche, nous convoquerons une réunion de quartier pour jeudi soir. Nous livrerons tout d'abord ce salaud en pâture aux gens dont il a empoisonné les gosses. Ensuite nous en référerons aux autorités. Sale fumier !

À peine avait-elle fait au revoir de la main aux gosses que Malik revint en courant, lui dire que cousine Charlotte avait appelé pendant qu'elle prenait son bain la veille au soir.

— Elle sera de retour mercredi, lança-t-il en repartant au trot.

Blanche grogna. Elle se serait passé d'annoncer à cousine Charlotte la grossesse de Shaquita. Et

Inez ? Blanche ne tenait pas à lui apprendre la vérité au sujet de la mort de Ray-Ray. Il y avait des limites aux mauvaises nouvelles.

Elle attendit jusqu'à midi, avant de se rendre à Dudley Square et au *Steak Shop* du coin de la rue.

La salle était petite et exiguë : un comptoir courant le long d'un mur, trois tables recouvertes de Formica craquelé et, autour de chacune d'elles, quatre chaises en bois. Le gril se trouvait derrière le comptoir. Ça sentait le tabac et la friture mêlés à des odeurs de viande. La vitrine était si opaque, que le monde extérieur paraissait plongé dans le brouillard. Lucinda essuyait le comptoir, la tête penchée le plus possible sur le côté, pour éviter les volutes de fumée de sa cigarette plantée au coin de ses lèvres. Il n'y avait personne d'autre.

— Salut, Lucinda, quoi de neuf ?

Blanche s'assit en face d'elle.

— Pas grand-chose, Blanche. Qu'est-ce que je peux faire pour toi ? Nous n'avons que quelques morceaux de viande froide ; je pourrais te préparer une assiette anglaise vraiment pas dégueu.

Blanche baissa les yeux sur les griffes rouge vif de sept centimètres de long, ornées de strass, de Lucinda et pensa à ce qu'elle avait lu au sujet des germes sous les ongles. Bien entendu, cela aurait été intéressant de voir Lucinda travailler avec ça, mais le jeu n'en valait pas la chandelle.

— Je vais prendre un jus d'orange et c'est tout, merci.

Lucinda apporta à Blanche le jus d'orange en bouteille et une paille. Elle éteignit sa cigarette et s'appuya sur le comptoir.

Blanche se lança avant que Lucinda n'ait eu le temps d'entamer une conversation.

— Lucinda, tu te rappelles quand je t'ai vu chez *Connolly* l'autre jour ? J'étais avec Donnie et tu as dit qu'il était artiste ou quelque chose...

— Un artiste transformiste, répondit-elle en faisant la grimace. Mais je voulais rien dire de spécial par là, Blanche. C'est pas mes affaires, tu...

— Lucinda ! Dis-moi ce que tu penses de lui. Ce n'est pas un ami.

Une femme et une petite fille entrèrent et s'installèrent à une table. Lucinda prit leur commande. Elles voulaient juste boire un verre.

— Dis-moi ce que tu sous-entendais, demanda Blanche quand Lucinda revint. Est-ce que tu le connais ?

— Je travaillais au *Plug* avant que ça ferme, gloussa-t-elle. Tu vois de quoi je veux parler ?

Blanche secoua la tête, elle n'en avait aucune idée.

— Un bar. Pas un bar gay. Pas mal de gens du quartier traînaient là, surtout la journée. Mais beaucoup de gays y venaient le soir. Pas le genre qui se trémousse le cul en disant « Je suis gay et je t'emmerde », et pas non plus le genre à se la jouer hétéro. Simplement des mecs qui se comportent comme des gens normaux, tu vois ?

Blanche ne voulait pas se disputer au sujet des « gens normaux », mais elle ne tenait pas non plus à approuver Lucinda.

— Continue.

— Bon, tenir un bar tu sais ce que c'est : les gens te parlent comme si t'étais payée pour les écouter. Quant ils te parlent pas à toi, ils parlent devant toi de façon à ce que tu puisses entendre.

— Et donc, tu sais des choses à son sujet ?

Le regard de Lucinda signifiait clairement : « Arrête de m'interrompre. »

— Peu importe, Donnie traînait dans ce bar et y donnait des rendez-vous.

— Et alors ? C'est quoi la transformation là-dedans ?

Lucinda écarquilla les yeux et croisa les bras.

— Une sacrée transformation : de bon mari et père de famille à Tauton à miss Thang au bar. C'est pas de la transformation pour toi ?

Blanche fronça les sourcils, essayant de donner un sens à ce que Lucinda était en train de raconter. Lucinda lui lança un regard exaspéré.

— Donnie venait là, rencontrait des gays et sortait avec eux, mais sa femme n'était probablement pas au parfum.

— La femme de Donnie ? ! Tu veux dire que Donnie est marié ?

— Bien sûr. Une copine à moi habite juste à côté de chez lui. Elle était à l'école avec la femme de Donnie. Leurs gosses vont à la même école. Elle est venue me voir un soir au *Plug* et elle y croyait pas quand elle a vu Donnie.

— Une femme ! (Blanche essayait de se faire à l'idée que l'homme qu'elle avait pris pour un gay, qui lui avait dit être gay et amoureux d'un autre gay était marié et...) Et père de famille, c'est bien ça ?

— Ouais. Trois ou quatre gosses, il me semble, dit Lucinda visiblement amusée par la tête de Blanche. Donnie n'est pas le seul, tu sais. Un bon nombre des soi-disant hétéros qui traînaient au *Plug* sont dans ce cas. (Elle se mit à rire en secouant la tête.) Ils prennent les autres pour des imbéciles. Ils payent un pot à un pédé, s'assoient avec lui et bavardent. Ensuite l'hétéro quitte le *Plug* et cinq minutes plus tard, le gay sort par la porte de derrière. Un quart d'heure ou une demi-heure après, l'un des deux ou les deux sont de retour. Il ne s'agit pas de passes, juste de mecs prenant du bon temps, gloussa-t-elle.

Elle alla encaisser les deux clientes.

Blanche était stupéfaite. Quelques jours plus tôt, elle avait dû revoir sa conception des choses, afin de s'imaginer Ray-Ray et Donnie ensemble. Et là, Lucinda ajoutait une nouvelle branche à cette famille.

— Ben, peut-être que sa femme est au courant. Je veux dire, s'il est bisexuel, peut-être qu'elle l'est aussi, ou...

— Allons ! Réfléchis ! Combien de femmes noires dans tes connaissances seraient prêtes à accepter ce genre de partage à la con ? De toute façon, si tel était l'arrangement, ma copine n'aurait pas été choquée à ce point de le voir au *Plug* faire ces trucs de mecs.

Blanche songea à George, le frère de Leo, qui avait fait de la taule pour vol à main armée. Elle se souvint qu'il lui avait parlé de mecs soi-disant hétéros, qui avaient des amants en prison. Blanche avait toujours cru que George en faisait partie, bien qu'il ne l'ait jamais reconnu. Ces hommes-là se considéraient-ils comme bi ? Ou gay ? Pas du point de vue de George. Ni de celui de Lucinda.

— Ouais, ma fille, les barmen n'arrêtaient pas de parler de ça, reprit Lucinda en regardant ses ongles. Nous plaisantions en projetant d'appeler la femme de Donnie — ou d'un autre —, pour s'assurer que ces salauds utilisaient bien des capotes à la maison.

— Est-ce que Ray-Ray Brown traînait au *Plug* ?

— On voit que tu connais bien Donnie. Ray-Ray était complètement dingue de lui. Je me suis toujours demandé, s'il n'y avait pas plus qu'une histoire de cul, entre ces deux-là. Si ça n'avait tenu qu'à Ray-Ray, ça aurait été le cas. Il est mort, tu sais. (Lucinda s'appuya contre le comptoir.) Donnie n'est pas mal, mais je n'ai jamais compris ce que Ray-Ray pouvait bien lui trouver. Donnie m'a toujours fait une drôle d'impression.

— Drôle ! Dans quel sens ?

Lucinda rentra les épaules.

— Ce nègre est bizarre, c'est tout !

— Tu ne dis pas ça parce qu'il couche avec des mecs, hein ?

— Non, non. Ça n'a rien à voir avec sa sexualité. C'est... J'en sais rien, mais je ne l'ai jamais entendu parler d'autre chose que de fric : combien d'argent il avait besoin, ce qu'il en ferait, pourquoi il n'en avait pas, ce qu'il allait faire pour s'en procurer. S'il arrivait à un moment où les gens parlaient de la pluie, il faisait dévier la conversation sur le prix des parapluies et des imperméables. L'argent, toujours l'argent. C'est pas normal. Au fait, pourquoi est-ce que tu t'intéresses tellement à lui ? demanda Lucinda.

— C'est plutôt compliqué. (Blanche s'en voulut de ne pas avoir une réponse toute faite à une question à laquelle elle aurait dû s'attendre.) Donnie couche avec l'ami d'un ami, et j'étais simplement curieuse de ce qu'il... enfin, tu vois c'est plutôt personnel.

Lucinda lui lança un regard sceptique.

— Peu importe !

Son ton fit comprendre à Blanche qu'elle ne pourrait plus rien tirer d'elle.

Blanche paya son verre et se dépêcha de rentrer à la maison. Elle allait vite, mais pas assez pour le rythme de ses pensées qui tournoyaient dans son esprit comme du linge dans un séchoir. Ses idées se mélangeaient, à la manière de cartes dans les mains d'un arnaqueur.

Elle ouvrit la porte et se précipita sur le téléphone. Elle appela les renseignements de Tauton. Il y avait une Roberta MacFadden et un McFadden dont les initiales étaient D.A. Elle composa le numéro de ce dernier.

— Mrs McFadden ?

— Ouais.

Blanche entendit des enfants. L'un d'eux pleurait.

— Mrs Donnie McFadden ?

— Ouais ? C'est qui ? Donella, laisse ton frère tranquille !

— Je suis Mary Green de la mairie de Boston, Mrs McFadden. Je voulais juste vérifier l'adresse de votre mari. Il vit toujours bien avec vous au...

— Darnell ! Descends de là. Tout de suite ! Bien sûr qu'il vit ici. Vous m'avez dit que vous étiez... ?

— Est-ce que je peux joindre Mr McFadden sur son lieu de travail au...

Blanche fouilla dans son sac à la recherche du morceau de papier, et lut le numéro que Donnie lui avait donné.

— Enfin, oui, mais... Bon, maintenant ça suffit, je vous préviens tous les deux !

— Merci, dit Blanche avant de raccrocher.

C'était donc ça. Donnie vit toujours avec sa femme.

Il avait laissé croire à Blanche qu'il possédait son propre appartement. *Bien sûr, c'est peut-être vrai. Enfin, s'il est le patron de la boîte où il travaille.*

Il lui avait tellement menti : le projet de prendre un appartement avec Ray-Ray, son homosexualité... Blanche était à la fois furieuse et embarrassée. En bon artiste de l'escroquerie, il n'aurait pas pu y arriver sans son aide. Elle s'était laissé tromper par ses gestes, ses attitudes et sa façon de parler, comme dans les films merdiques représentant les gays. Elle ne pouvait pas lui en vouloir pour ça. D'après Lucinda, il se mentait à lui-même.

Il lui avait menti et elle l'avait cru. Pourquoi ? En y repensant, elle ne put trouver aucune raison valable. Lorsqu'il avait prétendu qu'il ne connaissait ni Ms Barker ni Marc, pourquoi n'avait-elle rien deviné ? Elle s'était fait renverser par le camion parce qu'elle avait regardé du mauvais côté, dans une rue à sens unique. Bien que Samuelson et Brindle lui aient donné plein de bonnes raisons de regarder de leur côté, Donnie lui en avait fourni une ou deux, lui aussi. Cependant, feindre d'avoir peur du tueur de Ray-Ray était un sacré coup de génie maléfique — l'un de ceux pour lesquels elle avait bien l'intention de le faire payer plein pot.

Mais si l'avide Donnie détenait la cassette, il aurait pris contact avec Brindle, pour essayer de transformer la cassette en argent.

Au moins, jusqu'à hier, ce n'était pas le cas.

Donnie ignorait probablement où elle se trouvait. Peut-être attendait-il que Blanche cherche à sa place ? Bien sûr, il était possible qu'clle fasse fausse route, Ms Barker n'avait peut-être pas la cassette. Et Marc avait juste avoué qu'il connaissait son contenu, à aucun moment il n'avait dit l'avoir en sa possession. Donnie pensait certainement savoir où elle se trouvait, sinon il n'aurait pas tué Ray-Ray et Ms Barker. Ray-Ray avait probablement donné la cassette à Ms Barker dans la boutique, alors que Donnie était là. Mais ensuite, astucieuse comme d'habitude, la vieille dame, méfiante, avait changé la cassette de place.

Blanche chaussa ses vieilles Keds et enfila le pantalon et le pull qu'elle mettait pour faire le ménage. *Blouson, sac à main et lampe de poche*. Elle s'assura que sa bombe d'autodéfense était bien dans la poche du blouson. Quelques minutes plus tard, elle était de nouveau dans l'abri de Ms Barker.

Elle ignora les boîtes qu'elle avait déjà fouillées, et inspecta les étagères : un vieux grille-pain électrique, avec des portes qui se rabattent sur les côtés ; une machine à écrire mécanique noire ; un fer à friser et un peigne à défriser.

Comme une maison de retraite, se dit-elle. *Rien de cassé, que de l'usé.*

Elle s'imagina ces objets en train de se parler, se rappelant leurs vies, lorsqu'ils étaient la star de la cuisine ou le dernier gadget sur le marché, les gens admiratifs, désireux de ce qu'ils pouvaient leur offrir.

Le temps. Tout et tout le monde n'en n'obtenait qu'une fine tranche, pas plus. Quand votre temps était écoulé, on vous mettait sur une étagère au sous-sol. Blanche ne voulait pas finir dans une maison de retraite avec d'autres abandonnées, essayant de s'impressionner mutuellement avec des histoires du temps passé.

Elle tourna les boutons d'un poste à galène, identique celui de sa grand-mère. Granny n'aimait pas que Blanche touche à cette boîte précieuse. Elle regarda de plus près la petite fenêtre où luisait autrefois le cadran de réglage, désormais tout défraîchi, telle la fenêtre d'un appartement de vieille dame. Blanche ne tenait pas non plus à vivre seule dans un appartement marqué par son odeur, parlant à elle-même ou à ses deux chats. Elle ne voulait pas vivre avec Taifa ou Malik et avoir le sentiment de devenir leur enfant. Mais elle ne tenait pas non plus à mourir avant l'âge.

Ce qu'elle voulait, c'était profiter, dès maintenant. Pas seulement dépenser son content de jours et d'années, mais elle aussi — son rire et son amour, ses pas de danses et son bon temps. Son énergie. Une énergie qui, elle le sentait, commençait à s'épuiser, juste un peu, comme les signes avant-coureurs d'une source qui va bientôt se tarir.

Elle essaya de se représenter Ms Barker avec une cassette que Ray-Ray lui avait demandé de dissimuler. Savait-elle ce que c'était ? Était-elle enthousiaste ? Blanche avança au fond du box.

Enthousiaste. Quel drôle de mot pour parler d'une chose qu'on cache, mais il résonnait en elle. Elle s'imagina Ms Barker cherchant un endroit où cacher la vidéo. Ni trop grand, ni trop petit. Où aurait-elle bien pu tenir ? Blanche marcha lentement au milieu des meubles. Elle ferma les yeux et vit Ray-Ray, sans Ms Barker, regardant autour de lui à la recherche d'une bonne planque. Mais, lorsqu'elle les rouvrit, rien ne lui sauta aux yeux.

Elle souleva les coussins du fauteuil et examina la table au pied d'éléphant. Elle se laissa tomber sur le siège et essaya de se relaxer. Elle savait que la cassette se trouvait là. Elle le sentait. Elle savait aussi que pour trouver quelque chose, il fallait souvent se mettre dans la tête de la personne qui l'avait cachée.

— D'accord, dit-elle à l'adresse de Ray-Ray et de Ms Barker. Vous m'avez bien eue tous les deux, mais vous m'avez entraînée dans cette histoire. Alors maintenant, donnez-moi un coup de main.

Elle s'installa confortablement et fit appel à ses souvenirs de Ray-Ray le jour où il était venu chez les Brindle. Il paraissait sûr de lui, aucun doute là-dessus. Sûr de lui mais, en même temps, juste. Il était sur le point de se venger d'Allister. De plus, il savait que ternir l'image d'Allister était la chose à faire. Avait-il peur ? Est-ce qu'il lui était venu à l'esprit que Salopard numéro 1 et numéro 2 risquaient d'envoyer quelqu'un pour lui clouer le bec ? Il devait tout de même s'attendre à avoir des ennuis. Sinon pourquoi aurait-il caché la vidéo ? Avait-il vraiment l'intention de rendre publiques les petites histoires de Brindle ? Elle regarda le poste radio.

Elle trouva un vieux couteau de table, l'utilisa comme tournevis, et démonta l'arrière. Et là, à la place de tubes et de fils, elle trouva la cassette.

En rentrant, elle regarda si souvent à droite à gauche et par-dessus son épaule qu'elle donnait l'impression d'avoir un tic. Elle serrait fermement son sac contre sa poitrine et tenait sa bombe dans sa main droite.

Une fois arrivée à la maison, elle verrouilla derrière elle et ferma même les rideaux. Elle était si excitée, qu'elle fit tomber deux fois la cassette avant de pouvoir l'insérer dans le magnétoscope. Elle s'assit par terre et respira un grand coup. Au bout d'une minute et demie, elle s'esclaffa en voyant une blonde, qui semblait s'ennuyer ferme, étaler du chocolat sur l'entrejambe d'Allister Brindle et le lécher au ralenti.

Ben, mince ! Bonjour Monsieur le *candidat de l'ordre moral !*

La scène suivante était celle dont lui avait parlé Lacey : Brindle en robe-chasuble et chaussettes se recevant une bonne fessée avec une brosse à cheveux laquée noire. Ça n'amusait plus Blanche. Il y avait quelque chose de rebattu et de désespéré dans tout ceci. De pervers, peut-être, mais guère plus que les hommes qui vont sur un terrain de foot ou de rugby, histoire de se prendre des raclées pour, soi-disant, s'amuser. Cependant, elle n'avait jamais eu beaucoup d'estime pour Allister Brindle, et elle en avait encore moins maintenant — pas à cause de ses penchants, mais à cause de sa putain d'hypocrisie.

La scène suivante était encore moins drôle : on y discernait le pénis d'un gros berger allemand s'excitant sur les fesses d'Allister. Pas étonnant que Ray-Ray fût à ce point content de lui. C'était, sans conteste, une cassette bonne à foutre une carrière en l'air. Le chien était plus digne que Brindle. Et Donnie ! Il aurait pu se mettre à la retraite avec l'argent qu'il aurait soutiré à Brindle. Mais ce n'est qu'avec la dernière scène qu'elle réalisa combien Donnie aurait pu en tirer.

Allister était nu, au milieu d'un immense lit, son corps presque rose sur des draps noirs brillants. Mais ce ne fut pas Allister qui la fit gémir. Elle s'approcha de l'écran pour mieux voir. Elle arrêta la cassette et repassa l'image de trois petits visages regardant vers la gauche, comme si quelqu'un leur donnait des instructions. L'enfant qui pinçait et tordait le téton d'Allister ne devait guère avoir plus de 8 ans. Aucune des petites filles n'avait encore de poitrine. Blanche fixait l'écran où, les yeux révulsés, Allister se tortillait sous la bouche d'un enfant, tandis que de sa main... Elle n'eut pas le temps de monter au premier et vomit dans l'évier de la cuisine.

Des enfants !

Elle n'arrivait pas à s'ôter cela de la tête. À qui étaient ces petites filles ? Où se trouvaient les gens censés les protéger ?

Elle s'accrocha à l'évier, le visage ruisselant de larmes, secouée de haut-le-cœur. Oui, ce genre de saloperies existaient : les bourreaux d'enfants ressemblaient à des VRP, à des flics, à monsieur-tout-le-monde, à un candidat au poste de gouverneur. Oui, des enfants étaient enlevés et vendus... Mais elle ne l'avait jamais vu de ses yeux. Et désormais, elle ne pourrait plus jamais voir, ni même se souvenir de l'expression sur les visages de ces trois petites qui, chacune à leur façon, avait l'air de vouloir être une autre, se trouver ailleurs que là où elles étaient, espérant que la suite ne ferait pas trop mal, que la personne sur le côté ne serait pas en colère et ne les amènerait pas recommencer ces vilaines choses encore et encore et encore.

Blanche se rinça la bouche, se lava le visage, puis nettoya l'évier. Elle se souvint de la première fois où elle avait vu Allister Brindle. Qu'avait-il dit à Sadowski au sujet des Noirs ?

« Ils ne sont pas comme nous. On ne peut en aucun cas leur faire confiance. Nous n'avons pas les mêmes valeurs. »

Sur le coup, elle s'était sentie insultée. Désormais, elle était contente qu'il se sente à ce point différent d'elle. Elle voulait être la plus différente possible d'Allister Brindle. Mais il n'était pas le seul monstre dans ce tas de merde.

Dans la salle à manger, l'écran affichait un paysage neigeux. Elle éteignit la télévision et rembobina la cassette. Lorsqu'elle la sortit du magnétoscope, sa main tremblait. Ses doigts lui semblaient crasseux. Elle monta la cassette dans sa chambre. Elle la tenait de sa main gauche, derrière son dos. Elle n'osait la poser nulle part. Elle alluma une bougie sur l'autel des Ancêtres et les remercia de l'avoir aidée. Elle les remercia aussi à l'avance, de l'aider à décider ce qu'elle devait en faire, et regretta d'avoir cette horreur dans sa maison.

Elle redescendit. Elle aurait bien été incapable de dormir avec ça dans sa chambre. Est-ce qu'une nuit au réfrigérateur risquait d'abîmer une cassette ?

Non, pas à côté de notre nourriture !

Finalement, elle mit la cassette dans un sac en plastique et la planqua au fond du panier à linge, dans le coin débarras entre la cuisine et la salle à manger. L'endroit parfait. Personne ne risquait de la trouver là.

Elle prit une douche, de l'eau trop chaude coulait sur son corps, le visage des petites filles aussi présent que les gouttes qui l'éclaboussaient. Elle resta ainsi jusqu'à ce que l'eau soit froide. Quand, finalement, elle sortit de là, sa peau et tout en elle semblait ramolli. Elle eut l'impression que même ses yeux étaient à vif. Mais elle savait ce qu'elle devait faire. Une fois habillée, elle appela Othello et tomba sur son répondeur.

— C'est Blanche White. Appelle-moi le plus vite possible. J'ai des nouvelles.

Il la rappela vingt minutes plus tard et était devant sa porte une heure après.

— Je sais qui a tué Ray-Ray Brown et Ms Barker. Son nom est Donnie McFadden. Il n'est pas vieux, mais il porte des vêtements démodés. La femme qui a vu Ray-Ray près de la piscine a dit que l'homme qui l'accompagnait était un vieux, parce que c'est ainsi qu'il était habillé. C'était Donnie. J'en suis sûre. Il m'a raconté toutes ses conneries au sujet de ses lettres qu'il voulait récupérer pour savoir si Ray-Ray avait planqué des affaires ailleurs que chez Ms Inez et chez Ms Barker.

Blanche expliqua à Othello tous les autres mensonges de Donnie.

— Donnie a sûrement essayé de parler à Ray-Ray d'échanger la cassette contre de l'argent, mais Ray-Ray ne devait pas être pour, et donc Donnie l'a tué. Il pensait savoir où Ms Barker avait caché la cassette, seulement elle l'avait changée de place et n'a pas voulu lui dire où elle se trouvait. C'est pourquoi il l'a tuée.

— Nous n'avons pas droit à l'erreur, dit Othello.

— J'y ai réfléchi, reprit Blanche.

Elle lui expliqua alors comment elle prévoyait d'amener Donnie à se dénoncer lui-même.

— Si tu as raison, ça peut être dangereux.

— C'est pourquoi je t'ai appelé.

Elle vit l'intégralité de son chèque de remboursement des impôts aller aux Ex-Taulards. Une affaire à ce prix-là.

— Je suis partant si tu es partante, lui dit-il. Que penses-tu de demain soir ?

— Salut, marmonna Taifa en rentrant de l'école avant de grimper au premier.

Blanche décida d'attendre un peu avant d'essayer de voir si cet accès de colère la concernait ou pas.

Malik rentra et se précipita sur le téléphone pour appeler Aminata.

— Rien pour l'instant, dit-il à Blanche lorsqu'il raccrocha. Mais Teddy est sûr de pouvoir trouver ce dont nous avons besoin. Aminata va m'appeler.

Blanche sourit. Elle ne se hérissait plus à l'évocation du nom d'Aminata. Elle faisait des progrès.

— Ça te plaît vraiment de travailler là-dessus, hein ? demanda Blanche en voyant instantanément son nom au bas d'un article du *New York Times*.

— C'est cool, dit-il en adoptant l'attitude d'un ado qui se défile en sentant venir une discussion sur l'avenir, mais sans pouvoir dissimuler les étoiles dans ses yeux.

Blanche alluma la radio.

— Si tu as faim, il y a quelques morceaux de poulet.

Elle fut contente de voir l'étonnement qu'exprima son visage, car elle ne lui parla pas d'avenir. Elle avait le temps.

Shaquita rentra en adoptant un profil bas.

Blanche l'appela dans la cuisine après que Malik fut monté dans sa chambre. Shaquita n'avait sans doute aucune envie d'entendre ses bons conseils, Blanche décida donc de s'y prendre autrement et lui tendit un verre de jus d'orange.

— Tu ne peux pas te traîner comme une âme en peine avec un enfant dans le ventre. Le bébé a besoin d'une mère qui voit les choses du bon côté, fasse des projets pour l'avenir et lui envoie de l'amour.

Des larmes de crocodile se mirent à couler sur le visage de Shaquita. Elle se pencha en avant sur sa chaise, serra son corps dans ses bras, et se balança. Blanche s'agenouilla devant elle, la prit dans ses bras et l'enlaça jusqu'à ce qu'elle soit prête à parler.

— Il en veut pas. Il...

— Pookie, tu veux dire ? demanda Blanche en retenant son souffle.

— Il... Il... je lui ai demandé s'il viendrait en parler avec moi à Gran. Il a dit (elle renifla) il a dit que ça le branchait pas d'être père. Il a dit que je devrais...

Des sanglots mangeaient les mots de Shaquita. Blanche la prit une nouvelle fois dans ses bras, en partie pour dissimuler le sourire qui illuminait son visage.

Merci, Pookie, articula-t-elle silencieusement.

— Je pensais... je pensais que c'était ce qu'il voulait. Il n'arrêtait pas de dire...

— Mais c'était à toi de...

— Mais moi aussi je voulais ! C'est moi qui lui ai dit de ne pas mettre de capote. Il ne m'a pas forcée.

— Mais tu ne l'aurais pas fait s'il n'avait pas voulu, insista Blanche. Et maintenant, il a changé d'avis.

Les Ancêtres le bénissent, ajouta-t-elle en silence.

— Qu'est-ce que je vais faire, tante Blanche ? J'ai tellement peur ! Je...

— Moi aussi, Quita. Et j'étais plus âgée que toi.

Shaquita cessa de pleurer et leva la tête.

— J'avais 18 ans lorsque je suis tombée enceinte. Je venais juste de quitter le lycée. Ce n'était même pas un garçon que j'aimais vraiment. Enfin, je veux dire, je l'aimais bien, pas plus. Il était gentil et tout, mais je n'avais pas vraiment de sentiments pour lui. J'étais sortie avec lui parce que j'étais en colère après Leo, mon petit ami habituel. (Blanche caressa la tête de Shaquita.) Je voulais être adulte. Et une femme adulte baise. Alors... ensuite, je me suis rendu compte que je n'avais pas eu mes règles.

Blanche hocha la tête et rigola.

— Je crois que je n'ai jamais eu aussi peur depuis. Je savais que Mama allait me tuer, ou tout du moins me faire regretter d'être encore en vie. J'avais franchement pas envie d'épouser Sonny Jones. Et j'en étais déjà à me demander si j'avais envie d'avoir des enfants tout simplement.

Shaquita avait séché ses larmes, totalement absorbée par l'histoire de Blanche.

— Qu'est-ce que t'as fait ? demanda-t-elle.

J'aurais dû lui raconter ça plus tôt, songea Blanche.

— Eh bien, j'ai pensé à le garder. À ne rien dire à Mama, en attendant qu'elle l'apprenne en voyant la taille de mon ventre. Ensuite, j'ai cessé de me considérer comme la fille à sa maman et j'ai commencé à me voir comme la maman de quelqu'un, qui devait tout faire : aller travailler, cuisiner, faire le ménage, et s'occuper de son propre enfant. Quand est-ce que j'allais pouvoir m'amuser ? Être jeune ? Comment allais-je bien pouvoir faire pour rester à la maison, afin de m'occuper du bébé ? Combien j'allais dépenser pour une nourrice ? Comment je pourrai réaliser mon rêve d'aller à Harlem ?

Tous les sentiments confus de cette période resurgirent en elle. Elle sentit le poids de ce bébé jamais venu au monde et de la profonde tristesse qui avait persisté pendant des semaines. Elle essuya ses larmes.

— Ma cousine Murphy m'est venue en aide. Elle était beaucoup plus âgée que moi. Mama employait toujours le mot « matérialiste » en parlant d'elle. Alors je me suis dit qu'elle allait peut-être savoir ce qu'il fallait faire. Elle m'a conduit chez une amie à elle, une infirmière ou une sage-femme. Mais d'abord, cousine Murphy m'a fait prier pour celui qui n'aurait pas la chance de devenir un bébé à part entière. le remercier de me rendre ma vie. Elle m'a fait promettre de faire don de ma personne à un enfant qui était déjà sur cette terre. Elle a appelé ça, ma rédemption. J'ai jugé que c'était vraiment un truc de cinglé, mais je ne l'ai pas contrariée ; j'aurais fait n'importe quoi, n'importe quoi. Je m'aperçois maintenant qu'elle avait raison. Je m'aperçois...

Elle songea au rôle que Taifa et Malik avaient joué dans sa rédemption, et remercia sa sœur de l'opportunité qu'elle lui avait offerte. Et là, en utilisant son expérience pour essayer d'aider Shaquita, elle était consciente d'avoir trouvé encore une nouvelle fois un moyen d'être en osmose avec le reste de son existence.

— Ça t'a fait du mal ? demanda Shaquita en pressant la main de Blanche.

— Un petit pincement. J'étais presque aussi malade que toi. J'ai eu des crampes et j'ai un peu saigné après. Ce n'était pas une partie de plaisir. Et j'ai été triste pendant un petit bout de temps ensuite. Mais en même temps, j'étais contente d'avoir fait ça. Contente de voir...

Shaquita termina la phrase à sa place.

— Que tout cela était fini.

— Maintenant, tu dois prendre une décision, Quita, dit Blanche en se levant. Quelle que soit celle-ci, sache que je suis de ton côté. Tout comme cousine Murphy. Mais réfléchis, ma biche, c'est tout ce que je te demande. Pense à toi, et à ce que tu as toujours voulu. Ne va pas à l'encontre de toi-même.

Shaquita se leva et embrassa Blanche sur la joue.

— Merci, tante Blanche.

Le téléphone sonna.

— J'y vais ! dit Shaquita.

Puis elle disparut.

— C'est pour moi ? cria Malik.

Il dévala les escaliers. Blanche s'effondra sur la table. L'honnêteté n'était pas chose facile.

— On l'a, m'man ! hurla Malik en se précipitant dans la cuisine. La date du décès de Laconia Auford, la date de leur mariage, et le moment où la boîte a été montée ! Aminata avait raison, la société n'a été fondée qu'après la mort de Laconia Auford. Il a dû imiter sa signature ou je sais pas quoi. Il y aura jeudi une réunion du Projet de Réveil Communautaire à ce sujet.

— Félicitations, mon poussin !

Elle le serra dans ses bras et se réjouit de savoir que c'en était fini de Samuelson en tant qu'homme de vérité et de vertu. Le temps qu'Aminata et compagnie ne le descendent en flammes pour avoir empoisonné des gosses noirs, et que l'État ne lui fasse sa fête pour sa société bidon et ses infractions au sujet du plomb, le Révérend et son Temple risquaient de faire ce qu'il avait fait dans le Delaware : se tirer de là. Elle se laissa gagner par un vague plaisir et espéra qu'elle pourrait lui foutre en prime un coup de pied dans les couilles. Mais elle lui réservait une petite surprise de son cru.

Sa maison et celles du voisinage profitaient du calme de la nuit, lorsque Blanche sortit de chez elle en portant une taie d'oreiller contenant de la peinture, un entonnoir, une paire de gants en caoutchouc, une petite lampe de poche et une boîte de sucre. Elle sortit sa bombe anti-agression de la poche de son blouson et la prit dans sa main droite.

Elle resta presque dix minutes sur le trottoir, en face de chez Samuelson, à se demander ce qu'elle fichait là. Les hommes de main de Samuelson lui auraient sans problème défoncé la tête, et elle était là à rôder autour de sa maison. Elle se rappela du vieil adage : lorsqu'on tombe de cheval, la meilleure chose à faire est de remonter tout de suite avant que la peur ne s'installe. C'est cela qu'elle essayait de faire ? Entretenir son courage en faisant comme si elle en avait ?

La maison et le Temple voisin étaient tous deux plongés dans l'obscurité. Si les hommes de Samuelson étaient en charge de la sécurité, elle ne les vit pas. Elle s'engagea dans l'allée. La voiture était garée dans le jardin sous un auvent. Elle semblait tapie là, tel un monstre dormant sous un immense parapluie. Blanche s'attendait presque à voir les portes s'ouvrir d'un coup et les gorilles en bondir et l'attraper à nouveau. Elle haletait si bruyamment qu'on devait l'entendre jusqu'au centre-ville. Elle respira un grand coup et, tout en s'approchant de la voiture, se persuada de rester calme.

Elle posa sa taie d'oreiller par terre et enfila ses gants en caoutchouc. *Une voiture pareille doit avoir une alarme aussi sensible que les moustaches d'un chat.*

Elle se déplaça donc avec la délicatesse de ce même chat partant en quête d'une proie. Elle ouvrit le couvercle du réservoir, dévissa le bouchon et le posa sur le sol. Elle ouvrit la taie d'oreiller, sortit le sucre et l'entonnoir et coinça celui-ci dans le réservoir d'essence. Le sucre glissa dans le réservoir avec un léger chuintement. Blanche esquissa un sourire.

— Et maintenant, le sermon du jour, murmura-t-elle.

Elle sursauta au bruit des billes résonnant contre la bombe de peinture tandis qu'elle la secouait. Toujours préoccupée par l'alarme, elle tint la bombe en hauteur et se pencha au-dessus de la voiture sans la toucher. Ça valait le coup de se faire mal au bras. Les lettres se détachaient telles des flammes sur la carrosserie noire. Elle se servit de l'autre bombe pour dessiner des flèches, du trottoir jusqu'à la voiture.

Elle gloussa pendant tout le trajet de retour, en s'imaginant Samuelson et les membres de son Temple suivant le trajet de la flèche menant à la voiture du Révérend, qui proclamait désormais que DIEU N'AIME PAS LES SALES TYPES — une voiture qui, même avec une bonne couche de peinture, ne vaudrait plus un clou une fois que le sucre arriverait dans le moteur. Il ne risquait plus de pouvoir tabasser d'autres femmes là-dedans.

La vie n'était peut-être pas juste, mais elle pouvait être sacrément agréable.

14

Treizième jour – Mardi

Taifa pleurnichait sur de l'état de ses cheveux ; Shaquita se rappela d'une fiche de lecture à rendre le jour même et écrivait donc dès qu'elle ne vomissait pas. Malik marmonna quelque chose au sujet des femmes et claqua la porte en sortant avec une tranche de pain grillé dans une main, et deux tranches de bacon dans l'autre.

Et dire qu'il y a des femmes qui veulent vraiment rester à la maison avec leurs gosses. Incroyable !

Blanche attendit 10 h 30 pour appeler Donnie à son travail. Elle voulait être sûre qu'il soit là. Lorsqu'elle entendit le son de sa voix, elle en eut le sifflet coupé. Elle fit attention de masquer sa colère.

— Donnie ? C'est Blanche White. J'aimerais te montrer quelque chose. Est-ce que tu pourrais passer ce soir, aux alentours de 19 h 30 ? Je ne l'aurai pas avant.

Elle ne voulait pas qu'il la prenne au dépourvu en passant plus tôt.

— Qu'est-ce que c'est ? Un truc appartenant à Ray-Ray ?

Blanche ne répondit pas à sa question.

— Ce sera prêt quand tu arriveras. Mes gosses ne seront pas là.

Elle ne s'attendait pas à ce qu'il refuse — et il ne refusa pas.

Elle fit le tour de la pièce pour se calmer, puis elle appela Othello et lui dit qu'elle avait tout arrangé.

Blanche regarda dans les Pages Jaunes et passa un ou deux coups de fil avant de trouver ce qu'elle cherchait. Ça allait lui coûter plus cher que prévu, mais elle venait de recevoir son chèque de chez les Brindle. On lui avait réglé une semaine de plus. Elle trouva tout à fait normal de se servir de l'argent de Brindle pour payer sa chute. Elle repêcha la cassette au milieu du linge sale et la mit dans son sac.

Les visages des petites filles s'élevèrent, comme la brume d'un lac. Blanche espéra qu'il n'était pas trop tard pour elles. Elle fut soulagée que la sonnette mette un terme à ses pensées — jusqu'à ce qu'elle voit qui appuyait sur sa sonnette.

— Alors ça roule, Blanche ? demanda Karen.

L'emprunteuse lui souffla en pleine figure la fumée de sa cigarette en s'introduisant à l'intérieur de la maison.

Même si j'étais disposée à lui prêter ce qu'elle était venue emprunter, maintenant c'est hors de question.

D'un geste de la main Blanche chassa la fumée à l'extérieur.

— Je me demandais si t'avais pas de la farine de maïs que je pourrais...

Blanche craqua. Elle fit un sourire à Karen.

— Si ça c'est pas une coïncidence ! J'allais justement chez toi pour te demander la même chose. Et de la moutarde ? T'en as ?

Karen resta bouche bée.

— Et je pourrais sûrement prendre deux poignées de riz et un peu de farine.

Karen fit quelques pas en arrière.

— Et qu'est-ce que tu dirais d'un rouleau de papier toilette ? J'imagine que je pourrais prendre du papier toilette, si t'as que ça.

Karen recula en direction de sa maison. Elle avait toujours les yeux posés sur Blanche.

— C'est quoi ta taille, ma biche ? lui cria Blanche. Et je pourrais prendre un pull, aussi ! Un bleu, ce serait bien.

Elle riait tellement qu'elle eut du mal à refermer la porte. Le téléphone sonna.

— Bonjour. Pourrais-je parler à Blanche White, s'il vous plaît ?

Blanche se laissa tomber sur une chaise. Cette fois, son rire avait totalement disparu.

— Je suis désolée pour votre fils, Felicia.

— Oui, mon fils, dit Felicia après avoir marqué une pause.

Au cours du long silence qui suivit, Blanche sentit presque la tristesse de Felicia traverser la ligne téléphonique.

— Je voulais... vous étiez là, vous voyez, et je...

— Oui, je comprends.

— Allister ne parle pas de ça, sauf pour me rappeler que je suis responsable. Bien entendu, il a raison. Si je n'avais pas été... La vie est si, si... Je sais pas, je sais plus.

La voix de Felicia se brisa. D'un seul coup, Blanche la vit avec le sang de Marc dans ses cheveux, hurlant comme si sa voix pouvait faire revenir le temps en arrière. Désormais sa voix était celle d'une personne trop souvent blessée pour attendre autre chose que de la douleur. Le chagrin de Felicia toucha Blanche à cet endroit commun à toutes les mères aimantes, là où réside la crainte qu'il n'arrive quelque chose à son enfant. Ce n'était pas le genre de lien qu'il était sain d'avoir avec un employeur. Cependant, elle ne put s'empêcher d'éprouver de la compassion pour cette femme, et Felicia n'était plus son employeur.

— Le plus drôle c'est que je n'avais pas grand-chose à faire de Saxe. C'était juste physique. Allister et moi ne... C'était purement sexuel. Ça me suffisait. Si j'avais pu imaginer une seule seconde que Saxe et Marc... que Marc...

C'est reparti : Felicia se sent coupable de ne pas avoir su que son amant baisait son fils et de la mort de Marc. Aminata se flagelle parce qu'elle n'était pas au courant des effets de l'empoisonnement par le plomb. Pam s'en veut de ne pas avoir été là pour sauver Ms Barker.

Et quant à elle, elle se demandait si Ms Barker et Ray-Ray ne seraient pas toujours en vie si elle avait agi différemment. Elle se demanda si les hommes se sentaient responsables de choses qu'ils ne pouvaient pas contrôler, ou si c'était un truc de femmes ?

— Quoi qu'en dise votre mari, ce n'était pas plus de votre faute que de la mienne. (Blanche serra les dents, afin de résister à l'envie de lui dire qu'elle recevrait bientôt un paquet qui montrerait à quel point Allister était mal placé pour montrer qui que ce soit du doigt.) J'ai entendu dire que vous alliez vous absenter.

— Nous partons, en effet. Mais pas ensemble. J'aurais dû le quitter depuis des années. Et connaissant Allister, il va me faire regretter de ne pas l'avoir fait. Il va se servir de Saxe et de tout ce qu'il peut trouver contre moi au moment du divorce. (Felicia marqua une pause, puis elle reprit :) Cela me rendrait service, si j'avais... Est-ce que vous avez entendu parler de la cassette d'Allister ? (Elle marqua une nouvelle pause, mais pas assez longtemps pour que Blanche puisse répondre.) Comme je vous l'ai déjà dit, je suis prête à me montrer très généreuse.

Blanche réfléchit. Elle serait bien contente, un jour ou l'autre, d'accepter l'argent de Felicia. Bien sûr, elle n'avait pas l'intention d'admettre qu'elle était au courant de quoi que ce soit, mais elle tenait à s'assurer que Felicia savait où envoyer le chèque.

— On retrouve tous les jours des objets perdus. C'est peut-être ce qui arrivera.

— Je vais continuer à croiser les doigts, dit Felicia.

— Et à garder votre chéquier à portée de main, ajouta Blanche. Et, bien entendu, vous avez mon adresse...

Après avoir raccroché, Blanche resta assise près du téléphone durant quelques secondes, pensant au mal qu'Allister et Donnie avaient fait à plein de gens. Les enfants sur la vidéo, Ms Barker, Ray-Ray, Marc Brindle, Saxe Winston, Felicia presque brisée, la femme de Donnie qui risquait d'avoir une sale surprise, Pam, Ms Inez et toutes les autres personnes en deuil, qui essayaient péniblement de surmonter leur chagrin sans sombrer. Une chose était sûre, elle avait sacrément envie de se payer ces deux types !

Elle prit le bus pour Centre Street à Jamaica Plain. Les immeubles à deux étages de cette rue passante lui donnaient des allures de petite ville. Avant de lui tendre à contrecœur la cassette à copier, Blanche gratifia la jeune vendeuse potelée de chez Rick TV et Stéréo d'un regard significatif. L'installation servant aux copies se trouvait juste derrière le comptoir, au milieu de postes de télévisions, d'autoradios, de chaînes stéréos et de radio-réveils, et donc, elle pouvait au moins jeter un œil dessus. Elle regarda les ongles bleu et rouge de la jeune femme lorsqu'elle introduisit la cassette dans la machine et appuya sur quelques boutons.

Blanche attendit avec toute la patience dont elle était capable que les copies soient faites.

Elle amena aussitôt les cassettes au bureau de poste du quartier. Contrairement à celui de Roxbury, il n'était pas équipé d'épaisses cloisons en Plexiglas entre les employés et les clients, laissant sous-entendre qu'une barrière était nécessaire pour empêcher... quoi au juste ? De toucher ? Elle souffla un grand coup et se persuada de remplir tout simplement les formulaires : un pour Felicia, un pour la Société pour la prévention des maltraitances et pour la protection des enfants du Massachusetts et un pour la SPA. Elle estima que c'était amplement suffisant en ce qui concernait Allister. Elle enverrait l'original de la cassette à son nom chez Ardell, une fois toute cette histoire terminée. Elle remit le tout à l'employée de poste et fit ses adieux à Allister Brindle.

— Ce soir, j'ai besoin que vous alliez faire vos devoirs à la bibliothèque, dit-elle aux gosses après le dîner, avant d'ajouter : Et restez-y jusqu'à ce que je vienne vous chercher.

— Ça a un rapport avec ce qui te faisait sourire dimanche ? voulut savoir Malik.

— Tu as un petit copain, Mama Blanche ? demanda Taifa en allant droit au but.

— Si seulement ! leur répondit Blanche. Mais c'est simplement que j'ai besoin de la maison pendant une heure ou deux.

Taifa et Malik échangèrent un de ces regards frère-sœur que Blanche ne parvenait pas à déchiffrer.

— J'en ai pas beaucoup, dit Taifa.

— Quoi ?

— J'ai pas beaucoup de devoirs.

— Dans ce cas, lis un livre. La bibliothèque en est remplie.

Il était rare qu'elle leur donne des ordres sans raison, elle s'était donc attendue à de nombreuses questions et à de la mauvaise volonté de leur part. Mais le ton de sa voix avait dû leur faire comprendre qu'il était vain de résister.

Blanche se trouva plus tendue que prévu. Même l'arrivée d'Othello ne parvint pas à la calmer. Il était accompagné d'un autre homme : Elroy Banks — la peau et les yeux clairs, de petite taille, poli et vif. Blanche était heureuse qu'il soit de son côté. Othello et lui regardèrent autour d'eux, afin de trouver un endroit où mettre le magnétophone, ce qui, inexplicablement, rendit Blanche encore plus nerveuse. Othello expliqua que le magnétophone réagissait à la voix et détecterait tout, sauf si elle mettait la télé plus fort.

Et si Donnie avait un pistolet et lui tirait dessus sans dire un mot au moment où elle ouvrait la porte ? Il avait déjà tué Ray-Ray et Ms Barker pour avoir cette cassette. Il pouvait agir de même avec elle. Et s'il la saisissait à la gorge et continuait à lui parler, comme si de rien n'était, Othello et Elroy penseraient que tout se passe bien ?

J'ai peur, s'avoua-t-elle.

Elle espéra qu'elle n'était pas effrayée au point de ne pas pouvoir jouer son rôle.

À 19 h 30, Othello se cacha dans la penderie du rez-de-chaussée. Elroy alla se tapir dans l'ombre, en haut de l'escalier. Blanche mit la cassette de Brindle dans le magnétoscope, baissa les stores et éteignit les lumières, à l'exception d'une petite lampe près de la télé. Elle posa le revolver d'Othello sur ses genoux. Dans sa poche, elle tenait sa bombe lacrymogène.

L'arrivée de Donnie fut annoncée par un bruit de verre brisé à l'arrière. Le fait qu'il n'ait pas tout simplement frappé à la porte, prouvait bien qu'il avait l'intention de la tuer et qu'il voulait faire croire à un cambriolage.

Le sale petit con !

Elle mit la cassette en marche, même si elle était bien incapable de la regarder. Elle se tint face à la porte d'entrée, le pistolet derrière elle. Donnie entra dans la pièce à pas feutrés. Il portait un imperméable en plastique transparent et le genre de gants en latex qu'utilisent les médecins. Il posa son regard sur elle, puis sur le magnétoscope, puis à nouveau sur elle.

— T'as l'intention de me tuer pour la cassette comme tu l'as fait pour Ray-Ray et Ms Barker ? demanda-t-elle en serrant plus fort le pistolet.

Elle n'avait pas prévu que le simple fait de voir Donnie lui donnerait envie de le tuer.

— Si Ray-Ray s'était montré plus coopératif, il

serait en vie à l'heure qu'il est. J'espère que tu es plus maligne.

Il s'approcha de la télé en regardant les exploits d'Allister.

Blanche songea à toutes les larmes de crocodile qu'avait versées Donnie, à toute la compassion qu'elle avait éprouvée pour ce connard, et eut le sentiment qu'elle allait sortir de ses gonds.

Reste calme, ma fille, s'ordonna-t-elle. *Tu peux gérer ça. Il y a des choses que tu dois savoir avant que les mecs prennent le relais.*

— Ce que je n'arrive pas à comprendre, c'est pourquoi tu as tué Ray-Ray et Ms Barker avant d'avoir la cassette.

— C'est ma grosse erreur, répondit Donnie en quittant l'écran des yeux à regret. J'étais persuadé de savoir où se trouvait cette putain de cassette ! J'ai vu la vieille l'enfermer dans le tiroir sous la caisse. Qui aurait pu croire que cette vieille salope la changerait de place et aurait le cran de ne rien me dire ?

Blanche retint son souffle pour ne pas hurler. C'était une chose de se dire que Donnie avait tué Ray-Ray et sa vieille amie, mais l'entendre avouer, comme s'il parlait du temps, donna envie à Blanche de lui rendre la monnaie de sa pièce. Elle serra la crosse du pistolet et s'efforça d'éloigner ses doigts de la détente.

— C'est pour ça que tu l'as frappée ? Parce qu'elle ne voulait pas te dire où était la cassette ?

Donnie la regarda. Blanche frémit, mais ne baissa pas les yeux.

— Comment j'aurais pu deviner que cette vieille salope était cardiaque ? Avec sa grande gueule, j'ai cru qu'elle était en acier trempé.

Quelque chose dans son regard persuada Blanche qu'il aurait tué Ms Barker, même si elle lui avait donné la cassette.

— J'espère que tu n'as pas l'intention de te défendre, dit-il en se détournant de la télévision et en se plaçant face à elle.

— Comment as-tu su ? lui demanda-t-elle, ignorant sa dernière remarque.

Donnie tourna la tête en direction de la télé, où les fesses en l'air d'Allister luisaient comme des lunes siamoises.

— Ray-Ray était flippé le soir où il a entendu parler de la cassette. Il est rentré dans le bar en hurlant de sa voix de salope que Brindle était un hypocrite. À l'instant où il m'a vu, il est venu vers moi, comme d'habitude. Sauf que cette fois, il avait autre chose à raconter que le fait qu'il voulait me sucer la bite. (Il la regarda avec un petit sourire, espérant visiblement qu'elle serait choquée.) Et pour une fois, j'étais content de voir son petit cul de pédé. J'ai reniflé le fric avant même qu'il ne finisse de me raconter toute l'histoire.

— Et donc tu as tout inventé, le fait que vous étiez amoureux l'un de l'autre, que vous alliez prendre un appartement ensemble, ces torrents de larmes, et la trouille d'avoir à tes trousses les hommes qui l'avaient tué.

— C'était bien, hein ? demanda Donnie en riant. Au lycée je faisais partie du club de théâtre. J'ai jamais eu de problèmes pour me mettre dans la peau d'un personnage.

— Ouais, t'as peut-être menti au sujet de tes sentiments, mais tu prenais bien ton pied quand tu baisais avec lui, et n'essaie pas de me dire le contraire, espèce de sale hypocrite ! T'as même pas assez de couilles pour t'assumer.

Il s'approcha de Blanche. Elle fit un pas en arrière. Il émit un petit gloussement.

— Dès que je t'ai vue, j'ai su que t'étais une grande gueule. Mais je vais régler ce problème. (Il sortit tranquillement un couteau de ses vêtements. La lame était large et incurvée.) J'aurais aimé qu'il en soit autrement.

Il semblait regretter sincèrement. Un autre de ses petits trucs d'acteur.

Mais Blanche avait du tangible à lui offrir.

— Il y a une autre solution, dit-elle en souriant et en pointant le pistolet sur lui.

Donnie hocha la tête.

— C'est pas ton genre, Mama.

Avec sa main gauche, elle ôta le cran de sûreté. Donnie cligna des yeux. Son sourire disparut instantanément.

— Tu as raison. C'est pas mon genre, mais jette-toi sur moi et on verra ce qui se passera.

Elle avait vraiment envie qu'il le fasse, elle avait vraiment envie qu'il lui donne une bonne raison de le descendre, une raison qui ne l'empêcherait pas de trouver le sommeil, un moyen qui vengerait Ms Barker et Ray-Ray, et la débarrasserait de sa colère.

— Du calme, Blanche, intervint Othello.

Donnie se tourna dans sa direction. Othello et Elroy firent voler son couteau, avant même que Blanche n'ait eu le temps de voir ce qui se passait.

— Sale pute de négresse ! hurla Donnie en se tortillant.

Othello passa son bras autour de son cou. Elroy le bâillonna et le menotta, mains dans le dos. Blanche continua de garder l'arme braquée sur Donnie — non par peur, mais parce qu'elle voulait voir la souffrance sur son visage, le sang dessiner de nouveaux motifs sur ses vêtements. En dépit de l'horreur d'avoir vu Marc Brindle se faire sauter la cervelle, elle était tenaillée par le désir de descendre Donnie. Et elle en fut traumatisée.

Tandis que les deux hommes le poussaient vers la porte, Donnie continua de se débattre. Il lança à Blanche un ultime regard, tellement haineux qu'elle aurait reculé si la possibilité de le tuer ne lui avait pas donné du courage. Elle leva l'arme, comme pour le frapper, et prit un plaisir immense à le voir tressaillir. Elle baissa le pistolet et lui cracha en pleine figure.

— De la part de Ms Barker.

C'était un geste tellement surprenant de sa part, qu'elle se sentit bizarre.

Othello abandonna Elroy et Donnie dans la voiture et revint à l'intérieur. Il alla repêcher le magnétophone sous le fauteuil de Blanche, rembobina un peu la cassette et écouta.

— On dirait que tout est là.

Blanche, assise sur le canapé, regardait le pistolet.

— Ça va ?

— Ça va aller, dit-elle en lui tendant l'arme.

Othello prit la main de Blanche.

— T'as fait du bon boulot, *sister*. (Il agita le petit magnétophone.) Et nous en avons la preuve. (Il serra sa main.) Tu veux que je te débarrasse de cette cassette vidéo ?

Blanche l'assura qu'elle s'en chargerait. Une fois Othello parti, elle alla à la cuisine et se servit un verre. Mon Dieu, comme Ardell lui manquait ! Elle sirota le gin tonic, essayant d'analyser son désir de commettre un meurtre et ce qu'il pouvait bien signifier. Puis elle alla chercher les gosses, avant la fermeture de la bibliothèque.

15

Quatorzième jour – Mercredi

Au réveil, Blanche se sentait trop vaseuse pour bouger. Les événements de la veille la tenaient clouée au lit plus sûrement qu'une grosse fièvre. La détente de ce pistolet collée contre son doigt, le sentiment de puissance, pareil à une injection de caféine pure, sachant qu'elle pouvait en un clin d'œil mettre un terme à la vie de Donnie, demeuraient encore gravés en elle. Elle avait déjà été furieuse, elle avait déjà voulu faire du mal à quelqu'un, mais uniquement dans le feu de l'action, sous l'emprise de la colère, avec le besoin de se défendre. Hier soir, c'était différent. Hier soir, elle avait pointé cette arme sur Donnie et une partie d'elle-même était demeurée aussi calme et déterminée que si elle s'était contentée de penser à vider les poubelles.

Elle passa la matinée à nettoyer la cuisine — elle avait besoin de s'occuper. Cela ne servit pas à grand-chose et ne lui permit ni d'occulter ni de répondre à la question de savoir ce qui la différenciait de ces gosses avec une arme et de la haine. Dans ce pays la violence était une sorte de maladie, et elle l'avait attrapée. Il ne lui restait plus qu'à se soigner.

Elle sortit du frigo un grand récipient en plastique de la sauce spaghetti internationale *black* de sa copine Vanessa. Question cuisine, elle ne se sentait pas créative. La sauce était d'un rouge particulièrement foncé, si épaisse et si riche en dinde haché et en kielbasa qu'elle enroba totalement les nouilles.

Après l'école, Blanche et Shaquita se rendirent chez cousine Charlotte qui devait rentrer avec Inez le jour même. Elles époussetèrent, passèrent l'aspirateur, aérèrent le rez-de-chaussée ainsi que les chambres de Charlotte et Shaquita. Blanche acheta même un bouquet pour la table de la salle à manger. Le tout était d'atténuer le choc. Quand elles entendirent une voiture s'arrêter devant la maison, elles s'échangèrent des regards angoissés. Elles n'avaient pas discuté de la façon d'annoncer la grossesse de Shaquita à cousine Charlotte, et il était désormais trop tard. Elles se rendirent ensemble sur le perron.

Cousine Charlotte s'extirpa du taxi, remit son chapeau en place, régla sa course et sermonna le chauffeur pour qu'il porte ses paquets. Elle lui rappela ensuite qu'Inez lui avait déjà laissé un pourboire. Cousine Charlotte sentait le train et la campagne. Elle embrassa Blanche et serra Shaquita si fort dans ses bras qu'elle faillit l'écraser.

— Qu'est-ce qui se passe ? demanda-t-elle après les avoir examinées attentivement.

Ni Blanche, ni Shaquita ne répondirent.

— Bon. (Elle se laissa tomber lourdement dans un fauteuil, ôta son chapeau, et s'éventa avec.) Dites-moi ce qu'il y a et arrêtez de faire des têtes d'assassins !

Elle regarda Blanche droit dans les yeux.

— C'est pas à moi de te raconter ça, se défendit Blanche.

Shaquita leva crânement la tête, mais lorsque son regard croisa celui de sa grand-mère, elle baissa les yeux.

Cousine Charlotte se leva et marcha lentement autour de Shaquita. Elle s'arrêta face à Shaquita et de sa main droite redressa le menton de la jeune fille.

— De qui est-il ?

Shaquita se mit à pleurer.

Blanche attendit que cousine Charlotte ait fini de hurler « Oh, mon Dieu ! », puis elle se dépêcha de prendre la porte et de descendre les marches du perron. Elle savait qu'elle n'avait pas fini d'en entendre parler, et qu'elle aurait encore droit aux invocations divines. Il y avait de grandes chances que Charlotte appelle chez elle avant son retour, et elle aurait certainement affaire à elle demain. Mais, au moins, elle allait être tranquille pendant trois pâtés de maisons — le temps d'arriver chez Inez.

Inez semblait avoir perdu dix kilos. De nouvelles rides étaient apparues sur son visage, et elle se déplaçait à la manière d'une femme qui ne sait pas très bien où elle va.

— Je suis vraiment désolée pour Ray-Ray, Ms Inez.

Inez demeura un long moment silencieuse, puis elle poussa un long et profond soupir qui emplit la pièce de son chagrin.

— Tout le monde n'arrête pas de me dire qu'avec le temps ça ira mieux. Mais je n'ai plus beaucoup de temps. (Elle tenta de sourire et y parvint presque.) Enfin, j'suis pas la seule. Pauvre miss Felicia. Nous avons quelque chose en commun, maintenant, quelque chose d'affreux. Je l'ai appelée l'autre jour. Elle m'a raconté. (Ms Inez se racla la gorge et se redressa un peu.) Bien sûr, son gamin a toujours été instable. Bizarre, tu vois.

Blanche observa Inez se fabriquer un fils défunt qui n'était absolument pas gay. C'était comme de tuer Ray-Ray une seconde fois.

Elles demeurèrent silencieuses pendant une minute ou deux. Blanche était venue là en espérant pouvoir dire la vérité à Inez, au sujet de la disparition de Ray-Ray et de Ms Barker. Ça aurait été tellement mieux pour elle de l'apprendre de la bouche de Blanche, plutôt que par la police. Mais si Inez ne pouvait pas accepter l'idée que Ray-Ray soit gay, Blanche ne voyait pas comment lui parler de Donnie sans lui dire que Marc, l'autre amant de son fils, avait donné la combinaison du coffre d'Allister à Ray-Ray pour qu'il puisse dérober la cassette. Blanche ne tenait vraiment pas à ce que d'autres gens sachent qu'elle connaissait l'existence de la cassette, et encore moins qu'elle l'avait en sa possession et l'avait vue.

Allister Brindle allait s'en prendre plein la gueule avec cette histoire, mais cela ne voulait pas dire pour autant qu'il n'était pas assez puissant pour faire de la vie de Blanche un enfer. Ou y mettre un terme. Elle eut le sentiment que sa langue était pâteuse, chargée de choses indicibles.

— Ils s'en vont, tu sais. Miss Felicia et Mr Allister.

— Assez longtemps pour que tu aies besoin de te trouver un nouveau travail ? lui demanda Blanche.

— J'allais pas retourner là-bas. Plus rien ne me retient dans cette ville froide et pleine de préjugés. Je vais retourner à Farleigh dès que possible.

Blanche faillit lui dire de partir maintenant, ce soir, avant que la police ne se manifeste et ne brise son cœur à jamais.

Elle se demanda si, maintenant, sa vie allait de nouveau suivre son cours normal. Elle était impatiente de reprendre le travail. La plupart des maisons où elle travaillait habituellement étaient vides pendant qu'elle y faisait le ménage. Dans celles qui ne l'étaient pas, elle s'était arrangée pour faire comprendre qu'elle n'était ni la psy ni la petite amie et que cela ne l'intéressait nullement d'écouter les petits secrets ou de donner des conseils.

Ce soir-là, Blanche et les enfants se rendirent à la réunion de quartier. Blanche se demanda combien de personnes dans cette salle pouvaient soupçonner ce qui allait se passer. À l'attitude de la plupart des gens, ils semblaient se douter que les nouvelles n'étaient pas géniales. Taifa voulut aller s'asseoir avec des copines, mais Blanche la garda près d'elle. Elle s'assura que leurs places, au bout d'une rangée, permettaient de se frayer facilement un passage jusqu'à la sortie. Elle ne s'attendait pas vraiment à avoir des ennuis, mais elle savait désormais pertinemment que Samuelson était tout à fait capable de se montrer violent. La même chose était visiblement venue à l'esprit d'Aminata et du Projet de Réveil Communautaire. Dix hommes portant des brassards orange SÉCURITÉ étaient dispersés autour de la pièce, par groupes de deux ou trois.

Aminata savait ce qu'elle faisait. C'était l'heure du dîner. Elle savait que les gens ne seraient pas attentifs le ventre vide, et donc, comme d'habitude, la table du fond regorgeait d'un assortiment d'assiettes anglaises, de petits pains, de café, de soda et de lait.

Le bourdonnement précédant la réunion faisait presque vibrer la pièce. Une vieille dame aux fortes hanches s'éventait avec un journal plié. Un rire guttural venu du fond traversa la salle comme une vague de chaleur. Taifa se trémoussait et regardait à droite à gauche, saluant des amis et en apostrophant d'autres, jusqu'à ce que Blanche lui fasse les gros yeux. Malik était déjà aux premières loges avec Aminata et Othello. Ils furent rejoints par une personne qui, de dos, semblait être un homme blanc de petite taille en costume bleu, portant un attaché-case, mais était en fait une femme noire, très claire de peau.

Aminata demanda le silence d'un signe de la main.

— Tout d'abord, je tiens à tous vous remercier d'être venus. Je sais bien que nous sommes un soir de semaine et que vous avez des tas de choses à faire à la maison, je vais donc essayer de faire court. (Elle regarda une nouvelle fois l'assistance.) Nous allons commencer dans une minute ou deux mais, tout d'abord, est-ce que tout le monde a quelque chose à manger ? Du café ? Allez les gosses, servez-vous un verre de lait, dit-elle à deux petits garçons assis devant. Il ne doit rien rester.

Quelques personnes se levèrent et se dirigèrent vers le buffet sur la pointe des pieds. Aminata brassa les papiers qu'elle tenait dans la main, eut une courte conversation avec la *sister* à la peau claire, puis elle adressa de nouveau à l'assistance un regard demandant le silence.

— Ce soir, il n'y aura qu'une chose à l'ordre du jour. Les leaders de la communauté. (Aminata marqua une pause et regarda la salle pour s'assurer que tout le monde écoutait.) Bien, je voudrais vous présenter le jeune homme qui, par sa détermination, son travail acharné et son intérêt pour sa communauté, a rendu tout ceci possible. Il va vous expliquer comment a débuté ce projet.

Taifa se tortilla sur son siège, et Blanche dut s'efforcer de calmer sa joie. Malik s'exprima et se comporta comme s'il était on ne peut plus naturel pour lui de se trouver face à un parterre d'adultes et d'expliquer pourquoi il voulait faire un exposé sur Roxbury et l'environnement.

— (...) et j'ai appris beaucoup de choses en préparant cet exposé, continua Malik. Par exemple, sur la façon d'obtenir des renseignements administratifs et comment s'adresser aux gens pour savoir ce qui leur est arrivé ou ce qu'ils savent. La chose la plus importante pour moi fut la satisfaction que j'ai ressentie en constatant que ce que j'avais fait allait aider Roxbury, et peut-être éviter certains dangers à des enfants. Je sais que beaucoup d'ados comme moi seraient heureux de pouvoir rendre service à la communauté, si on les traitait de la même manière qu'Aminata et les autres personnes autour de cette association m'ont traité. Merci.

Le tonnerre d'applaudissements eut l'air de le surprendre.

— Avant d'en venir à l'objet de cette réunion, pour ceux d'entre vous qui ne la connaîtrait pas, cette *sister* (Aminata tendit le bras en direction de la petite femme) est Marilyn Wharton, l'avocate du Projet de Réveil Communautaire.

Elle marqua une pause, s'approcha de l'assistance, et recommença à parler.

— Vous savez, il est toujours difficile de critiquer les siens. L'Amérique blanche donne une si mauvaise image de nos leaders, qu'en permanence nous éprouvons le besoin de les couvrir d'éloges, et de venir à leur rescousse, indépendamment de leurs agissements. Nos leaders, en tant qu'humains, commettent parfois des erreurs. Mais que dire si ils choisissent délibérément de causer du tort ? Que sommes-nous censés faire dans ce cas ? (Elle cessa à nouveau de parler et regarda la salle, dans l'attente cette fois d'une réponse.) Alors ?

— Leur défriser le cul ! hurla quelqu'un.

Un rire un peu gêné traversa la salle.

— Les engueuler ! cria quelqu'un d'autre.

— Leur botter les fesses, dit une femme d'un ton impérieux.

— C'est ça ! acquiesça Aminata. Leur botter les fesses. Et c'est pour cela que nous sommes là ce soir. (Elle brandit ses papiers.) Ces documents établissent clairement que le Révérend Maurice Samuelson du Temple de l'Édification Divine a commis une erreur, non pas par accident, mais volontairement. Un enfant est peut-être mort à cause de ça. D'autres enfants ont certainement été empoisonnés par le plomb à cause de la faute que le Révérend Samuelson a choisi de commettre.

Un grondement s'éleva dans la salle.

— Ces papiers prouvent que le Révérend Samuelson est le propriétaire d'un immeuble désaffecté d'Egister Street, où il y avait autrefois quatre appartements, des appartements dans lesquels des enfants ont été intoxiqués par le plomb. Ces papiers démontrent que le Révérend Samuelson était au courant des dangers du plomb dans cet immeuble. Nous avons parlé à des gens qui ont vécu là. Ils nous ont affirmé qu'une personne travaillant pour le propriétaire leur avait montré des certificats prouvant que cet immeuble était désintoxiqué. Ces certificats étaient bidon. Et le bon révérend se cachait derrière une société écran. Sa première épouse défunte est censée en être la présidente, bien que la société n'ait été créée qu'après son décès. De plus, nous pensons qu'il a graissé la patte de...

La porte de la salle s'ouvrit avec fracas. Samuelson et quatre de ses hommes entrèrent à pas lourds. Les agents de sécurité les encerclèrent rapidement, mais permirent à Samuelson de passer.

— Je suis heureuse que vous soyez venu, lança Aminata. J'allais justement dire à ces gens que vous aviez été invité ici ce soir, mais que vous aviez décidé de ne pas faire face à notre communauté. Je suis contente que vous ayez changé d'avis. Asseyez-vous, je vous en prie.

Samuelson hésita. Apparemment, il s'attendait à ce qu'Aminata soit stoppée net par son entrée. Il demeura dans l'allée, sans trop savoir que faire. Aminata reprit.

— Comme je le disais, le Révérend Samuelson, ici présent, a commis quelques graves erreurs. Vous êtes tous au courant des conséquences de l'intoxication par le plomb sur nos enfants. Et vous savez ce que cela provoque chez eux en grandissant, ça les rend violents, ça les amène à blesser leurs amis, comme avec mon gentil gamin. Mon garçon... Mais je ne vais pas parler de ça maintenant.

Elle se tourna vers Othello et lui adressa un large sourire, avant de reprendre.

Blanche nota un changement dans l'attention du public. Elle regarda dans la salle. Tout le monde était-il aussi embarrassé qu'elle par la théorie d'Aminata sur le rapport entre saturnisme et violence ? C'était presque gênant de l'entendre ainsi prendre ses désirs pour des réalités.

— Quatre jeunes de Roxbury attendent de passer en jugement pour meurtre, poursuivait Aminata. Trois de ces quatre garçons ont été empoisonnés par la peinture au plomb quand ils étaient gosses. Le résultat d'erreurs comme celles commises par le Révérend Samuelson ne nous rendent pas seulement malades. Elles peuvent nous tuer ou nous amener à être tués.

— Minute, ma petite dame. Je suis un homme d'église. Je suis un honnête membre de cette communauté. Vous devriez faire attention à ce que vous dites. Je pourrais vous intenter un procès et vous mettre sur la paille.

Aminata agita les feuilles en l'air et s'exprima avec encore plus de vigueur.

— De plus, la société bidon du Révérend possède aussi d'autres immeubles dans le quartier. Nous allons devoir parler aux gens qui vivent là pour voir si...

— Écoute, ma belle ! Tu ne sais pas à qui tu as affaire, souffla Samuelson. J'ai des amis en ville. Des amis qui prendront très mal qu'une femme à moitié cinglée essaie de ternir mon image. (Samuelson regarda les gens qui l'entouraient. Il leva les bras, tel un prêcheur.) Vous me connaissez tous et toutes. Vous n'êtes pas sans savoir ce que j'ai fait pour cette communauté. Vous allez rester assis et m'écouter...

— Eh mec, dis-nous plutôt ce que tu comptes faire au sujet de ces foutues intoxications par le plomb que tu as fait subir à nos gosses, lança un homme.

— Bien dit ! approuvèrent plusieurs personnes.

— J'ai rien à vous expliquer du tout, bande de...

Samuelson changea d'avis et se dirigea vers le fond de la salle où ses *boys* étaient toujours encerclés par les agents de sécurité.

— Tu ferais bien de prêter attention au message écrit sur ta bagnole, Révérend, suggéra une grosse voix venue des premiers rangs.

— Sa bagnole ? Qu'est-ce que sa bagnole vient faire là-dedans ? voulut savoir quelqu'un d'autre.

— Quelqu'un lui a adressé un message : « Dieu n'aime pas les sales types », en grosses lettres orange, au beau milieu de sa capote.

L'assistance fut pliée en deux.

— Ça c'est du monogramme ! lança une femme.

Ce qui ne fit que redoubler l'hilarité générale.

Samuelson décocha des regards noirs de tous

côtés. Il faisait penser à une petite frappe qui vient de perdre son premier combat.

— Ça ne va pas se passer comme ça ! hurla-t-il. J'ai des avocats, moi aussi. Et si c'est un de vous, sales nègres, qui a bousillé ma bagnole, je vais...

Huées et railleries lui coupèrent le sifflet.

— Et que Dieu vous bénisse, vous aussi, Révérend, lui balança quelqu'un.

La salle entière était morte de rire.

— Traître ! Vautour ! crièrent les gens.

Il tenta de bluffer en se pavanant en direction de la porte, mais tout le monde avait remarqué son air consterné. Il sortit en faisant claquer la porte, suivi de près par ses *boys*. La salle tout entière applaudit.

Une fois la réunion terminée, les gens tournèrent en rond, papotèrent et s'inscrivirent au comité d'indemnisation d'Aminata, qui travaillerait en collaboration avec les autorités pour faire la peau à Samuelson. Blanche se fraya un chemin jusqu'à Othello.

— Alors quoi ? lui demanda-t-elle. (Othello eut l'air perplexe.) Je pensais que tu allais dire à ces gens qui avait tué Ms Barker et Ray-Ray.

Il la regarda pendant un long moment.

— Je suis désolé, *sister*, mais je vois pas de quoi tu veux parler.

Blanche fut tellement sidérée, que pendant un moment elle ne parvint même pas à protester. Alors qu'il s'éloignait, elle retrouva la parole.

— Attends une minute, je veux savoir pourquoi...

Il lui fit signe de se taire, et lui adressa un regard tellement intense, que Blanche eut l'impression d'être transpercée.

— Tu te rappelles de ce que je t'ai dit la première fois où tu m'as appelé ? Cent dix pour cent, tu te souviens ? C'est comme ça que les Ex-Taulards pour la Sécurité du Quartier règlent les problèmes. Cent dix pour cent. Oublie-le ! En ce qui me concerne, c'est déjà fait.

Blanche aurait bien voulu se persuader qu'elle ne voyait pas ce qu'Othello entendait par là, mais ce n'était pas possible.

— Mais il a une femme et des gosses !

— Il n'avait qu'à y penser avant. À la prochaine, Blanche.

Blanche fut parcourue par un long frisson. Elle

avait fait appel à Othello parce qu'elle n'aimait pas avoir affaire à la police et ne la jugeait pas digne de faire ce qu'il fallait. Elle fixa le dos d'Othello tandis qu'il s'éloignait. Comment avait-elle pu s'imaginer qu'il croyait plus qu'elle au système — lui qui était passé par là ? Cependant, elle s'était dit qu'il remettrait Donnie et la cassette de ses aveux à la police. Elle avait cru qu'un procès apporterait des réponses à ses questions — comme par exemple, de quelle façon exactement Donnie s'y était-il pris pour tuer Ray-Ray, qui était bien plus fort ? Est-ce que Donnie et Ray-Ray avaient vécu une vraie histoire, en dehors de leur relation au *Plug* ? Donnie avait-il essayé d'amener Ray-Ray à faire chanter Brindle, ou avait-il décidé de but en blanc de le tuer pour s'emparer de la cassette ? Désormais ces questions demeureraient à jamais sans réponse. Maintenant, il était trop tard. Mais pourquoi se souciait-elle de ce qu'Othello avait fait à Donnie, alors que pas plus tard qu'hier elle était à deux doigts de le tuer ?

Mais je ne l'ai pas fait, se dit-elle, *je ne l'ai pas tué.*

D'instinct, elle avait su qu'appuyer sur cette détente ferait d'elle une autre personne — une femme qui avait pris la vie à quelqu'un. Blanche eut alors le sentiment d'être aussi responsable de la mort de Donnie et se sentit transformée par ce crime comme si elle en était l'auteur. Sa mort pesait autant sur ses épaules qu'une charge de vingt-cinq kilos.

— On y va, m'man, dit Taifa en tirant sur son pull.

Blanche fit demi-tour et se dirigea vers la sortie, mais Malik était encore en train de parler à Aminata. Blanche baissa la tête. Il lui semblait impossible de parler à Aminata pour l'instant, pas après ce qu'elle venait tout juste d'apprendre au sujet d'Othello. Même si on prétendait que des gens comme le général Schwarzkopf pouvaient envoyer les enfants des autres à la guerre et se montrer charmant avec leurs femmes, que les hommes ayant lancé des bombes atomiques sur le Japon étaient tous des types bien, des gens sains, elle n'y croyait pas une seule seconde. Tout ce qu'elle avait envie de dire à Aminata c'était : « Sauve-toi ! ».

Dès que ce fut possible, Blanche fit signe à Taifa et Malik et ils sortirent tous les trois.

— On l'a bien coincé, hein, m'man ! dit Malik avec un enthousiasme que Blanche ne lui connaissait pas.

Elle passa son bras autour de ses épaules

— J'suis vraiment fière de toi, Malik. Je suis contente que tu te sois entêté pour travailler sur ce projet avec Aminata.

Malik lui sourit.

— Et dire qu'il n'aurait rien pu faire de tout ça, s'il n'avait pas eu la chance d'être mon p'tit frangin, intervint Taifa.

— Ah, ouais ?

Malik essaya de l'attraper par les cheveux. Taifa poussa un cri et fila au bout du pâté de maisons avec Malik à ses trousses. Blanche fut surprise de constater à quel point elle était heureuse de les voir se comporter encore comme des gosses.

Pas pour l'instant, songea-t-elle, *pas pour l'instant*.

Lorsque Blanche introduisit la clé dans la serrure, le téléphone sonnait. Elle se précipita à l'intérieur, affichant un large sourire.

— Salut, ma fille ! Comment as-tu deviné que j'avais besoin de te parler ?

— Y a pas que toi, Blanche, objecta Ardell en riant. Moi aussi j'ai besoin de parler. De parler sérieusement.

— Qu'est-ce qui se passe ?

— Rien de grave. Personne n'est malade et j'apporte pas de mauvaises nouvelles.

— Bon, alors quoi de neuf ? (Blanche s'installa dans son fauteuil préféré, prête à écouter longuement. Puis, elle se redressa.) Attends une minute. Tu as bien dit « j'apporte » ?

— Samedi soir, à 19 h 25.

— Descends à la gare de Back Bay. J'irai t'attendre, tu t'en doutes.

Elle voulait lui poser cinquante questions, mais elle entendit, au son de sa voix, qu'Ardell n'avait pas envie de parler pour l'instant. Blanche décida d'attendre, elle aussi, avant de lui raconter ses histoires. C'était le genre d'histoires qui pouvait attendre.

16

Seizième jour – Vendredi

Blanche passa la matinée du vendredi à appeler ses employeurs pour leur annoncer qu'elle reprendrait le travail lundi. Ils eurent tous l'air content, et aucun d'eux n'eut de plainte à formuler au sujet de la nièce de cousine Charlotte, qui l'avait remplacée. C'était une vraie matinée de printemps, et elle mourait d'envie de sortir faire un tour, et pourquoi pas, d'aller se balader à Jamaica Pond et se promener sur l'autre rive — la rive opposée à celle de la maison des Brindle. Elle resta quelques minutes sur le pas de sa porte et constata avec plaisir le retour de la verdure, observa le soleil imprimer des tons dorés sur les maisons d'en face. Mais elle ne put se décider à passer la porte. Elle ne savait pas pourquoi, jusqu'au moment où le téléphone sonna.

— Eh bien, ma biche, qu'est-ce que tu penses de tout ça ?

— Wanda ?

— Elle-même. J'ai eu ton numéro par Inez.

— Comment ça va ?

— De mon côté, ça roule. C'est à toi qui faut demander ça, ma biche. C'est toi qu'étais là au moment où le gamin est mort.

— Ouais, ça m'a fichu un sacré coup. Mais maintenant, ça va mieux.

— Je pense bien, ma biche. On a pas tous les jours son dimanche dans cet enfer.

— T'as raison, travailler pour eux n'avait rien d'une partie de plaisir, acquiesça Blanche en riant.

— C'est pas de ça que je parlais, ma biche. Je suppose que t'as pas encore vu les journaux ?

— Vas-y, raconte.

— Eh bien, ma biche, on dirait que notre Allister

se soit fait pincer avec le pantalon en bas des jambes devant des mineurs. Ça fait la une des journaux. Une histoire de vidéo avec des enfants et des animaux. Un truc bien dégueulasse. Même moi je suis un peu choquée, et on peut pas dire que j'avais de l'estime pour ces gens-là !

Alors comme ça, l'affaire fait la une des journaux.

— Est-ce qu'ils l'ont arrêté ?

— Pas encore, mais on parle de, comment y disent ? Ah oui, de poursuites criminelles.

Le souvenir de Brindle s'adressant à elle comme à une moins que rien disparut derrière l'image de celui-ci emmené de force, les menottes aux poignets.

— C'est tout ce qu'il mérite.

— J'suis bien d'accord avec toi, ma biche. Et quel soulagement pour les gens de cet État ! Ils sont prêts à pardonner qu'on mette la main à la caisse ou tout un tas de mensonges, mais pas qu'on fornique avec des gosses.

Blanche se souvint de Ray-Ray lui expliquant que ce qu'il faisait lui rendrait service à elle et à tous les habitants de l'État.

Dommage qu'il ne puisse pas se voir attribuer le mérite de son acte.

— Ça m'a fait plaisir de bosser avec toi, Wanda. C'était vraiment agréable.

— Pareil pour moi, ma biche, et j'oublierais pas ton thé délicieux. Passe chez moi et je te préparerai une tasse de mon mélange maison.

— À un de ces jours, dit Blanche, alors qu'elle notait son numéro de téléphone et son adresse.

Elle pensa qu'elle devrait demander à Inez le numéro de téléphone de Carrie. Elle lui devait un coup de fil.

17

Dix-septième jour – Samedi

Le matin suivant, Blanche passa presque une heure devant l'autel des Ancêtres, essayant de trouver la paix, tout en sachant que la famille de Donnie ne savait et ne saurait sûrement jamais ce qui lui était arrivé. Elle ne pouvait pas le dire à sa femme. Elle ne pourrait jamais faire une chose qui mettrait en péril Othello et les Ex-Taulards. Elle savait aussi que ce n'était pas juste, et s'en excusa auprès de ses aïeux. La première fois, en faisant appel au groupe, elle avait été heureuse de constater qu'il existait, dans la communauté, des Noirs prêts à protéger les gens, à faire payer les mauvais éléments pour leurs actes, et à protéger le quartier. Elle continuait à penser que l'idée était bonne, mais il fallait trouver une autre solution au problème que celle qu'ils connaissaient depuis toujours.

Elle passa le reste de la journée à se préparer pour le soir. Elle fit le ménage dans la salle à manger, la salle de bains et sa chambre — elle changea les rideaux et les draps, nettoya les fenêtres et astiqua chaque pièce pour la visite de son amie.

Cousine Charlotte passa à midi.

— Alors, qu'est-ce que Shaquita va faire ? demanda Blanche.

Cousine Charlotte remit en place son chapeau du jour — un feutre rond avec un ruban d'un vert vif et une immense rose sur le devant.

— Nous n'avons pas encore réglé la question.

Sa voix trahissait la déception que ses mots n'exprimaient pas.

— Assure-toi bien que les médecins lui fassent

faire un test HIV, cousine Charlotte, dit Blanche en prenant sur elle.

Cousine Charlotte sembla se dégonfler, tel un ballon de baudruche, mais quelques secondes seulement, avant de se ressaisir.

— Enfin, bébé ou pas, elle va terminer le lycée, puis ensuite elle ira à la fac. Je lui ai bien fait comprendre ça.

— Si elle le garde, tu vas t'occuper du bébé pendant qu'elle suivra ses cours ?

— Non, je ne tiens pas à m'occuper de ce bazar, répondit cousine Charlotte d'un air pincé. Je ne veux pas de bébé, et il est hors de question que je m'occupe d'un mouflet. Si elle veut un enfant, elle devra s'en occuper. Si elle décide de le garder, elle ira en fac avec son enfant.

— Et Pookie ?

— À l'heure qu'il est, il doit déjà l'avoir oubliée, quelle sotte !

Des larmes voilèrent les yeux de cousine Charlotte. Avant qu'elle ne parte, Blanche la serra longuement dans ses bras.

Blanche était trop excitée par la venue d'Ardell pour prêter vraiment attention aux chamailleries de Taifa et Malik. Elle les fit manger de bonne heure et leur donna la permission d'aller voir des copains. Elle alluma la radio pour écouter les infos du soir et ce qu'elle entendit l'accabla :

D'après une nouvelle étude, il semblerait que l'exposition au plomb au cours de l'enfance augmenterait les risques de délinquance juvénile. On a déjà constaté que les enfants exposés au plomb avaient un QI plus bas que la moyenne. Les dernières études suggèrent que les effets du plomb sur le comportement pourraient être encore plus significatifs. Un sujet de Richard Harris pour NPR.

Blanche se précipita sur le téléphone et appela Aminata. Sa ligne était occupée. Blanche attrapa un stylo et une feuille de papier et prit le plus de notes possibles, faisant attention de bien saisir le nom du docteur ayant conduit cette étude, Herbert Nedelman de l'université de Pittsburgh. D'après sa voix à la radio, il ne faisait pas l'ombre d'un doute qu'il s'agissait là d'un frère de couleur.

Elle essaya à nouveau d'appeler Aminata. Encore occupé. Cette femme était peut-être à moitié cinglée, mais elle avait raison au sujet du rapport entre saturnisme et violence chez les ados.

— Je le savais, j'en étais sûre ! s'exclama Aminata lorsque Blanche finit par la joindre.

Il n'y avait aucun bus à l'horizon quand Blanche quitta la maison pour aller chercher Ardell à la gare. Elle décida donc de marcher un peu et regretta presque aussitôt son choix : au coin de la rue, elle vit Pookie sortir d'une maison. Il ne l'avait pas vue et se mit à marcher devant elle. Blanche sentit ses traits se tirer et son dos se raidir. Elle fut tentée de revenir discrètement sur ses pas, en attendant qu'il soit bien plus loin. Pourquoi ? Parce qu'il faisait partie de ces jeunes gens que certaines personnes appellent les causes perdues ? Était-ce une raison suffisante pour le snober ? Après tout, les gens n'avaient pas arrêté d'adresser la parole au grand-père de Roosevelt parce qu'il vendait de la drogue. Sa petite entreprise l'avait conduit à faire partie de la famille du président. Pookie aurait peut-être de la chance. À sa façon il avait essayé de dissuader Shaquita de garder l'enfant, et si ça se trouve, ça allait fonctionner. De toute façon, ce n'était pas en le traitant comme un moins que rien qu'il risquait de s'en sortir. Si personne ne se donnait la peine de ne serait-ce que parler à ces gosses, on ne pouvait tout simplement pas, ensuite, venir leur reprocher leurs choix.

— Eh Pookie ! Attends ! cria-t-elle.

Fidèle à sa parole, Blanche attendait sur le quai de la gare de Black Bay lorsque le train d'Ardell arriva. Elles s'enlacèrent pendant un bon moment. Une fois séparées, Blanche remarqua que des larmes se formaient derrière les lunettes d'Ardell, tandis qu'elles embuaient ses yeux à elle.

Ardell se baissa pour ramasser son sac. Blanche l'arrêta.

— J'ai attendu tout ce que j'ai pu, Ardell. Dis-moi ce qui se passe.

Ardell attendit que le gros de la foule les ait dépassées, avant de se mettre à parler.

— Je suis venue te dire que le vieux poste de police a brûlé la semaine dernière, et donc que les informations qu'ils risquaient d'avoir au sujet de ton départ précipité sont parties en fumée. Ta mère se fait vieille. De plus, toi et moi nous avons besoin de travailler moins et de gagner plus. J'ai une idée qui nous permettrait d'avoir les deux.

— Super ! dit Blanche en souriant.

Blanche ramassa le sac d'Ardell, et bras dessus bras dessous, elles se dirigèrent vers la sortie.

Composition réalisée par NORD COMPO

IMPRIMÉ EN FRANCE PAR BRODARD ET TAUPIN
La Flèche (Sarthe).
Imp. : 782 – Edit. : 827 - 02/2000
ISBN : 2 - 7024 - 2984 - X

H 52/1155/2